CASSANDRA
ET SES SŒURS

DU MÊME AUTEUR
CHEZ LE MÊME ÉDITEUR

Le Destin de Cassandra, Archipoche, 2019.
L'Héritage de Cassandra, 2019.

ANNA JACOBS

CASSANDRA ET SES SŒURS

traduit de l'anglais
par Sebastian Danchin

ARCHIPOCHE

Ce roman a été publié sous le titre
Beyond the Sunset
par Hodder & Stoughton, Londres, 2011.

Notre catalogue est consultable à l'adresse suivante :
www.archipoche.com

Éditions Archipoche
34, rue des Bourdonnais
75001 Paris

ISBN 978-2-3773-5389-7

Prologue

Colonie du fleuve Swan (Australie-Occidentale), décembre 1863

Pandora Blake tenta de dissimuler ses larmes en voyant sa sœur aînée traverser le jardin de la mission des Émigrants.

— Le petit-déjeuner est prêt, lui annonça Cassandra en lui passant un bras autour des épaules. Si tu savais combien je souffre de te voir aussi mal. Tu sais bien que nous ne pouvons pas retourner dans le Lancashire.

Pandora hocha la tête en s'efforçant de ravaler le chagrin qui lui emprisonnait la gorge.

— Notre tante s'est montrée bien cruelle en nous obligeant à quitter l'Angleterre. Pourquoi nous déteste-t-elle autant ?

— Père a toujours pensé que c'était la conséquence de son incapacité à avoir des enfants.

— Nous n'y sommes pour rien.

Cassandra serra sa sœur contre elle.

— Je le sais bien.

— Si seulement tu l'avais vue le jour où elle est venue nous trouver. Elle était effrayante. Elle brandissait tes cheveux coupés et je suis convaincue qu'elle t'aurait tuée si nous n'avions pas accepté de nous exiler. Je ne pensais jamais te revoir. C'est un miracle que tu aies pu t'échapper et nous rejoindre.

Une sonnerie se fit entendre à l'intérieur du bâtiment.

— Le petit-déjeuner est prêt, répéta Cassandra.

— Je te rejoins d'ici quelques minutes.

Pandora soupira en contemplant le jardin, heureuse de ces quelques instants de solitude. Le bateau qui les avait conduites en Australie transportait de nombreuses filles destinées à entrer au service des colons. Toutes celles qui étaient originaires du Lancashire étaient d'une grande maigreur du fait des privations engendrées par la crise du coton, mais aucune ne souffrait autant qu'elle du mal du pays.

Elle avait initialement pensé que son cafard s'estomperait avec le temps, mais il n'en était rien. Un coup d'œil autour d'elle lui confirma combien le paysage était différent de celui de son Lancashire natal. Même à cette heure matinale, un soleil implacable brillait dans le ciel sans nuages et la chaleur était difficilement supportable. Elle s'épongea le front et s'installa sur un banc à l'ombre d'un gommier. Si les fleurs rouges de l'arbre étaient belles, ses feuilles recourbées et caoutchouteuses étaient d'un vert terne. Jusqu'aux touffes d'herbe éparses qui tenaient davantage du beige que du vert sous les assauts du soleil, au milieu d'un terrain sablonneux qui crissait sous les semelles, Pandora avait du mal à croire que des plantes puissent y pousser.

Deux cacatoès se perchèrent sur une branche en s'apostrophant bruyamment. Ils étaient beaux en dépit de leurs cris discordants, avec leur gorge rose contrastant avec un plumage gris pâle.

Quand bien même Pandora aurait été disposée à en prendre le risque, comment aurait-elle pu retourner dans le Lancashire ? Elle n'avait pas d'argent, sans compter qu'elle ne souhaitait pas quitter ses sœurs. Elle allait devoir apprivoiser son mal. Elle se leva, prit sa respiration et se dirigea vers le réfectoire.

Comme à leur habitude, les jumelles discutaient avec animation, assises l'une à côté de l'autre. Pandora se mit à table en évitant de regarder Cassandra qui fixait son assiette en grignotant du bout des dents. La malheureuse, enceinte d'un individu qui l'avait violée peu avant son départ d'Angleterre, n'avait pas été épargnée par le destin.

Le petit-déjeuner terminé, Pandora aida à débarrasser en discutant avec les autres filles d'une voix qu'elle voulait enjouée.

Elle ne s'était jamais plainte de sa vie et n'entendait pas commencer maintenant.

1

Lancashire, 1er janvier 1864

Maître Featherworth se cala dans son fauteuil et étudia le visage du jeune homme assis face à lui. Zachary Carr était trop grand et maigre pour être beau, mais c'était un garçon honnête au regard franc. Le défunt M. Blake n'avait jamais caché son affection pour cet employé modèle, et c'était tout ce qui comptait aux yeux du notaire.

Carr assumait la charge de sa mère et de sa sœur depuis plusieurs années déjà, c'était un garçon responsable doté d'une solide intelligence. Âgé de vingt-cinq ans, il avait eu le temps de renoncer aux imprudences liées à la jeunesse. En outre, il avait appris à monter à cheval sur la ferme de son oncle, un avantage d'importance dans une colonie telle que celle du fleuve Swan, dépourvue de lignes de chemin de fer.

Zachary présentait surtout l'avantage de connaître de vue les quatre sœurs Blake, si bien que le notaire avait la conviction d'avoir choisi la bonne personne pour accomplir la mission à laquelle il le destinait.

– J'ai attendu moins longtemps que je ne le craignais avant de trouver un bateau effectuant la traversée jusqu'en Australie-Occidentale. Je vous ai pris un billet sur le *Clara* qui quitte Londres le 11 janvier.

Le visage de Zachary s'éclaira brièvement, avant d'afficher son désarroi.

– Dans *dix jours* ? Je ne serai jamais prêt à temps.

Maître Featherworth l'arrêta d'un geste.

– Laissez-moi terminer.

– Désolé, s'excusa le jeune homme d'un air gêné. Je me suis laissé emporter par l'excitation.

Le notaire lui adressa un sourire.

– Rien de surprenant à cela. Peu de jeunes gens de votre condition ont l'occasion de se rendre à l'autre bout du monde. Ainsi que vous le savez, les sœurs Blake avaient déjà quitté l'Angleterre lorsque j'ai ouvert le testament de leur oncle. Il me faut leur envoyer un messager afin de les avertir qu'elles sont désormais propriétaires de l'épicerie familiale.

Zachary hocha la tête.

– Une bien triste histoire. J'avais le plus grand respect pour M. Blake. C'était un excellent employeur doublé d'un personnage bienveillant.

– Absolument.

Les deux hommes observèrent un moment de silence. Qui aurait pu prévoir que Mme Blake, sous l'emprise de la folie, commanditerait l'assassinat de son mari et contraindrait ses nièces à quitter l'Angleterre par la menace ? La seule évocation de ce drame troublait les nuits du notaire.

– Quant à votre périple, j'avais d'abord prévu de vous prendre une couchette dans l'entrepont afin d'économiser l'argent de mes clientes, mais il s'agit d'un bateau transportant des condamnés, et non d'un navire ordinaire, et j'ai pensé que vous seriez plus en sécurité si vous disposiez d'une cabine passager. J'ai eu la chance d'obtenir la dernière couchette encore disponible, ce qui vous obligera à partager votre cabine avec un autre voyageur.

— Que signifie le terme « cabine passager » ?

— En clair, vous voyagerez avec du beau monde, loin des occupants de l'entrepont. Toutefois, vous ne disposerez pas d'une cabine en première classe, ce qui ne vous autorisera pas à manger à la table du capitaine. Les cabines de pont sont moins spacieuses et disposent de leur propre salle à manger, mais vous serez en meilleure compagnie qu'à l'entrepont.

Il fronça les sourcils en observant Zachary.

— Vous semblez préoccupé.

— J'ai peur de ne pas savoir me tenir en si bonne compagnie. Je suis habitué à servir la clientèle des classes supérieures à l'épicerie, mais ces gens-là ne vivent pas comme nous. Je ne voudrais pas vous décevoir, ou me ridiculiser.

— Je suis convaincu que vous ne gênerez personne, mais si vous êtes pris du moindre doute, observez les autres et imitez leur exemple. Vous pourrez également prendre conseil auprès du médecin ou des officiers du bord. L'essentiel est de ne jamais prétendre être différent de ce que vous êtes. Il n'y a rien de pire que la dissimulation.

— Bien, maître. Je ferai de mon mieux.

— Je n'en doute pas, sinon je ne vous aurais pas choisi en qualité d'émissaire. Cela dit, vous aurez besoin d'une garde-robe plus convenable que celle dont vous disposez actuellement. Vous n'avez aucune raison d'en rougir, votre tenue est en parfaite adéquation avec votre fonction actuelle, mais vous aurez besoin de vêtements différents si vous entendez gagner le respect et la confiance de ceux que vous croiserez pendant votre voyage. Sans oublier les habits de rechange indispensables pour les trois mois de traversée. J'ai demandé à mon tailleur de s'occuper de vous, il est tout disposé à mettre les bouchées doubles afin que tout soit prêt à temps. Je vous accompagnerai personnellement à Londres, nous achèterons sur le port tout ce dont vous pourriez avoir besoin.

Le notaire marqua une pause avant d'aborder un sujet délicat auquel sa femme l'avait sensibilisé.

– Je pense qu'il serait avisé que vous dîniez chez nous à compter de ce jour, de sorte que vous puissiez vous familiariser avec les différents couverts.

Zachary acquiesça, rouge de confusion.

– Il me semble préférable que vous quittiez votre emploi à l'épicerie dès aujourd'hui. Prenez la précaution d'en avertir votre collègue Prebble, demandez-lui de vous trouver un remplaçant jusqu'à votre retour. Vous repasserez ensuite à l'étude, mon clerc se chargera de vous conduire chez mon tailleur. Il vous faudra en outre vous rendre chez Hawsworth's afin de vous procurer des sous-vêtements. Il est bien évident que vous serez libre de conserver par la suite les effets confectionnés à votre intention.

– Je vous remercie, maître.

– Nous discuterons de votre retour ce soir après le dîner. Ces jeunes demoiselles seront pour le moins surprises d'apprendre qu'elles héritent de leur oncle, je ne doute pas qu'elles soient ravies de retrouver le Lancashire.

– Que dois-je leur répondre si elles m'interrogent sur le détail de cet héritage ?

Le notaire fut pris d'une hésitation.

– Il ne s'agit pas d'une curiosité malsaine de ma part, maître, mais il est probable qu'elles voudront savoir.

– De façon générale, elles sont propriétaires du magasin et de l'immeuble qui l'abrite, à l'étage duquel se trouve un logement confortable, ainsi que de plusieurs maisons et pavillons actuellement mis en location. À ces biens s'ajoute une somme d'argent confortable. Celle-ci devait servir à subvenir aux besoins de Mme Blake, mais cette dernière a suivi son mari dans la tombe, comme vous le savez.

Il leva un doigt sentencieux.

– En attendant, je compte sur vous pour ne communiquer ces détails à personne. À *personne* !

Zachary marqua son approbation d'un mouvement de tête. Il n'était pas homme à porter les affaires d'autrui sur la place publique, encore moins lorsque celles-ci étaient confidentielles.

Il sentit monter en lui une vague d'euphorie. Il partait pour l'Australie, il allait découvrir le monde et ses merveilles !

*

Pandora traversa le jardin de la mission des Émigrants et rejoignit les jumelles après s'être entretenue avec une dame désireuse de recruter une domestique. Elle avait éprouvé les plus grandes difficultés à répondre à ses questions. À quoi bon trouver un emploi quand elle savait Cassandra dans l'embarras ? Au moment de quitter le navire, sa sœur aînée avait été accusée de vol, à la suite de quoi on l'avait enfermée à la Mission. Comme si l'une ou l'autre des sœurs Blake était capable de voler !

– La femme à laquelle tu parlais paraît très mécontente, remarqua Maia.

Pandora haussa les épaules.

— J'ai refusé sa proposition. Elle vit loin de Perth, à cinq jours de voiture à cheval. Je me moque de ce que pensera la surveillante, il n'est pas question que je m'éloigne autant de vous.

— Je n'avais jamais imaginé qu'il serait aussi difficile pour nous de trouver du travail sans être séparées les unes des autres.

Maia glissa son bras dans celui de Xanthe, sa jumelle, et les trois sœurs s'isolèrent dans un coin du jardin.

Leur manœuvre tourna court lorsque des employeurs potentiels s'approchèrent.

— Pourquoi venir en Australie si vous ne cherchez pas d'emploi ? s'étonna l'un d'eux.

— Je me plaindrai à la surveillante, ajouta un autre.

Pandora ne prit pas la peine de répondre. Se trouver aussi loin de chez elle était déjà difficile sans que l'on veuille la séparer de ses sœurs.

*

Quelques heures s'étaient écoulées lorsqu'un couple bien habillé se présenta à la Mission, accompagné d'un domestique. Pandora laissa échapper un cri en le reconnaissant et se jeta dans ses bras en riant et pleurant tout à la fois.

— Reece ! Vous ici ! Je n'en reviens pas !

Le jeune homme, pris de court, la reconnut à son tour.

— Pandora ! Que diable faites-vous en Australie ?

Il fit des yeux le tour du jardin.

— Cassandra vous accompagne-t-elle ?

— Oui, mais c'est une longue histoire qu'il est difficile d'évoquer dans un endroit public…

Elle laissa sa phrase en suspens en dévisageant le couple qu'accompagnait son interlocuteur.

– Madame Southerham ! Vous tombez à pic.

Livia lui adressa un sourire et se tourna vers les jumelles qui rejoignaient le petit groupe.

– Cassandra n'est pas avec vous ?

– Ils refusent de la laisser sortir. On l'accuse d'avoir volé de l'argent, mais elle affirme que vous le lui aviez donné.

– C'est la vérité.

Tout le monde parlait en même temps afin de s'expliquer.

– Je n'en crois pas mes oreilles, s'écria Reece, radieux. Cassandra en Australie ! Moi qui m'apprêtais à lui envoyer un courrier en lui demandant de me rejoindre et de m'épouser !

La surveillante, attirée par le bruit, s'approcha des Southerham.

Reece, après avoir écouté leur échange pendant quelques instants, demanda à Pandora qui était la Mme Lawson dont parlait la surveillante.

– Nous vous expliquerons plus tard, lui murmura Pandora en lui recommandant la discrétion d'un coup de coude. Sachez simplement que Mme Lawson n'est autre que Cassandra. Elle a feint d'être mariée pour qu'on l'accepte à bord du bateau qui nous emmenait d'Angleterre.

Le jeune homme ouvrit des yeux étonnés.

– Chuuut… Nous vous mettrons au courant plus tard.

La surveillante annonça son intention d'écrire au gouverneur afin de l'avertir que l'argent retrouvé sur Cassandra lui avait bien été donné par Mme Southerham. Comme Reece insistait pour voir la jeune femme, elle se tourna vers lui :

— Je vous autorise à vous entretenir quelques instants avec elle dans ce jardin. Je vais la chercher.

Pandora aurait volontiers profité de cet intermède pour demander à Mme Southerham si elle ne cherchait pas de domestique, tout en entretenant l'espoir que Reece veuille bien épouser sa sœur en dépit de son état.

Lorsqu'elle le vit quitter la Mission d'un pas lourd sans une explication, après avoir parlé à Cassandra, son cœur se serra. Elle s'empressa de prendre congé des Southerham et rejoignit son aînée.

Elle trouva Cassandra en pleurs.

— Oh, ma chérie ! Que s'est-il passé ?

— Il est parti quand je lui ai dit que j'attendais un bébé.

Pandora fut intérieurement déçue de la réaction de Reece. À l'époque où tous vivaient à Outham, il avait fait la cour à Cassandra sans pouvoir l'épouser pour autant, faute d'avoir un emploi depuis que les usines de textile du Lancashire s'étaient arrêtées, le coton n'arrivant plus des États-Unis où faisait rage la guerre de Sécession.

— Dans ce cas, il ne te mérite pas, conclut-elle. Tu as été violée, je vois mal comment il pourrait te le reprocher.

— Comment pourrais-je cesser de l'aimer ? Je continuais pourtant d'espérer, tout en refusant de croire qu'il accepterait de m'épouser.

Cassandra eut le plus grand mal à sécher ses larmes, et lorsqu'elle reprit enfin son ouvrage de couture, son chagrin faisait peine à voir.

*

Zachary parcourut les rues d'Outham d'un pas lent, la tête pleine d'étoiles, en réfléchissant au périple qui l'attendait. Il poussa la porte du Grand Magasin Blake et son collègue Harry Prebble, qui s'était gonflé d'importance depuis qu'il exerçait les fonctions de directeur par intérim, lui adressa un regard acide en lui faisant signe de le rejoindre dans son bureau.

– Tu t'es absenté bien longtemps, Carr, lui reprocha-t-il.

Les deux jeunes gens échangèrent un regard peu amène. Harry avait été chargé de diriger le magasin en attendant le retour des nouvelles propriétaires, mais Zachary savait qu'il lui en voulait d'avoir été choisi pour effectuer le voyage en Australie. En outre, Prebble s'était toujours montré jaloux de la taille de son collègue qui le dominait d'une bonne tête.

La sonnette de la porte tinta et Harry lança un coup d'œil dans la boutique.

– C'est Mme Warrish. Occupe-toi d'elle, Carr, et…

– Maître Featherworth m'a demandé de quitter mon poste immédiatement. J'embarque la semaine prochaine, de longs préparatifs m'attendent. Il suggère que tu prennes quelqu'un pour me remplacer pendant mon absence. Je te laisse, je dois rassembler mes affaires.

– Je te trouve bien égoïste, Carr. Tu ne lui as pas expliqué que nous étions vendredi, le jour le plus chargé de la semaine ?

– Nous avons discuté du voyage, pas du magasin.

– Je vois que tu ne t'ennuies pas !

– Je ne vois pas de quoi tu te plains. On t'a nommé directeur par intérim, que je sache.

Zachary se retint d'aller plus loin, furieux de s'être laissé emporter. Il n'aurait pas dédaigné lui-même de diriger le magasin. Pour y avoir travaillé depuis l'âge de douze ans, il s'en serait aussi bien tiré que son collègue. Peut-être même mieux, car Harry se noyait dans les détails et avait tendance à toujours commander les mêmes marchandises, sans se soucier des dernières nouveautés et des désirs de la clientèle.

L'arrivée du chemin de fer vingt ans plus tôt avait bouleversé le quotidien d'Outham, il était désormais possible de se procurer des marchandises en provenance du monde entier. M. Blake l'avait souvent souligné sans que Harry semble en tirer la leçon.

– En tout cas, ne t'avise pas d'oublier que tu travailleras sous mes ordres à mon retour, grinça Prebble.

– Encore faudrait-il que les nouvelles propriétaires te confirment à ton poste.

– Qui voudrais-tu qu'elles mettent à ma place ? Je connais ce magasin comme ma poche. N'oublie pas que je travaille ici depuis que j'ai douze ans.

– Moi aussi, rétorqua Zachary qui était entré au service de Blake un an avant son collègue.

– Je compte bien faire mes preuves pendant que tu baguenauderas à l'autre bout du monde. Mon avenir est assuré. Les nièces de M. Blake, si malignes soient-elles, sont de simples ouvrières. Elles ne connaissent rien à la gestion d'un magasin, il leur faudra bien m'accorder leur confiance. Je veillerai à engranger de solides bénéfices pendant ton absence, c'est tout ce qui les intéressera, conclut-il d'un air de défi.

Zachary, peu soucieux de le contrarier, retira son tablier qu'il accrocha à une patère avant de récupérer sa gamelle. Les temps étaient assez durs pour qu'il ne s'amuse pas à gâcher de la nourriture.

Un an et demi plus tôt, alors que la guerre faisait rage en Amérique, M. Blake avait décidé de nourrir lui-même ses employés à l'heure du déjeuner, allant jusqu'à leur donner des brisures de biscuits à l'heure du thé, sachant que ceux qui avaient la chance de posséder un emploi n'hésitaient pas à se priver pour aider leurs proches. Harry avait mis un terme à cette pratique le jour de son entrée en fonction. Il refusait même de fournir du thé aux employés, au prétexte de ne pas se montrer dispendieux avec de l'argent qui n'était pas le sien.

Si jamais Harry obtenait la direction du magasin à son retour d'Australie, Zachary se promettait de trouver un emploi ailleurs, quand bien même il lui faudrait déménager.

Il jeta un dernier regard à la boutique au moment d'en franchir le seuil. Il admira l'immense vitrine qui avait fait sensation deux décennies auparavant lorsque M. Blake l'avait installée, alors que toutes les boutiques de la ville conservaient leurs fenêtres à petits carreaux. Les mots GRAND MAGASIN BLAKE figuraient en lettres dorées de trente centimètres sur l'enseigne marron accrochée à la façade.

Quel rêve de posséder un tel commerce.

Zachary ressentit un pincement au cœur en croisant au coin de la rue plusieurs individus aux vêtements élimés, les orbites creusées par la faim. Sachant qu'il dînerait bien chez les Featherworth ce soir-là, il leur distribua le contenu de sa gamelle. La poitrine serrée, il vit les malheureux se partager sa nourriture en parts scrupuleusement égales.

Le contraste était étourdissant avec les riches clientes qui fréquentaient le magasin. Si seulement la guerre en Amérique pouvait s'arrêter ! La rumeur affirmait que le Sud payait un lourd tribut au conflit, mais Zachary ne se souciait guère de savoir qui gagnerait.

L'essentiel était que le commerce du coton reprenne comme avant, que les usines du Lancashire recommencent à tourner, que leurs cheminées crachent de la fumée comme autrefois au lieu de laisser échapper de minuscules fumeroles les rares fois où l'on mettait en marche les machines à vapeur, histoire de s'assurer qu'elles fonctionnaient encore. Il n'arrivait pas à s'habituer au ciel immaculé dans lequel il avait toujours vu flotter des traînées sombres.

Les soupes populaires ne suffisaient plus à nourrir les familles et les visages continuaient de se creuser.

Zachary s'aperçut soudain qu'il s'était machinalement arrêté en pleine rue. Il marqua son exaspération d'un claquement de langue. Comment pouvait-il bayer aux corneilles alors que mille préparatifs l'attendaient ?

*

Reece eut beau revenir à la mission des Émigrants le lendemain afin de présenter ses excuses à Cassandra, la jeune femme refusa de l'épouser.

Pandora les observa à l'ombre de l'arbre sous lequel elle s'était réfugiée afin d'échapper à la chaleur. Elle savait pourtant qu'ils s'aimaient. Si sa sœur avait pleuré lorsque Reece était parti sans un mot la veille, elle voyait dans cette fuite la confirmation qu'elle avait raison de ne pas vouloir se marier avec lui. Elle ne voulait pas qu'il puisse maltraiter son enfant. Pandora s'étonnait de la voir protéger autant son bébé. *Si je rencontrais quelqu'un, peut-être que j'arriverais à m'accoutumer plus facilement à ce pays*, pensa-t-elle tout en ayant le sentiment terrible qu'il s'agissait d'un vœu pieux. Cet endroit n'était pas fait pour elle. Elle ne s'y sentait pas… *chez elle*. Elle supportait mal la chaleur et transpirait abondamment. Même les nuits étaient étouffantes, sauf lorsque soufflait en fin de journée, pendant quelques heures, la brise de mer que les autochtones avaient baptisée « le Docteur Fremantle ».

À ce stade, elle se contentait d'espérer trouver un travail suffisamment près de ses sœurs pour les voir régulièrement. Les employeurs de Reece, les Southerham, lui avaient offert un emploi de domestique en autorisant Cassandra à l'accompagner. Il était toutefois entendu que cette dernière travaillerait en échange du gîte et du couvert, le couple n'ayant pas les moyens de rémunérer deux employées.

L'offre était honnête, il était peu probable que les sœurs en dénichent une meilleure, étant donné les circonstances, ce qui n'avait pas empêché Cassandra de refuser au prétexte que Reece travaillait pour les Southerham. Pandora n'avait aucune intention de laisser son aînée seule, en particulier dans son état.

Le même jour, un certain Conn Largan se présenta à la Mission. Il proposa aux jumelles de s'occuper de sa mère invalide, avec laquelle il vivait à une heure de la propriété des Southerham. En désespoir de cause, Pandora décida alors d'affronter Cassandra.

– Accepter l'offre des Southerham est le seul moyen pour nous de rester ensemble. Il te faut impérativement accepter ce travail, Reece ou pas.

Cassandra, sachant qu'il n'y avait pas d'autre façon de maintenir l'unité familiale, finit par céder.

Pandora souffrait pour son aîné, à l'instar des jumelles, tout en se montrant soulagée de savoir que leur avenir immédiat était assuré et qu'elles allaient pouvoir quitter la Mission.

*

La semaine qui suivit l'entretien de Zachary avec maître Featherworth passa en un éclair. Le tailleur du notaire réalisa les vêtements demandés avec toute la célérité requise, jamais l'ancien garçon d'épicerie n'avait été aussi bien vêtu.

Le notaire avait tenu à lui acheter plusieurs tenues : une douzaine de chemises magnifiques, pour beaucoup réalisées en voile de coton en prévision de la touffeur australienne, et toutes dotées de trois cols amovibles équipés de boutons de fixation ; une douzaine de chemises de voyage en flanelle, une douzaine de foulards de couleurs diverses, plusieurs paires de bretelles, des caleçons en coton à une demi-couronne la paire, des sous-vêtements à quatre shillings et six pence l'unité, ainsi que des chemises de nuit facturées dix shillings.

Zachary, à qui la facture finale donnait le tournis, voulut convaincre le clerc de notaire qu'il pouvait se débrouiller avec une garde-robe plus modeste.

– Maître Featherworth s'est renseigné auprès de personnes qui ont voyagé, il affirme que c'est le minimum dont vous aurez besoin, jeune homme, répondit M. Dawson en lui tapotant l'épaule. Certaines personnes emportent deux fois plus de vêtements.

Zachary manifesta sa stupéfaction en secouant la tête. Sans accepter de l'avouer à quiconque, il était ravi d'être aussi bien équipé, pour une fois. En temps ordinaire, son salaire suffisait à peine à vêtir dignement les siens. Si la situation avait été différente, sa sœur Hallie aurait travaillé, elle aussi, du moins jusqu'à son mariage, et ses émoluments aurait grandement aidé leur mère qui était veuve. Mais l'argent manquait à cause de la famine du coton et rares étaient les familles d'Outham qui comptaient plus d'un ouvrier en leur sein.

Il continuait toutefois de s'inquiéter du montant des dépenses imputées aux héritières. Lorsque M. Dawson lui parla d'acheter une malle, Zachary se sentit suffisamment en confiance avec le clerc de notaire pour lui soumettre une idée.

– Pourquoi ne pas fouiller le grenier du magasin, au cas où l'on y trouverait des bagages ? Je sais qu'il contient tout un bric-à-brac. J'ai eu l'occasion de m'en apercevoir lorsque M. Blake m'envoyait y remiser des objets.

– Excellente idée, jeune homme. Le plus simple est d'aller y jeter un coup d'œil.

Harry sortit de la réserve en voyant les deux hommes monter à l'étage.

– Ah ! C'est vous ? feignit-il de s'étonner.

Zachary ne répondit rien, sachant que son collègue agissait sous l'empire de la curiosité.

– Poursuivez donc votre tâche, Prebble, le tança M. Dawson sur un ton qui dissimulait mal sa réprobation.

Harry attendit que le clerc lui ait tourné le dos pour le fusiller du regard avant de regagner précipitamment son poste en remarquant que Zachary l'observait. Ce dernier ne put s'empêcher de s'inquiéter en découvrant l'hostilité de son collègue. Harry était connu pour son caractère rancunier, mais Zachary voyait mal comment il aurait pu s'en prendre à un personnage tel que M. Dawson.

Le grenier était plongé dans la pénombre, l'éclairage au gaz n'y ayant pas été installé, ce qui obligea Zachary à redescendre et demander une lampe à la domestique.

— Comment allez-vous, Dot ?

La jeune femme lui adressa un sourire.

— La maison est bien calme. J'ai de la chance que maître Featherworth m'ait autorisée à rester. Tenez, voici une bonne lampe.

— Je me charge de l'allumer.

— La cousine de Mme Rainey ne tardera pas à s'installer ici, poursuivit la bonne. Mlle Blair est venue visiter les lieux, c'est une dame charmante. Je ne serai pas fâchée d'avoir de la compagnie.

Elle jeta un regard furtif par-dessus son épaule.

— En plus de *lui*, ajouta-t-elle dans un chuchotement.

— Vous parlez de Harry ?

Elle acquiesça.

— Il monte constamment à l'appartement, sous prétexte de vérifier que je fais bien mon travail. Il lui arrive même de s'asseoir dans le salon en fin de journée. Personne ne m'a jamais dit que j'étais censée lui obéir.

Surpris de cette confidence, Zachary remonta au grenier, armé de sa lampe, où il ne tarda pas à dénicher ce qu'il cherchait.

— Là ! s'exclama-t-il en repoussant des caisses. Cette malle a vécu, mais ça ne me dérange pas. Ce sera autant d'économisé.

Il souleva le couvercle afin de s'assurer que les charnières fonctionnaient convenablement.

Le clerc approuva d'un mouvement de tête. En poursuivant ses recherches, il découvrit une grande valise de cuir usé sous un vieux tapis. Zachary, qui hésitait jusque-là à se mêler de ce qui ne le regardait pas, jugea le moment opportun de prendre la défense de la petite bonne.

— Dot m'expliquait il y a un instant que Harry montait régulièrement la surveiller. Il s'installe même parfois dans le salon, une fois son travail terminé.

Le clerc de notaire posa sur lui un regard étonné.

— Ce qui se passe dans ces appartements ne le regarde en rien, pas plus que le sort de cette domestique. J'en parlerai à maître Featherworth. Inutile de dire à quiconque que vous m'avez mis au courant. Il vous faudra travailler avec Prebble à votre retour, il serait gênant d'empoisonner vos rapports. La cousine du pasteur méthodiste doit de toute façon s'installer ici prochainement, en partie parce que je n'accorde aucune confiance à Prebble. Il a pris quelques libertés depuis que maître Featherworth lui a confié la gestion du magasin. Mlle Blair veillera à ce que tout se passe bien, elle procédera également à un inventaire complet de l'appartement. C'est un véritable pousse au crime de laisser inoccupé un lieu renfermant autant d'objets de valeur, surtout par les temps qui courent.

Les deux visiteurs redescendirent la malle et la valise sous le regard acide de Harry.

— Vous n'avez donc pas de quoi vous occuper, jeune homme ? l'apostropha M. Dawson. C'est la deuxième fois aujourd'hui que je vous vois quitter votre poste.

— Je pensais que vous auriez besoin d'aide.

— Eh bien ce n'est pas le cas.

Harry regagna le magasin, le front barré d'un pli.

— Quand je pense qu'il a le culot de s'asseoir dans le salon ! grommela le clerc en regagnant la rue. Je compte bien y mettre le holà.

*

Le lendemain, Mme Featherworth en personne montra à la mère de Zachary la meilleure façon de ranger les affaires de son fils en prévision du long voyage qui l'attendait. Il aurait besoin de deux tenues complètes de rechange sur le bateau, car il était difficile de laver son linge avec de l'eau de mer. On remontait les malles de la soute une fois par mois seulement, de sorte que chacun puisse renouveler sa garde-robe au cours d'un périple censé durer cent jours.

Zachary dînait tous les soirs chez le notaire. Le premier jour, sa nervosité était telle qu'il avait craint de ne pouvoir avaler la moindre bouchée. Son hôtesse, qu'il connaissait pour l'avoir déjà servie au magasin, était toutefois une femme maternante qui l'avait accueilli avec un sourire chaleureux.

– J'espère que vous ne m'en voudrez pas de vous enseigner les bonnes manières à table, mon petit Zachary ? lui avait-elle demandé d'une voix douce en le conduisant à la salle à manger, suivi de son époux et de leurs deux filles.

– Je vous serai reconnaissant de l'aide que vous voudrez bien m'apporter, madame Featherworth.

Tout en s'efforçant de ne pas ouvrir de grands yeux, il n'en revenait pas que les Featherworth disposent d'une pièce aussi vaste pour prendre leurs repas.

Chacun s'installa à sa place et la femme du notaire pointa du doigt les couverts posés devant elle.

– On commence toujours par se servir de ceux qui se trouvent le plus loin de l'assiette, lui recommanda-t-elle à voix basse.

Tandis que maître Featherworth récitait le bénédicité, Zachary observa l'argenterie. Il n'en avait jamais vu autant. Ils allaient donc festoyer ?

À peine la prière fut-elle terminée qu'une domestique s'avança dans la pièce en tenant entre ses mains une soupière qu'elle posa devant sa maîtresse. Mme Featherworth, à l'aide d'une louche, remplit les bols que la servante passa à la ronde avant de s'éclipser. Les convives attendirent alors que la maîtresse de maison commence à manger pour imiter son exemple.

Zachary prit la grande cuillère posée à sa droite en voyant les autres convives s'en emparer, puis il les observa avant d'entamer sa soupe, un brouet à la viande de couleur sombre servi avec de petits pains croustillants.

La nourriture était délicieuse et il mangea pour une fois à sa faim. Il aurait aimé pouvoir en rapporter un peu chez lui afin que sa mère et sa sœur puissent y goûter.

Une fois terminé le repas, composé de quatre plats, toute la famille se retrouva dans le salon. Mme Featherworth tapota la place voisine de la sienne sur le canapé et Zachary s'y installa, en confiance.

— Mes filles et moi avons d'autres secrets à partager avec vous. Les sujets de conversation avec les dames, par exemple, ou encore la façon de leur offrir le bras.

Les deux jeunes filles hochèrent la tête en souriant. Elles devaient avoir le même âge que sa sœur et respiraient la gentillesse. Si seulement Hallie avait pu porter une robe aussi élégante que celles des filles du notaire !

— Aimez-vous la lecture ? s'enquit Mme Featherworth.

— J'adore ça. Quand j'en ai le temps, bien sûr.

— Fort bien. Dans ce cas, nous avons trouvé quelques ouvrages que vous pourrez lire pendant la traversée. Cela vous aidera à passer le temps. J'espère qu'ils vous plairont.

La fille aînée se leva et récupéra derrière son fauteuil une pile d'une douzaine d'ouvrages entourés d'une lanière de cuir munie d'une poignée.

Zachary lut les titres avec gourmandise: *Un conte de deux cités* de Dickens, *Westward Ho!* de Kingsley, un recueil de poèmes... Il n'avait pas l'occasion de lire aussi souvent qu'il l'aurait voulu, les portes du magasin restant ouvertes tard le soir.

– Je vous remercie infiniment.

– Nous vous avons aussi acheté un journal, lui expliqua la cadette. Maman pensait que vous aimeriez conserver des souvenirs de votre aventure. Il vous suffira d'écrire chaque jour ce qui vous arrive. Je vous envie d'aller en Australie. Ce doit être formidable!

Maître Featherworth parlait peu, laissant le soin aux femmes de la famille de s'entretenir avec leur hôte tout en les observant avec un sourire affectueux.

L'aînée prit une boîte en bois ouvragée sur une desserte et la déposa sur le canapé entre Zachary et la maîtresse de maison.

– Ceci est un vieil écritoire de voyage qui appartenait à mon oncle, expliqua Mme Featherworth. Il traînait dans le grenier, et nous avons pensé qu'il pourrait vous plaire. Nous avons rempli le tiroir de papier à lettres et d'enveloppes, de plumes et de poudre d'encre, ce qui vous permettra d'en fabriquer à volonté.

Le jeune homme souleva le couvercle et découvrit un panneau légèrement incliné recouvert de cuir rouge, orné sur son pourtour de motifs dorés. Plusieurs compartiments sur le devant accueillaient des plumes, des flacons d'encre et de sable, bien que le buvard ait désormais remplacé ce dernier.

– Je vous remercie. J'en prendrai le plus grand soin.

— Vous pourrez le garder, en souvenir de votre périple.

Il avala sa salive en s'efforçant de retenir les larmes que tant de générosité faisait jaillir. Alors qu'il avait toujours dû batailler pour se vêtir dignement tout en assurant le quotidien de sa mère et de sa sœur, voilà qu'on le comblait de cadeaux. Il se promit de ne jamais décevoir le notaire, quelles que soient les circonstances.

Son hôtesse lui tapota la main d'un geste maternel.

— Veillez bien à ne pas l'oublier, cela vous donnera de quoi vous occuper. Le voyage sera long.

J'adorais dessiner quand j'étais enfant, se souvint-il. *J'ai encore les moyens de m'acheter du papier et des crayons, ainsi qu'une gomme.*

Il sourit en se souvenant du visage d'un oncle âgé, amateur dc dessin, qui appelait les gommes des « mangeurs de plomb ».

Zachary rentra chez lui chargé des livres et de l'écritoire, la tête bourdonnante de tout ce qu'il avait appris. Il était encore tout étourdi de la facilité avec laquelle s'était déroulée cette soirée qu'il redoutait. Mais les filles du notaire étaient fort agréables, en dépit de leurs tenues précieuses, et Mme Featherworth s'était montrée d'une telle gentillesse qu'il s'était très vite senti en confiance.

Il frissonna en découvrant le temps pluvieux et froid qui l'attendait dehors, après avoir bénéficié toute la soirée de la douce chaleur de la maison du notaire. Il peinait à croire que les étés en Australie soient plus chauds que ceux du Lancashire, et qu'il ne neige jamais l'hiver.

Sa mère et sa sœur l'attendaient lorsqu'il regagna le domicile familial, impatientes de savoir comment s'était déroulée sa soirée.

Hallie se jeta sur les livres tandis que sa mère admirait l'écritoire de voyage dont elle caressa le bois tout en examinant les flacons de verre.

— Quelle chance tu as ! soupira Hallie. Je donnerais tout au monde pour posséder de tels livres ! J'ai fini par épuiser les ressources de la bibliothèque municipale.

— Tu n'as qu'à en choisir un. Tu le liras pendant mon absence, cela t'aidera à ne pas m'oublier.

— Tu es certain ?

— Bien sûr, répondit-il en serrant sa cadette contre lui, surpris de la trouver si grande depuis quelque temps.

Elle s'empara de *Mary Barton*, d'Elizabeth Gaskell, dont elle effleura des doigts la reliure en cuir.

— Dans ce cas, je choisis celui-ci. Merci beaucoup, Zachary.

Il lui adressa un sourire indulgent.

— Je sais combien tu aimes les aventures et les romans d'amour.

— Il est bon de rêver parfois, répliqua-t-elle en déposant un baiser furtif sur la joue de son frère. Je pourrai rêver à ta place. Qui sait si tu ne tomberas pas amoureux pendant ton voyage ? Il suffirait que tu rencontres une jeune fille formidable sur le bateau… mieux encore, que tu t'éprennes de l'une des sœurs Blake, ce qui ferait de toi l'un des propriétaires du magasin. Voilà qui résoudrait tous tes problèmes.

Zachary s'écarta de sa sœur, mécontent.

— Ne dis donc pas de bêtises. Maître Featherworth m'a confié la tâche de les ramener ici saines et sauves, et non de profiter d'elles.

— On ne profite de personne en tombant amoureux, Zachary.

– Ce serait pourtant le cas dans la situation présente.

Elle lui donna un coup d'épaule affectueux.

– Ah, mon frère ! Ta grandeur d'âme dépasse l'entendement ! Quand tu as une idée en tête, tu n'en changes pas. Pourquoi refuser de rêver en laissant agir le destin ?

Tout simplement parce que je n'ai jamais eu la liberté de rêver, pensa-t-il amèrement en se retenant de rabrouer sa sœur. Il avait la charge de celle-ci et de sa mère depuis son plus jeune âge. Cela ne lui pesait pas, bien sûr. Même s'il lui arrivait d'être en désaccord avec Hallie, ce qui était normal entre un frère et une sœur, il l'aimait tendrement et ne souhaitait pas se disputer avec elle à la veille de son départ.

– Calmez-vous, tous les deux, les rappela à l'ordre leur mère en embrassant successivement ses deux enfants.

Elle posa sur son fils un regard implorant.

– Ne laisse pas toutes ces histoires te monter à la tête. Tu vas vivre une grande aventure, mais n'oublie pas que tu finiras par rentrer et qu'il te faudra reprendre ton travail chez Blake.

– Si Harry Prebble en conserve la gestion, je chercherai un emploi ailleurs.

Il regretta aussitôt ses paroles en voyant pâlir sa mère.

– Ne t'inquiète pas, je ne commettrai pas d'imprudence.

– Non, ce n'est pas dans ta nature. Il m'arrive de le regretter parfois. Nous t'avons empêché de vivre ta vie de jeune homme.

Elle alluma les chandelles, prête à monter se coucher, en secouant la tête d'un air triste.

— Quant à Harry, vous ne vous entendiez pas lorsque vous étiez à l'école ensemble, vous n'arrêtiez pas de vous chamailler. Tu as fini par le dépasser d'une tête, et la situation ne s'est guère améliorée. Zachary, mon chéri, tu devrais savoir qu'il n'est pas bon d'avoir des ennemis.

— Les ennemis se font parfois tout seuls, maman.

— En tous les cas, n'oublie jamais de te montrer généreux, quoi qu'il fasse. Riches ou pauvres, les gens doivent assumer leurs actes. Il en sera de même quand tu feras ton chemin dans le monde. Veille à ce que je puisse toujours être fière de toi, mon fils.

— Je n'y manquerai pas.

Il s'assura que les portes de la maison étaient bien fermées, éteignit la lampe à huile de paraffine de la cuisine et monta l'escalier jusqu'à sa chambre, éclairé par la lueur tremblante d'une chandelle.

Quoi qu'il dise ou fasse, il pouvait être sûr que Harry Prebble le soupçonnerait de mauvaises pensées et continuerait à le maltraiter s'il en avait l'occasion. Le seul moyen d'échapper aux intimidations d'une brute est encore de se défendre. Zachary avait pu s'en rendre compte lorsqu'il était petit, et la leçon conservait toute sa valeur à l'âge adulte. Mais dans un monde parfois injuste, les brutes se retrouvaient parfois en position de force. En pareil cas, le mieux était encore de s'en aller, faute de pouvoir les affronter.

Sa décision était prise, il chercherait un autre emploi. À condition d'accomplir sa mission au mieux, maître Featherworth ne manquerait pas de lui fournir d'excellentes références.

2

Pandora fut réveillée par les cris des perroquets perchés dans les buissons voisins de la maison. Il lui fallut quelques instants pour se rappeler qu'elle était à Westview, la ferme des Southerham dominant un vallon tourné vers l'ouest. Les couchers de soleil y étaient splendides la plupart du temps, mais Pandora voulait surtout se souvenir que l'Angleterre se trouvait dans cette direction, à plusieurs milliers de kilomètres de là.

La ferme, très isolée, était située à une bonne journée de voiture de Perth, au pied des monts Darling qui s'étendaient au sud de la ville. Il n'y avait pas la moindre habitation en vue, en dehors du minuscule cabanon en bois de ses employeurs. Les deux sœurs dormaient dans un recoin de la grande tente abritant les meubles du couple. De son côté, Reece passait la nuit chez un voisin, de l'autre côté de la colline.

Cassandra dormait encore, ce qui surprit sa sœur au vu du raffut que faisaient les perroquets. Il faisait déjà chaud et Pandora, qui s'était couverte d'un simple drap avant de s'endormir, l'avait repoussé pendant la nuit. Ils avaient fêté Noël quelques jours plus tôt en plein soleil et la chaleur n'avait pas faibli avec l'arrivée du mois de janvier. Alors que la plupart des colons australiens avaient le visage tanné par le soleil, celui de Pandora rougissait.

Elle sourit en repensant au plus beau souvenir de ce jour de Noël, celui de sa sœur tenant dans la sienne la main de Reece. Pandora ne s'était pas trompée en pensant qu'ils finiraient par se réconcilier à force de se côtoyer.

Elle avait joué un rôle de premier plan dans ces retrouvailles en s'arrangeant pour que Reece se retrouve en tête à tête avec Cassandra, le temps de lui expliquer pourquoi il l'avait quittée sans un mot quand il avait appris qu'elle attendait un enfant. Il lui avait à nouveau demandé sa main et Cassandra avait accepté, convaincue que Reece s'occuperait de l'enfant, bien qu'il ne soit pas le sien.

Toutefois, Pandora savait qu'elle resterait seule chez les Southerham une fois que les jeunes gens seraient mariés et se demandait comment elle supporterait l'absence de sa sœur préférée. Elle verrait Cassandra régulièrement, bien sûr, mais ce ne serait pas pareil, sachant qu'elles avaient vécu côte à côte toute leur vie. Si son fiancé n'était pas mort d'une pneumonie, Pandora aurait veillé à louer une maison proche de la demeure familiale le jour où elle aurait épousé Bill. À présent, qui pouvait savoir ce qu'il adviendrait ?

Elle quitta sa couche et gagna la partie centrale de l'immense tente où se trouvait la bassine dans laquelle elle se lavait. Ragaillardie, elle enfila ses vêtements et se rendit dans les latrines improvisées avant de remplir le seau au puits afin que Cassandra puisse procéder à ses ablutions à son réveil.

Quelques braises sommeillaient encore dans le poêle en fonte tout neuf rapporté de Perth que Reece avait installé à proximité du cabanon, sous un auvent en bois qui le protégeait du vent et des intempéries. Ils se chauffaient au bois, à défaut de charbon, en ramassant les branches et les troncs morts des environs.

Préparer les repas dehors lui paraissait toujours aussi étrange. M. Southerham avait exprimé l'intention de construire une cuisine à l'extrémité de la cabane, mais Reece l'en avait dissuadé en affirmant que ce n'était pas dans les habitudes du pays, à cause des dangers d'incendie et de la chaleur pendant l'été.

M. Southerham avait fini par céder, comme toujours. Il s'intéressait davantage à ses chevaux qu'au bien-être de sa femme et faisait preuve d'un sens pratique très limité au quotidien. Ni lui ni Livia ne semblaient décidés à fournir un toit digne de ce nom à leur domestique. C'était à se demander s'ils ne comptaient pas demander à Pandora de passer l'hiver sous la tente. À défaut de neige, le fermier voisin leur avait précisé que les mois les plus froids étaient très pluvieux et que le vent soufflait parfois en force. Que se passerait-il si la tente avait des fuites, ou bien si elle s'envolait ?

Perdue dans ses pensées, elle ranima machinalement le poêle en se servant de feuilles de gommier gorgées de sève huileuse, avant d'alimenter les flammes avec des brindilles et du gros bois. Elle posa une grande bouilloire sur le poêle et alla chercher de l'eau qu'elle filtra ensuite à l'aide d'une mousseline. Elle n'aimait guère cette corvée, se souvenant avec nostalgie du robinet dont elle disposait dans leur maison du Lancashire.

Elle s'arrêta en chemin afin d'observer le manège d'une femelle kangourou. Posté près d'un buisson derrière la maison, l'animal se grattait le torse à l'aide de ses courtes pattes antérieures pendant que son petit sautillait aux alentours. Pandora sourit en observant la scène. Jamais elle n'avait vu un bébé kangourou aussi petit.

L'animal, brusquement effrayé, se réfugia précipitamment dans la poche de sa mère, tête la première, avant de disparaître dans un méli-mélo de pattes. Pandora attendit que la mère kangourou se soit éloignée d'un bond avant de bouger. Quelles créatures étranges !

Elle aurait savouré chaque minute de ce voyage si elle avait su qu'elle rentrerait bientôt en Angleterre. Le pays était aussi immense que désert. Perth, la capitale de la colonie, comptait trois mille habitants, soit approximativement la population d'Outham.

Les rayons du soleil étaient déjà brûlants. L'air doux et humide du Lancashire lui manquait, de même que les couleurs vives des feuilles d'automne, le pépiement des oiseaux, la rumeur du bourg. Elle chassa une larme d'un revers de main en se reprochant de trop penser à ce qu'elle n'était pas en mesure de changer. Le mieux était encore de ravaler son chagrin afin de ne pas perturber ses sœurs.

*

À Outham, Alice Blair achevait de ranger ses affaires dans sa malle. Elle adressa un sourire à sa cousine qui s'était proposé de l'aider.

— Je ne parviens pas à me dire que je vais pouvoir continuer à me reposer, Phoebe, déclara-t-elle. Je ne te remercierai jamais assez d'avoir pensé à moi pour garder cet appartement jusqu'au retour des héritières du magasin.

— Tu sauras te débrouiller toute seule ?

— Je ne serai pas seule, puisque je dispose d'une domestique. Cette Dot m'a tout l'air d'être une brave fille.

— C'est le cas. Sans compter que nous pourrons nous voir régulièrement.

— Je ne veux pas que tu bouscules tes habitudes à cause de moi. Tu dois penser aux tâches qui t'attendent, en tant que femme de pasteur.

Alice pressa brièvement la main de sa cousine dans la sienne.

— Je compte bien trouver de nouvelles amies à Outham.

De vieilles filles comme elle, sans doute, mais elle s'était habituée à cette réalité. Une gouvernante approchant la quarantaine n'avait guère l'occasion de se lier avec des femmes mariées, habituées à partager leurs petits secrets entre elles.

— Nous verrons bien.

— Je t'assure, Phoebe. Je me sens nettement mieux, je ne veux pas que tu te tracasses à mon sujet.

— Si seulement tu pouvais trouver un emploi à Outham. Ou du moins accepter la proposition de Gerald de t'installer définitivement chez nous.

— Nous en avons déjà parlé. Tant que je suis en état de travailler, je refuse de représenter une charge pour vous.

— Mais tu n'aimes pas le métier de gouvernante.

— Je n'ai jamais dit ça !

Un sourire éclaira le visage de Phoebe.

— Bien sûr, parce que tu n'as pas l'habitude de te plaindre, mais si tu crois que je ne l'ai pas deviné…

Alice soupira.

— Tu as toujours lu en moi comme dans un livre. J'aime beaucoup donner des cours, mais j'apprécie nettement moins la façon dont les employeurs me traitent. Je ne suis pas plus à l'aise avec eux que je ne le suis avec les domestiques. Je me sens très seule.

Elle referma la malle et verrouilla la serrure.

— Tu peux appeler ces jeunes gens qui attendent patiemment depuis un moment. Ils n'auront qu'à déposer mes affaires au magasin. Je viendrai t'aider à la soupe populaire et dans les ateliers de lecture une fois que je me serai installée. C'est terrible, tous ces gens sans emploi. Quand donc cessera la guerre en Amérique ?

— Ton aide sera la bienvenue, mais il te faut d'abord prendre possession de l'appartement et procéder à l'inventaire, ainsi que le souhaite maître Featherworth.

— Naturellement.

Lorsque les deux femmes arrivèrent au magasin, elles trouvèrent Dot dans la cuisine du rez-de-chaussée, les mains croisées sur son tablier immaculé. La domestique les conduisit à l'étage où elles découvrirent un appartement bien tenu.

Phoebe enfin repartie, Alice poussa un soupir de soulagement. Elle s'en voulut aussitôt de sa réaction, mais sa cousine, plus âgée qu'elle de quelques années, avait tendance à vouloir régimenter son existence.

— À présent, Dot, si vous voulez bien préparer du thé, je vous rejoins dans la cuisine d'ici quelques minutes.

— Vous ne souhaitez pas que je vous l'apporte dans le salon, mademoiselle ?

— Inutile, nous le boirons ensemble tout à l'heure. Auriez-vous du cake, ou des biscuits ?

— Non, mademoiselle. M. Prebble ne m'en fournit pas.

— J'imagine pourtant qu'il dispose d'un budget suffisant ?

Dot, gênée, se tortilla.

— C'est M. Prebble qui s'occupe des aspects financiers, mademoiselle. Il m'a dit de vous préciser qu'il réglerait les factures, comme il le fait pour moi, et que vous n'aviez qu'à lui indiquer de quoi vous aviez besoin chaque semaine. Pour l'instant, il ne m'a laissé manquer de rien.

Alice fronça les sourcils. Maître Featherworth lui avait donné le montant dont elle disposerait chaque semaine. La somme était raisonnable, mais elle n'avait pas l'intention de laisser ce jeune Prebble lui dicter ce qu'elle devait manger.

— J'ai bien fait de ne pas retirer mon chapeau. Je vais faire un saut jusqu'à la boulangerie pour acheter un cake en attendant que nous ayons de quoi nous en préparer nous-mêmes. Nous verrons ensuite de quoi nous avons besoin.

Dot lui adressa un regard inquiet.

— Mais M. Prebble vend des conserves de…

— Ce n'est plus à lui de décider, Dot.

La gouvernante à peine partie, Harry pénétra dans la cuisine.

— Où se rend-elle ?

— À la boulangerie.

— Tu ne lui as pas dit que je me chargeais des provisions ?

— Si, mais elle préfère s'en occuper elle-même.

— Vraiment ? cria-t-il.

Il était si furieux, Dot ne fut pas mécontente d'entendre tinter la sonnette du magasin et de le voir se précipiter à la rencontre des clients. Prebble ne pouvait pas s'empêcher de tout régenter. Il restait à espérer que la nouvelle maîtresse parvienne à lui faire entendre raison, mais Dot n'y croyait guère, sachant combien il était calculateur. À force de le côtoyer, elle avait appris à le connaître, sans oser se plaindre.

Dot craignait de voir le thé refroidir lorsque Mlle Blair revint quelques instants plus tard.

– J'adore les cakes aux fruits, annonça-t-elle. Vous n'avez qu'à mettre la théière sur la table et vous asseoir.

– Mais enfin, mademoiselle, ce ne serait pas convenable.

– C'est tout à fait convenable si c'est moi qui vous le demande. Je suis convaincue qu'une petite pause vous fera du bien.

– Je ne prends jamais le temps de m'asseoir avant l'heure du déjeuner, mademoiselle. M. Prebble affirme que je n'en ai pas besoin.

Il lui avait même demandé de préparer des paquets pour le magasin à plusieurs reprises lorsqu'elle avait terminé son ménage. Cela ne la dérangeait pas, elle préférait s'occuper, tout en n'appréciant pas la façon dont il se tenait près d'elle pendant qu'elle travaillait.

– Eh bien, vous allez vous asseoir avec moi quand même, il nous faut décider ensemble de notre mode de fonctionnement. À compter d'aujourd'hui, c'est à moi que vous aurez affaire, et non plus à Prebble.

Dot se sentit brusquement à l'aise en observant le visage bienveillant de son interlocutrice, sa silhouette fine, et son sourire chaleureux.

– Je vous remercie, mademoiselle. J'avoue qu'une tasse de thé me fera du bien, ainsi qu'une petite pause.

Le tout était que Harry ne les voie pas, d'autant qu'aucune porte ne fermait le couloir reliant le magasin aux appartements privés.

*

À mesure que s'écoulait la semaine précédant le départ, la mère de Zachary s'efforçait de cacher sa détresse à l'idée de voir son fils partir aussi loin. Il savait qu'elle pleurait quand elle était seule, inquiète des dangers d'un tel périple en mer, tout en sachant que ce voyage représentait pour lui une chance unique.

– Tu le mérites, lui déclara un soir sa sœur Hallie. Tu es le meilleur des frères.

Elle déposa un gros baiser sur sa joue et caressa d'un doigt l'écritoire de voyage, magnifique en dépit de son âge vénérable. Zachary l'avait sorti à plusieurs reprises. Il le posait invariablement sur la table de la cuisine, effleurait la marqueterie qui ornait son couvercle avant d'admirer le luxe de ses aménagements intérieurs.

Il saisit la main de sa sœur.

– Hallie, ma chérie, je compte sur toi pour veiller sur notre mère.

– Tu peux, répliqua-t-elle en croisant son regard. Tout va bien se passer, j'en suis sûre. Le notaire nous enverra ta paye chaque semaine, nous aurons l'impression d'être riches puisque tu ne seras plus là pour dévorer toutes les provisions.

Il crut bon de se justifier, comme chaque fois que sa sœur le raillait à ce propos.

– J'ai un grand corps à nourrir.

À l'inverse de ce qui s'était produit chez les Featherworth, il mangeait rarement à sa faim chez lui par souci d'économie. Le tailleur, en prenant ses mesures, avait veillé à confectionner des vêtements plus amples en prédisant qu'il prendrait du poids s'il se nourrissait mieux. Zachary en avait été gêné. Il sortit de sa rêverie en s'apercevant que sa sœur lui parlait.

– Si j'arrive à économiser de l'argent pendant ton absence, je veillerai à le placer à la Yorkshire Penny Bank, comme tu me l'as conseillé.

– Évitez tout de même de vous restreindre.

Des larmes brillèrent soudain dans les yeux de Hallie qui se jeta au cou de son frère.

— Mon Zachary chéri, tu vas tellement me manquer.

Il la serra dans ses bras.

— Toi aussi, tu vas me manquer. J'aimerais que tu puisses m'accompagner. Quelle joie ce serait de vivre ensemble une telle aventure !

La jeune fille sécha ses pleurs.

— Les filles n'ont pas l'occasion de voyager, contrairement aux hommes.

— Un jour, je t'emmènerai à Blackpool voir la mer.

Zachary le lui avait souvent promis, peut-être parviendrait-il à tenir cet engagement à son retour.

— N'oublie pas que l'oncle Richard vous a invitées toutes les deux à lui rendre visite. Sa ferme est ravissante.

Elle fit la grimace.

— Je n'aime pas aller là-bas. Il me force à monter à cheval alors que ses bêtes m'ont toujours fait peur.

— Tu as tort. Les chevaux d'oncle Richard sont doux et bien nourris. J'aimerais pouvoir me rendre à la ferme plus souvent.

— Je sais déjà que nous irons parce que maman est contente de voir son frère, mais ne compte pas sur moi pour approcher les chevaux. Je préfère de loin me promener à pied.

*

Le dernier soir chez les Featherworth, Zachary entendit son hôtesse déclarer à son mari :

— Ce jeune homme se débrouillera très bien. Il est d'un naturel courtois qui lui permettra de s'en tirer en toutes circonstances, même lorsqu'il ne connaît pas les usages.

Ce compliment lui alla droit au cœur et l'encouragea à affronter sans peur l'inconnu, sans parler de la lourde responsabilité qui pesait sur ses épaules.

Le lendemain matin, il prit place dans un wagon de première classe en compagnie de maître Featherworth, un privilège auquel il n'avait jamais espéré goûter un jour. Il se félicita aussitôt de sa nouvelle tenue en constatant que tous les autres passagers étaient bien habillés. Les voyageurs discutaient entre eux sur un ton feutré en s'exprimant avec un accent différent du sien.

Alors que le train s'ébranlait, il se promit solennellement de ramener les sœurs Blake et de se montrer digne de la confiance qu'on lui avait accordée.

Le notaire entama la conversation avec son voisin et Zachary, installé près de la fenêtre, les écouta parler de la veuve Queen et se demander si la malheureuse serait en mesure de reprendre un jour le modeste emploi public qu'elle occupait.

Emporté par la curiosité, il se tourna vers la fenêtre et contempla la succession des paysages anglais qu'il n'avait jamais eu l'occasion de voir.

*

Alice se rendit chez maître Featherworth le lendemain de son installation afin de lui demander que l'argent prévu pour l'entretien des appartements privés du magasin lui soit désormais versé directement. En l'absence du notaire, elle fut reçue par son clerc. M. Dawson ne cacha pas son étonnement lorsqu'elle lui exposa le but de sa visite.

— Cet argent est déposé chaque semaine à l'appartement, et non au magasin. Le coursier a reçu des instructions précises à ce sujet. Prebble est censé payer les salaires avec la recette, et nous traitons séparément les dépenses liées au logement privé.

— Dot ne reçoit jamais rien. Elle affirme que Harry Prebble se charge personnellement de tout.

M. Dawson agita une sonnette et un jeune garçon pénétra peu après dans la pièce après avoir frappé.

— Dis-moi, Sidney. Que fais-tu donc de l'argent prévu pour Dot, la domestique des Blake ?

— Harry me demande toujours de le lui donner, monsieur Dawson. Il s'en sert pour prélever directement au magasin les provisions dont elle a besoin.

— Allons bon. Te remet-il un décompte précis des dépenses encourues ?

— Oui, monsieur. Chaque semaine.

— Va me chercher le livre de comptes, s'il te plaît, et ne parle à personne de cette affaire. Surtout pas à Prebble.

Le jeune garçon revint une minute plus tard, le visage chiffonné. Il posa le registre devant son supérieur et l'ouvrit à la page la plus récente.

— Je vérifie scrupuleusement la liste qu'il me fournit avant de la reporter, comme vous me l'avez montré.

— Je n'en doute pas. Je tenais toutefois à vérifier un détail.

M. Dawson fit signe à Mlle Blair de s'approcher et il plaça le livre de comptes en biais sur son bureau de façon qu'ils puissent tous deux le consulter.

— Voici la liste des dépenses hebdomadaires. Auriez-vous le moyen de savoir si Dot a effectivement reçu les provisions en question ?

Alice se pencha sur le registre.

– À moins qu'elle ne mente, ce dont je doute car cette fille est la probité incarnée, je vois mentionnés ici chaque semaine des biscuits qu'elle ne reçoit jamais. Il me faudrait l'interroger afin de m'assurer du reste, mais j'ai procédé avec elle à l'inventaire de l'arrière-cuisine, celle-ci est quasiment vide. J'ai payé sur mes propres deniers le cake acheté hier à mon arrivée.

Le clerc fronça les sourcils tandis que sa visiteuse regagnait son siège.

– Je vous serais reconnaissant de ne souffler mot de ceci à personne jusqu'au retour de maître Featherworth. En attendant, je vais vous donner cinq livres afin que vous puissiez vous procurer le nécessaire. Libre à vous d'acheter ce dont vous avez besoin chez Blake ou ailleurs.

– Je noterai scrupuleusement le détail de mes dépenses.

– C'est le mieux. Je m'assurerai désormais que le coursier vous verse directement chaque semaine l'argent des courses. Si jamais cela ne suffisait pas, faites-le-moi savoir.

– Je suis persuadée que cela ira très bien. Je me contente de peu.

– En attendant, si vous le voulez bien, je vous demanderai de procéder à l'inventaire de l'appartement avec Dot, comme convenu, sans oublier le contenu du grenier. Nous devrons tout partager équitablement entre les quatre sœurs.

Il se leva afin de raccompagner sa visiteuse.

– J'espère que vous vous plairez à Outham, mademoiselle Blair, dit-il avec un sourire. Pardonnez mon impudence, mais ma sœur aimerait que vous veniez prendre le thé chez nous un samedi. Elle s'inquiète de savoir que vous ne connaissez personne en ville, en dehors de votre cousine, et je sais combien Mme Rainey est occupée.

– C'est très aimable à elle. Je serai ravie de répondre à son invitation.

Elle regagna le magasin Blake en ressentant la fatigue d'une longue grippe dont elle n'était pas totalement remise, mais heureuse du tour que prenaient les événements.

Elle souhaitait avoir affaire le moins possible à Prebble. En dépit de sa politesse, ce garçon ne lui plaisait guère. Il avait observé sa tenue d'un air méprisant le matin même, donnant l'impression d'évaluer le prix de ses vêtements.

S'il voulait la guerre, elle était toute disposée à se battre. Que ce jeune prétentieux ne s'avise pas de lui expliquer comment dépenser l'argent des courses, elle n'avait pas l'intention de lui rendre des comptes. Faute de recevoir des émoluments, elle pouvait compter sur ses propres économies en attendant de trouver un emploi, le jour où sa convalescence prendrait fin.

Elle poussa un soupir. Elle ne souhaitait pas quitter Outham, mais l'avenir en déciderait. Il n'était pas question qu'elle représente une charge pour ses cousins.

*

Londres était d'une telle immensité, Zachary était heureux d'être cornaqué par M. Featherworth. Les deux hommes étaient descendus à l'hôtel et prirent sur place le repas du soir. Zachary aurait volontiers usé de l'expression « thé dînatoire », alors que les Londoniens parlaient de « dîner ». Observant attentivement chaque geste du notaire, il poussa un soupir de soulagement à la fin du repas en constatant qu'il n'avait commis aucun impair. Lorsqu'il y repensa par la suite, il s'aperçut qu'il n'avait prêté aucune attention au menu.

Il peina à s'endormir, à cause de l'excitation, mais aussi du fait de la rumeur de la rue qui résonna du bruit des attelages et des passants jusqu'à une heure tardive. Il se fit la réflexion, non sans un soupçon d'inquiétude, qu'une fois à bord du bateau, il n'aurait plus personne sur qui guider ses pas. Il se reprit aussitôt. Il avait bien une langue, non ?

Le lendemain après le petit-déjeuner, maître Featherworth lui tapota l'épaule.

– Allons acheter les dernières affaires dont vous pourriez avoir besoin, mon garçon.

Le quartier des docks était encore plus animé que celui de l'hôtel, et le magasin de marine un vaste espace sonore qui faisait paraître minuscule le Grand Magasin Blake, par comparaison, alors que celui-ci était le plus important commerce d'Outham.

Le notaire et son protégé s'intéressèrent aux équipements conçus pour les longs périples en mer, tels que les couvertures, les seaux et les casseroles.

– Les accessoires de ce genre conviennent aux passagers de l'entrepont, fit remarquer le notaire au vendeur. Vous n'avez rien qui puisse convenir à quelqu'un qui voyage en cabine ?

Son interlocuteur marqua son étonnement en dévisageant successivement le notaire et son jeune compagnon.

– Ils se munissent en général de tout le nécessaire, monsieur. Est-ce vous qui prenez la mer ?

– Non, il s'agit de mon jeune ami. Il a dû partir précipitamment, si bien qu'il n'a pas trouvé le temps de s'équiper entièrement. On nous avait précisé que vous seriez susceptible de nous aider. Puis-je vous demander conseil ?

— Avec plaisir, monsieur.

Zachary, gêné, vit le notaire glisser une pièce au vendeur. Il aurait personnellement eu honte de demander de l'argent à un client pour accomplir sa tâche. Ce magasin ne méritait pas sa réputation.

— Je vous engage à emporter quelques douceurs car la nourriture du bord peut devenir monotone, même pour ceux qui voyagent en cabine : des noix, des conserves, de la confiture, des fruits secs, ce genre de denrées. Il est impératif de placer les provisions dans des boîtes en fer ou des bocaux afin d'éviter la voracité des insectes nuisibles.

Il observa Zachary d'un air circonspect.

— Possédez-vous un chapeau de paille, monsieur ? Non ? Vous en aurez besoin, à cause de la chaleur au niveau de l'équateur. Je vous recommande d'en acheter deux, car il arrive que le vent les emporte. Avez-vous prévu des paires de chaussettes en nombre suffisant ? Il vous en faudra au moins trois douzaines.

Zachary, constatant l'étonnement de maître Featherworth, s'empressa de répondre :

— Je n'ai vraiment pas besoin d'affaires supplémentaires. Il n'est donc pas possible de laver son linge à bord ?

— Les stewards peuvent s'en charger, mais il faudra les rémunérer.

— Je veillerai à me montrer économe, réagit Zachary alors qu'ils quittaient le magasin, suivis par un garçon de courses qui poussait leurs emplettes dans une charrette à bras.

— Pas trop économe tout de même, répliqua le notaire d'une voix ferme, sinon vous risquez de faire tache, surtout lorsque vous prendrez le chemin du retour avec ces jeunes demoiselles.

Zachary afficha une mine pensive.

– Vous êtes bien silencieux, s'étonna le notaire dans le fiacre qui les ramenait à l'hôtel. Y aurait-il un problème ?

– C'est-à-dire… pas précisément, mais vous avez dépensé beaucoup d'argent pour moi, et vous m'en confiez encore davantage. Je prie le ciel de ne pas vous décevoir.

Maître Featherworth lui serra amicalement l'épaule.

– Je ne vous aurais pas confié cette mission si je n'avais pas confiance en vous.

Cette remarque ragaillardit le jeune homme. Le temps de prendre ses bagages à l'hôtel, ils retournèrent sur les quais. Au moment de franchir la passerelle, Zachary se retourna et vit que le notaire l'observait. Maître Featherworth lui adressa un dernier geste et repartit vers la ville.

Le jeune homme redressa la tête et suivit le steward entre les caisses et les marins qui s'activaient sur le pont.

Il se demanda où pouvaient bien se trouver les forçats. S'agirait-il de brutes patibulaires ? Quant aux autres passagers, le regarderaient-ils de haut en l'entendant s'exprimer ? Et souffrirait-il du mal de mer ?

Un sourire éclaira son visage. En dépit de tous ces soucis, il ne s'était jamais senti aussi libre depuis la mort de son père. Il se lançait dans une aventure dont il entendait savourer chaque instant.

*

Il fut stupéfait en découvrant l'exiguïté de sa cabine. Celle-ci contenait deux couchettes superposées et un minuscule lavabo fixé à la cloison, à côté duquel un recoin permettait à peine d'entreposer des bagages. Sous la couchette inférieure s'ouvraient deux tiroirs, et le placard du lavabo contenait un seau et un pot de chambre solidement arrimés dans les encoches prévues à cet effet. Grand comme il l'était, c'est tout juste s'il pouvait tenir sur la banquette du bas. La porte de la cabine donnait directement sur le pont où avaient pris place quelques personnages bien habillés, sans doute des voyageurs de première classe.

Le steward qui l'accompagnait, très prévenant, lui fournit toutes sortes d'informations relatives à la traversée.

— Je m'appelle Portis, monsieur, et je m'occupe des cabines de pont. Si vous avez besoin de quelque chose, n'hésitez pas à vous adresser à moi.

Se souvenant des conseils du notaire, Zachary se força à lui donner une demi-couronne en guise de remerciement tout en grimaçant intérieurement à l'idée d'une telle dépense alors qu'il avait passé son existence à se serrer la ceinture. La pièce disparut aussitôt dans la poche de l'employé.

— Je vous remercie, monsieur. Je vais vous montrer la salle à manger, qui sert également de salon pendant la journée, bien que les passagers préfèrent s'asseoir sur le pont quand le temps le permet.

À la suite de Portis, il découvrit une pièce meublée d'une longue table dont les pieds étaient fixés au plancher. Les chaises, en dehors des repas, étaient accrochées aux cloisons à l'aide de crochets et de lanières.

— Il ne faudrait pas que les sièges volent dans tous les sens par mauvais temps, expliqua le steward en remarquant le regard surpris du jeune homme. À ce sujet, je vous conseille fortement d'enfermer vos affaires dans le tiroir de votre cabine ou dans votre valise dès que la mer est un peu agitée.

À l'autre extrémité de la pièce se tenait un individu qui les observait d'un air réprobateur.

— Ah, monsieur Gleesome ! Puis-je vous présenter un autre passager, monsieur Carr ? Comment se sent Mme Gleesome ?

— Pas très bien. Il faut espérer qu'elle s'accoutumera aux mouvements du navire.

— J'en suis convaincu, monsieur.

Gleesome les salua d'un mouvement de tête et s'éloigna d'un pas pesant.

Le steward adressa un clin d'œil à Zachary.

— Mme Gleesome est très fragile, ainsi que vous pourrez vous en apercevoir. Il faudra bien qu'elle s'y fasse une fois qu'on prendra la mer. Le bateau ne fait pas demi-tour.

— Les passagers sont-ils souvent malades ?

— Certains. Je le dis souvent, le mieux est de se faire une raison, c'est encore le plus sûr moyen de s'en remettre. En espérant que vous faites partie des rares personnes qui n'ont jamais le mal de mer. Mon boulot s'en trouvera facilité, ajouta-t-il avec un petit sourire.

Zachary s'accouda au bastingage afin d'observer le ballet des employés du port. Lorsqu'il regagna sa cabine, il y trouva un jeune homme en plein désarroi. Âgé d'une vingtaine d'années, son visage poupin affichait une expression enfantine qui cadrait mal avec sa tenue élégante. Aussi grand que Zachary, il avait une carrure nettement plus étoffée. Si Zachary n'avait pas su qu'il ne faut pas toujours se fier aux apparences, il aurait pensé que le jeune homme était de ces êtres qui gardent à jamais une âme d'enfant. Ce ne pouvait être le cas, puisqu'il voyageait seul. À moins que ses parents n'occupent une autre cabine.

Les deux jeunes gens s'observèrent pendant quelques instants. Voyant que l'autre ne disait rien, le protégé du notaire tendit la main à l'inconnu.

– Je m'appelle Zachary Carr. Nous partageons la même cabine ?

– Oui. Je m'appelle Léopold Hutton, mais je n'aime pas mon prénom et ma mère m'appelle toujours Léo, quoi qu'en dise *l'autre*.

À la seule évocation de sa mère, il battit des paupières afin de retenir ses larmes.

– Cette chambre est minuscule, poursuivit-il en regardant autour de lui.

– En effet, approuva Zachary. Nous sommes tous les deux bien grands pour un espace aussi réduit. Quelle couchette préférez-vous ?

– Celle du haut.

– Tout comme moi. Je vous propose de jouer à pile ou face.

Léo acquiesça sans esquisser un geste, attendant que Zachary tire une pièce de sa poche.

La chance l'ayant desservi, Léo dut se contenter de la couchette inférieure qu'il examina d'un air maussade avant d'en tester le matelas dur.

– C'est mon premier voyage en bateau, déclara-t-il.

– Moi aussi.

– Que faisiez-vous auparavant ?

– Je travaillais dans une épicerie. J'y suis entré très jeune, précisa-t-il par souci de se montrer parfaitement honnête. J'ai eu la chance de ne pas être envoyé à l'usine, comme tous les autres. Avez-vous déjà visité une usine textile ?

— Jamais. Vous travaillez depuis votre enfance ?

— Oui, j'ai commencé à l'âge de douze ans. Et vous, que faites-vous ?

Cette fois, les larmes se mirent à couler.

— Je vivais avec ma mère. Nous étions heureux, jusqu'au jour où elle a épousé mon beau-père. Il ne veut plus que je reste avec eux.

— Ah. C'est donc la raison qui vous conduit en Australie ?

Léo ne répondit pas immédiatement.

— *Il* prétend que ça fera de moi un homme.

— Que dit votre mère ?

— Elle a beaucoup pleuré, mais elle finit toujours par *lui* obéir.

Il renifla, sortit un mouchoir et s'épongea le visage tout en laissant libre cours à ses pleurs.

Dieu du ciel ! songea Zachary. *Un vrai gamin.*

Il donna à son compagnon une tape amicale sur l'épaule, ce qui eut pour effet de stopper les larmes de Léo.

— Les hommes ne sont pas censés pleurer. *Il* se met en colère chaque fois que je pleure, mais je veux ma mère. Quand je suis perdu, elle me dit toujours ce que je dois faire.

Il fourra au fond de sa poche le mouchoir qui dessina une boule dans son élégant costume.

— Et vous, pourquoi allez-vous en Australie ? Et comment s'occupe-t-on sur un bateau ?

— Je suis envoyé en mission par un notaire qui m'a chargé de retrouver les nouvelles propriétaires du magasin où je travaille. Leur oncle est mort, si bien que le commerce leur appartient sans qu'elles le sachent. Elles vont devoir rentrer en Angleterre.

Il dut renouveler son explication à plusieurs reprises avant que Léo finisse par comprendre.

— Nous devrions déballer nos affaires l'un après l'autre. Je vais commencer, vous n'aurez qu'à vous installer sur votre couchette afin de me faciliter la tâche.

— D'accord.

Léo, docile comme un chiot, s'allongea sur son matelas et observa son compagnon de ses yeux bleu pâle, un bras sous la nuque.

Zachary se mit à l'ouvrage. Après avoir posé sur le sol son précieux écritoire de voyage, il sortit ses chemises et les déposa soigneusement dans le tiroir en veillant à ne pas les froisser. Il se moquait que ses sous-vêtements soient chiffonnés, alors que tout le monde verrait ses chemises. Il regretta de ne pas posséder le don qu'avait sa mère de lisser les vêtements avec le plat de la main.

Léo l'observait pendant ce temps, une jambe pendant au-dessus de la couchette.

— Je vais me promener sur le pont, décida Zachary, sa tâche terminée. Vous aurez davantage de place pour ranger vos affaires.

Léo fronça les sourcils.

— Je n'ai jamais vidé une valise de ma vie.

— Vous ne pouvez pas laisser vos vêtements ainsi, ils seront tout chiffonnés.

Zachary, constatant que son compagnon n'esquissait pas un geste, prit la situation en main.

— Je vais vous montrer comment procéder.

Léo afficha brièvement son soulagement avant de froncer les sourcils.

— Je suis capable d'apprendre si vous me montrez. Quand je sais *vraiment* comment m'y prendre, je n'oublie pas. Ma mère dit que je suis lent, mais je suis capable d'apprendre quand on fait preuve de patience avec moi.

Zachary ne put s'empêcher de penser que l'on commettait une grave erreur en envoyant en Australie ce gamin – car Léo, en dépit de sa taille, était un gamin.

— Descendez de votre couchette, je vais vous montrer.

L'opération prit du temps, d'autant que Léo ne prenait aucune initiative, mais il s'appliquait, sa langue pointant à la commissure des lèvres pour preuve de ses efforts. Il ne s'était pas trompé en affirmant qu'il fallait tout lui répéter, et il fallut une demi-heure à Zachary pour lui apprendre un geste aussi simple que plier une chemise.

Le rangement terminé, Léo se releva en attendant la suite.

— Je vais prendre l'air sur le pont, lui annonça son compagnon.

— Puis-je vous accompagner ?

Zachary aurait préféré profiter de ce moment de tranquillité, mais il n'eut pas le cœur de refuser. Il allait devoir s'entretenir au plus vite avec le médecin du bord au sujet de Léo. Un gamin tel que lui était incapable de se débrouiller seul.

Léo enfonça les mains au fond de ses poches.

— Si seulement ma mère était là.

— Vous n'allez pas recommencer à pleurer ?

Léo papillota désespérément des yeux afin de retenir ses larmes.

Une fois sur le pont, les deux jeunes gens plongèrent leurs regards dans le bassin. *Que d'eau*, pensa Zachary, conscient qu'une fois hors de vue des côtes anglaises, ils ne reverraient plus la terre ferme pendant longtemps. Le plus sage était encore de s'occuper afin que le temps s'écoule plus vite. Maître Featherworth lui avait appris que l'on donnait souvent des cours lors des longues traversées et Zachary entendait bien en profiter. Il adorait apprendre.

— Ma mère a pleuré en me disant au revoir, dit soudain Léo. Mon beau-père nous a séparés de force et quand il m'a déposé au bateau, il m'a dit : « Bon débarras, et ne reviens jamais. »

Il afficha une moue boudeuse.

— Mais je reviendrai, pour revoir ma mère. Elle est d'accord.

— Qui vous attend en Australie ?

— Je suis censé travailler pour une connaissance de mon beau-père.

— Comment s'appelle-t-il ?

— Je ne sais pas.

— Ce monsieur vous attend-il à l'arrivée ?

— Je ne sais pas, répondit Léo, perplexe.

— Personne ne vous a donné d'instructions ?

— Mon beau-père m'a dit que je devais avoir les pieds sur terre.

Il regarda ses jambes, comme s'il devait prendre l'expression au sens littéral.

— Je me demande si les gens marchent différemment en Australie. Je ne sais même pas où c'est, l'Australie. Je n'y suis jamais allé.

La discussion se poursuivit pendant quelque temps, puis ils regagnèrent leur cabine où Léo ne tarda pas à s'assoupir. Zachary en profita pour s'éclipser, à la recherche du steward.

— Je dois voir le médecin, c'est urgent.

— Seriez-vous malade ?

— Non, mais j'ai un problème.

— Le docteur Crawford voit uniquement les malades avant le départ. Il est très occupé.

— Dans ce cas, puis-je voir le capitaine ?

Un pli barra le front du steward.

— Puis-je vous demander pourquoi, monsieur ?

— C'est au sujet du garçon avec lequel je partage ma cabine. Je suis convaincu qu'il s'agit d'une erreur. Il est totalement incapable de se rendre seul en Australie.

— Ne vous inquiétez pas, je veillerai sur lui. Son beau-père m'a demandé de m'occuper de lui, il m'a très bien payé pour ça.

— Il est attendu à l'arrivée, au moins ?

— Je crois que oui, sans connaître tous les détails. Une fois qu'on sera en Australie, ce n'est plus mon affaire. Quant au capitaine, il est très occupé, comme le reste de l'équipage. Nous faisons escale à Portland pour embarquer les condamnés.

Zachary hésita à aller trouver le médecin par lui-même, ou bien à s'adresser à l'un des officiers du bord, avant de renoncer. Après tout, la situation de Léo ne le regardait pas, et puis le beau-père du jeune homme s'était assuré que quelqu'un veillerait sur lui pendant la traversée.

Le médecin de la *Clara* devait forcément être au courant.

3

Une averse de grêle accueillit maître Featherworth lorsqu'il regagna Outham le mardi soir. Recroquevillé dans l'habitacle glacial du fiacre qui traversait les beaux quartiers de la ville, seuls équipés de réverbères à gaz, il regretta de ne pouvoir profiter des tropiques, lui aussi.

Il n'en était pas moins heureux de rentrer chez lui, convaincu d'avoir agi dans l'intérêt de ses clientes. Il ne lui restait plus qu'à patienter jusqu'à leur retour.

En regagnant son étude le lendemain, il devina que Ralph Dawson souhaitait le consulter en constatant que le clerc lui apportait son thé, en lieu et place du commis. Dawson, à son service depuis longtemps, n'avait pas l'habitude de parler pour ne rien dire.

– Allez donc vous chercher une tasse, nous discuterons en prenant le thé.

Ralph attendit qu'ils soient installés de part et d'autre de la cheminée pour dire ce qu'il avait sur le cœur.

– J'ai un problème avec Prebble.

– Vraiment ?

– Tout indique qu'il puise dans l'argent que vous envoyez à Dot, se contentant de lui donner des provisions prélevées sur le stock de l'épicerie.

– En quoi cela pose-t-il un problème ? Ne m'avez-vous pas dit qu'il tenait méticuleusement les comptes du magasin ?

— C'est vrai, mais il manque chaque semaine au moins une denrée figurant sur la liste, à savoir une livre de biscuits ordinaires. Mlle Blair a attiré mon attention sur ce point lorsque je lui ai présenté les derniers états de compte. Elle souhaite procéder à une vérification auprès de Dot afin de s'assurer qu'il ne manque rien d'autre.

Le notaire en avait la gorge nouée. S'occuper d'un employé indélicat, voire le licencier, n'était pas pour lui plaire. Si jamais Harry Prebble était convaincu de vol, qui pourrait bien tenir le magasin en attendant le retour de Carr, au mieux six mois plus tard ?

— Je suis certain qu'il doit y avoir une explication.

Ralph lui adressa une grimace qui trahissait ses doutes.

— Ce n'est pas votre avis ? insista le notaire.

— Je n'ai jamais aimé ce Prebble, maître, comme vous le savez. C'est même ce qui m'a incité à vous conseiller de placer une personne de confiance dans l'appartement des Blake.

— Nous avons besoin de lui.

— Nous avons besoin d'un gérant. Il n'est pas le seul capable de tenir la boutique. Un employé plus âgé serait sans doute plus fiable. Pourquoi ne pas passer une annonce dans le journal de Manchester, ainsi que je l'avais suggéré initialement ?

Le notaire s'agita sur son siège.

— Un inconnu ne serait pas au fait de la bonne marche du magasin. En outre, il ne nous appartient pas de nommer un gérant de façon durable. Cette prérogative revient aux héritières. Il serait sans doute préférable que je voie Prebble.

— M'autorisez-vous à être présent lors de cet entretien ?

– Bien sûr. Votre présence sera la bienvenue. Envoyez-lui un coursier en lui demandant de se présenter à l'étude à 14 heures, et apportez-moi les éléments fournis par Mlle Blair dès que vous les aurez en main. Mon Dieu, mon Dieu ! Quelle histoire !

Le clerc vida sa tasse de thé et quitta la pièce. Ralph Dawson était issu d'une bonne famille qui avait connu des déboires, si bien qu'il avait connu une existence difficile. Sa situation avait éveillé chez lui une méfiance naturelle qui s'était révélée payante plus d'une fois. Maître Featherworth ne savait pas comment il aurait fait sans son clerc, mais de là à accuser quelqu'un de vol, il y avait un pas. La prudence était de mise.

D'un autre côté, le notaire n'appréciait guère Prebble, lui non plus. Jamais il ne lui aurait demandé d'assurer la gérance du magasin s'il ne lui avait pas fallu envoyer Zachary en Australie.

Il devait bien y avoir une explication…

*

La *Clara* quitta le port de Londres le 11 janvier et prit la direction de Portland afin d'embarquer les forçats qui, avec leurs gardiens et les familles de ces derniers, formeraient le gros des occupants du navire. Les criminels disposaient d'un espace à part, et il leur était interdit de se mêler aux autres passagers.

Zachary, nu-tête sur le pont, prenait plaisir à laisser la brise lui caresser les cheveux. Léo le rejoignit quelques minutes plus tard. Pour une fois, il ne semblait pas enclin à la conversation.

– Vous ne vous sentez pas bien, Léo ?

Le jeune homme haussa les épaules en frottant le bout de sa chaussure sur le pont.

— Dites-moi ce qui ne va pas, insista Zachary.
— Quelqu'un me l'a dit.
— Vous a dit quoi ?
— Que je suis un demeuré.

Zachary, incapable de trouver une réponse appropriée, n'en perçut pas moins la détresse de son compagnon.

— Mon beau-père me traitait tout le temps de demeuré. C'est la vérité. Je ne sais même pas lire. Ma mère a bien essayé de m'apprendre, et j'en avais envie, je le jure, mais je n'y arrivais pas. Je ne sais rien faire, à part m'occuper des chevaux et des animaux.

— Qui vous a traité de demeuré ?

Léo haussa les épaules.

— Aucune importance. Je n'ai qu'à m'éloigner quand les gens me disent ça. C'est toujours ce que me conseillait ma mère. Elle n'aime pas que je me batte, parce que ça m'attire des histoires, même quand je gagne. Alors j'ai arrêté de me battre.

Quelle vie a eu ce malheureux, pensa Zachary.

— Je n'aime pas me battre non plus, déclara-t-il. C'est le plus fort qui gagne, pas forcément celui qui a raison.

Léo acquiesça, mais il était clair que ce raisonnement était trop compliqué pour lui. Il se montra triste tout au long de la journée et Zachary remarqua qu'il évitait les Gleesome à l'heure des repas. Sans doute l'insulte émanait-elle d'eux, ce qui le mit dans une colère froide.

Il attendit le bon moment, sachant que M. Gleesome sortait fumer un cigare après le dîner pendant que sa femme papotait avec les autres passagères.

Il demanda à Léo de ne pas quitter la pièce commune et suivit Gleesome sur le pont.

— Est-ce vous qui avez tourmenté Léo aujourd'hui ?

Gleesome se retourna d'un bloc.

– En quoi est-ce votre affaire ?

– C'est un ami, et il n'est pas en capacité de se défendre.

– Mêlez-vous de ce qui vous regarde si vous ne voulez pas que je vous dénonce au capitaine pour m'avoir menacé.

Zachary ouvrit de grands yeux.

– Je ne vous menace nullement, mais si vous continuez à importuner Léo, c'est *moi* qui vous dénoncerai au capitaine.

– Il devrait être interdit aux demeurés de voyager avec des personnes de qualité telles que nous. Et s'il s'en prenait à ma femme ?

– Pourquoi le ferait-il ?

– Qui sait de quoi sont capables les demeurés ? À présent, laissez-moi tranquille.

Sur ces mots, il s'éloigna à grands pas et s'accouda au bastingage du côté opposé.

Un inconnu sortit de l'ombre et rejoignit Zachary. Ce dernier sentit sa gorge se nouer en constatant qu'il s'agissait du médecin du bord. Avec-il eu tort de dire ce qu'il pensait ?

– Bravo, le complimenta le docteur Crawford en lui tendant la main.

Zachary la lui serra, sans vraiment savoir ce qui lui valait cet honneur.

– J'ai entendu Gleesome se moquer de ce pauvre garçon tout à l'heure, je comptais lui en toucher deux mots moi-même.

– J'espère qu'il laissera Léo tranquille à présent.

– J'y veillerai. Il a toutefois raison sur un point : ce garçon n'est pas normal, même si je doute qu'il représente un danger pour quiconque.

— Je voulais vous en parler avant le départ.

— Personne ne m'a signalé sa présence à bord, sinon j'aurais refusé de l'autoriser à voyager seul. J'en ai parlé au capitaine, mais il connaît le père et m'a demandé de ne pas m'en mêler. Léo vous a-t-il parlé des siens ?

— Il est très attaché à sa mère, tout en étant terrorisé par son beau-père.

— Il faudrait trouver à ce garçon un métier simple en milieu rural.

— Il adore les animaux, à ce qu'il dit.

— Vous voyez bien. Puis-je vous demander de veiller sur lui pendant la traversée ?

— Je ne puis prendre la responsabilité de ses actions.

Le docteur sourit.

— J'ai pu voir de quelle patience vous faisiez preuve avec lui. Je suis prêt à parier qu'il vous collera jusqu'à notre arrivée en Australie. N'hésitez pas à venir me voir si Gleesome ou un autre vous cherche des noises.

Zachary le regarda s'éloigner, le cœur serré. Comment allait-il pouvoir suivre les cours du bord, ou rencontrer d'autres passagers, si Léo ne le quittait pas d'une semelle ? Il avait pu constater combien les gens évitaient le pauvre garçon. Les femmes en particulier.

Décidément, ce voyage ne se présentait pas sous les meilleurs auspices.

*

Le petit-déjeuner terminé, Alice demanda à Dot de s'asseoir quelques instants à la table de la salle à manger.

— Je souhaiterais examiner la liste des denrées qui vous ont été fournies.

La jeune bonne la regarda d'un air surpris.

— Mais ce n'est pas moi qui gère l'argent, mademoiselle. C'est à M. Prebble qu'il faut demander ça.

— Je souhaite procéder à quelques vérifications, de façon à pouvoir adapter nos demandes.

Le visage de Dot s'éclaira.

— Ah ! Je comprends, dit-elle en prenant place à côté d'Alice.

Son front se plissa tandis qu'elle déchiffrait péniblement les listes concernées en suivant chaque mot du doigt.

— Excusez-moi, mademoiselle, mais ça doit être les comptes de quelqu'un d'autre. Je n'ai jamais eu de biscuits ou de jambon. Je ne m'en plains pas, notez bien. Je mange à ma faim. Et puis les poids ne correspondent pas. Je n'ai jamais eu tout ce sucre et toute cette farine.

— Dites-moi précisément ce qui ne colle pas.

Dot passa en revue la liste des provisions en indiquant au passage ce qu'elle avait réellement reçu, pendant qu'Alice prenait des notes.

— Ce ne sont peut-être pas les bonnes listes, mademoiselle.

— Je m'en assurerai auprès du notaire. N'en parlez pas à Prebble, en tout cas. Je ne voudrais pas qu'il s'offusque au cas où il s'agirait d'une simple méprise.

— Bien sûr, mademoiselle. Surtout qu'il est pas toujours commode.

— Vraiment ? Je ne lui conseille pas de jouer à ce jeu-là avec moi. Vous pouvez reprendre votre travail à présent, Dot. Je dois m'absenter. Je m'occupe de rapporter de quoi déjeuner.

— Vous ne prendrez pas le nécessaire au magasin ?

— Il y a bien marché aujourd'hui, je crois ? J'y trouverai des produits moins chers, et plus frais.

— C'est vrai, mais M. Prebble ne sera pas content. Il dit que c'est grâce au magasin qu'on peut me payer, et que c'est normal que j'achète tout chez lui. Il commande chez le marchand de fruits et légumes quand j'en ai besoin, mais j'évite, la plupart du temps.

— Dites-lui que je m'occupe des courses à partir de maintenant et que je mange beaucoup de fruits et de légumes frais.

Elle adressa à Dot le même regard autoritaire qu'elle réservait habituellement à ses élèves.

— Bien, mademoiselle.

On lisait si bien le soulagement sur ses traits qu'Alice lui demanda :

— Auriez-vous peur de lui ?

Dot se tortilla sur sa chaise.

— Pas peur à proprement parler, mais je ne voudrais pas le mettre en colère.

— À compter d'aujourd'hui, souciez-vous surtout de ne pas me mécontenter. Mais je ne voudrais pas que vous ayez peur de moi.

— Non, mademoiselle. J'avais parfois peur de Mme Blake quand elle avait des comportements étranges, mais je suis contente de travailler pour vous parce que je sais où j'en suis avec vous. C'était pas toujours drôle de vivre ici toute seule, j'avais souvent l'impression d'entendre des bruits en bas la nuit. C'est mon imagination qui me jouait des tours, puisque rien n'a jamais disparu.

Dot se leva, radieuse.

— Je vais profiter que vous ne soyez pas là pour nettoyer le salon.

Quelle brave fille, se dit Alice en mettant son chapeau avant de sortir. Elle remonta lentement la rue principale en direction de l'étude du notaire, les notes prises quelques minutes plus tôt au fond de son panier à provisions. À défaut de la réchauffer, le soleil de janvier lui mit du baume au cœur.

M. Dawson l'introduisit dès son arrivée dans le bureau de maître Featherworth. Lorsque Alice expliqua aux deux hommes ce qu'elle avait découvert, le notaire émit de petits cris ennuyés, perplexe sur la conduite à tenir.

Le clerc se pencha sur les listes.

— La quantité est peu importante chaque semaine, mais cela finit par s'additionner. Si Mlle Blair n'avait rien remarqué, la manœuvre de Prebble serait passée inaperçu.

— Il doit bien y avoir une explication.

Dawson posa sur son employeur un regard sévère.

— Si c'est le cas, maître, il va devoir nous la fournir.

*

En se dirigeant un peu plus tard vers la place du marché, Alice se surprit à espérer que Prebble soit renvoyé. L'idée qu'il possède la clé de la maison et puisse accéder à l'appartement ne lui plaisait guère. Elle se serait sentie plus en sécurité si une porte équipée d'un verrou avait été installée entre l'arrière-boutique et la partie privative du bâtiment.

Elle oublia rapidement ses soucis en découvrant l'animation du marché. Même en période de crise, il était possible de se procurer des produits frais, à condition d'en avoir les moyens. Son panier se trouva rempli si vite qu'elle dut acheter un filet à provisions.

Elle se réjouissait particulièrement de goûter aux fromages crayeux et aux confitures maison des épouses de fermiers. Elle était si chargée qu'elle se mit en quête d'un gamin pour l'aider à porter son fardeau jusque chez elle.

À son étonnement, le marchand adressa un signe à un adulte en lui glissant dans un murmure :

– Il n'a pas de travail, mademoiselle. J'espère que ça ne vous ennuie pas ? Il ne vous demandera pas davantage qu'un gamin.

– Je serai heureuse de pouvoir l'aider.

L'homme, d'une grande maigreur, peinait à respirer tant il était essoufflé lorsqu'ils arrivèrent au magasin. Elle lui donna un shilling qu'il regarda avec des yeux ronds, comme s'il n'en avait jamais vu de sa vie.

– C'est trop, mademoiselle.

– Vous avez une femme et des enfants ?

Il hocha la tête.

– Alors acceptez cet argent pour eux.

Il redressa la tête.

– C'est uniquement pour eux. Comme je ne suis pas assez costaud pour casser des cailloux, je prends ce qui se présente.

– Si vous le souhaitez, je me rendrai au marché à la même heure la semaine prochaine, votre aide me sera utile pour porter mes paniers.

Il acquiesça, la salua d'un geste et s'éloigna de la démarche fatiguée de quelqu'un qui n'a plus guère d'énergie.

Cette rencontre acheva de la décider. Dès qu'elle serait plus vaillante et qu'elle en aurait fini avec l'inventaire, elle aiderait sa cousine dans ses bonnes œuvres. Dresser la liste des possessions des Blake risquait toutefois de se révéler plus compliqué que prévu. Mme Blake ne jetait rien, aussi lui faudrait-il demander à M. Dawson la permission de vider les tiroirs de la morte. Une tâche peu engageante, mais nécessaire.

Elle s'apprêtait à pousser la porte du logement lorsqu'elle vit Prebble qui l'observait à travers la vitrine du magasin.

Elle ne fut pas étonnée lorsque Dot vint la trouver quelques minutes plus tard en lui disant que le jeune homme souhaitait la voir.

— Faites-le monter, décréta-t-elle.

Elle ne l'invita pas à s'asseoir lorsqu'il s'avança peu après dans la pièce.

— J'ai remarqué que vous reveniez du marché, mademoiselle Blair.

Elle inclina la tête en signe d'assentiment, attendant la suite.

— J'ai également remarqué que vous aviez acheté certains articles que nous proposons à la clientèle du magasin. Des confitures, notamment.

Comment pouvait-il le savoir ? Les pots se trouvaient au fond du panier. Aurait-il eu l'audace de fouiller ses affaires dans la cuisine ? Il n'y avait pas d'autre explication. Elle s'efforça de masquer son agacement.

— Je ne vois pas en quoi cela vous regarde, Prebble.

— Je suis au regret de vous contredire, mademoiselle Blair. Nous sommes tous deux des employés du magasin, ce qui nous oblige à une certaine loyauté et…

— Je n'ai pas à me justifier de mes actes auprès de vous, Prebble. Si c'est tout ce que vous souhaitiez me dire, vous êtes libre de retourner à votre poste. J'ai *personnellement* des tâches qui m'attendent.

Il laissa percer sa colère le temps d'un bref instant avant de retrouver un visage impassible.

Il avait beau être de constitution chétive, il émanait de lui une telle violence qu'elle fut heureuse de le voir s'éclipser. Elle comprenait à présent pourquoi la petite bonne avait peur de lui. Elle se réjouit que la porte de sa chambre fût munie d'un verrou. Dot lui avait expliqué qu'il s'agissait de la pièce dans laquelle dormait son maître avant sa mort, précisant qu'il donnait toujours un tour de clé au prétexte qu'il arrivait à Mme Blake d'« errer dans l'appartement la nuit ».

Les raisons pour lesquelles il avait fallu enfermer Mme Blake avaient marqué durablement Dot à qui il arrivait régulièrement de partager des souvenirs avec Alice. Tout indiquait que la vieille femme, atteinte de folie, avait fait assassiner son mari bien que cela n'ait pas été prouvé et que le coupable n'ait jamais été identifié.

*

La journée serait encore chaude, d'une chaleur comme aucun d'eux n'en avait jamais goûté avant de découvrir l'Australie. Pandora épongea son front moite à l'aide de son avant-bras, heureuse que Reece ait installé une toile au-dessus de la table dont ils se servaient pour préparer et prendre les repas. Elle se mit à pétrir du pain pendant que Cassandra coupait des pommes de terre pour le ragoût.

Le moindre effort était difficile dans ces conditions, mais sa sœur ne semblait nullement incommodée. Quant à Reece, il adorait ce climat. De leur côté, les

Southerham évitaient de rester au soleil en milieu de journée. Pandora envia leur chance.

Les menus variaient rarement, bien qu'ils aient fini par rapporter des ingrédients bienvenus de l'épicerie installée au bord de la grand-route, à peu de distance de la propriété où vivaient les jumelles. Donner le nom de grand-route à une piste en terre avait surpris Pandora et Cassandra. Kevin, leur voisin, avait expliqué que les roues des charrettes creusaient des ornières pendant l'hiver, ce qui contraignait les conducteurs des véhicules à les contourner à la recherche d'un terrain plus ferme, si bien que le chemin finissait par s'élargir.

La route conduisait en droite ligne au port d'Albany, à cinq cents kilomètres au sud de Perth. Le courrier à destination de l'Angleterre transitait par là car le mouillage des bateaux y était sûr, ce qui pouvait sembler étrange quand on savait que l'essentiel des habitants de la colonie vivait aux alentours de Perth.

– Je suis impatiente de vivre chez Kevin, sa conversation est si intéressante, dit Cassandra en plaçant les morceaux de pommes de terre dans un bol.

– Reece lui semble très attaché.

– Moi aussi. Je me moque bien que ce soit un ancien forçat. C'est un homme bon et serviable, c'est tout ce qui compte. Reece est en train de nous construire une chambre sur le côté de la maison de Kevin. Il disposait bien d'une pièce supplémentaire, mais elle était minuscule. Il a décidé d'abattre la cloison et de l'ouvrir sur l'extérieur.

Pandora réprima un soupir d'envie. Elle ne s'habituerait jamais à la vie sous la tente, aux horribles insectes qui se glissaient dans les recoins qui leur servaient de chambre. Elle vivait dans la terreur de découvrir un soir un serpent dans son lit. Kevin affirmait que les serpents australiens étaient particulièrement venimeux, qu'une simple morsure de certains d'entre eux pouvait se révéler mortelle. Chaque soir avant de se coucher, elle fouillait sa couche, un simple matelas de paille posé sur une vieille toile. Reece s'était engagé à lui construire un vrai lit en bois avant l'hiver, et elle n'osait pas lui demander de tenir sa promesse plus tôt en le voyant trimer chaque jour de l'aube au crépuscule.

— Tu as décidé de ce que tu porterais le jour de ton mariage, Cassandra ?

— La robe que j'avais à Noël. Elle cache mon ventre mieux que les autres, répondit l'aînée des sœurs Blake en posant brièvement la main sur son ventre.

— Je peux te prêter un col de dentelle.

— Celui qui va avec ta robe bleue ? Tu n'en auras pas besoin ?

— Ce n'est pas moi qui me marie.

— Dans ce cas, je le mettrai. Je te remercie. J'aimerais être la plus belle possible.

Elle rougit légèrement, comme chaque fois qu'elle évoquait son union avec Reece. Son sourire s'effaça brusquement et elle se tourna vers sa sœur d'un air inquiet.

— Je me fais du souci pour toi une fois que tu vivras seule ici.

— Tout ira bien.

— Tu pourrais trouver une autre place si tu ne te plais pas ici. Plus près des jumelles.

— Je préfère rester près de toi. Sincèrement.

Elle forma deux boules de pâte qu'elle déposa dans les moules à pain qu'elle avait convaincu les Southerham d'acheter.

— Voilà qui est fait. J'en ai assez de cuire du pain au bicarbonate de soude tous les jours. Tu te souviens comme il était facile de passer tous les jours chez le boulanger acheter une miche ?

— Tout est différent ici. Nous avons déjà la chance d'avoir un poêle digne de ce nom.

— Mme Southerham n'a pas prévu assez de provisions et d'ustensiles de cuisine, tu ne trouves pas ?

Cassandra jeta un coup d'œil par-dessus son épaule afin de s'assurer que personne ne pouvait les entendre.

— Les Southerham n'ont absolument pas l'esprit pratique. Je me demande bien pourquoi ils ont choisi de devenir colons. Si Reece n'était pas là pour aider M. Southerham, il serait dans la panade. Dès que Reece aura terminé la période qu'il doit à M. Southerham en échange du prix du voyage en Australie, nous comptons nous installer à notre compte et je vois mal comment M. Southerham parviendra à se débrouiller. Nous avons passé un accord avec lui : pour chaque jour de travail que je fournis, Reece peut défalquer une demi-journée du temps qu'il lui doit. M. Southerham s'est fait tirer l'oreille, mais il n'avait pas le choix, Reece lui a dit tout de go qu'il était hors de question que sa femme travaille pour rien.

— Je n'arriverai jamais à comprendre que le travail des femmes ne soit pas considéré comme l'équivalent de celui des hommes, réagit Pandora.

Elle vérifia la consistance des fèves qui avait trempé toute la nuit.

— Je vais les mettre à cuire. Heureusement que nous avons des légumes secs.

— Et des pots de confiture. Nous en consommons une quantité incroyable avec du pain. Si seulement nous avions davantage de fruits et de légumes. Kevin a un citronnier, il fait aussi pousser des melons, mais il en a planté tout juste assez pour lui-même cette année. Reece a promis de nous en apporter quelques tranches, ils sont délicieux. Il y a également du raisin, mais il n'est pas encore mûr.

– En tout cas, ce n'est pas la viande qui manque. Bon tireur comme il l'est, M. Southerham n'a aucun mal à chasser le kangourou.

Pandora se félicita intérieurement d'avoir donné le change ce matin-là en présentant un visage serein à sa sœur. Elle faisait des progrès ; peut-être arriverait-elle un jour à oublier le Lancashire.

*

Cassandra regarda sa jeune sœur enfourner le second moule à pain avant de nettoyer les restes de farine sur la table. Pandora avait toujours le mal du pays, elle le sentait, mais à quoi bon aborder la question, quand elle voyait tous les efforts que déployait sa sœur pour le lui cacher ?

Il restait à espérer que le temps vienne gommer les cernes qu'elle avait sous les yeux. Les sœurs avaient l'intention d'assister à l'office religieux qui se tenait une fois par mois dans la grange voisine du magasin de la grand-route. Qui sait si sa sœur n'y croiserait pas des jeunes gens intéressants ? Cassandra souhaitait de tout son cœur que ses trois sœurs tombent amoureuses et se marient : il ne leur resterait plus qu'à s'installer dans les environs.

À en croire la rumeur, il y avait dix hommes pour une femme dans la colonie du fleuve Swan, si bien que tous les espoirs étaient permis. Trois ans s'étaient écoulés depuis la mort du fiancé de Pandora, et celle-ci semblait avoir surmonté la perte de Bill. Il était temps qu'elle fasse la connaissance de quelqu'un d'autre.

En attendant, elles étaient toutes hors de portée de leur tante, et c'était l'essentiel.

4

Harry comprit en le voyant que maître Featherworth était nerveux et il s'en étonna. Pourquoi diable le vieil homme l'avait-il convoqué ?

Le notaire s'éclaircit la gorge.

— Nous avons découvert certaines… euh, anomalies dans les provisions fournies à la domestique.

Bon sang ! Comment avaient-ils pu s'en apercevoir ? Heureusement qu'il avait tout prévu. Il était trop malin pour ces deux imbéciles. Le clerc le dévisageait d'un air sombre et Harry prit un malin plaisir à ne pas répondre tout de suite.

— C'est le cas des biscuits, par exemple, mais aussi de la farine et du sucre, insista Ralph Dawson. Les quantités ne correspondent pas à celles reçues par Dot.

Harry lui adressa un sourire satisfait et rit intérieurement en voyant l'autre manifester son étonnement.

— C'est le cas, en effet.

— Vous le reconnaissez ?

— Oui. Je procède de la sorte de façon à préserver l'argent des nouvelles propriétaires. En examinant les vrais comptes, vous verrez que j'ai réalisé des économies substantielles. Vous avez fait preuve de trop de générosité envers cette bonne.

Ses deux interlocuteurs froncèrent les sourcils. Harry avait du mal à les comprendre : étaient-ils donc bêtes au point de dépenser plus que nécessaire ? C'était sûrement le cas. Sinon, pourquoi auraient-ils payé une cabine à Zachary ? Harry frémissait à l'idée que ce grand crétin se vautre dans le luxe avec l'argent des sœurs Blake. Harry avait des vues sur l'héritage. Il comptait bien courtiser l'une des sœurs et convaincre les autres de lui confier définitivement la direction du magasin. Il était prêt à tout pour parvenir à ce but.

— Dot n'a nul besoin d'autant de provisions, maître Featherworth. Elle est de constitution frêle. Si elle s'était plainte de manquer, j'aurais augmenté les quantités, mais elle ne m'a jamais rien dit. Je lui ai posé la question, vous pouvez vérifier auprès d'elle. J'aurais économisé encore plus d'argent pour les héritières si vous n'aviez pas demandé à Mlle Blair d'occuper l'appartement. Ce n'était pas nécessaire, je surveille Dot.

Il attendit, mais les deux hommes restaient sans réaction. C'était l'occasion de cibler la gouvernante afin de s'en débarrasser.

— Je suis déçu du manque de loyauté de Mlle Blair. Ce matin encore, elle a fait ses courses au marché au lieu de venir au magasin. Quand je lui en ai fait la remarque, elle n'a rien voulu entendre.

M. Dawson se redressa.

— La façon dont Mlle Blair dépense son argent ne vous regarde en rien, Prebble. N'est-ce pas, maître ?

— Absolument. Une femme de sa qualité, nous pouvons compter sur elle pour prendre les décisions qui s'imposent.

Une femme de qualité ! pensa Harry. *Une vieille fille décharnée, oui ! Du genre à fourrer son nez partout.* Il s'aperçut que Dawson continuait de lui parler. À se demander qui dirigeait cette étude : lui ou le vieux Featherworth. Voilà qui était étrange. Dawson s'habillait de façon discrète et s'adressait à son employeur avec révérence, mais à plusieurs reprises Harry avait vu le notaire chercher son clerc des yeux, comme pour lui demander conseil.

– Si ce que vous affirmez est vrai, montrez-moi donc les vrais comptes, insista sèchement Dawson.

– Très volontiers.

– Je vous accompagnerai au magasin tout à l'heure afin de les examiner. Si vous en êtes d'accord, bien évidemment, maître.

Le notaire hocha la tête, fronça les sourcils en direction de Harry et reporta sur son clerc une attention presque amicale. Décidément, tous ces rupins prétentieux se serraient les coudes. On voyait bien qu'ils n'avaient jamais eu de mal à joindre les deux bouts. Harry était ravi de les berner. C'est même ce qui l'avait initialement poussé à tricher, histoire de leur montrer qu'il était plus malin qu'eux. S'ils n'avaient pas découvert le pot aux roses, il aurait conservé l'argent par-devers lui. Il disposait de quelques sources de revenus annexes. Ces deux vieux auraient fait une attaque s'ils avaient été au courant.

Il trouverait le moyen de montrer de quoi il était capable aux nouvelles propriétaires, afin d'obtenir leur considération. Si tout se passait comme il le souhaitait, il ne garderait pas Featherworth comme notaire.

– Je vous laisse le soin de gérer cette affaire, Dawson.

Il est clair que le vieux est faible et déteste les conflits, se dit Harry en regagnant le magasin en compagnie de Dawson. *En revanche, je dois me méfier de son clerc.*

Il tenta d'entamer la conversation avant de renoncer en constatant que son compagnon se contentait de lui répondre par de brefs hochements de tête.

Harry conduisit son visiteur dans le petit bureau attenant à la réserve et tira d'un rayonnage un livre de comptes qu'il tendit au clerc d'un geste souple.

Renoncer à cet argent l'ennuyait, il comptait placer ces sommes sur le compte d'épargne qu'il possédait depuis quelque temps. Il trouverait d'autres moyens de se rémunérer pour ses efforts, surtout à présent qu'il voyait à quels idiots il avait affaire.

Il avait toujours subtilisé un paquet par-ci ou par-là sans que personne s'en aperçoive, et revendait le produit de ses larcins aux membres de sa famille qui avaient compris que la discrétion était de rigueur. Il n'avait jamais exagéré, mais son épargne était là pour témoigner de l'efficacité de son système.

Harry attendit que le clerc ait achevé d'examiner les livres de comptes avant de lui tendre une petite caisse.

– Vous trouverez ici le fruit des économies réalisées par mes soins. Je comptais l'offrir aux nouvelles propriétaires pour preuve de mes talents de gérant. Je m'efforce d'améliorer la rentabilité du magasin dès que c'est possible et…

– Ce n'est pas ce que nous attendons de vous, Prebble. Nous vous avons choisi pour poursuivre le travail de M. Blake *à l'identique* en attendant la nomination d'un nouveau gérant. Avez-vous procédé à d'autres changements sans nous en avertir ?

Harry hésita avant de comprendre que l'heure n'était pas aux cachoteries, du moins tant qu'il n'aurait pas gagné leur confiance.

– J'ai cessé de fournir le repas de midi aux employés. Le magasin ne peut se permettre un tel luxe par les temps qui courent.

– M. Blake nourrissait-il son personnel ?

Harry acquiesça.

– Il leur donnait des sandwiches.

– Dans ce cas, vous continuerez comme avant.

– Ce n'est vraiment pas la peine. Ils sont assez bien payés pour s'acheter à manger eux-mêmes.

– Ne changez rien aux anciennes habitudes. Si vous n'êtes pas capable de respecter cette règle…

Dawson laissa sa phrase en suspens de façon menaçante.

Harry prit longuement sa respiration avant de répondre.

– J'aurais une question au sujet du nouvel assistant que vous comptez recruter. J'ai bien un garçon qui vient de temps en temps, mais il est difficile de travailler avec quelqu'un qui ne connaît pas le magasin. Il nous arrive parfois de faire patienter certains bons clients. M. Blake doit se retourner dans sa tombe. Je peux facilement trouver quelqu'un qui ferait l'affaire…

– Je m'en charge personnellement. J'aurai nommé quelqu'un avant la fin de la semaine.

– Il serait souhaitable que je puisse participer à son recrutement. Après tout, je suis mieux placé que quiconque pour savoir de qui nous avons besoin.

– Combien de fois devrai-je vous répéter que vous assurez uniquement l'intérim, Prebble ? En attendant le retour des propriétaires, les décisions importantes reviennent de droit à maître Featherworth qui m'en a délégué la charge. Ne cherchez pas à outrepasser vos fonctions. Rien n'a été décidé pour l'avenir, tout simplement parce que les choix futurs relèvent des propriétaires.

– Je m'efforce de faire mes preuves, monsieur. Vous ne pouvez pas m'en vouloir.

– Les changements dont vous avez pris l'initiative me montrent que vous n'êtes pas capable de vous en tenir aux instructions que nous vous avons données.

Harry, voyant que Dawson l'observait d'un air sévère, écarta les mains en signe de soumission.

– Si j'ai mal agi, je…

— Je ne tiens pas à revenir sur le sujet, Prebble. En attendant, vous recommencerez à fournir le repas de midi aux employés.

Le clerc s'éloigna et se posta derrière le commis, occupé à peser du sucre avant de l'emballer dans un sachet bleu, puis il fit lentement le tour du magasin. Harry observa son manège d'un regard mauvais.

Tu ne trouveras rien d'anormal ici, vieux grigou. Je veille à ce que tout soit bien rangé.

Harry attendit que l'un de ses deux employés ait refermé la porte derrière le clerc, puis il afficha un large sourire et s'approcha d'une cliente importante qui venait d'entrer.

Avant leur départ ce soir-là, Harry annonça à ses deux employés et au commis qu'il avait obtenu du clerc de maître Featherworth le recrutement d'un assistant.

— Nous avons également décidé de vous fournir à nouveau le repas de midi, en récompense de vos efforts ces derniers temps.

Un sourire éclaira leur visage et ils attendirent que Prebble les autorise à rentrer chez eux. Ils avaient appris à lui manifester le plus grand respect depuis qu'il avait repris la gérance du magasin, et le nouvel assistant serait bien avisé d'agir de même.

Harry grimaça intérieurement. Il avait eu l'intention d'engager son cousin. Jimmy lui aurait manifesté sa reconnaissance en lui donnant un shilling par semaine pendant six mois. Surtout, il se serait montré d'une loyauté sans faille.

Qui sait comment se comporterait le nouvel assistant, et à qui il obéirait ?

*

L'échec de son petit stratagème continua d'agacer Harry.

Au moment de préparer les salaires de la semaine, il glissa dans une enveloppe celui de Zachary. Quel petit veinard ! À cette heure, il devait se vautrer dans le luxe en plein océan. Verser l'intégralité de ses émoluments à sa mère et sa sœur était parfaitement injuste, mais Harry n'entendait pas remettre en cause ce privilège, surtout avec ce Dawson qui le surveillait à tout instant.

Le mieux était encore de déposer l'enveloppe en passant et de s'intéresser de près à la sœur de Zachary, au cas où il aurait trouvé le moyen de se venger de son collègue à travers elle.

Il sourit. Il n'aimait guère qu'on se moque de lui, personne ne s'y avisait dans son quartier. Les clients aisés qui fréquentaient le magasin avaient leurs faiblesses, au même titre que les pauvres. À condition de trouver le talon d'Achille d'un individu, il était facile de le manipuler.

*

En se levant tôt chaque matin, Cassandra trouvait le temps de modifier ses vêtements de façon à les adapter à sa grossesse. Elle en profita pour fixer à sa robe bleue le col de dentelle prêté par Pandora, puis elle repassa le tout du mieux qu'elle le pouvait sur l'unique table dont disposaient les Southerham.

Lors de la traversée, ses employeurs lui avaient donné la malle de la femme de chambre qu'elle avait remplacée au pied levé en lui disant d'en conserver pour elle le contenu. Susan Sutton avait rejoint sa famille dans le Yorkshire à la dernière minute, au lieu de suivre ses patrons en Australie. Cassandra trouvait dérangeante la façon dont ces gens lui avaient donné les affaires de leur ancienne employée, mais M. Barrett lui avait expliqué qu'il jetterait la malle si elle ne la prenait pas, car il n'avait nullement l'intention de la réexpédier à ses frais à une ingrate.

Cassandra, qui n'avait rien pu emporter lorsqu'elle avait échappé aux griffes des gens payés par sa tante pour l'enlever, n'avait eu d'autre choix que d'accepter les affaires de Susan. Elle avait également conservé les photos et autres souvenirs abandonnés par la femme de chambre. Elle s'était promis de les lui rendre un jour, et de la rembourser des effets qu'elle s'était appropriés.

Elle releva la tête en croyant entendre des voix, mais ses employeurs n'étaient pas encore levés. Francis Southerham ne pointait jamais le bout du nez avant 9 ou 10 heures du matin, alors que la matinée de Cassandra était déjà bien avancée. En dehors de ses chers chevaux et de la chasse, il ne s'occupait de rien, sans qu'elle puisse savoir s'il était paresseux, ou bien s'il avait des problèmes de santé. Livia, sa femme, le suivait souvent des yeux d'un air inquiet, et il avait de fréquentes quintes de toux qu'il tentait de dissimuler.

Cassandra s'en était ouverte à Reece, et celui-ci croyait à un mal grave. Ce n'était pas la première fois qu'elle voyait des gens succomber à une affection des poumons, mais elle espérait que Reece se trompe. Que deviendrait Livia s'il arrivait quelque chose à ce mari qu'elle aimait tant ?

Elle reprit son travail. Le temps de terminer son ouvrage et elle se mettrait aux tâches ménagères. Elle avait bien essayé de retoucher ses vêtements en fin de journée, mais elle peinait à coudre à la lueur de la lampe à pétrole contre laquelle tournoyaient des insectes qui venaient l'ennuyer lorsqu'elle s'approchait trop. Leur vie entière se déroulait à l'extérieur, faute de maison. Elle s'amusait de la façon dont les Southerham se cloîtraient dans leur minuscule véranda tandis que sa sœur et elle s'asseyaient autour de la table, comme pour mieux insister sur le fossé de classe qui les séparait. C'était d'autant plus curieux que les Southerham n'auraient pas survécu longtemps s'ils avaient dû rester seuls. À se demander qui était supérieur à qui.

Cassandra plaqua la robe bleue contre elle.

– Qu'en penses-tu ? demanda-t-elle à sa sœur. À la lumière du jour ?

– Cette couleur te va bien, tu feras une mariée ravissante. Il faudra aussi s'occuper de ton chapeau, j'ai des rubans bleus qui iront très bien avec cette robe.

– Tu es un amour. Malgré tout, je ne ressemblerai à rien. J'aurais aimé m'acheter une robe neuve, mais nous n'en avons pas les moyens.

– Reece ne t'épouse pas pour ta garde-robe. Il t'aimerait en haillons.

La remarque fit sourire Cassandra. Sa sœur avait raison.

– J'ai hâte d'être au jour de notre mariage.

– Le premier dimanche de février arrivera plus vite que tu ne l'imagines.

Pandora baissa la voix avant d'ajouter :

– Une fois mariée, tu seras libre.

– Je devrai quand même continuer à travailler ici.

– Ce sera différent. Tu ne leur *appartiendras* plus une fois ta journée de travail achevée. Ils n'arrêtent pas de nous demander de vaquer à une tâche ou une autre, même quand on a terminé. Ce sera encore pire quand je me retrouverai seule avec eux.

Cassandra posa la main sur celle de sa sœur et la serra affectueusement.

— Je sais, c'est ennuyeux, mais tu ne resteras pas ici éternellement, j'en suis convaincue. C'est un moyen de gagner ta vie provisoirement. Et puis n'oublie pas que Reece et moi vivrons tout près d'ici. Tu pourras venir nous voir souvent. La maison de Kevin est toute proche en coupant par la colline.

*

— Je vais ouvrir, maman, déclara Hallie en entendant frapper à la porte.

Elle écarta le battant et découvrit Harry Prebble sur le seuil. Il la regarda d'une façon qui la mit mal à l'aise. En dépit du fait qu'elle était plus grande que lui, il émanait de lui quelque chose de menaçant.

— Je vous apporte le salaire de Zachary, dit-il en tendant une enveloppe à la jeune fille.

Alors qu'elle tendait le bras, il lui saisit la main avec une telle force qu'elle ne put se dégager.

— Je n'ai pas droit à un merci ?

— Merci.

— La plupart des filles me donneraient un baiser pour leur avoir apporté de l'argent.

Elle ouvrit des yeux ahuris.

— Il faut croire que je ne suis pas comme la plupart des filles.

— Vous n'êtes pas très gentille, dit-il en lui lâchant la main.

Elle allait repousser la porte mais il l'en empêcha.

— La prochaine fois, je compte sur vous pour être plus gentille.

— Eh bien ce ne sera pas le cas.

Il secoua la tête en laissant échapper un bruit de langue réprobateur.

– Vous changerez peut-être d'avis.

– Pour quelle raison ?

– En pensant à votre mère.

Comme elle marquait son étonnement, il ajouta avec un sourire :

– Vous verrez.

Elle referma la porte et s'y adossa. Que signifiait cet avertissement ? Devait-elle en parler à sa mère ? Non, inutile de l'inquiéter, d'autant qu'il ne s'agissait pas d'une menace à proprement parler.

*

La veille du mariage de leur sœur, Maia et Xanthe se retrouvèrent en fin de journée autour d'une tasse de thé dans la cuisine de Galway House.

– Tu es heureuse de travailler ici ? demanda innocemment Xanthe à sa jumelle.

Maia lui adressa un regard étonné.

– Bien sûr. Je suis ravie de m'occuper de Mme Largan. La pauvre, elle souffre le martyre sans jamais se plaindre. C'est une femme très intéressante qui m'apprend beaucoup. Et toi ? Ton travail de gouvernante te plaît, maintenant que tu t'es habituée ?

– Ça va. J'ai encore beaucoup à apprendre, ce qui est agréable. À la maison, c'est Cassandra qui s'occupait de tout. On se contentait de lui obéir. Je suis contente que Mme Largan me prodigue ses conseils.

Elle remua lentement la cuillère dans sa tasse.

– Pourtant, je ne crois pas que j'aimerais rester ici toute ma vie, poursuivit Xanthe. En dehors du travail, il n'y a guère d'activités. Pas de bibliothèque, pas même une église digne de ce nom, encore moins de lieux de promenade. Je suis reconnaissante à Conn de nous autoriser à lire pendant notre temps libre, sinon, je crois bien que je deviendrais folle.

— Nous avons eu beaucoup de chance de trouver un double emploi. J'aurais détesté être séparée de toi.

— Il faudra bien que ça arrive un jour, à moins que nous ne restions vieilles filles toutes les deux.

— J'en arrive à me demander si ce serait si grave, dit Maia, le regard perdu au loin.

— Tu es faite pour te marier et avoir des enfants.

— Je n'ai jamais rencontré d'homme qui m'attire.

— Et ça ne risque pas de t'arriver ici. Quant à moi…

Maia se tut en voyant leur employeur s'avancer dans la pièce en chassant un papillon de nuit qui volait dans son sillage.

— Serait-il possible d'avoir une tasse de thé ? demanda-t-il en mettant un terme aux confidences des deux sœurs.

*

Maia le suivit des yeux d'un air rêveur tandis que Xanthe s'activait. C'était un bel homme et elle avait menti à sa sœur en lui affirmant n'avoir jamais croisé la route d'un homme qui l'attirait. Conn lui plaisait, mais ils faisaient partie de deux mondes bien distincts, si bien que ses espoirs étaient vains. Elle avait beau le savoir, son cœur se mettait à battre plus vite dès qu'elle le voyait.

Il prit place à table avec les jumelles, ce qui n'arrivait ordinairement qu'à l'heure des repas. Il était d'une grande solitude, ce qui inquiétait sa mère.

Il accepta avec un sourire la tasse que lui tendait Xanthe.

— J'imagine que vous vous réjouissez à l'idée de voir vos sœurs demain.

Le visage de Maia s'éclaira.

— C'est vrai. Nous ne sommes pas habituées à vivre aussi loin les unes des autres.

— C'est étrange de penser qu'ils vont se marier dans une grange, remarqua Xanthe en se resservant du thé avant de reprendre sa place à table.

— Les vraies églises me manquent, fit Conn en regardant fixement sa tasse, sans chercher pour une fois à masquer sa tristesse. La beauté des vitraux, tout comme les voix de la chorale dont l'écho se perd dans la nef.

— Il n'y avait pas de vrais vitraux dans notre paroisse, lui expliqua Maia. Le pourtour des fenêtres était coloré, c'est tout. Notre église méthodiste était un bâtiment moderne en brique rouge. Notre pasteur était un homme très bienveillant, en revanche.

— J'ai été trahi par un prêtre, se confia brusquement Conn. En Irlande, nous autres catholiques avions l'obligation de nous rendre dans les églises anglicanes sans pouvoir rétorquer quand on nous disait de nous réjouir que l'Angleterre ait volé notre terre. Après mon arrestation, le pasteur a dit à ma mère d'oublier son fils. Elle n'a jamais remis les pieds dans son église, en dépit des admonestations de mon père.

Il se tut brièvement pour porter la tasse à ses lèvres.

— Aussi incroyable que cela puisse paraître, mon père a cru tout ce qu'on lui racontait à mon sujet. Il n'a même pas souhaité entendre mes explications. Il passe son temps à leur faire des courbettes. « Oui, monsieur. Non, monsieur. Bien, monsieur. »

— Vous avez dû beaucoup souffrir en prison.

Il haussa les épaules.

— Moins que certains. Après tout, je suis encore là, quand d'autres sont morts d'avoir renoncé.

Il vida sa tasse.

— Je vous conduirai à l'église demain. Je suis heureux de m'y rendre chaque fois que je le peux. Le prêtre est un type bien.

— C'est très gentil de votre part.

— Je vous conseille de ne pas vous asseoir à côté de moi si vous avez l'intention de vous lier avec les autres fidèles. Les gens n'aiment guère frayer avec les condamnés émancipés. On a beau avoir été gracié, un ancien forçat reste toujours suspect. C'est simple, même les pauvres me regardent de haut.

Il se leva, une moue aux lèvres en guise de sourire, adressa aux deux sœurs un mouvement de tête et quitta la cuisine en les laissant débarrasser.

— Je n'ai jamais vu un être aussi seul de toute mon existence, malgré la présence de sa mère, murmura Maia. J'aimerais tellement pouvoir lui faciliter la vie.

Elle fronça les sourcils en voyant que Xanthe la regardait en souriant.

— Qu'est-ce qu'il y a ?

— Tu ne peux pas t'empêcher de vouloir régler les problèmes des autres. Tu as bon cœur, ma chérie. Trop pour ton propre bien. Je me dis que tu seras heureuse tant que tu vivras au contact de personnes gentilles. Je suis… différente. Le contact des autres ne me suffit pas.

Sur ces mots, elle s'éclipsa aussi brusquement que Conn, sans que Maia cherche à la suivre. Xanthe avait parfois besoin d'être seule. Maia savait que sa jumelle ne se ferait jamais à un endroit aussi calme, ce qui l'inquiétait. Était-ce pour cette raison que Xanthe avait évoqué la possibilité qu'elles soient séparées un jour ?

Si Maia avait le choix entre s'occuper d'une vieille femme dans la dépendance et rester avec sa jumelle, que ferait-elle ? Pour la première fois de sa vie, elle fut prise d'une hésitation en se posant la question.

5

Le lendemain matin, les jumelles rangèrent rapidement la cuisine avant de se préparer pour le mariage. Mme Largan leur manifesta son approbation d'un hochement de tête.

— Je crois que vous êtes les sœurs les plus jolies que je connaisse. En général, l'une est moins jolie que les autres, mais ce n'est pas votre cas. Vous devez faire tourner bien des têtes. Je suis étonnée que vous ne soyez pas toutes déjà mariées.

Xanthe éclata de rire.

— À moins de compter les kangourous, il n'y a pas beaucoup de têtes à tourner par ici, madame Largan.

— Je ne doute pas qu'il y ait bien des jeunes gens intéressés à l'église.

Conn les rejoignit dans la cuisine.

— Vous êtes prêtes ? Nous…

Il resta muet de saisissement à la vue des jumelles.

— Vous êtes toutes les deux ravissantes aujourd'hui.

Maia se sentit rougir tandis que Xanthe se contentait de rire.

— Vous êtes vous-même plutôt bel homme, Conn Largan.

— Ce n'est pas moi qui dirai le contraire, réagit Mme Largan en adressant à son fils un regard affectueux.

— Tu es sûre de ne pas vouloir nous accompagner, Mère ?

La vieille dame fit non de la tête.

– J'aime autant me reposer, sans compter que cette grange ne m'a jamais fait l'effet d'une église.

Une fois sur place, Maia remarqua que les gens adressaient un vague hochement de tête à Conn avant de détourner le regard, sans même chercher à dissimuler leur déplaisir. Certains pères de famille, méfiants, allaient jusqu'à former un rempart devant les leurs.

Comment s'étonner qu'il soit aussi amer ?, pensa-t-elle.

Les sœurs attendirent le reste de la noce devant l'entrée de la grange pendant que leur employeur garait la voiture à cheval dans le pré voisin. Il avait à peine disparu que les paroissiens s'approchaient des jeunes filles.

Maia, qui avait entendu dire que la moitié des habitants de la colonie étaient des forçats, fut frappée de tant d'injustice. Ces gens ne connaissaient-ils donc pas la valeur du pardon ? En outre, les prisonniers politiques, dont faisait partie Conn, n'étaient pas de la même eau que les condamnés de droit commun. Il n'avait ni tué, ni volé.

Aux réflexions qui avaient échappé à Mme Largan, elle avait cru comprendre qu'il n'était d'ailleurs coupable de rien. Comment pouvait-on condamner un innocent ?

Et pourquoi sa mère vivait-elle ici alors que son père, toujours vivant, était resté en Irlande ?

Il y avait là un mystère qui lui échappait.

Elle tourna son regard vers la route, impatiente de voir ses sœurs.

*

Pandora était à la fois heureuse et triste au matin des noces. M. Southerham avait accepté de conduire sa femme et leurs deux domestiques jusqu'à l'épicerie de la grand-route, à une heure de route de là. Le soleil était brûlant et Pandora avait déployé au-dessus de sa tête le vieux parapluie prêté par Mme Southerham. À l'inverse, Cassandra semblait heureuse de sentir la chaleur lui caresser le visage, mais il est vrai que sa peau ne rougissait pas aussi facilement que celle de sa sœur.

Reece les suivait dans la charrette de Kevin, assis à côté de ce dernier. Conduire une voiture à cheval était l'un des nombreux arts auxquels Reece avait dû s'initier depuis son arrivée. Il était prévu que Cassandra rentre avec eux après la cérémonie, si bien que Pandora resterait seule avec les Southerham.

La congrégation était déjà réunie dans la grange voisine de l'épicerie pour l'office religieux qui s'y tenait tous les mois, les charrettes des fidèles alignées dans le champ voisin.

Les jumelles étaient déjà là et leur employeur, qui se tenait à l'écart, vint saluer les mariés à qui il souhaita beaucoup de bonheur.

Les sœurs s'embrassèrent avant de s'avancer dans l'église improvisée. Au grand étonnement de Pandora, Maia agrippa la manche de Conn alors qu'il allait s'asseoir sur l'un des bancs du fond, et elle l'obligea à s'installer avec elle et ses sœurs.

Les Southerham prirent place au premier rang, comme si c'était leur dû, et tout le monde s'écarta en souriant sur leur passage.

À l'inverse, un large périmètre se dessina autour de Conn Largan, personne n'ayant souhaité s'asseoir sur les bancs voisins. Kevin, traité en paria lui aussi, avait choisi de rester au fond de la grange de façon à ne gêner personne.

Pandora, intriguée, vit Conn discuter à voix basse avec Maia, mais celle-ci refusa de lui lâcher la manche. Voilà qui ne ressemblait guère à Maia, ordinairement si timide.

L'office débuta par la lecture des Écritures, suivie d'un bref sermon. Pandora, qui chantait faux contrairement à ses sœurs, évita d'associer sa voix à celles des autres fidèles. Elle songea au jour où elles avaient chanté pour les passants dans les rues de Manchester afin de gagner un peu d'argent pour leur père malade, à l'époque où toutes étaient sans emploi.

L'office terminé, le pasteur procéda à trois mariages. Celui de Cassandra et Reece fut le dernier.

Pandora sourit en entendant Cassandra répondre « oui » à l'officiant d'une voix forte. À cet instant précis, elle prit la décision de ne pas toujours rester chez les Southerham et de chercher un jour du travail ailleurs, quand bien même cela l'éloignerait de ses sœurs.

*

Cassandra sourit à son mari au terme d'un long baiser.

Reece lui offrit son bras et Cassandra se tourna vers les membres de la congrégation en rougissant avant de s'apercevoir que les fidèles l'observaient avec bienveillance. Certaines femmes avaient même les yeux humides. Elle adressa un bref coup d'œil à ses sœurs, radieuses, et quitta la grange avec son nouvel époux.

Les nouveaux couples reçurent les félicitations de tous, chacun insistant pour embrasser les mariées et leur souhaiter une existence heureuse.

Plusieurs femmes se présentèrent avec de petits cadeaux.

La première tendit un panier à chacune des mariées.

– Je les fais moi-même. Ils sont moins beaux que ceux de Perth, mais ils sont tout de même pratiques. Il est toujours utile d'avoir plusieurs paniers quand on fait ses courses.

– Voici de l'excellent thé, fit une autre en tendant un paquet.

– Un pot de ma confiture de melon. Je vous ai ajouté la recette et quelques graines de melon pour que vous puissiez en planter. Ils poussent tout seuls par ici.

– Un flacon du chutney que je prépare chaque année avec des pommes et des raisins secs. Vous avez également la recette, et s'il vous faut une bouture de notre pommier, n'hésitez pas à m'en réclamer une.

– Je vous dis tout de suite oui, répliqua Cassandra.

Bouleversée par tant de générosité, elle vit son nouveau panier se remplir de préparations maison et de recettes de cuisine, conformément à un rituel manifestement bien établi.

– Comment les gens peuvent-ils se montrer aussi gentils avec moi et traiter M. Largan comme un lépreux ? s'étonna-t-elle auprès de Reece sur le chemin du retour, après avoir pique-niqué à l'ombre d'un bosquet en compagnie des jumelles.

– Ils me réservent le même traitement, réagit Kevin, assis derrière le couple à qui il avait laissé le banc de conduite. Les condamnés émancipés sont systématiquement rejetés ici, même lorsqu'ils font fortune. Cela n'empêcherait pas les gens de jaser si nous n'allions pas à l'église.

Kevin, voyant Cassandra rougir de l'impair qu'elle venait de commettre, émit un petit rire.

— Ne soyez pas gênée, ma belle. J'ai eu le temps de m'habituer.

Elle se retourna afin de le remercier d'un sourire et s'inquiéta aussitôt de lui trouver si mauvaise mine.

— Vous ne vous sentez pas bien ?

— Je suis fatigué, c'est tout. Je me reposerai pendant un ou deux jours à notre retour, mais j'étais heureux d'assister à votre mariage.

Ils saluèrent de loin Pandora et les Southerham à la fourche où se séparaient leurs chemins et laissèrent Delilah, la jument de Kevin qui était aussi laide qu'opiniâtre, partir à l'assaut de la colline sur laquelle était perchée la ferme de l'ancien forçat.

Cassandra, portée par l'étrange sentiment de rentrer chez elle, échangea un sourire avec Reece.

*

La maison de Kevin était plus grande et en meilleur état que celle des Southerham. Reece aida sa femme à descendre et lui offrit le bras. Ils contemplèrent pendant quelques instants la pièce que Reece avait ajoutée au bâtiment, dont les murs de planches neuves tranchaient avec le reste de la bâtisse, usé par les ans.

Pandora et elle avaient aidé Reece les deux dimanches précédents, laissant leurs employeurs se débrouiller seuls. Francis n'avait pas caché son mécontentement, estimant qu'un seul dimanche par mois suffisait aux domestiques, mais Livia avait fini par le convaincre.

Kevin, qui avait longtemps mis à profit ses talents de menuisier jusqu'à ce que sa santé l'empêche de continuer, avait assuré la supervision des travaux. Il avait fait don à Reece, en guise de cadeau de mariage, du bois de construction qui lui restait. Reece avait érigé les murs de la chambre en utilisant des rondins grossièrement taillés dont les interstices étaient aveuglés à l'aide de plus petites planches. Le toit était constitué de larges morceaux d'écorces fixés sur la charpente à l'aide de cordes attachées à de gros cailloux. Le résultat n'était pas forcément beau, mais l'ensemble était solide.

La nouvelle pièce achevée, Reece avait démoli la cloison de son ancienne chambre de façon à agrandir le salon, conscient qu'il serait agréable de disposer à terme d'un espace plus vaste si les mois d'hiver étaient aussi pluvieux que l'affirmait Kevin. Les deux hommes envisageaient même de construire un passage couvert afin que Cassandra puisse se rendre dans le réduit servant de cuisine, un espace ouvert qu'une simple cloison protégeait des vents dominants, à une dizaine de mètres du bâtiment principal. La jeune femme disposait d'un « poêle colonial » américain, assez semblable à celui qu'elle avait à Outham.

Elle était heureuse de posséder enfin un chez-soi, surtout après avoir vécu des semaines durant sous la tente.

Reece pénétra le premier dans la maison. Au grand étonnement de sa femme, il se retourna, la souleva, la prit dans ses bras et lui fit franchir le seuil de leur chambre.

Tandis que Kevin riait discrètement dans leur dos, Reece repoussa la porte d'un coup d'épaule, reposa Cassandra et la gratifia d'un baiser qui fit chavirer son âme. Elle avait été surprise, lorsqu'il l'avait embrassée pour la première fois, de ne ressentir aucune appréhension. Sans doute parce que le contraste était total avec les mauvais traitements reçus des hommes qui l'avaient violentée.

Elle passa un bras dans le creux du sien et regarda tout autour d'elle. La pièce était petite et le lit prenait beaucoup de place, coincé entre leurs deux malles posées de part et d'autre sur laquelle trônaient des chandelles.

— D'où vient cette courtepointe en patchwork ?

— Je l'ai achetée au magasin. C'est l'œuvre d'une femme des environs. Elle est douée, tu ne trouves pas ?

— Je n'en ai jamais vu d'aussi jolie. Tu as dû mettre les bouchées doubles pour tout terminer à temps, Reece.

— À défaut de pouvoir t'offrir un palais, j'avais envie de t'offrir au moins un peu d'intimité.

Il montra du doigt une penderie improvisée, surmontée d'une étagère.

— Je compte fabriquer des portes pour l'armoire, mais j'ai pensé que j'aurais davantage de temps pendant la saison des pluies. Tu verras, Cassandra. Tout finira par s'arranger.

— Je me fiche d'avoir de l'argent et des biens. C'est toi que je veux. Je suis décidée à travailler à tes côtés pour nous construire, ainsi qu'à nos enfants, une vie meilleure.

— Je veillerai à m'occuper de toi tout particulièrement pendant ta grossesse. Je ne veux pas que tu te fatigues inutilement.

En lisant l'inquiétude dans ses yeux, elle se souvint que Reece avait déjà été marié et qu'il avait perdu sa femme et son enfant à la naissance du bébé.

— Je ferai attention, Reece, mais je ne peux tout de même pas attendre ici en me tournant les pouces jusqu'au jour de l'accouchement. Autant continuer à travailler quelque temps pour les Southerham de façon que tu puisses quitter leur emploi plus tôt que prévu.

— Promets-moi d'être prudente.

— Je me sens parfaitement bien. Je n'ai même plus de nausées le matin. Ta première femme a-t-elle été malade pendant sa grossesse ?

— Elle était déjà de constitution fragile quand je l'ai épousée, mais j'ai pensé qu'elle se remettrait en mangeant convenablement. Tout s'est bien passé au début, mais sa santé l'empêchait d'avoir des enfants.

Il chassa ces mauvais souvenirs d'un mouvement de tête.

— Je n'ai pas envie d'en parler le jour de notre mariage.

— C'est la vie, pourtant. J'entends tout savoir de toi.

— Aujourd'hui ? s'exclama-t-il sur un ton moqueur. Nous ne pourrons jamais nous coucher si je dois te détailler mon parcours.

— Mais non, grand bêta. Je veux que tu sois heureux aujourd'hui. Demain, je mettrai un peu d'ordre dans la chambre avant de retourner travailler mardi. Je me suis déjà arrangée avec Mme Southerham pour avoir mon lundi.

Elle caressa de la main la petite table et les deux chaises disposées près de l'unique fenêtre. Il s'agissait de jolis meubles, d'une qualité bien supérieure à ceux qu'elle avait eus jusqu'alors.

— Où les as-tu trouvés ? demanda-t-elle.

— Ils appartiennent à Kevin. Il lui reste quelques affaires stockées dans un appentis, faute de place.

— Les gens se sont montrés d'une grande gentillesse avec nous, à commencer par lui.

— Il a besoin de nous et ce besoin ne fera que croître avec le temps. Je doute qu'il passe l'année. Il me manquera beaucoup.

Reece se plaça derrière sa femme et l'enlaça. Elle se coula entre ses bras et constata qu'il avait beau être grand, elle l'était presque autant. Les sœurs Blake étaient toutes élancées. Cette pensée lui rappela soudain qu'elle avait changé de patronyme en se mariant.

— Mme Gregory, murmura-t-elle.

Il l'embrassa avec une telle douceur qu'elle en eut les larmes aux yeux.

— Je ne te toucherai pas tant que tu n'auras pas donné naissance à cet enfant, mon amour.

— Non, Reece. J'entends devenir pleinement ta femme. En outre, j'ai *besoin* de laver des souvenirs terribles.

Sa voix s'était mise à trembler, comme chaque fois qu'elle revoyait dans sa tête ces journées de cauchemar pendant lesquelles elle avait été violée sans répit. Elle se demandait encore comment elle avait pu ne pas perdre la tête. Mais elle avait survécu et n'entendait pas laisser cette blessure gâcher le reste de sa vie.

Elle tourna la tête et sonda son regard. Elle y lut un tel amour qu'elle éprouva l'envie de le toucher, de l'embrasser, de l'aimer.

— Quelle chance j'ai de t'avoir retrouvé.

— C'est une chance partagée. Comment ai-je pu être assez bête pour quitter l'Angleterre sans toi ?

Il préféra n'en rien dire, mais Cassandra n'aurait jamais connu un tel calvaire s'il l'avait emmenée en Australie avec lui. De toute façon, il ne pouvait rien changer au passé.

Elle finit par se dégager de son étreinte.

— Cela t'ennuierait d'aller chercher ma valise, s'il te plaît ? J'en profiterai pour ranger nos cadeaux avant de préparer à manger. Ne trouves-tu pas adorable de la part de ces femmes d'offrir des présents à une parfaite inconnue ?

Ce geste lui avait réchauffé le cœur, en lui montrant qu'elle disposait de voisins sur lesquels compter en cas de besoin. Elle se promit d'apporter un cadeau à la mariée la prochaine fois que serait célébrée une union.

Reece la suivit jusqu'à la cuisine.

– Nous pouvons discuter pendant que tu fais à manger. N'hésite pas à me dire si je peux t'aider. Tu sais comment fonctionne le poêle ?

La question amusa Cassandra.

– Sur quoi crois-tu que je préparais les repas à Outham ?

– Parfait. En attendant, autant te prévenir d'emblée : j'ai un solide appétit.

Il ouvrit les grilles d'aération et jeta un coup d'œil dans le fourneau.

– J'avais remis du bois avant de partir ce matin et il reste des braises. Tu auras des flammes dans un instant.

Il attarda son regard sur l'unique cloison de la pièce.

– Je vais réfléchir au moyen d'améliorer cette cuisine avant l'hiver.

– Nous aurons besoin d'un garde-manger grillagé. Quelqu'un m'expliquait tout à l'heure qu'il suffisait de le recouvrir d'un tissu humide pendant les grandes chaleurs pour que les aliments restent frais.

– Il faut également veiller à placer des soucoupes remplies d'eau sous les pieds des meubles si nous ne voulons pas que les fourmis s'introduisent partout. C'est un truc que m'a enseigné Kevin.

– Nous avons tant à apprendre. Mais si les autres femmes sont capables de préparer des conserves, des confitures et Dieu sait quoi d'autre, je peux y arriver aussi bien qu'elles. Je pensais demander conseil aux femmes de la paroisse. Livia est très gentille, mais ce n'est pas une femme d'intérieur.

— Surtout, elle ne possède pas l'arrogance de Francis.

À la fin du dîner, Kevin annonça son intention de se mettre au lit. Il paraissait épuisé.

— Il n'a pas l'air bien, remarqua Cassandra à mi-voix.

— Il n'aime pas parler de lui et refuse que je le conduise chez le médecin.

— Je ne savais pas qu'il y en avait un dans les environs.

— Ce n'est pas le cas. Je pensais te conduire à Perth quand tu seras à terme.

— J'aime autant rester chez moi et requérir l'aide d'une voisine. Il doit bien y avoir quelqu'un qui possède des talents de sage-femme. Nous poserons la question à l'église le mois prochain.

Cassandra entreprit de débarrasser. Le crépuscule ne durait jamais longtemps en Australie, à peine le soleil était-il couché que la nuit tombait, si bien qu'ils se couchèrent rapidement.

Elle se blottit contre lui, inquiète à présent qu'était venu le moment de faire l'amour avec lui. Elle comprit que ses craintes n'étaient pas fondées en constatant avec quelle douceur il l'embrassait et la caressait. Elle répondit instinctivement à ses avances et se laissa emporter par une vague de plaisir qui la laissa pantelante entre ses bras.

— Ce sera un beau bébé, déclara Reece quelques minutes plus tard, la main posée sur le ventre de sa compagne. Il est déjà gros.

Cassandra sentit revenir ses doutes.

— J'espère que nous l'aimerons.

— Évidemment, que nous l'aimerons. Ce sera un enfant, et non un criminel, et je serai le seul père qu'il connaîtra. C'est ma seule condition : il ne doit jamais savoir qu'il n'est pas mon fils.

Elle s'endormit avec un sourire sur son visage, sa main serrée autour de celle de son mari.

*

Zachary étouffa un grognement agacé en voyant Léo débouler dans leur cabine.

— Les marins maltraitent les animaux, annonça Léo en tirant son ami par la manche. Vous devez les empêcher. Ils refusent de m'écouter. Venez !

Zachary posa son livre avec précaution. Quand Léo avait une idée en tête, il n'en démordait pas facilement.

— Je vous l'ai déjà expliqué, c'est la mission de ces hommes de s'occuper des animaux du bord, il faut les laisser en paix.

— Mais ils s'y prennent *mal*. Les animaux risquent de *mourir*. Allez leur dire. Ils m'ont ri au nez, alors qu'ils vous écouteront.

— Je ne connais rien aux animaux. De toute façon, la plupart d'entre eux seront abattus pendant la traversée pour nourrir les passagers. Je ne comprends pas pourquoi vous vous mettez dans un tel état.

— On abat des animaux pour leur viande tous les jours, mais on peut les tuer gentiment. On n'a aucune raison de les maltraiter.

Le visage de Léo se chiffonna.

— C'est mal de maltraiter des êtres vivants.

Zachary laissa échapper un soupir. Il savait combien les gens étaient méchants avec Léo, et ce dernier le vivait mal. En dépit de sa carrure, il n'utilisait jamais sa force tant il était doux. Zachary, qui supportait mal qu'on le raille en permanence, avait fini par devenir son protecteur tout en se demandant qui jouerait ce rôle une fois que Léo se trouverait en Australie. Comment pouvait-on abandonner de la sorte un être aussi fragile ?

— Allez ! insista Léo en l'obligeant à quitter sa couchette.

— Je veux bien rendre visite à ces animaux, mais rien de plus.

En dépit de cet engagement, il put constater sur place combien les pauvres bêtes étaient maltraitées. Les tristes caisses dans lesquelles elles étaient enfermées n'étaient jamais nettoyées et personne ne songeait à remplir leurs seaux d'eau propre.

— Je vous propose d'aller voir le médecin, proposa-t-il en guise de compromis.

Le docteur Crawford, chargé du bien-être des passagers comme des forçats, n'était pas occupé pour une fois, et il se laissa convaincre de visiter le local où séjournaient les animaux.

— Puis-je aller leur chercher de l'eau ? s'enquit Léo en se dandinant.

Le médecin fronça les sourcils.

— Vous ne suffirez jamais à la tâche. Je vais voir si l'un des forçats ne peut pas s'en occuper. Le membre d'équipage chargé de surveiller ces bêtes est actuellement malade, et personne ne s'est préoccupé de le remplacer. Les marins n'aiment guère s'occuper des animaux du bord.

— Il fait très chaud et ils ont soif, nota Léo. Ils ont besoin d'eau.

— Je peux le surveiller, proposa Zachary. Si vous trouvez un forçat capable de s'occuper des bêtes, il sera trop heureux d'accepter et Léo pourra l'aider.

Il s'approcha du médecin et poursuivit à voix basse :

– Cela fera le plus grand bien à Léo d'avoir une occupation.

Le docteur Crawford hocha la tête.

– Vous êtes d'une grande bonté envers ce garçon.

– Je n'ai pas vraiment le choix, puisque nous partageons la même cabine. En outre, il a un excellent fond.

– À moins de le pousser à bout, rectifia le médecin. J'ai déjà vu ce qui se passe lorsque l'on titille un peu trop ce genre d'individu. Je vous engage à rester sur vos gardes.

Zachary acquiesça d'un air entendu, mais il voyait mal Léo s'en prendre à quiconque.

*

Deux jours plus tard, le navire se trouva pris dans une tempête et les passagers eurent l'obligation de rester enfermés dans leurs cabines. Le grain passé, Léo se rendit dans le local réservé aux animaux en compagnie du forçat affecté à leur entretien.

Ils découvrirent avec consternation que l'une des vaches avait une patte cassée.

– C'est un animal d'élevage de grande valeur, annonça le condamné. Son propriétaire ne va pas être content.

Tandis qu'il se mettait en quête d'un officier, Léo examina la pauvre bête qui poussait des meuglements déchirants.

Le médecin du bord ne put que secouer la tête.

– On ne peut plus rien pour elle. Il va falloir l'abattre.

– Je peux lui remettre sa patte, suggéra Léo.

Ses compagnons posèrent sur lui un regard étonné.

— Avez-vous déjà pratiqué ce genre d'opération ? s'enquit le docteur.

— Oui, répondit le jeune homme. Le maréchal-ferrant m'a montré comment procéder sur un mouton.

— L'animal s'est-il remis ?

— Oui. Quand il s'agit d'un membre antérieur, il est possible de guérir une simple fracture. En revanche, les blessures des membres postérieurs sont désespérées. Si quelqu'un la maintient, je peux réduire la fracture. Je vais avoir besoin d'une attelle et d'un bandage.

— Il ne sait pas de quoi il parle, marmonna le forçat en se frappant le front avec l'index.

— Il semble pourtant sûr de son fait. Les simples d'esprit ont parfois des dons particuliers. Nous n'avons rien à perdre, de toute façon, d'autant que cet animal a une grande valeur marchande.

Il se tourna vers Léo.

— Très bien, jeune homme. Montrez-nous donc de quoi vous êtes capable.

— Vous ne voulez pas essayer vous-même, docteur ? insista le forçat. Je ne voudrais pas qu'on me reproche la mort de cette vache.

— Je n'ai aucune expérience avec les animaux, contrairement à lui. Je compte assister à l'opération, prêt à l'empêcher de commettre des bêtises, quitte à abattre l'animal le cas échéant.

Léo replaça l'os de la patte avec une rapidité stupéfiante, sans se soucier des récriminations de l'animal qui se débattait.

— Il nous faut à présent fixer une attelle, décida-t-il.

— C'est tout ? s'étonna le forçat, presque déçu.

Léo posa sur lui un regard surpris.

— C'était une simple fracture.

– Cette vache va-t-elle se remettre ? demanda le médecin.

– Certaines bêtes guérissent, d'autres meurent, mais celle-ci est jeune. Le mieux serait que je reste à ses côtés.

Il caressa la tête de l'animal qui se calma aussitôt.

Des passagers comme des membres d'équipage vinrent examiner l'animal avant de repartir en grommelant.

Léo, ignorant les grincheux, passa le plus clair de son temps auprès de la vache malade pendant plusieurs jours.

– C'est absolument incroyable, confia le médecin à Zachary. Il s'y est pris en un tournemain, et je n'en reviens pas de la façon dont l'animal se comporte en sa présence. Si jamais cette vache guérit, son propriétaire sera un homme heureux.

6

Pandora se leva tôt le lendemain du mariage en voyant les premiers rayons du soleil traverser la toile de sa tente. Elle s'était réveillée en sursaut à plusieurs reprises cette nuit-là, intriguée par un bruit inhabituel.

Elle se lava de la tête aux pieds et profita des quelques instants de fraîcheur du petit matin sur son corps nu tout en se sentant coupable de tant d'impudeur. Elle enfila à regret son caleçon, un jupon, une jupe légère, une chemisette et un corsage dont elle remonta les manches dans l'espoir vain de ne pas avoir trop chaud. Elle passa sur le tout une robe tablier en serge et se regarda longuement dans le miroir brisé que Mme Southerham lui avait donné.

Elle avait le teint doré, sans être aussi hâlée que ses compagnons. Elle évitait de trop s'exposer au soleil afin d'éviter la chaleur qu'elle redoutait. Ses cheveux avaient retrouvé leur brillance naturelle, après avoir longtemps été ternes à l'époque où elle ne mangeait pas à sa faim.

Elle se demanda si la population d'Outham souffrait toujours de la famine, si la guerre de Sécession avait pris fin en Amérique. Les nouvelles du monde ne leur parvenaient qu'avec retard, ce dont se plaignait régulièrement M. Southerham.

Les colons ne se déplaçaient qu'à pied ou à cheval. Son employeur lui avait promis de lui apprendre à monter, si elle le souhaitait, et elle comptait bien le rappeler à son engagement. Le jour venu, peut-être l'autoriserait-il à rendre visite occasionnellement à Xanthe et Maia. À force de vaquer quotidiennement aux mêmes occupations sans personne à qui parler, l'ennui avait fini par s'installer. Elle n'avait pas choisi le métier de domestique par goût. À l'époque où elle travaillait à l'usine, la tâche était rude et peu gratifiante, mais au moins s'amusait-elle avec ses collègues et occupait-elle son temps libre à sa guise.

Elle quitta la tente avec sa cuvette d'eau sale qu'elle déversa sur la maigre rangée de plantes qui peinaient à survivre. L'eau était trop précieuse pour qu'on se permette de la gâcher. Il n'était pas tombé une goutte de pluie depuis leur arrivée en décembre.

En allant tirer un seau d'eau fraîche au puits, elle aperçut plusieurs kangourous femelles derrière la maison. Kevin affirmait que les mâles pouvaient se montrer dangereux, à l'inverse des femelles. Les kangourous se déplaçaient en bande et elle reconnut la plus grande femelle à son oreille déchirée.

Elle regarda les animaux s'éloigner, alluma le feu et se prépara du thé qu'elle but dans l'un des gros mugs émaillés dont tout le monde se servait. Cela n'empêchait pas les Southerham de sortir leurs tasses en porcelaine l'après-midi, pour « conserver leur rang », ainsi que l'expliquait M. Southerham, sans se soucier de donner à sa domestique une besogne supplémentaire. Il lui fallait laver le service à thé avec mille précautions avant de l'essuyer à l'aide d'un torchon afin de ne pas écailler la fine porcelaine.

Elle remua le liquide sombre en faisant tourner son mug jusqu'à provoquer un tourbillon. Il n'y avait pas de lait, les Southerham n'ayant pas souhaité s'encombrer d'une vache. Sans compter que le lait tournait sous l'effet de la chaleur. Pandora n'utilisait pas de sucre non plus, elle avait appris à apprécier l'amertume du thé à l'époque où il leur fallait compter chaque sou. À Outham, les sœurs passaient le thé à plusieurs reprises jusqu'à ce que l'eau chaude perde toute couleur. Sans doute était-ce la raison qui la poussait à laisser infuser longuement le breuvage désormais.

Mme Southerham apparut sur la véranda du minuscule cabanon. Elle s'étira en bâillant et la rejoignit à l'ombre de la toile tendue au-dessus de la table.

– Reste-t-il du thé ?

– Oui, j'en ai préparé pour tout le monde, répondit Pandora en se levant.

– Restez assise, je me servirai toute seule. Le mariage s'est bien passé, vous ne trouvez pas ?

– Si. Cassandra était ravissante en mariée.

– Pas aussi belle que vous le serez le jour venu.

– Je doute de trouver un jour un garçon aussi gentil et drôle que Bill.

– Vous dites ça, mais vous finirez par rencontrer quelqu'un. Je m'étais résignée à rester vieille fille quand j'ai fait la connaissance de Francis. Une fille aussi belle et intelligente que vous ne peut qu'attirer les hommes.

Pandora ne chercha pas à la contredire. Elle n'avait aucune intention d'épouser un colon, pour passer le reste de sa vie aussi loin de tout. Elle partit chercher la farine et prépara du pain en s'acharnant sur la pâte, mécontente que tout le monde veuille la marier.

Elle enfourna les moules et son regard se perdit sur le chemin de la ferme. Elle se prit à rêver qu'un inconnu arriverait un jour par cette route et la ramènerait dans le Lancashire.

Quelle idiote ! Les chevaliers servants n'existaient que dans les contes de fées. Elle se promit pourtant de s'échapper un jour, ne fût-ce que pour s'installer à Perth.

*

La semaine suivante, Hallie se trouvait au marché avec sa mère lorsque celle-ci fut bousculée par un gamin au visage dissimulé par une casquette et un cache-nez qui s'enfuit aussitôt.

Hallie aida sa mère à se relever avec l'aide du propriétaire d'un étal voisin, mais Mme Carr peinait à reprendre son souffle et il fallut l'installer sur un tabouret.

— Il m'a littéralement frappée à l'estomac.

Hallie se souvint de l'avertissement de Harry. Il avait trouvé le moyen de l'atteindre en faisant du mal à sa mère sous prétexte d'un accident.

— Quel garnement ! s'énerva le commerçant qui avait aidé Mme Carr. Si je connaissais son nom, j'irais en toucher deux mots à ses parents.

Il éleva la voix.

— Quelqu'un a reconnu ce gamin ? lança-t-il à la cantonade.

Quelques personnes répondirent non de la tête. Chacun avait déjà repris ses occupations.

Sur le chemin du retour, Hallie se demanda ce qu'exigerait Harry la prochaine fois. L'idée même de l'embrasser lui donnait la nausée, mais il risquait de s'en prendre à sa mère pour de vrai si elle refusait.

Elle n'osa en parler à personne. Les Prebble avaient la réputation de se venger quand on s'en prenait à eux.

*

Il plut enfin au début du mois de mars, de grosses gouttes qui séchaient instantanément au sol, ce qui n'empêcha pas Pandora de se précipiter, tête levée vers le ciel, afin de savourer l'eau fraîche sur son visage.

Son manège eut le don d'amuser Cassandra, restée sous la protection de l'auvent. Pandora rit à son tour en pirouettant sur elle-même, bras écartés. Les Southerham étaient partis se promener à cheval si bien que les deux sœurs étaient seules, pour une fois, libres malgré les tâches qui les attendaient.

Reece sourit à son tour en voyant danser Pandora. Livia Southerham avait enfin convaincu son mari d'agrandir leur refuge en fermant une partie de la véranda avant l'arrivée des pluies hivernales et Reece s'y employait en utilisant les restes de caisses en bois, ainsi que des morceaux d'écorce prélevés sur les arbres. Ils achèteraient du verre afin de fabriquer des fenêtres lors de leur prochain séjour à Perth.

Il s'arrêta très rapidement de pleuvoir, à la grande déception de Pandora qui vit revenir le soleil avec lassitude.

– Je me demande bien comment sont les hivers, s'interrogea-t-elle alors qu'ils s'accordaient une courte pause. On ne peut pas dire que ces quelques gouttes soient de la pluie.

– Elles tombent si dru en hiver qu'elles rebondissent en touchant le sol, lui expliqua Reece. La pluie arrive tout droit de la mer, précisa-t-il en désignant l'horizon. Les nuages arrivent rarement de l'est.

Cassandra sortit les mugs.

– Je m'inquiète de te voir rester seule dans cette tente. Et si elle s'envolait ?

Pandora haussa les épaules.

— Si c'est le cas, je me réfugierai dans la maison, ou bien chez vous.

— Je vous construirai un vrai lit et j'abriterai la tente sous un toit d'écorce avant la saison des pluies, promit Reece.

— Croyez-vous que M. Southerham vous en laissera le loisir ?

— Il faudra bien. Il ne peut pas vous laisser dormir sous une tente détrempée qui risque de s'envoler à chaque instant. Même ses chevaux sont mieux abrités que vous.

*

Francis et Livia avançaient à cheval sur un petit sentier en pleine brousse lorsque la pluie s'était mise à tomber. Ils ne savaient pas où menait le petit chemin, ni qui l'avait tracé, mais il était clair que personne ne l'avait emprunté récemment.

La sente finissait par redescendre en flanc de colline en direction de la route d'Albany sur laquelle s'ouvrait l'entrée de leur propriété.

— La pluie ! s'exclama Livia en tendant la main, paume vers le ciel. Flûte ! Elle s'arrête déjà. J'aurais tout donné pour une véritable averse.

Voyant que son mari était perdu dans ses pensées, elle s'arrêta.

— Poursuivons à pied, proposa-t-elle. Les chevaux nous suivront.

Elle profita de ce moment pour poser une question qui lui brûlait les lèvres depuis longtemps.

— Que se passe-t-il, Francis ? Et ne me dis pas que tu vas bien. J'ai bien remarqué que tu te fatiguais plus facilement, que tes quintes de toux avaient repris. Ce n'est pas…

Elle se tut, incapable de prononcer le mot qu'elle redoutait.

Il s'immobilisa et chassa du pied une petite branche.

— C'est vrai que je suis plus fatigué. J'ai... j'ai recommencé à cracher du sang. Mais pas en grande quantité.

Elle lui posa une main sur le bras.

— Quand je te pose la question, tu me dis que c'est à cause de la poussière. Il est vrai qu'il n'en manque pas.

— Je pensais que ça irait mieux en nous installant ici.

— C'est même ce qui a convaincu ton père de te laisser partir pour l'Australie. Les médecins lui disaient que tu étais phtisique.

Il hocha la tête.

— Tu as refusé de prendre cet avertissement au sérieux en m'affirmant que ce n'était rien, que ça irait mieux si tu vivais dans un climat plus chaud. Oh, Francis ! dit-elle d'une voix étranglée.

Il la prit dans ses bras.

— Je ne voulais pas t'inquiéter.

— Il faut aller voir un médecin à Perth.

— J'ai vu mon lot de docteurs en Angleterre. Ils sont impuissants face à la consomption, j'ai déjà tout essayé. Nous nous sommes installés dans une région plus tempérée, nous vivons à l'air libre, mais rien n'y fait. Ne pleure pas, ma chérie.

Il la serra contre lui. Incapable de retenir ses larmes, elle se laissa aller contre son épaule. Elle ne tarda pas à se reprendre. Elle allait devoir se montrer courageuse, s'occuper de lui, veiller à ce que sa fin de vie soit la plus heureuse possible.

— Je n'aurais pas dû acheter cette terre, lui chuchota-t-il à l'oreille. Elle nous a coûté trop cher. C'est pour cette raison que je renâclais à entamer des travaux. Pour que tu ne te trouves pas démunie… plus tard.

— Ne t'inquiète pas de moi. À condition de nous occuper de toi, de veiller à ce que tu te reposes, il y a peut-être une chance que tu te remettes.

— Peut-être.

Elle sentit monter en elle une bouffée d'angoisse en sentant bien qu'il avait renoncé à tout espoir de guérison.

— Je me soucie avant tout de ce qu'il adviendra de toi, reprit-il.

— J'aurai toujours la possibilité de revendre la propriété qui a pris de la valeur grâce aux travaux de Reece. C'est de toi qu'il faut se soucier, mon chéri. Réfléchir à ton bien-être.

— Je me plais mieux ici que dans le Lancashire. Le climat me convient. Tu es là, j'ai de bons chevaux, la nature à profusion pour m'y promener, une véranda d'où je peux voir le soleil se coucher. Ce n'est pas une mauvaise façon de terminer son existence.

— C'est donc pour ça que tu ne m'embrasses plus.

— On dit parfois que la phtisie est contagieuse. Je devrais dormir seul.

— Non. J'aime dormir avec toi.

— Pas de discussion, décida-t-il en posant un doigt sur la bouche de sa femme. Je me réveille la nuit en sueur, je serai mieux à dormir dans la véranda.

Elle se força à lui sourire en hochant la tête.

Ils regagnaient la ferme sur leurs montures lorsqu'elle déclara soudain :

— Nous devrions en parler à Reece.

— Je ne souhaite le dire à personne.

— À la façon dont il te regarde parfois, j'ai bien compris qu'il te croyait paresseux. Il a besoin de savoir de quel mal tu es atteint afin de se montrer moins exigeant avec toi.

— S'il est au courant, Cassandra et Pandora le seront également. Elles passeront leur temps à m'observer.

— Quelle importance ? Si tu refuses de te confier à Reece, je le ferai moi-même.

Il lui adressa un sourire désabusé.

— Tu me tords le bras, ma chérie.

Elle opina en trouvant la force de lui sourire alors qu'elle avait envie de pleurer.

*

Cet après-midi-là, Livia annonça aux deux sœurs qu'il était inutile de sortir les tasses en porcelaine.

— Francis a besoin de se reposer. Je prendrai le thé avec vous.

Reece et Cassandra échangèrent un regard surpris.

— Il y a un problème, murmura Reece à sa femme en vidant le reste de la théière sur les plantations. Je me demande bien lequel.

— Qui sait s'ils n'ont pas décidé de quitter cet endroit ? M. Southerham n'a pas l'air vaillant.

Livia s'installa en face de Reece et des deux sœurs. Celles-ci lui servirent un mug de thé.

— J'ai une nouvelle importante à vous annoncer, commença-t-elle avant de s'expliquer.

Reece fut le premier à réagir à la nouvelle.

— Je suis désolé, Mme Southerham. Je vous avoue que je me posais la question. Je n'ai pu m'empêcher de constater que M. Southerham se fatiguait facilement et qu'il avait maigri.

— Nous vous aiderons dans la mesure de nos possibilités, ajouta Cassandra d'une voix douce.

— Je vous remercie, balbutia Livia d'une voix étouffée.

Elle se leva en abandonnant son mug encore plein et regagna le cabanon.

— Ils auraient mieux fait de nous en parler plus tôt, soupira Reece. La fille d'un de mes amis est morte de consomption. Son médecin, qui était un précurseur, lui avait recommandé de prendre des précautions. À compter d'aujourd'hui, nous ne mangerons plus dans la même vaisselle qu'eux.

— C'est déjà le cas la plupart du temps, remarqua Pandora, l'air songeur. Ils utilisent le service de porcelaine et nous laissent la vaisselle bon marché. À part les mugs, nous ne partageons rien.

— Nous ferons une marque sur les leurs, suggéra Reece. Je suis désolé pour Livia. Comment fera-t-elle après sa mort ? Jamais elle ne sera capable de s'occuper des tâches les plus rudes. Non pas qu'il se montre très efficace, mais du moins s'occupe-t-il des chevaux.

— Elle vendra Westview. Elle n'aura pas le choix.

— Pour aller où ? Elle ne connaît personne dans cette colonie.

— Elle souhaitera peut-être retourner en Angleterre, déclara Pandora.

— Son père est mort et elle n'a plus personne, soupira Cassandra. La vie ne fait pas de cadeau aux femmes seules.

Reece se leva.

— Nous les aiderons du mieux que nous le pouvons, mais je me vois mal cesser de travailler pour eux en les laissant dans la panade. Cela retardera nos plans d'autant.

— Voilà qu'après Kevin, c'est au tour de M. Southerham de décliner. Qui sera le suivant ? s'interrogea Pandora.

— Croire que la mort frappe toujours par trois fois est une superstition idiote, réagit-il d'un air sombre. Je n'aime pas ça, c'est comme si on souhaitait la mort d'un autre. Je retourne travailler.

Personne ne se demande ce qu'il adviendra de moi si les Southerham vendent Westview, pensa Pandora en rinçant les mugs. Elle se reprocha aussitôt son égoïsme. Elle n'était pas sur le point de mourir, contrairement à Francis. En outre, elle avait ses sœurs. Jamais elles ne la laisseraient manquer de rien.

*

Hallie passa la semaine à redouter l'arrivée du vendredi, sachant qu'il lui faudrait affronter Harry Prebble.

Incapable d'avaler son thé, elle vomit lorsqu'elle se força à le boire.

Une enveloppe l'attendait sur la table lorsqu'elle regagna la cuisine.

— Harry Prebble est passé nous porter le salaire de Zachary, lui annonça sa mère. Quel charmant jeune homme, tu ne trouves pas ? Il a demandé après toi.

Hallie ne sut pas si elle devait se réjouir ou s'inquiéter de l'avoir manqué. Nul doute qu'il l'accuserait d'avoir fait exprès. Elle veillerait à ce que rien de néfaste n'arrive à sa mère la prochaine fois. Elle avait toutefois la conviction qu'il trouverait le moyen de se venger d'elle.

*

Zachary, assis sur le pont, était en grande discussion avec un autre passager. Il s'amusait de voir l'autre le solliciter, sachant que les voyageurs de première classe avaient commencé par regarder de haut les occupants des cabines de seconde. Les passagers ordinaires étaient en nombre limité puisque le navire transportait une majorité de condamnés avec leurs gardiens, si bien que des relations avaient fini par se nouer au-delà des frontières habituelles entre les classes, l'ennui aidant.

Zachary avait pris les forçats en pitié. Il aurait personnellement détesté qu'on lui donne des ordres à chaque instant. À la vérité, rares étaient les condamnés véritablement dangereux, la plupart avaient connu une existence difficile et survivaient tant bien que mal. Quelques-uns étaient même si malades que la moindre brise aurait pu les emporter.

— Vous avez déjà lu ce livre ? s'étonna son compagnon.

— Oui. Je lisais beaucoup chez moi, en Angleterre. L'avènement des bibliothèques publiques est une bénédiction pour ceux qui aiment réfléchir. Je n'aurais jamais pu acheter moi-même tous les ouvrages que j'ai lus. Ma sœur me ressemble sur ce point, elle lit tout ce qui lui passe entre les mains.

Léo s'approcha, un sourire aux lèvres.

— Les poules recommencent à pondre, annonça-t-il.

Le voisin de Zachary détourna le regard et s'agita sur son siège, prêt à se lever. Zachary éprouva soudain le besoin de se montrer facétieux :

— Vous apprécierez grandement le travail de Léo lorsque vous aurez à nouveau des œufs frais dans votre assiette, monsieur Howish. Sans lui, les poules seraient mortes. Il possède un don avec les animaux.

Son voisin lui adressa un sourire forcé.

— Je vois ce que vous voulez dire. Chacun a son rôle à jouer sur un bateau, c'est bien ça ?

Plus tard dans la journée, Zachary se rendit au groupe de lecture qu'il animait avec de jeunes enfants, Léo sur ses talons. La femme qui dirigeait le groupe jusque-là s'était lassée et la déception des petits lui avait fait mal au cœur. Il s'était aperçu qu'il était doué pour lire à voix haute, au point de les captiver sans peine une heure durant. Son auditoire comprenait essentiellement la progéniture des gardiens de prison émigrant en Australie avec les condamnés, auxquels s'ajoutaient deux enfants de passagers. Chez les jeunes, au moins, il n'était pas question de barrières invisibles entre les individus.

Certains forçats avaient pour charge de recopier en plusieurs exemplaires les articles manuscrits proposés par les passagers pour le journal distribué à bord chaque semaine. La majorité de ces articles abordaient des sujets aussi ennuyeux que « La poursuite de la connaissance » ou « La navigation ancienne et moderne », rédigés d'une plume ampoulée. Zachary avait pouffé de rire en découvrant que l'un des auteurs s'adressait au « gentil lecteur ». S'il s'était épargné la lecture de telles études, il s'était en revanche intéressé aux « Tableaux de l'Australie-Occidentale » décrivant la colonie, ce qui lui avait permis de se familiariser avec un univers dont il ne connaissait rien.

Il meublait son temps à bord tant bien que mal, même s'il aurait préféré s'occuper de façon plus utile. Il en profitait pour réfléchir à la mission qui l'attendait, comme à ses projets lorsqu'il retrouverait l'Angleterre. Plus il s'éloignait de Prebble et du magasin, moins il se sentait capable de travailler sous la férule de son collègue. En prenant son envol, l'oiseau avait pris goût à la liberté.

Il comptait sur maître Featherworth pour l'aider à trouver un nouvel emploi. À moins que Harry ne conserve pas la gérance du magasin. C'était peu probable, Harry était suffisamment malin pour convaincre son entourage qu'il était l'homme de la situation, même si ce n'était pas le cas.

Zachary voyait mal comment il pourrait lui-même accéder au poste de directeur.

7

Francis proposa à Pandora de lui apprendre à monter à cheval avant qu'elle ait pu le rappeler à sa promesse.

– Si cela vous intéresse toujours, bien sûr. Lorsque je serai trop faible pour pratiquer l'équitation, vous n'aurez qu'à accompagner Livia.

– Quand pouvons-nous commencer ?

– Demain matin. Il est préférable de ne pas monter la journée, afin d'épargner aux chevaux les grandes chaleurs.

Décidément, ses chevaux passeront toujours avant le reste, pensa-t-elle. Et son confort à elle ? Elle jugea préférable de ravaler ses commentaires.

Au lieu de préparer le petit-déjeuner le lendemain, elle apprit à seller un animal, à s'en approcher en lui offrant un morceau de sucre dans le creux de sa main. Elle n'éprouva aucune crainte à la vue de Duke, Francis ayant bien dressé ses bêtes.

Elle éprouva une certaine nervosité au moment de monter en selle pour la première fois, le dos de l'animal était beaucoup plus haut qu'elle ne l'imaginait, mais Francis s'appliqua à calmer ses inquiétudes en lui parlant avec douceur tout en lui prodiguant des conseils.

Elle fut déçue lorsqu'il l'invita à mettre pied à terre.

Il la gratifia d'un sourire.

— Vous vous êtes fort bien débrouillée. Nous ferons de vous une cavalière émérite, mais c'est assez pour aujourd'hui. Je compte faire une petite promenade à cheval. Livia ? Tu es prête, ma chérie ?

Sa femme, qui avait assisté à la séance depuis la véranda, détacha sa monture qui attendait patiemment sous un arbre.

Cassandra rejoignit sa sœur en voyant le couple s'éloigner.

— Ça t'a plu ?

— Oui. C'est très excitant de se trouver sur le dos d'un cheval.

— Tu vois que la vie ici a ses bons côtés.

Pandora lui donna une bourrade affectueuse.

— Tu sais bien que tout ne me déplaît pas. J'ai simplement du mal à accepter l'idée de ne jamais revoir Outham. Les landes du Lancashire sous la pluie me manquent.

Tout indiquait pourtant que son cafard s'estompait.

— Je sais, ma chérie, mais tu connais notre tante. Elle serait capable de nous tuer si nous retournions chez nous. Souviens-toi de la façon dont elle m'a fait enlever, sans que personne ne devine ses intentions. Allez ! Profitons de leur absence pour ranger la maison.

*

Alice se réveilla en sursaut. Les rayons de la pleine lune pénétraient dans sa chambre en dépit des rideaux qui laissaient passer la lumière sur le côté. Un bruit avait dû la tirer de son sommeil car elle dormait profondément en temps ordinaire.

Un grattement sur le palier attira son attention et elle vit avec horreur la poignée de porte tourner lentement sur elle-même. *Quelqu'un était là !*

Le battant grinça, comme si quelqu'un tentait de l'ouvrir, mais elle avait engagé le verrou, comme tous les soirs. Elle se glissa hors de son lit, s'approcha silencieusement en cherchant des yeux une arme pour se défendre si jamais l'intrus tentait de forcer la porte.

Une main secoua la battant et une voix rauque s'éleva dans la pénombre :

– Tu es debout, Alice Blair ? Tu as raison d'avoir peur. Tu n'as pas ta place ici.

Elle garda le silence.

– Tu ferais mieux de quitter la ville avant qu'il t'arrive malheur, et vite.

L'inconnu secoua la porte de plus belle, puis la poignée s'immobilisa.

Elle eut beau tendre l'oreille, elle n'entendit aucun bruit de pas dans l'escalier, ni même s'ouvrir la porte de la maison. Elle se posta près de la fenêtre et observa la rue. Elle s'apprêtait à se recoucher, quelques minutes plus tard, lorsqu'elle vit un individu vêtu de noir, le chapeau baissé sur son visage, émerger de la ruelle et traverser la rue en courant avant de disparaître derrière la boutique d'en face. En dépit de la pleine lune, il lui fut impossible de l'identifier. Qu'avait-il bien pu fabriquer pendant si longtemps ?

Le cœur battant, elle aurait aimé s'assurer que l'intrus n'avait rien dérobé, mais n'osait pas sortir de sa chambre. D'un autre côté, elle avait vu l'homme s'enfuir de la maison.

Elle enfila un peignoir et alluma la chandelle posée sur sa table de nuit, regrettant que le gaz n'ait pas été installé dans les chambres. Elle ramassa son broc d'eau à défaut de disposer d'une arme, s'approcha de la porte, posa la chandelle sur la commode et tira doucement le verrou. Elle entrebâilla le battant, prête à le claquer à la première alerte. À son grand soulagement, personne ne l'attendait sur le palier.

Elle reprit la bougie et s'avança jusqu'à l'escalier, son broc à la main.

— Dot ? Dot ? Vous dormez ? demanda-t-elle d'une voix forte. Nous avons reçu la visite d'un intrus.

Des pas se firent entendre et la bonne descendit du grenier, emmitouflée dans un châle, un tisonnier à la main.

— Il est passé devant ma chambre avant de descendre l'escalier du grenier, mademoiselle.

— Votre porte est-elle équipée d'un verrou ?

— Non, mademoiselle, mais je coince toujours la poignée avec une chaise et je ne me couche jamais sans ça, répondit-elle en brandissant son tisonnier d'une main tremblante.

— Avez-vous déjà reçu la visite d'intrus ?

— Oui, mademoiselle, je crois bien. Mais on n'a rien pris et M. Prebble prétend que mon imagination me jouait des tours. J'ai pourtant entendu quelqu'un une fois, et j'ai vu passer une lumière devant ma porte.

— Où se trouve le poste de police ? Y aura-t-il quelqu'un à cette heure ?

— Un agent patrouille le centre de la ville toutes les nuits. M. Blake, comme tous les commerçants, possédait une crécelle avec laquelle il pouvait l'appeler en cas de besoin.

— Où se trouve-t-elle ?

— Je ne sais pas, mademoiselle. Elle a disparu. Je crois bien que c'est *elle* qui l'a cachée. J'en ai parlé à M. Prebble, il m'a dit que nous n'en avions pas besoin et qu'on était en sécurité en ville.

— Alors il nous faudra attendre jusqu'à demain matin, à moins que cet agent ne passe dans la rue.

– Il faudrait empêcher qu'on puisse y accéder par le magasin, répliqua-t-elle sans prononcer à voix haute le nom auquel elle pensait.

Le clerc ne fut pas dupe.

– Je comprends. Vous n'avez pas reconnu la voix de cet individu ?

– Non.

Maître Featherworth fut horrifié en apprenant la nouvelle.

– Ma chère dame, il vous faut retourner immédiatement chez votre cousine. Nous ne pouvons vous mettre en danger de la sorte.

– Je refuse de partir ! J'aurais honte de céder aux menaces de cet individu.

– Je me demande quel intérêt on aurait à vous chasser.

Voyant que M. Dawson ne faisait pas part de ses soupçons à son employeur, elle garda le silence.

Le clerc s'éclaircit la gorge.

– Souhaitez-vous que j'examine la maison, maître ? Peut-être y a-t-il un moyen de sécuriser l'appartement.

– Pensez au coût d'une telle mesure ! Il s'agit de l'argent de nos clientes.

– Nos clientes sont quatre jeunes femmes qui auront besoin de se sentir en sécurité à leur retour. Elles ne nous reprocheront pas d'avoir pensé à leur bien-être.

Maître Featherworth tambourina des doigts sur son bureau.

– Vous avez raison, décida-t-il. Je m'en remets à votre sagacité, Dawson. Mais veillez à ne dépenser que le strict nécessaire.

Sur le chemin du retour, Alice se sentit suffisamment à l'aise avec le clerc pour entamer la conversation.

— Je serais ravie de rencontrer votre sœur, monsieur Dawson, mais je me vois mal laisser Dot seule tant que le logement n'a pas été sécurisé.

— Ce n'est que partie remise, la rassura-t-il.

Ils venaient de franchir le seuil de la maison lorsqu'un cri retentit.

M. Dawson posa un doigt sur ses lèvres et ils tendirent l'oreille.

— Dites-moi où elle est partie, ou vous allez le regretter.

— Mlle Blair m'a demandé de ne rien dire à personne. Arrêtez, monsieur Prebble ! Vous me faites mal.

— Parce que je ne suis *personne*, peut-être ? Je suis le gérant de ce magasin. Si vous souhaitez garder votre emploi, ma fille, vous avez intérêt à ne pas me contrarier, sinon…

Dot laissa échapper un cri de douleur. N'en pouvant plus, Alice écarta M. Dawson et ouvrit la porte de la cuisine à la volée.

— Que faites-vous ici, Prebble ?

— Je veille au grain, mademoiselle. Dot a un comportement bizarre, je m'inquiétais pour vous.

Dot s'avança en se frottant le bras. Elle remonta sa manche, révélant une ecchymose due à un pincement.

— Cela justifie de la maltraiter ?

— Ce n'est pas moi, elle a dû se cogner quelque part. Cette fille est l'incarnation de la maladresse. Si j'ai fait du zèle…

— Allez m'attendre au magasin, Prebble, exigea sèchement M. Dawson.

— Mais…

Le clerc n'eut pas besoin d'élever la voix pour afficher son autorité.

— Obéissez !

M. Dawson attendit que Prebble se soit éclipsé, puis il se tourna vers Dot.

— Je vous félicite de ne lui avoir rien dit. Je suis désolé qu'il vous ait fait mal. Cela ne se reproduira plus.

— Il…

Elle n'osa pas poursuivre sa phrase.

— Nous vous écoutons, la pressa Alice.

Elle ouvrit la bouche, mais aucun son n'en sortit. Elle secoua la tête.

— J'ose pas, mademoiselle, murmura-t-elle d'une voix rauque. Je ne vous dirai rien sur son compte, même si vous me renvoyez.

Voilà qui en disait long sur Prebble.

— Dans ce cas, n'en parlons plus. Pourriez-vous préparer un thé et le monter à l'étage ? Vous mettrez une tasse pour vous.

Alice se retourna et constata que M. Dawson examinait de près le couloir menant du logement au magasin, en passant par la réserve.

— Il serait aisé d'installer ici une porte équipée d'un verrou. Je ferai également changer la serrure de la porte extérieure.

— Dot serait rassurée que l'on équipe la porte de sa chambre d'un loquet.

Il acquiesça.

— Puis-je examiner le reste du logement ?

— Je vous en prie.

Elle le conduisit à l'étage où il fit le tour des chambres sans prononcer une parole avant de monter au grenier par l'étroit escalier.

— Là ! dit-il en pointant du doigt une porte à moitié dissimulée derrière des cartons.

Il tenta de l'ouvrir et s'aperçut qu'elle était fermée à clé de l'extérieur.

– Il faudra sécuriser cette porte. Elle mène au grenier voisin, au-dessus du magasin.

– Je n'aurais jamais imaginé qu'on puisse entrer par là, s'étonna Alice d'une voix qui tremblait légèrement.

– Je veillerai à ce que le problème soit réglé aujourd'hui même, mademoiselle Blair. Je m'y emploie immédiatement, vous ne m'en voudrez pas de ne pas rester boire un thé.

Il ponctua sa phrase d'un sourire chaleureux. Alice se fit la réflexion que cet homme plutôt laid était étrangement beau lorsque son visage s'éclairait.

Elle regagna la cuisine d'un air songeur et détailla à Dot les mesures prises par le clerc.

La bonne fondit en larmes, mais Alice n'en avait pas terminé.

– Dites-moi ce que vous n'avez pas osé nous révéler.

Dot se raidit.

– Dans ce cas, laissez-moi deviner. Comme ça, vous ne m'aurez rien dit.

Dot posa sur elle un regard méfiant.

– Vous avez peur que Harry Prebble s'en prenne à vous si vous refusez de lui obéir. Je me trompe ?

Voyant que la fille hésitait toujours, Alice poursuivit :

– Vous craignez qu'il s'en prenne à vos proches ?

Dot se mordilla la lèvre et hocha timidement la tête.

– J'en étais sûre. Comment était l'autre employé ? Celui qu'on a envoyé en Australie ?

Le visage de Dot s'illumina.

– M. Carr est une crème, mademoiselle. Vous ne trouverez personne à Outham pour vous dire du mal de lui.

— Je me réjouis d'avance de le rencontrer, ainsi que les nouvelles propriétaires. En attendant, je vais reprendre mon inventaire et vous n'aurez qu'à nous préparer une bonne soupe pour le déjeuner. Nous mangerons ensemble, toutes les deux. Cela nous fera du bien de ne plus prendre nos repas seules. Il est rare que les gouvernantes soient considérées comme des membres de la famille, vous savez. Elles forment une caste à part.

Dot l'observa avec étonnement.

— Vous avez dû vous sentir très seule ! s'écria-t-elle spontanément avant de plaquer la main sur sa bouche. Désolé, mademoiselle. Je ne voulais pas me montrer impertinente.

— J'ai bien compris. Vous souhaitiez me montrer que vous aviez compris.

Elle avait une autre raison pour manger dans la cuisine avec Dot : elle ne souhaitait pas que Harry puisse continuer d'intimider la malheureuse. Une fois la porte installée, Dot serait en sécurité. Le mieux était encore de ne pas sortir cet après-midi car Harry connaissait ses habitudes, à force d'observer ses faits et gestes depuis le magasin.

Elle se trouvait dans le salon lorsqu'elle vit M. Dawson descendre la rue et pénétrer dans le magasin. Un quart d'heure plus tard, Dot monta la prévenir que le clerc demandait à la voir. Il apparut sur le seuil, tel un oiseau au plumage hérissé.

Il alla droit au but.

— Prebble prétend ne pas posséder la clé du grenier, qui s'ouvre facilement à présent.

— Il en possède forcément la clé. Qui d'autre aurait pu la verrouiller auparavant ?

— Il affirme qu'elle n'est jamais fermée à clé, mais que le battant reste parfois collé au chambranle.

Un sourire étira les lèvres du clerc.

– Je m'assurerai qu'elle reste définitivement collée quand j'aurai fait changer la serrure et qu'elle sera équipée d'un verrou. Le serrurier ne devrait plus tarder.

Les ouvriers arrivèrent sur ces entrefaites et M. Dawson leur donna ses instructions. Ils se mirent à l'ouvrage aussitôt, il était bien entendu qu'ils ne repartiraient pas ce soir-là sans avoir sécurisé le logement.

Sa journée terminée, M. Dawson repassa voir l'avancée du chantier.

– Beau travail, dit-il au contremaître.

– Ce n'est pas l'avis du jeune homme d'à côté. Il se plaint que le bruit dérange la clientèle.

– Qu'il se plaigne, ce n'est pas lui le propriétaire.

Avant de rentrer dîner chez lui, M. Dawson demanda à Alice la permission de revenir en début de soirée.

– Je souhaite me trouver sur place quand les ouvriers auront terminé.

– Je serai ravie de vous accueillir, réagit Alice avec sincérité.

À son retour, ils s'installèrent tranquillement pour discuter tandis que les ouvriers continuaient de s'activer au rez-de-chaussée. La soirée se déroula fort agréablement, en dépit des circonstances. Il était 22 heures lorsque le contremaître se manifesta.

– J'ai terminé, monsieur Dawson.

– Vous avez bien travaillé.

– Le résultat sera plus joli lorsque nous aurons fini de poser le vernis. La première couche sera sèche demain matin.

Le clerc fronça les sourcils.

– Mon Dieu ! Nous allons devoir laisser la porte ouverte.

– C'est indispensable.

— Il me faudra trouver quelqu'un tant que les travaux ne sont pas achevés. Je ne peux laisser Mlle Blair et Dot sans protection.

Le contremaître manifesta son étonnement.

— Elles sont en sécurité puisqu'il s'agit d'une porte intérieure.

— Je vous demande de rester discret sur ce point, mais elles ont reçu la visite d'intrus à plusieurs reprises. Je connais un garçon sans emploi qui sera heureux de gagner quelques shillings pour surveiller la maison.

Il retourna auprès d'Alice afin de lui annoncer qu'elle pouvait dormir tranquille et lui donna un jeu de clés.

— Vous êtes la seule avec nous à posséder la clé de la nouvelle porte. Maître Featherworth et moi-même veillerons à ne pas laisser traîner notre exemplaire.

— Je ne pourrai jamais vous remercier assez de vos bons services.

Le clerc venait de repartir lorsque Dot sortit de la cuisine afin d'examiner la nouvelle porte qui devait fermer l'accès au magasin.

— Je me sens déjà mieux, mademoiselle. N'empêche, je garde mon tisonnier avec moi.

— À votre guise, dit Alice en bâillant.

Elle monta dans sa chambre et s'empressa de pousser le verrou et de coincer une chaise sous la poignée. Elle ne risquait pas d'être rassurée de sitôt.

8

À l'image de tous les passagers, Zachary éprouva un fort sentiment d'excitation le 10 avril lorsque le capitaine annonça que la *Clara* approchait des côtes australiennes. Le pont ne désemplit pas toute la journée et la déception se manifesta vers le soir alors qu'on ne voyait toujours pas la terre.

Même les animaux sentaient que le voyage touchait à sa fin, le cochon grognait dans sa caissc et les moutons bêlaient en s'agitant dans le minuscule enclos qui leur était dévolu.

Zachary s'éveilla tôt le lendemain et réussit à quitter la cabine sans tirer Léo de son sommeil. Debout près du bastingage, il distingua une ligne sombre à l'horizon.

– Voici enfin l'île de Rottnest, s'éleva une voix dans son dos.

Il se retourna et reconnut le médecin.

– Oui, le journal du bateau en parlait il y a quelques semaines.

Il tenta de rassembler ses souvenirs.

– Rottnest sert de colonie pénitentiaire aux Aborigènes, poursuivit le docteur. Ils ne cessent de voler des moutons et de tuer le bétail.

L'endroit était sinistre et Zachary ne put s'empêcher de plaindre les malheureux retenus prisonniers sur cette bande de terre couverte de broussailles. Un passager plus bienveillant que les autres lui avait expliqué que les indigènes, faute d'avoir la même notion de la propriété que les Anglais, ne parvenaient pas à comprendre qu'on puisse les punir pour avoir cherché à se nourrir. Si c'était vrai, les enfermer sur l'île de Rottnest était une injustice, au même titre que leur demander de respecter des ordres proférés dans une langue qu'ils ne comprenaient pas.

Les deux hommes restèrent quelques instants silencieux, à observer l'île.

– Je n'arrive pas à croire que nous soyons arrivés, finit par déclarer Zachary.

– Ce n'est pas tout à fait le cas. Nous allons devoir attendre qu'un pilote nous conduise au port, il nous faudra attendre ensuite la navette qui nous permettra de débarquer. L'eau de la baie n'est pas assez profonde pour que le bateau puisse se mettre à quai. Il serait temps que les autorités aménagent le port de Fremantle.

– En tout cas, je ne serai pas mécontent de fouler la terre ferme.

– Attendez-vous à une sensation étrange, comme si le sol bougeait sous vos pieds.

Le médecin, pris d'une hésitation, poursuivit :

– Le capitaine aimerait que vous nous rendiez un petit service.

– Je vous écoute.

– J'ai bien conscience que vous avez une mission urgente à remplir, mais vous serait-il possible d'attendre que quelqu'un passe chercher Léo ? Nous nous inquiétons à son sujet, il est incapable de se débrouiller seul.

– Et si personne ne vient à sa rencontre ?

– Nous serons contraints de signaler sa présence au gouverneur qui aura la possibilité de l'enfermer pour son bien.

– Il ne le supportera pas. Il est fait pour vivre en plein air.

– Il ne supporterait pas davantage que l'on s'en prenne à lui, sans compter qu'on pourrait lui dérober son argent et qu'il ne serait pas capable de se nourrir. Vous le savez comme moi, les faibles sont des proies faciles.

Il interrogea Zachary des yeux.

– Très bien. J'accepte de rester, mais pas plus d'un jour ou deux. Je ne peux me permettre de repousser davantage ma mission.

– Je vous remercie. En échange, le capitaine s'engage à vous aider à trouver un bateau pour le retour. Cela lui sera plus aisé qu'à vous. Il est possible que vous soyez obligé de vous rendre à Albany, sur la côte sud, si aucun navire n'est annoncé à Fremantle. Le courrier est acheminé par bateau tous les mois ou presque, il vous suffira de monter à bord d'un bâtiment à destination de Ceylan où il vous sera facile de rentrer ensuite en Angleterre en passant par Suez et Gibraltar. Ceylan est un point de ravitaillement en charbon sur la ligne qui relie Bombay à Singapour et la Chine. Le port de Galle est très actif.

– Je n'avais pas compris qu'il était aussi difficile de retourner en Angleterre.

– On plaisante souvent en parlant de l'autre bout du monde, mais la colonie du fleuve Swan est vraiment l'un des avant-postes les plus isolés de l'Empire britannique. Les autres colonies australiennes sont infiniment plus actives. Personnellement, je n'aimerais pas m'installer ici.

*

Il ne se passa rien pendant quelques semaines, l'un ou l'autre des employés du magasin portait le salaire de Zachary à sa mère chaque week-end en rentrant chez lui. Hallie se prenait à espérer que Harry se soit lassé lorsqu'elle le croisa un dimanche, alors qu'elle coupait par le parc afin de rendre visite à une amie.

Elle jeta un regard apeuré autour d'elle, mais il avait soigneusement choisi son moment car les allées étaient désertes.

Il lui agrippa le bras avec brutalité.

– Ce n'est pas très gentil de m'éviter, Hallie. J'espère que ça va changer.

Elle ne sut que répondre.

– La prochaine fois, je compte être payé d'un baiser. On verra bien ensuite.

Il lui serrait méchamment le bras tout en lui souriant, elle avait l'impression de subir le sort d'un lapin pris au piège.

Il lâcha enfin prise avec un petit rire, souleva son chapeau et s'inclina.

– Ravi de vous avoir revue, mademoiselle Carr.

Il s'éloignait lorsque Hallie remarqua la présence de deux femmes qui les observaient, persuadés qu'ils s'étaient donné un rendez-vous secret. Elle aurait voulu leur crier que c'était faux, qu'elle le détestait, mais elle s'en sentait incapable et s'empressa de rentrer chez elle en oubliant sa visite, au grand étonnement de sa mère.

*

Zachary regarda débarquer les occupants des autres cabines par petits groupes. Certaines femmes se plaignaient de la difficulté de descendre dans la navette qui les conduisait à terre.

Le jeune homme était impatient d'entamer sa mission, mais un regard en direction de Léo, planté à côté de lui, les yeux perdus en direction de Fremantle, lui confirma qu'il ne pouvait abandonner le malheureux.

Son impatience grandit le lendemain matin lorsqu'il constata que personne ne s'inquiétait de son compagnon. Pouvait-il se permettre de le garder avec lui tout en cherchant les sœurs Blake ? Il ne se sentait pas le droit d'user de la sorte d'un argent qui ne lui appartenait pas. Quand bien même il aurait voulu rembourser les dépenses supplémentaires, il n'en avait pas les moyens.

Une barque s'approcha du navire peu après et son occupant lança un appel :

– Je m'appelle Sayrson et je cherche Léopold Hutton.

– Il se trouve à bord, lui répondit un officier.

– Est-il prêt à débarquer ?

– Il doit d'abord rassembler ses affaires. En attendant, le capitaine souhaiterait vous voir.

Zachary, qui observait le nouveau venu pendant cet échange, le trouva immédiatement antipathique. En dépit de sa tenue correcte, il respirait la brutalité.

Léo, qui s'était posté près du bastingage en entendant son nom, se colla machinalement contre Zachary en voyant Sayrson monter à bord.

– Je vous présente Léo, fit l'officier.

– Ah, approuva Sayrson. Tu m'as l'air costaud. Ton père m'a demandé de m'occuper de toi et de te trouver un emploi.

– Mon père est mort.

– Ton *beau-père*, si tu préfères, rétorqua Sayrson en détaillant le jeune homme de la tête aux pieds comme s'il s'agissait d'un cheval de trait. Il prétend que tu travailles dur.

Léo recula d'un pas.

— Je ne vous aime pas. Je ne veux pas aller avec vous.

Le sourire de Sayrson s'effaça.

— Tu feras ce qu'on te dit, jeune homme, répliqua-t-il d'une voix brutale. Allez, dépêche-toi. Va chercher tes valises.

— Où le conduisez-vous ? s'enquit Zachary.

— En quoi cela vous regarde-t-il ?

— Je me suis attaché à lui pendant le voyage. Il est normal que je m'inquiète à son sujet.

— Si cela peut vous rassurer, je nourris correctement mes hommes.

— À quel genre de travail le destinez-vous ?

— À des tâches physiques, les seules qu'il soit capable d'effectuer.

— Vous êtes l'un de ses proches ?

— J'ai l'air d'avoir un idiot dans ma famille ? Non, je connais son beau-père et j'ai bien voulu m'en occuper. Il sera mieux chez moi que là-bas, précisa-t-il en désignant un bâtiment quasiment terminé.

L'air étonné de Zachary eut le don d'amuser Sayrson.

— C'est le nouvel asile de fous. Tenez, vous voulez voir mon autorisation ?

Il tendit une lettre. L'officier s'en empara et la lui retourna après l'avoir parcourue.

— Très bien, monsieur. Je préviens le capitaine en attendant qu'on apporte la malle de Léo.

— Je ne veux pas aller avec lui, s'entêta Léo.

— Vous n'avez pas le choix, mon garçon, réagit l'officier. Ah, capitaine ! Je vous présente M. Sayrson qui vient chercher Léo. M. Carr s'inquiète de son sort.

Le capitaine lut la lettre et se tourna vers Zachary.

— Tout est en règle.

— Je suis tout disposé à m'occuper de Léo.

Sayrson éclata de rire.

— Pourquoi voudriez-vous que je vous le laisse alors que j'ai du travail pour lui ? Sans compter que son beau-père me l'a confié à moi. Je n'ai qu'une parole. Maintenant, assez perdu de temps. Je vous conseille de vous mêler de vos affaires, jeune homme.

Zachary, impuissant, vit un marin large d'épaules forcer Léo à descendre dans la barque. Celle-ci dansa sur l'eau tandis qu'il se débattait. Sayrson l'immobilisa. Léo était aussi fort que lui, mais il se laissa tomber sur le banc de nage, prêt à pleurer. Comment la mère dont il parlait avec tant d'amour avait-elle pu l'abandonner de la sorte ?

Sans doute n'était-elle pas au courant du sort qui l'attendait.

Un autre marin descendit la valise de Léo et le canot s'éloigna.

— La tête de cet homme ne me dit rien qui vaille, remarqua Zachary.

— Je ne l'aime pas davantage, dit le capitaine, mais je n'avais pas le choix.

Zachary n'était pas près d'oublier le visage tout chiffonné de Léo tandis que la barque s'éloignait.

— Puis-je vous voir dans ma cabine d'ici un quart d'heure, monsieur Carr ? s'enquit le capitaine.

— Bien sûr.

Zachary, accoudé au bastingage, attendit l'heure du rendez-vous en observant Fremantle. La bourgade comptait un peu plus de deux mille habitants, à en croire les articles qu'il avait lus. À peine moins que Perth, qui abritait trois mille âmes. Il n'aurait probablement aucune difficulté à localiser les sœurs Blake.

Comment réagiraient-elles en apprenant qu'elles héritaient d'une petite fortune ? S'intéresseraient-elles au magasin, ou bien choisiraient-elles de le mettre en gérance ? Ou même de le vendre ?

À défaut de connaître les intentions des héritières, il connaissait Harry. Au terme de son périple, Zachary savait déjà qu'il serait incapable de travailler sous ses ordres.

Il s'était accoutumé à sa nouvelle vie et faisait désormais preuve d'une assurance qu'il ne se connaissait pas. On dit souvent que les voyages sont formateurs, mais l'expérience l'avait littéralement transformé en lui apprenant à mieux apprécier sa propre valeur.

*

Alice éprouvait une certaine nervosité la première fois qu'elle prit le thé à l'invitation des Dawson, mais le clerc et sa sœur l'accueillirent avec une telle gentillesse qu'elle prit beaucoup de plaisir à sa visite.

— Accepteriez-vous de venir prendre le thé chez moi la prochaine fois ? proposa-t-elle au moment de repartir.

— Nous en serions enchantés, accepta Judith Dawson, à condition que ma santé me le permette. Je ne sais jamais d'un jour à l'autre. Il m'arrive de ne pouvoir parler sans être étouffée par les quintes de toux.

Ralph Dawson raccompagna Alice jusque chez elle.

— J'apprécie beaucoup votre sœur.

— Moi aussi, mais elle est de santé fragile et je m'inquiète lorsque je la vois peiner à trouver sa respiration.

— Son mal est-il ancien ?

— Elle est de constitution délicate, mais elle ne se plaint jamais.

Ils poursuivirent leur chemin lentement en devisant agréablement. Plus Alice apprenait à connaître son compagnon, plus elle l'appréciait.

Elle n'aurait pas su dire si le sentiment était réciproque. Une femme de son âge pouvait difficilement l'espérer.

*

Alice invita le frère et la sœur le dimanche suivant, mais Dot n'introduisit que Ralph à l'heure dite.

— Ma sœur vous envoie toutes ses excuses, elle passe une mauvaise journée.

— J'en suis sincèrement désolée.

— Moi aussi. Je me réjouissais d'avance de poursuivre nos discussions littéraires.

Alice hésita. Les gens jaseraient-ils en apprenant qu'elle le recevait seul ? Et puis, flûte !

— Accepteriez-vous de vous joindre à moi pour le thé ? Je ne voudrais pas que mes scones se perdent.

Le visage du clerc s'illumina.

— J'en serais heureux. Judith dort actuellement, elle ne se réveillera pas avant une heure ou deux. J'espère que cela ne vous cause pas de complications ?

— Pas le moins du monde. La solitude me pèse, parfois.

Les heures suivantes s'écoulèrent sans qu'ils s'en aperçoivent.

— Je n'aurais jamais dû rester aussi longtemps, s'excusa Dawson en se levant soudain.

— Au contraire, je suis ravie.

Elle le raccompagna jusqu'à la porte.

— Vous n'avez plus jamais eu de mauvaises surprises la nuit ?

— Aucune.

— Prebble se tient tranquille dorénavant, il se contente de suivre les instructions que nous lui donnons. Cela ne m'empêche pas d'avoir en lui une confiance limitée.

— Tout comme moi. Croyez-vous que les nouvelles propriétaires lui confieront la gérance du magasin ?

— Ce ne sera pas le cas si elles sollicitent mon avis. L'ennui, c'est que les affaires du magasin marchent mieux depuis qu'il en a repris la direction, à la satisfaction de maître Featherworth.

— Peut-être Prebble a-t-il retenu la leçon ?

Dawson laissa échapper un ricanement méprisant.

— Les léopards ne perdent jamais leurs taches.

*

On introduisit Zachary dans la cabine du capitaine.

— Je vous en prie, Carr. Asseyez-vous. Je tenais à vous remercier de l'aide que vous nous avez apportée au sujet de Léo. Le gouverneur tient également à vous dire toute sa gratitude. Je suis surtout heureux de vous annoncer que son second a gardé le souvenir des jeunes femmes que vous recherchez. L'aînée a connu quelques déboires à cause d'une accusation de vol, mais il s'agissait d'une erreur. Son employeur a récemment acheté des terres dont nous connaissons l'emplacement, et deux de ses sœurs travaillent pour le compte de quelqu'un d'autre dans les environs. Vous trouverez ici tous les détails, précisa-t-il en tendant une feuille à son visiteur.

Zachary fronça les sourcils en lisant le document.

— Elles ne se trouvent donc plus à Perth ?

— Apparemment non. Elles vivent à une bonne journée de là. À ce stade, je ne suis plus en mesure de vous aider, mais cette adresse est une piste intéressante. Si cette jeune femme se trouve encore là-bas, nul doute qu'elle saura où résident ses sœurs, mais il n'est pas rare que les domestiques changent d'employeurs, ou bien qu'elles se marient.

— Je vous remercie. Avant de me mettre en quête de l'aînée des sœurs Blake, qu'en est-il de mon voyage de retour ? Avez-vous connaissance des prochains bateaux attendus ici ?

— La question n'est pas simple. La *Clara* repart bientôt à destination de Madras, et non de l'Angleterre, et aucun autre navire n'est attendu à Fremantle avant la fin de l'année.

Zachary ne cacha pas son dépit.

— Mais… cela signifie une attente de plusieurs mois !

— Je le crains fort. Le mieux, si vous êtes pressé, est encore de prendre place à bord du *Bombay*, le bateau postal attendu dans la baie de King George Sound aux alentours du 1er mai. J'ai bien conscience que le délai est court.

— J'avais cru comprendre que les bateaux postaux faisaient escale à Albany.

— Nous parlons du même endroit. Le port d'Albany se trouve dans cette baie. Le gouverneur vous suggère d'envoyer par son intermédiaire un message au moyen du caboteur qui relie Fremantle à Albany, afin de retenir des cabines pour vous-même et les quatre sœurs.

— Encore faudrait-il que je les aie toutes retrouvées.

— C'est vrai, mais je vous conseille toutefois d'accepter l'offre du gouverneur et de vous efforcer de rallier Albany à temps.

Zachary se sentit brusquement dépassé par les événements.

— Je vais devoir accomplir ma mission le plus rapidement possible.

— Vous n'avez guère le choix, à moins de prendre le bateau postal suivant, deux mois plus tard.

Comprenant que le capitaine souhaitait mettre fin à leur entretien, Zachary quitta sa cabine après l'avoir remercié de son aide. Il s'employa dans la foulée à rédiger la lettre visant à retenir des cabines, puis il quitta le bord avec ses bagages. L'assistance du médecin lui fut utile pour franchir la douane et les contrôles sanitaires sans entrave, puis il acheta deux shillings et six pence un billet sur le petit steamer remontant le fleuve Swan jusqu'à Perth.

Le spectacle qu'il découvrit le stupéfia. Il avait beau savoir que cette capitale d'une colonie britannique était petite, il ne s'attendait nullement à trouver une bourgade aussi… *précaire*. La majorité des rues n'étaient pas même pavées et le sable qui recouvrait tout rendait les déplacements difficiles. Il en profita pour examiner les bâtisses en s'étonnant de voir autant de terrains vagues.

Il dénicha un petit hôtel et, comme la nuit tombait, décida d'attendre le lendemain avant d'entamer son enquête.

Le soir même, on le conduisait à sa table lorsqu'il reconnut le nouveau responsable de Léo installé dans un coin face à un inconnu. Fort heureusement, il tournait le dos à la salle et Zachary s'empressa de s'installer à l'écart en espérant ne pas être reconnu.

Sayrson s'exprimait d'une voix forte qui résonnait à travers la pièce.

— Je viens de récupérer de la main-d'œuvre, un garçon aussi fort que bête. Je compte l'expédier à la campagne demain. Il n'a pas l'air décidé à vouloir travailler, mais il craint trop les coups pour résister.

Son compagnon de table éclata de rire.

Zachary se tétanisa. Léo, *battu* ? L'idée que l'on puisse maltraiter un être aussi doux le révoltait.

Les deux hommes se séparèrent dans un bruit de chaises. Zachary détourna la tête tout en suivant leur reflet sur la vitre. Il les vit sortir du restaurant et s'éloigner dans deux directions différentes. Il fit signe au serveur de le rejoindre et lui glissa une pièce.

— Savez-vous où vit M. Sayrson, le gentleman qui était assis à la table du coin ?

Le serveur prit un air contrit.

— Désolé, monsieur. Je ne l'avais jamais vu avant ce soir.

— Je reviens tout de suite, je vais voir si je peux le rattraper.

Zachary se précipita dans la rue, mais Sayrson avait disparu et il regagna le restaurant.

Avant de monter se coucher, il rappela le serveur :

— Comment pourrais-je retrouver la trace de cet homme ? lui demanda-t-il.

— S'il ne vit pas à Perth, vous pourriez poser la question dans les écuries de louage. Il aura forcément laissé sa monture dans l'une d'elles.

Ce soir-là, Zachary resta longtemps les yeux ouverts dans le noir, obnubilé par le mot *battu*, avant de prendre la décision de rester à Perth un jour de plus afin de se mettre en quête de Léo. Il ne savait pas encore ce qu'il ferait de lui s'il parvenait à retrouver sa trace, mais il ne pouvait pas laisser le pauvre garçon se laisser maltraiter par cette brute.

Il s'en voulait de retarder sa mission, d'autant plus que le temps lui était compté, mais il savait aussi qu'il ne pouvait cautionner une telle injustice.

*

Alice en avait terminé avec l'inventaire demandé par maître Featherworth. Trouvant les soirées longues, elle proposa à Dot de lui apprendre à lire et écrire couramment.

Dot écarquilla les yeux.

– M'apprendre à lire et écrire pour de vrai, mademoiselle ?

– Oui. Cela vous plairait-il ?

– Bien sûr, sauf que je suis pas très maligne. M. Prebble me dit toujours que je suis une idiote.

– Il se trompe. Vous n'êtes pas du tout bête.

– Et mon travail, mademoiselle ?

– Il attendra demain.

Voyant que la jeune bonne était perturbée, elle ajouta d'une voix douce :

– Les temps changent, il est indispensable de bien savoir lire et écrire de nos jours. Cela vous aidera tout au long de votre existence.

Dot haussa les épaules.

– Si vous le dites, mademoiselle, je veux bien essayer.

La jeune bonne changea radicalement de comportement lorsque Alice entama la lecture d'une histoire à voix haute. Les yeux grands ouverts, Dot oublia sa méfiance et écouta attentivement.

L'histoire terminée, elle lâcha un soupir satisfait.

– J'aimais bien quand ma grand-mère nous racontait des histoires. Elle en connaissait des dizaines. Ça vous emporte, les histoires. J'avais oublié cette sensation.

– Le mieux est encore que vous puissiez les lire par vous-même. Vous disposez à Outham d'une bibliothèque publique, vous savez.

À compter de ce jour-là, la jeune servante se révéla une élève avide d'apprendre, pour son plus grand plaisir et celui d'Alice.

Comme plusieurs mois s'écouleraient avant le retour des nouvelles propriétaires du magasin, Alice proposa ses services aux bénévoles qui organisaient des cours d'alphabétisation à l'intention des personnes sans travail, qu'il s'agisse des femmes, ou bien des hommes physiquement inaptes à casser des cailloux.

D'abord mal à l'aise en présence d'élèves masculins d'âge adulte, elle oublia bientôt ses réticences face à ces malheureux aux tenues dépenaillées, les traits tirés par la faim.

Certains l'étonnèrent par leur envie d'apprendre, si différente du comportement blasé des enfants de familles riches auxquels elle avait enseigné. Ces gens avaient soif de découvrir le monde, de savoir comment on vivait ailleurs, de comprendre les raisons de cette guerre civile américaine qui affectait aussi durement leur quotidien. Alice les aidait à lire le journal et les voyait se réjouir en constatant que le conflit touchait à sa fin. Restait à savoir ce qu'il adviendrait du coton des plantations sudistes si les forces de l'Union gagnaient et que les esclaves accédaient à la liberté.

Pourtant, une question empêchait parfois Alice de dormir : que ferait-elle lorsque les sœurs Blake seraient là ? Elle avait de la famille et des amis à Outham, si bien qu'elle aurait aimé s'y installer durablement au lieu de reprendre une existence solitaire de gouvernante.

*

À mesure qu'approchait le vendredi suivant, Hallie s'inquiétait au point d'en perdre le sommeil. Sa mère venait de s'absenter chez un voisin lorsqu'elle entendit un coup de heurtoir.

Elle ouvrit la porte et se trouva nez à nez avec Harry. Il était plus petit qu'elle et pouvait difficilement la forcer à quoi que ce soit.

– Ce n'est pas maman qui ouvre la porte ce soir ? se moqua-t-il.

Elle s'abstint de lui préciser que sa mère était absente.

– Elle peut nous entendre, répondit-elle.

– Dans ce cas, vous allez devoir m'embrasser discrètement.

– Je refuse.

– Vous ne vous inquiétez donc pas de ce qu'il pourrait arriver à votre mère ?

Elle en eut la nausée.

– La prochaine fois, il serait facile de lui donner un coup de couteau dans le ventre, ajouta-t-il en lui agrippant le bras. J'attends mon baiser.

Il lui tira la tête en arrière et posa brutalement la bouche sur la sienne sans qu'elle ose résister.

– Vos lèvres sont bien douces, murmura-t-il d'une voix rauque. Je serais curieux de savoir si le reste est à l'avenant.

Il lui glissa une enveloppe dans la main et s'éloigna en riant.

Hallie resta tétanisée sur le seuil, à la limite de vomir, tremblant de tous ses membres. Lorsqu'elle releva la tête, elle remarqua qu'un homme l'observait depuis le trottoir opposé. Elle rougit de honte et s'empressa de rentrer chez elle.

Elle ne s'autorisa même pas à laisser libre cours à ses larmes, de peur que sa mère l'interroge sur les raisons de son chagrin.

*

Zachary parcourut les rues de Perth le lendemain, armé de la liste des écuries de louage. Il finit par se perdre à force d'explorer les rues systématiquement. Son principal point de repère était le bâtiment le plus imposant de la ville dont on lui expliqua qu'il s'agissait de la cathédrale catholique. La demeure du gouverneur paraissait misérable en comparaison.

À la mi-journée, il commença à perdre espoir de retrouver Leo après avoir essuyé plusieurs échecs successifs. Il décida de grimper en haut de la petite colline dominant la bourgade dans l'espoir que cela lui inspire une nouvelle stratégie. À ses pieds s'étendait Perth Water, une large baie fermée sur laquelle avançaient lentement de rares petits bateaux. L'eau, calme la veille, était agitée sous l'effet du vent.

Il regagna la ville alors que la pluie commençait à tomber et regretta de ne pas posséder de parapluie.

Il arrivait en vue de l'écurie suivante lorsqu'il vit Sayrson en sortir. Il se réfugia aussitôt sous un arbre de grande taille et attendit de voir dans quelle direction partait sa cible. Celui-ci s'éloigna sous la pluie d'un pas pressé sans remarquer sa présence.

Zachary s'apprêtait à le suivre lorsqu'il entendit des gémissements s'échapper d'un appentis voisin de l'écurie et crut reconnaître la voix de Léo.

Il hésita, conscient qu'il risquait de perdre la trace de Sayrson s'il prenait le temps de s'assurer qu'il s'agissait bien de Léo. Quelle que soit l'identité de celui qui pleurait, il avait besoin d'aide.

Il s'approcha de l'appentis et tendit l'oreille. Les sanglots semblaient se calmer, mais il lui était impossible de rien voir à l'intérieur, la lucarne de la cabane était trop sale. Le verrou était mis, mais aucun cadenas ne le bloquait. Zachary jeta un bref regard circulaire, puis il tira le verrou sans un bruit et ouvrit.

Le prisonnier recroquevillé sur lui-même dans un coin leva le bras, comme pour se protéger. Zachary reconnut le visage tuméfié de Léo.

Les lèvres du malheureux formèrent le mot *Zachary* et une lueur d'espoir s'alluma dans ses yeux.

Zachary eut un haut-le-corps en s'apercevant que la cheville gauche de Léo était prisonnière d'une chaîne fixée à un poteau.

— Tu vas me ramener au bateau ? s'enquit Léo.

— Il faut commencer par te délivrer.

— J'ai bien essayé, mais je n'y arrive pas. Le méchant garde la clé de mes fers attachée à sa chaîne de montre.

Zachary examina la chaîne, clouée à un poteau en bois. Apercevant une pelle dans un coin, il s'employa à entailler le bois pourri afin de dégager l'énorme clou rouillé, le cœur battant. Sayrson ou un autre, attiré par le bruit, pouvait survenir à tout instant.

Il lui fallut moins de deux minutes pour retirer le clou. Faute de pouvoir sectionner la chaîne, il la ramassa, aida Léo à se relever et l'entraîna à sa suite.

— Tiens, prends mon manteau et passe-le autour de la chaîne.

Il coula un regard au-dehors et constata qu'un inconnu fumait sa pipe dans le petit jardin voisin.

— Attendons qu'il ait fini et qu'il rentre dans l'écurie, murmura-t-il à l'oreille de son compagnon.

— M. Sayrson est censé revenir tout à l'heure, chuchota Léo en retour. Il m'a dit qu'on partait demain matin. Je ne veux pas m'en aller avec lui.

Zachary passa un bras autour des épaules du pauvre garçon.

— Il ne te maltraitera plus jamais, j'en fais la promesse.

Léo se montra aussitôt rassuré. Restait à espérer que Zachary puisse tenir parole.

*

Pandora se réjouit à l'idée de la nouvelle leçon d'équitation qui l'attendait ce matin-là. Elle aimait tout particulièrement monter Duke, et Francis reconnaissait lui-même qu'elle apprenait vite.

Il insistait toujours pour que ces leçons se déroulent tôt dans la journée, bien que la chaleur ne soit plus aussi étouffante depuis l'arrivée de l'automne.

Livia balaya l'argument d'un geste lorsque Pandora s'inquiéta de ne pas avoir trouvé le temps de pétrir du pain.

— Vous le cuirez en rentrant.

Pandora tourna son regard en direction du sentier conduisant à la ferme du voisin.

— Cassandra et Reece sont en retard ce matin, s'étonna-t-elle.

— Tous les deux travaillent toujours avec acharnement, ce n'est pas un souci s'ils arrivent en retard pour une fois. N'oublions pas que votre sœur est enceinte.

Pandora et Francis étaient rentrés depuis longtemps lorsque la silhouette de Reece apparut sur le petit chemin. Il était seul.

— Cassandra n'irait-elle pas bien ? s'inquiéta la jeune femme.

Son beau-frère hocha la tête et s'approcha de Livia.

— Veuillez excuser mon retard, mais nous avons très mal dormi la nuit passée. Cassandra a été victime d'une indigestion. Pour ne rien arranger, le bébé s'agitait beaucoup dans son ventre et peinait à trouver une position confortable. Nous ne nous sommes pas réveillés, et je lui ai dit de se reposer.

À l'heure du déjeuner, Pandora demanda la permission de rendre visite à sa sœur. Elle trouva cette dernière dans la véranda, installée dans un fauteuil à bascule déniché par Kevin.

— Comment te sens-tu ? Tu es toute pâle. Je me suis inquiétée en ne te voyant pas ce matin.

— Je suis un peu fatiguée, c'est tout. Reece fait d'un rien une montagne.

— On pourrait croire qu'il est le père de ton enfant.

Gênée de son manque de tact, elle s'empressa d'ajouter :

— Il attend la naissance avec impatience.

Cassandra eut un sourire tendre.

— Je suis si heureuse qu'il le considère comme le sien. Nous nous sommes promis de ne jamais révéler ce secret à l'enfant.

— Bien évidemment. Où est Kevin ?

— Il s'occupe de Delilah. Il passe énormément de temps avec cette jument. Il s'assoit sur un tabouret à côté d'elle et lui parle. On jurerait qu'elle comprend tout ce qu'il lui raconte.

— Ne trouves-tu pas la vie étrange ? Qui aurait cru que nous nous installerions un jour en Australie, ou bien que nous deviendrions domestiques ?

Pandora ponctua sa question par un sourire avant de préciser :

— Des domestiques d'extérieur, à la vérité. Je me demande bien comment ces deux-là se débrouilleraient sans nous.

— Reece insiste pour que j'arrête bientôt de travailler complètement. Je ne viendrai peut-être plus que les matins dorénavant. C'est vrai que je me fatigue facilement, mais je crois que je deviendrais folle si je ne faisais rien pendant qu'il sue ici sang et eau. En outre, chaque jour plein de mon travail représente une demi-journée de moins pour lui sur le temps qu'il doit à M. Southerham.

— Tu auras du pain sur la planche de ton côté.

— Kevin m'aide beaucoup, en particulier pour les petits travaux. Et puis j'ai la lessive des Southerham en plus de la nôtre.

— Comment se porte Kevin ?

Le visage de Cassandra se voila.

— Il reste joyeux, répondit-elle à mi-voix, mais je vois bien qu'il éprouve les plus grandes difficultés à accomplir certaines tâches.

— Tout comme Francis. Je l'entends parfois tousser la nuit, à présent qu'il dort dans la véranda. Livia trouve pourtant le moyen de rester gaie. C'est une épouse formidable. Je m'en veux parfois de me plaindre d'avoir le mal du pays.

— Tu donnes l'impression d'aller mieux.

— C'est vrai, mais mon malaise reste très présent. Je continue à me languir de l'Angleterre. Je ne comprends pas que tu ne sois pas dans le même état.

— Certaines choses me manquent, mais la vie ici me convient et j'adore la chaleur.

— Moi pas ! Je me sens tellement mieux depuis que la température a commencé à baisser !

– Kevin affirme que les pluies d'hiver ne tarderont plus et qu'il fera bientôt froid. Au fait, comment s'est passée ta leçon d'équitation ?

Le visage de Pandora s'éclaira.

– Très bien.

Les deux sœurs continuèrent de discuter un moment, jusqu'à ce que Pandora reparte travailler. Que ferait-elle le jour où Cassandra ne serait plus quotidiennement à ses côtés ? Elle perdrait la tête, probablement.

9

Il se mit à pleuvoir de plus belle et l'homme à la pipe frappa celle-ci contre son talon afin de chasser les dernières braises. Il rentra précipitamment et Zachary en profita pour sortir de la remise avec Léo. La chaîne émettait un cliquetis sonore au moindre mouvement et le jeune homme s'évertua à la serrer à l'intérieur de son manteau, mais elle restait attachée à sa cheville et risquait de les trahir une fois dehors.

La pluie tombait à verse et Zachary leva le nez vers le ciel en espérant une éclaircie. Le mauvais temps pouvait se révéler un allié utile car il vidait les rues. Les deux fugitifs avançaient d'un bon pas lorsque Léo se cogna contre un passant à un coin de rue. Le manteau tomba à ses pieds.

L'homme se figea en apercevant la chaîne et se tourna vers Zachary.

– Vous l'aidez à s'évader, c'est ça ?

– Ce n'est pas un forçat, mais un pauvre garçon retenu prisonnier par un employeur qui le maltraitait au prétexte qu'il n'était pas assez… rapide. Regardez un peu son visage.

L'homme sembla hésiter, puis il sourit d'un air désabusé en voyant l'expression enfantine de Léo.

– Je suis moi-même un ancien condamné et l'un des gardiens me maltraitait, alors je sais ce que c'est. Vous allez avoir besoin d'assistance si vous comptez l'aider à s'échapper. Ils ne plaisantent pas avec les droits des maîtres, par ici, et se fichent bien de ceux des domestiques. Un type s'est récemment retrouvé en prison pour avoir voulu quitter son emploi sans l'autorisation de son maître, et ce n'était pas un forçat.

Zachary soupira de soulagement en comprenant que l'autre n'entendait pas les dénoncer.

– Pourriez-vous nous aider ?

– On ne va pas discuter de ça sous la pluie. J'habite un peu plus loin, venez chez moi. C'est de la folie, mais je ne vais pas vous laisser dans la panade. En attendant, cachez-moi ces satanées chaînes qui font un bruit infernal.

Malgré tous leurs efforts, les deux fugitifs n'arrivaient à rien et l'inconnu finit par s'impatienter.

– Vous n'avez qu'à marcher derrière moi. Si jamais quelqu'un vous arrête, je poursuivrai ma route en disant que je ne vous connais pas. Je ne tiens pas à retourner en prison pour avoir enfreint la loi.

Les trois hommes repartirent d'un pas vif sans que les passants, soucieux d'échapper à la pluie, s'inquiètent outre mesure. L'ancien forçat les conduisit jusqu'à une bâtisse coincée entre deux maisons de même allure. Il ouvrit la porte et leur fit signe de le suivre.

– Ce n'est pas un palais, mais nous y serons au sec.

Il était temps. Dehors, un coup de tonnerre éclata, souligné par un éclair, et des trombes d'eau s'abattirent sur le toit en tôle en provoquant un vacarme qui les obligea à élever la voix.

– La saison des pluies est sur le point de commencer, c'est la première fois qu'il pleut vraiment depuis le début de l'année. Ce n'est pas moi qui vais regretter la chaleur.

Il tendit à la main à Zachary.

— Je m'appelle Fred Moore.

Zachary se présenta à son tour et fit de même avec Léo.

— Racontez-moi donc votre histoire pendant que je mets de l'eau à bouillir pour le thé, suggéra Fred en ranimant les flammes dans l'âtre à l'aide de bois sec avant d'accrocher une bouilloire noire de suie à la chaîne qui pendait à l'intérieur de la cheminée.

Il écouta en silence les explications de Zachary avant de se tourner vers Léo.

— Pauvre gamin. Je hais les chaînes. On m'en a fait porter quand j'étais prisonnier, j'en garde les cicatrices aux chevilles. Les Noirs subissent le même sort. Personnellement, je serais incapable d'enchaîner un animal, *a fortiori* un être humain.

Il se leva.

— Léo, mon gars, on va te débarrasser de tout ça et nettoyer tes plaies. Ce type ne t'a pas raté.

— Il m'a frappé, réagit Léo en posant une main sur sa joue tuméfiée. Quand j'ai voulu me défendre, il m'a tapé dessus avec un bâton jusqu'à ce que je m'écroule.

Fred scia les chaînes en un tournemain.

— J'irai les jeter dans la rivière quand il fera nuit. Reste à savoir quoi faire de vous deux.

Il se tourna vers Zachary.

— Vous allez devoir quitter Perth au plus vite si vous ne voulez pas qu'il soit capturé. Vous avez quelque part où aller, au moins ?

Zachary lui exposa les raisons de sa venue en Australie.

Fred laissa échapper un rire sans joie.

— Je souhaite bonne chance à ces quatre sœurs, où qu'elles soient. Si seulement quelqu'un pouvait me léguer une fortune.

Il observa les flammes en silence avant de reprendre :

— Je crois pouvoir trouver un type capable de vous conduire, mais vous allez devoir louer des chevaux.

— L'argent n'est pas un problème, reste à savoir s'ils accepteront de louer des bêtes à un étranger.

— Je connais quelqu'un qui pourrait peut-être vous aider. Votre jeune compagnon sait monter à cheval ?

Ils interrogèrent du regard Léo. Occupé à se réchauffer les mains près de l'âtre, il semblait trop las pour suivre la conversation.

— Tu sais monter à cheval, Léo ?

Son visage s'illumina.

— Oui. J'adore les chevaux.

Zachary fit la grimace.

— Je suis loin d'être un cavalier aguerri. Il m'est arrivé de me promener sur le cheval de mon cousin à la ferme, guère plus.

— Dans ce cas, attendez-vous à être courbatu les premiers jours, mais le cheval est encore le meilleur moyen de se déplacer dans la colonie. C'est plus rapide qu'avec une charrette. Vous allez devoir commencer par trouver le lieu exact où travaille cette fille, c'est peut-être loin de la route principale.

— Tant pis pour mon confort. Si je vous paye, accepteriez-vous de m'aider à louer des chevaux et trouver un guide ?

— Bien sûr, acquiesça Fred. Si j'étais quelqu'un de bien, je vous aiderais par sympathie, mais j'ai besoin d'argent, alors je vous demanderai cinq livres parce que je prends un risque important en vous aidant. Pour ce prix, je vous trouverai un guide fiable qui vous fournira des chevaux. Où exactement se trouve l'endroit qu'on vous a indiqué ?

— Je dispose d'une simple adresse. Si vous avez de quoi écrire, je vous la donne.

Fred émit un ricanement.

— Je ne suis pas champion de lecture et j'écris encore plus mal. Donnez-moi l'adresse, je m'en souviendrai.

En fin de journée, il revint en compagnie d'un homme taciturne prénommé Bert qui écouta en silence les explications de Zachary.

— Tu sais où ça se trouve ? lui demanda Fred.

Bert opina.

— Plus ou moins. C'est l'une de ces nouvelles fermes au pied des collines. Je dégotterai bien dans les parages quelqu'un susceptible de nous renseigner.

— Nous aimerions quitter Perth à la première heure demain avant que les gens soient levés. Est-ce possible ?

— Demain matin ? répliqua Fred, le front barré d'un pli. Impossible. Il faut se procurer des chevaux et des provisions. Le lendemain serait idéal.

Zachary soupira à l'idée de retarder encore sa mission.

Bert reparti, il demanda à Fred :

— Léo peut-il dormir ici jusqu'à notre départ ?

— Si une couverture par terre lui convient, pas de problème.

Ils interrogèrent Léo du regard.

— Tu seras bien avec Fred, l'encouragea Zachary.

Leo prit un air apeuré.

— Je veux rester avec toi.

— Tu ne serais pas en sécurité dans mon hôtel, Sayrson te retrouverait. Le mieux est que tu restes ici, je viendrai te voir tôt demain matin et nous partirons le jour suivant.

— Promis ?

— Promis.

Zachary glissa à Fred un petit supplément.

— Achetez-lui de quoi manger. Il ne me reste plus qu'à régler la question de ma malle. Je ne peux tout de même pas la transporter à dos de cheval.

— Vous n'aurez qu'à prendre le nécessaire dans vos fontes et expédier le reste à Albany par caboteur, suggéra Fred. Et toi, Léo ?

Le jeune homme fronça les sourcils.

— M. Sayrson m'a tout pris. Il a pensé que ça ne me servirait à rien d'avoir de beaux vêtements, il a décidé de les vendre. Je n'ai rien d'autre que cette tenue.

— Il faut lui en acheter d'autres, décida Zachary en s'adressant à Fred.

Le sourire de ce dernier lui confirma que leur hôte espérait bien y trouver son compte.

— Je connais un fripier, ça tombe bien, répondit-il.

Zachary regagna son hôtel en rentrant les épaules pour se protéger de la pluie, zigzaguant entre les flaques que le sable ne parvenait déjà plus à éponger. Ses bottines détrempées faisaient un bruit de ventouse à chaque pas et il était transi.

Avait-il eu raison d'agir ainsi ? Il n'y avait plus qu'à l'espérer.

*

Ralph Dawson quitta son logement à la nuit tombée, le col de son manteau relevé et son chapeau sur les yeux dans l'espoir que personne ne le reconnaisse. Il frappa à une porte à quelques rues de là.

— Pourrais-je parler à votre mari, madame Worth ?

— Entrez, je vous en prie.

— J'aime autant lui parler ici, j'en ai pour un instant.

Marshall Worth se précipita.

— Ralph ? Y a-t-il un problème ?

— Pas du tout. J'aurais aimé te demander de venir chez moi. J'ai du travail pour toi.

Marshall Worth avait occupé les fonctions de contremaître dans une petite usine textile jusqu'à l'arrivée de la crise. Il cassait des cailloux depuis et offrait ses services pour un penny ou deux à qui voulait bien le solliciter.

— Je t'accompagne, proposa-t-il.

— Non, il ne faut pas que l'on nous voie ensemble. Cela va te paraître étrange, mais je te demanderai de me suivre dans quelques minutes et de frapper à la porte de derrière de ma maison en veillant à ce que personne ne remarque ton manège. Je peux te l'assurer, il n'y a rien de malhonnête dans tout cela. Je t'expliquerai tout à l'heure.

Sur ces paroles, Dawson regagna son domicile en empruntant un chemin différent. Il se sentait un peu ridicule d'agir de la sorte, mais il tenait à garder sa visite secrète.

Il était rentré depuis quelques minutes lorsque l'on frappa à la porte de derrière. Il fit entrer son visiteur à qui il désigna une chaise.

— Puis-je t'offrir une tasse de thé et un scone ?

L'autre hésita.

— La fierté n'a plus sa place en ces circonstances, le rassura Dawson.

— Je te remercie.

Le clerc entreprit d'expliquer à son visiteur la situation au magasin Blake.

— Ne fais jamais confiance à un Prebble, réagit Marshall tout de go. Si tu habitais leur quartier, tu saurais que bien des gens ont peur de cette famille. Harry a sans doute un poste respectable, mais des rumeurs courent sur son compte.

— Des rumeurs de quel ordre ?

— La servante que les Blake employaient avant Dot a été chassée parce qu'elle était tombée enceinte. Elle a toujours refusé de divulguer le nom du père et s'est jetée dans le réservoir de l'usine. Il se trouve que je connais celui qui a retiré son corps, il m'a raconté qu'elle portait des traces de coups. Je l'avais aperçue à plusieurs reprises en compagnie de Harry Prebble. Il n'y a aucun moyen d'avoir une certitude puisqu'elle n'a jamais rien dit, bien sûr, mais j'avoue avoir été surpris quand tu l'as mis à la tête du magasin.

— Il était seul capable d'en reprendre la direction. Il connaît d'ailleurs son affaire, mais j'aurais besoin d'une personne capable de le tenir à l'œil. Accepterais-tu ce poste ?

— Je sauterais sur l'occasion, répondit Marshall, ravi. J'ai assez d'amis pour être bien sûr de ne pas me retrouver noyé. En revanche, je ne connais rien au commerce.

— Tu apprendras.

— Ne risque-t-il pas de deviner que je suis là pour l'espionner ?

— Si, sans doute. Mais je ferai exprès d'organiser des entretiens avec plusieurs autres avant de te sélectionner pour le poste. Il y a aussi la question des vêtements, ajouta-t-il après une hésitation. Posséderais-tu une tenue plus élégante que celle-ci ?

Marshall secoua la tête, les joues empourprées par la honte.

— Nous avons été contraints de mettre au clou mes plus beaux vêtements pour nourrir les enfants. Ce qui n'a pas empêché la dernière de mourir. Le médecin nous l'a confirmé, elle n'avait plus assez de forces pour lutter contre la maladie.

Dawson lui tapota la main. Ce n'était pas la première fois qu'une telle tragédie survenait à Outham.

– Je te donnerai de l'argent pour que tu puisses acheter le nécessaire auprès d'un fripier.

– Tu es sûr, Ralph ?

– Tout à fait.

L'ami d'enfance du clerc fondit en larmes, son corps tout entier était agité par les sanglots.

Les temps sont décidément durs pour qu'un homme aussi fort se laisse emporter par le désespoir, pensa Dawson en serrant amicalement l'épaule de Marshall.

*

Zachary se présenta à la porte de Fred à 9 heures le lendemain matin. Il fut heureux de voir Léo en bien meilleure forme.

– Votre ami a un sérieux coup de fourchette, déclara l'ancien forçat en souriant.

– J'avais faim, se justifia Léo. Le méchant ne me donnait que du pain et de l'eau. Il voulait que je travaille davantage.

Ses deux interlocuteurs échangèrent des regards dégoûtés.

– Quel sale bonhomme, marmonna Fred.

Bert arriva quelques minutes plus tard. Il conduisit Zachary jusqu'à une écurie de louage dont le propriétaire était un ami. Le jeune homme choisit trois chevaux pour les cavaliers, ainsi que deux animaux de bât. Bert conclut l'affaire par une poignée de main en promettant de ramener les montures à leur retour.

– Ce ne sont pas des chevaux de luxe, mais ils feront l'affaire, déclara Bert une fois de retour chez Fred. Mon ami n'a pas voulu nous louer ses meilleures bêtes pour aller aussi loin.

Zachary était loin de partager cet optimisme. Les animaux n'étaient guère reluisants, mais avait-il le choix ?

Il procéda aux démarches nécessaires afin que sa malle soit transportée jusqu'à Albany par caboteur et retourna ensuite chez Fred.

Il s'en voulait de dépenser au nom de Léo l'argent que lui avait confié maître Featherworth, mais il ne pouvait pas abandonner le pauvre garçon à son triste sort. Il bouillait intérieurement à l'idée que l'on puisse traiter un être humain en esclave au prétexte qu'il était simple d'esprit.

Léo était homme à tout donner dans son travail à condition que l'on se montre conciliant avec lui. Il suffisait de voir avec quel entrain il s'était occupé des animaux pendant la traversée.

– Nous partons demain à la première heure, décida-t-il.

– C'est dimanche, remarqua Fred.

– Et alors ? Nous devons quitter la ville au plus vite.

– Très bien. Dans ce cas, allez chercher vos affaires à l'hôtel tout de suite. Vous n'aurez plus qu'à lever le camp à l'aube. Et ne vous inquiétez pas pour votre malle et votre valise. Je veillerai personnellement à ce qu'on les embarque sur le caboteur, ajouta-t-il d'une voix qui laissait percer son amertume. Je ne vole que lorsque j'ai faim et vous m'avez payé suffisamment bien pour que je ne manque de rien pendant plusieurs semaines. Je n'ai aucune intention de vous escroquer.

Quel drôle d'ange gardien, se dit Zachary en regagnant son hôtel. La pluie s'était arrêtée et le ciel était plus lumineux, mais l'humidité ambiante le fit frissonner.

Il lui fallait encore trouver les sœurs Blake et rallier Albany avec elles à temps pour monter sur le prochain bateau postal, dans un pays dépourvu de toute ligne de chemin de fer.

Il serait toujours temps par la suite de voir à qui confier Léo lorsqu'il quitterait Perth. Et, quitte à reprendre son poste sous les ordres de Prebble, il rembourserait au notaire les dépenses engagées au nom de Léo.

Le bien suivait parfois une route bien tortueuse.

*

Ils quittèrent le logis de Fred aux premières lueurs de l'aurore. Juché sur sa monture, Léo avait enfilé une tenue disparate. Les deux chevaux de bât suivaient, chargés de leurs quelques possessions.

— Ces pauvres bêtes sont vieilles et usées, remarqua Léo sur un ton réprobateur. Il n'y en avait pas de meilleures ?

— Non, répondit Bert.

— Il faudra se montrer doux avec elles.

Bert leva les yeux, implorant le ciel de lui insuffler la patience nécessaire.

— Sera-t-il possible de se procurer des provisions en chemin ? s'inquiéta Zachary.

— Oui.

Il est plus aisé de tirer de l'argent à un avare que d'obtenir des informations de ce guide, pensa Zachary qui finit par renoncer à converser avec lui.

Bert avait fourni à Léo la plus laide des trois montures. L'animal, peu commode, avait montré les dents lorsque Zachary s'en était approché, mais il semblait pleinement se satisfaire de son cavalier.

— Vous avez raison, finit par reconnaître Bert. Ce garçon sait s'y prendre avec les chevaux.

L'animal dévolu à Zachary, de son côté, se contentait tout juste de marcher au pas.

Ils chevauchaient depuis une heure lorsque le jeune homme demanda à se dégourdir les jambes. Ses cuisses le faisaient particulièrement souffrir.

— Nous n'irons pas vite aujourd'hui, décida Bert. Je me trompe, ou bien vous n'êtes pas habitué à monter ?

— C'est le cas. Il y a des mois que je n'étais pas monté en selle.

— Ça se voit, mais vous n'avez pas une mauvaise assiette pour un débutant.

En milieu d'après-midi, Zachary se demanda comment il pourrait tenir jusqu'au soir.

Bert tira sur les rênes de sa monture et ses compagnons imitèrent son exemple.

— Je propose qu'on passe la nuit ici. Je vois bien que vous en avez assez, Zachary.

— Y a-t-il une auberge dans les environs ?

Bert éclata de rire.

— Non. On va voir si un fermier des environs accepte de nous vendre un peu d'avoine et de nous laisser dormir dans sa grange.

— Les gens se montrent accueillants, par ici ?

— Je ne sais pas comment c'est en Angleterre, mais personne ne refuse l'hospitalité à un voyageur dans la colonie, même s'il n'a aucun lit à lui proposer.

Zachary se prit à espérer qu'ils trouvent rapidement un lieu d'accueil. Il n'en pouvait plus.

En guise de réconfort, Bert l'assura qu'ils arriveraient dans la région où vivaient les Southerham le lendemain.

10

Zachary fut tiré de son sommeil par les premières lueurs du jour ce lundi-là. La nuit qu'il venait de passer sur un lit de paille inconfortable n'avait guère aidé à le guérir de ses courbatures. Il se leva en étouffant un gémissement afin de ne pas réveiller ses compagnons, avant de s'apercevoir qu'ils avaient disparu. Il crut entendre des voix, suivit la direction du son et trouva Bert et Léo en train de s'occuper des chevaux. Bert sifflait entre ses dents tandis que Léo parlait à sa monture.

— J'allais vous réveiller, fit Bert. Le dos raide ? ajouta-t-il avec un sourire.

Zachary opina.

— Ça finira par disparaître.

Ils avalèrent le petit-déjeuner sommaire fourni par la fermière. Zachary paya celle-ci avec l'argent du notaire et grimaça intérieurement à la perspective de remonter en selle.

Pourvu qu'ils trouvent Westview rapidement.

*

Ralph Dawson convoqua Prebble ce matin-là.

— Maître Featherworth et moi avons décidé qu'il serait préférable de choisir une personne mûre pour vous assister au magasin. Je ne comprends toujours pas la raison qui vous a poussé à renvoyer le garçon que nous avions choisi.

– Un ouvrier du textile ! Nous avons besoin de quelqu'un qui sait écrire et compter, rétorqua Harry en s'efforçant de dissimuler son agacement.

Son intention, en renvoyant l'employé choisi provisoirement en remplacement de Zachary, avait été de recruter son cousin. Il ne voulait pas de quelqu'un qui puisse épier ses faits et gestes à la demande de M. Dawson.

– J'en suis conscient, même si nombre d'ouvriers savent lire et écrire aussi bien que vous et moi.

Feignant de ne pas remarquer l'expression méprisante qui s'affichait sur le visage de son interlocuteur, il poursuivit :

– Nous avons pensé recruter une personne qui disposait d'un emploi plus élevé dans l'industrie textile. Un contremaître, par exemple. J'en ai sélectionné quatre que nous auditionnerons demain.

Il laissa s'écouler un silence en remarquant le regard furieux de Prebble, puis il ajouta d'une voix innocente :

– Je pensais que vous souhaiteriez ma présence lors de ces entretiens.

– Comment les avez-vous trouvés ?

– Maître Featherworth a sollicité à ce sujet les propriétaires d'usines qui lui ont recommandé d'anciens contremaîtres désormais sans emploi.

Ce n'était pas l'exacte vérité, puisque les autres noms lui avaient été soufflés par Marshall Worth. Il avait prévu de payer les individus concernés afin qu'ils irritent Harry lors des entretiens, Marshall s'étant porté garant de leur discrétion. Au même titre que Worth, ils avaient sauté sur l'occasion de gagner un peu d'argent.

— Quand doit-on les voir ?

— Demain matin. Autant aller vite, je sais que vous êtes impatient de retrouver quelqu'un.

Prebble, plus méfiant que jamais, était sur le pied de guerre le lendemain.

Comme prévu, les trois candidats prirent un malin plaisir à le dérouter.

— Vous aurez besoin de savoir compter, déclara-t-il sur un ton condescendant. Voyons si vous êtes capable de procéder à quelques additions de tête.

Deux des candidats supposés commirent de telles erreurs que Dawson leur fit comprendre d'un coup d'œil qu'ils poussaient la farce trop loin, mais Prebble ne s'aperçut de rien.

Quant au troisième, il se tourna vers le clerc.

— Me faut-il vraiment répondre à ce petit bonhomme qui me traite comme un enfant ? Je faisais déjà des additions à l'âge de sept ans.

— Contentez-vous de lui obéir.

Chaque fois que Prebble posait une question, l'homme lui fournissait la bonne réponse en un temps record.

Prebble, agacé, décida de proposer des problèmes plus compliqués.

Marshall, plus calme que le candidat impatient, n'eut aucun mal à les résoudre.

Il ne faisait aucun doute que son intelligence déplaisait au jeune gérant.

L'entretien terminé, Dawson demanda aux candidats d'attendre dehors, puis il interrogea du regard Prebble.

— Alors ? Qu'en pensez-vous ?

— Aucun ne fait l'affaire. Ces gens-là sont incapables de traiter *nos* clientes avec les égards qui leur sont dus.

— Maître Featherworth nous demande de choisir entre l'un des quatre.

Prebble soupira.

— Dans ce cas, nous en prendrons un à l'essai, mais je me réserve le droit de le renvoyer s'il ne convient pas.

— J'ai bien peur que cette prérogative revienne à maître Featherworth.

— Je suis tout de même le gérant de ce magasin, non ?

— Le gérant provisoire, et je doute que vous poursuiviez longtemps dans votre tâche si vous contrecarrez les élans philanthropiques de maître Featherworth.

Prebble lui lança un regard assassin, persuadé qu'on lui mettait un espion dans les pattes.

— Alors, qui choisissons-nous ? insista Dawson.

— Worth est le moins pire.

— Pourquoi pas Freeman ?

Prebble s'ébroua d'un air dégoûté.

— Jamais de la vie.

— Il me semblait que Freeman était le plus intelligent des quatre.

— Je ne suis pas du tout d'accord. Sans parler de son impertinence.

Dawson, qui avait savouré la réplique acide de Freeman, eut le plus grand mal à conserver son sérieux.

— Après tout, c'est vous qui allez devoir travailler avec lui. Choisissons Worth puisqu'il vous convient, mais à la condition de procéder à un premier bilan dans une semaine. Je ne sens pas ce garçon, ma préférence va à Freeman. Mais pour l'heure, notifions Worth, il n'aura qu'à repartir avec vous au magasin.

— Aujourd'hui ?

– Pourquoi pas ? Je ne doute pas qu'il soit impatient de travailler car il a besoin d'argent. Je compte sur vous pour lui fournir de quoi déjeuner, comme les autres.

Prebble leva les bras au ciel.

– Vous l'aurez voulu. Si jamais il se comporte mal avec les clientes…

– Je vois mal n'importe lequel de ces garçons risquer son emploi par désinvolture. Vous savez dans quelle précarité ils se trouvent. Vous n'avez donc aucune compassion ?

– On m'a demandé de diriger le Grand Magasin Blake et de générer des bénéfices, pas de gérer une association caritative.

Tout en allant chercher Marshall, Dawson se fit la réflexion que Prebble lui était chaque jour plus odieux.

*

Quelques minutes plus tard, de retour dans la rue, Prebble se tourna vers sa nouvelle recrue :

– Souvenez-vous que vous êtes à l'essai, Worth. Je compte sur vous pour donner le meilleur de vous-même.

– Ne vous inquiétez pas pour ça, monsieur.

Marshall, qui détestait tous les membres du clan Prebble, éprouvait les plus grandes difficultés à donner du « monsieur » à un tel nabot, mais il était sans travail depuis un an et comptait bien garder son nouvel emploi, tout en rendant service à son ami Dawson.

Sa femme pleura de joie lorsqu'il lui expliqua la situation en lui recommandant de garder le secret. Leurs enfants seraient nourris convenablement, désormais, sachant que les provisions lui coûteraient moins cher s'il se fournissait au magasin, comme le lui avait promis le clerc de notaire. S'il se passait quelque chose de suspect au magasin, Ralph serait le premier alerté.

À peine les deux hommes étaient-ils arrivés à destination que Prebble tendit un tablier à Marshall et lui confia une mission subalterne dont l'intéressé s'acquitta rapidement.

Le commis ouvrit de grands yeux en le voyant sortir de la réserve, où il avait pesé du sucre et du thé.

– Vous avez déjà fini ? s'étonna le gamin.

– Oui. Quoi d'autre ?

– Il faut demander à M. Prebble.

Harry, tout aussi surpris de la célérité de son nouvel assistant, ne lui fit pas de compliment pour autant. Il fut même incapable de dissimuler sa colère lorsqu'il vit, en pesant les paquets, que le travail était bien fait.

Marshall comprit à cet incident que les soupçons de Dawson étaient fondés. En quoi le gérant d'un magasin pourrait-il être mécontent qu'un employé travaille vite et bien ?

*

La matinée était bien avancée lorsque Pandora remonta du puits le vieux seau en bois rempli d'eau. Elle le posa sur la margelle, le temps de reprendre son souffle. Elle regrettait les seaux en métal galvanisé, nettement plus légers, dont elle et ses sœurs se servaient à Outham.

Peu pressée de rapporter le seau jusqu'à sa cuisine en plein air, elle se reposa quelques instants de plus. Elle s'était mise au travail tôt ce matin-là. Elle avait commencé par laver le linge de Mme Southerham avec sa sœur avant de poursuivre seule, Reece ayant décidé que sa femme devait se ménager.

Cassandra ne s'était pas fait prier, preuve que son mari avait raison. Elle se déplaçait plus lentement et difficilement depuis quelques jours.

Il ne pleuvait pas encore, heureusement, mais un nuage finirait bien par crever, à en juger par le gris du ciel. Pandora avait bien suggéré de remettre la lessive à un autre jour, mais les jolies chemises de M. Southerham étaient toutes sales et il en enfilait une propre invariablement chaque soir. La jeune femme voyait mal comment le linge aurait le temps de sécher. Les Southerham ne possédaient pas d'essoreuse, si bien que les effets restaient longtemps humides en dépit de tous ses efforts pour les tordre.

Elle s'agaçait de la façon dont ils restaient « fidèles aux traditions », ainsi qu'ils le disaient. À croire qu'ils vivaient toujours en Angleterre au milieu d'une armée de domestiques, sans se soucier d'alourdir sa tâche.

Elle s'apprêtait à dénouer la corde accrochée à l'anse du seau lorsqu'elle se figea en reconnaissant un bruit de sabots dans le lointain. Elle pivota sur elle-même et regarda le chemin de terre menant à la ferme sur lequel se découpaient plusieurs silhouettes. Les visites étaient si rares à Westview qu'elle abandonna son seau sur la margelle et courut chercher ses employeurs.

– J'ai vu des gens à l'entrée de la propriété, cria-t-elle. Quelqu'un arrive.

Livia sortit du cabanon et tourna son regard vers le bas de la colline, la main sur les yeux. Francis émergea de la remise servant d'écurie à ses chers chevaux tandis que Reece apparaissait derrière la maison, où il effectuait des réparations.

Trois hommes à cheval tirant deux chevaux de bât s'avancèrent sur le petit chemin d'un air las.

— Je n'en reconnais aucun, s'étonna M. Southerham. Et toi, ma chérie ?

— Moi non plus. Peut-être s'agit-il de colporteurs.

Pandora crut soudain reconnaître l'un des visiteurs. Incrédule, elle attendit que la petite troupe se soit rapprochée avant de s'écrier :

— C'est impossible ! C'est pourtant bien lui ! Il a beaucoup changé, il s'est étoffé et paraît plein d'assurance, mais c'est lui.

L'individu qu'elle avait identifié arrêta sa monture devant elle et mit pied à terre avec un sourire, sans se soucier des Southerham.

— Mademoiselle Pandora. Il s'agit bien de vous, n'est-ce pas ? J'ai le souvenir de vous avoir rencontrée à quelques reprises.

— Oui. Vous nous avez apporté des provisions un soir, et je vous ai aperçu dans le magasin de mon oncle. Je n'ai malheureusement pas retenu votre nom.

— Zachary Carr. Je continue de travailler au magasin, bien que votre oncle ait disparu, ainsi que vous le savez.

Pandora se tétanisa à ces mots, prise d'effroi.

— C'est notre tante qui vous envoie, c'est ça ? Que nous veut-elle, cette fois ? Elle nous a déjà chassées d'Outham, ça ne lui suffit pas ?

Elle frissonna à la seule pensée du calvaire subi par Cassandra à cause de leur tante.

— Non, pas du tout. Votre tante est morte.

Pandora éprouva un tel soulagement qu'elle dut s'agripper au bras du jeune homme pour ne pas défaillir.

— Dieu soit loué !

Elle avait beau savoir qu'il était mal de se réjouir de la mort d'autrui, elle n'en avait cure. Si quelqu'un méritait bien de mourir, c'était cette mégère qui les avait tant fait souffrir.

Elle s'aperçut brusquement qu'elle tenait toujours le bras de M. Carr et recula précipitamment, rouge de confusion.

Le second cavalier descendit de son cheval et s'avança à son tour.

– Les chevaux ont soif, Zachary. Vous n'auriez pas de l'eau, mademoiselle ?

À l'expression naïve qu'affichait l'inconnu, elle devina qu'il relevait de ces âmes simples qui ne s'échappent jamais de l'enfance.

Francis Southerham, qui s'était approché, semblait davantage intéressé par les chevaux que par leurs cavaliers.

– Ce sont de vieilles bêtes usées que l'on ferait mieux de laisser au pré plutôt que d'entraîner sur les routes. Vous n'aviez donc pas d'autres montures ?

La remarque eut le don de hérisser Bert.

– Si on avait eu le choix, on ne se serait pas gênés. Mais ces bêtes nous ont tout de même conduits jusqu'ici, pas vrai ?

– Difficilement, à voir dans quel état elles sont.

Francis se tourna vers Léo.

– Le puits est un peu plus loin, vous trouverez un abreuvoir à côté. Je vais vous montrer.

Léo laissa glisser les rênes de son cheval et de l'animal de bât dont il avait la charge dans la main de Francis, puis il tira à sa suite la monture de Zachary, essentiellement préoccupé du bien-être des bêtes.

Bert salua les dames en portant la main à son chapeau, puis il suivit le mouvement avec les deux derniers chevaux.

Pandora ne comprenait toujours pas ce qui lui arrivait.

— Pour quelle raison vous trouvez-vous ici, puisque ma tante est morte ?

— Le notaire m'a confié la tâche de vous retrouver toutes les quatre, répondit Zachary en regardant autour de lui, comme s'il s'attendait à voir apparaître les trois sœurs manquantes.

— Elles ne vivent pas ici.

— Ah. J'aurais préféré vous voir toutes ensemble pour vous communiquer les nouvelles que j'apporte.

— Cassandra, ma sœur aînée, vit à la ferme voisine, mais les jumelles sont à une heure de route d'ici. C'est le mieux que nous ayons trouvé.

— Vous serait-il possible de signaler ma présence à Mlle Blake ?

Reece s'avança.

— Cassandra est ma femme à présent et s'appelle Mme Gregory. Que lui voulez-vous ?

Zachary, après une hésitation, décida de s'expliquer en se tournant vers Pandora.

— Vos sœurs et vous avez hérité du magasin. À la vérité, il vous revenait de plein droit à la mort de votre oncle car ce dernier ne l'avait pas laissé à sa femme.

Zachary crut un instant que Pandora allait s'évanouir et il s'empressa de lui passer un bras autour des épaules.

Appuyé contre lui, elle porta une main tremblante à sa bouche.

— *Alors nous rentrons en Angleterre*, murmura-t-elle.

— Est-ce bien ce que vous souhaitez ?

— Plus que tout, répondit-elle, les larmes aux yeux.

— Vous vous sentez bien ? En quoi pourrais-je vous aider ?

Il lui fallut quelques minutes pour se reprendre. Il continua de la soutenir jusqu'à ce que ses joues reprennent quelque couleur.

— Je suis… ébahie. Je m'y attendais si peu… Quand je pense que nous aurions pu éviter ce périple en Australie !

Livia, le front barré d'un pli, s'approcha et adressa un signe à Zachary qui conduisit Pandora jusqu'à l'un des bancs installés près de la table.

Elle s'y appuya, prise de vertige, et finit par adresser au jeune homme un sourire timide après s'être rempli les poumons à plusieurs reprises.

— J'ai juste besoin de m'asseoir une minute ou deux. C'est trop pour moi.

Livia prit le relais.

— Je suis Mme Southerham, se présenta-t-elle. Mon mari et moi sommes les propriétaires de cette ferme. Asseyez-vous, je vous en prie. Une tasse de thé vous fera du bien à tous les trois.

— Ce sera avec plaisir, madame Southerham.

— Je vais chercher Cassandra, proposa Reece. Il serait préférable qu'elle soit là quand vous nous fournirez toutes les explications qui s'imposent, monsieur Carr.

Sans attendre de réponse, il s'engagea sur le sentier de la colline.

Au même moment, la voix de Bert se fit entendre.

— Comptez-vous rester longtemps ? interrogea-t-il Zachary. Faut-il desseller les chevaux ?

Zachary posa son regard sur les Southerham.

— Accepteriez-vous que nous passions la nuit ici ? Nous pouvons dormir dans les écuries.

— Vous êtes les bienvenus, répliqua Francis, mais je ne sais pas où nous vous installerons.

— Au besoin, ils peuvent dormir dans la véranda, suggéra Livia. Il n'y a pas la moindre auberge dans les environs et il pourrait bien pleuvoir.

Zachary remercia ses hôtes, puis il cria à Léo et Bert de s'occuper des chevaux avant de s'asseoir en face de Pandora qui n'était toujours pas revenue de sa surprise.

Il avait oublié combien était belle la benjamine des sœurs Blake et éprouvait le plus grand mal à détacher son regard de ce visage, encadré de cheveux bruns magnifiques, qu'éclairaient deux yeux ravissants. Elle avait tout d'une princesse de conte de fées. Il émanait d'elle une impression de tristesse dont il n'avait pas gardé le souvenir, et il se demanda ce qui la rendait malheureuse.

— Je vais mettre de l'eau à chauffer, déclara Livia en glissant la bouilloire sur la plaque la plus chaude avant de tirer plusieurs mugs émaillés de l'étagère fabriquée par Reece.

Pandora ne fit aucun effort pour aider sa maîtresse.

— Je n'en reviens pas, avoua-t-elle à Zachary. Nous qui étions terrorisées à l'idée d'écrire à nos amis d'Outham à cause de notre tante. Quand est-elle morte ? Et comment ?

— Elle est décédée trois mois après votre départ. Elle se comportait de manière étrange depuis un moment déjà, mais elle a définitivement sombré dans la folie en apprenant que vous héritiez du magasin. Il a fallu l'enfermer, pour son bien comme pour celui des autres, et elle a fini par se laisser mourir de faim. On pense que c'est elle qui avait commandité le meurtre de son mari, mais comme elle est morte on ne le saura jamais.

— C'est *elle* qui a fait tuer notre oncle ? Mais c'est horrible !

— Je le pense aussi. C'était un plaisir de travailler pour M. Blake, il nous manque beaucoup au magasin.

Pandora laissa s'écouler un silence avant de réagir :

— Mais alors, rien ne nous empêche de rentrer ! Je souffre terriblement du mal du pays.

Il la sonda d'un regard clair.

— Le Lancashire vous manque ?

Elle hocha la tête.

— Oui, les rues d'Outham me manquent, tout comme les promenades dans le parc, l'accent du Lancashire. C'est idiot, j'en suis bien consciente.

— Pas le moins du monde. Certaines personnes sont très attachées à leurs racines. Outham commence à me manquer, moi aussi.

Il balaya le paysage des yeux.

— Tout est si différent, ici.

— Je constate que vous me comprenez. Mes sœurs adorent l'Australie, mais je n'arrive pas à m'y habituer.

Elle embrassa d'un geste le paysage vallonné qui s'étendait devant eux.

— Le Lancashire se trouve quelque part par là, bien au-delà du couchant et plus au nord, à en croire Reece. Je pose mon regard dans cette direction tous les soirs en me demandant ce que font mes anciens amis, si les usines sont toujours fermées du fait de la pénurie de coton, si des écharpes de brume parcourent la lande.

Sa voix se brisa et elle serra les paupières en prenant longuement sa respiration.

— Les temps sont toujours durs à Outham, répondit-il d'une voix douce. La guerre en Amérique faisait toujours rage quand j'ai quitté l'Angleterre, si bien que les usines n'ont pu recommencer à tourner. Il semble que les États de l'Union soient en passe de gagner, en sorte que la guerre pourrait bien prendre fin rapidement, au grand soulagement des ouvriers. En revanche, je peux vous assurer que la brume continue de s'élever au-dessus de la lande. C'est un spectacle que j'appréciais tout particulièrement.

– Les ouvriers sans travail se mettent-ils toujours en quête de journaux pour recueillir les dernières nouvelles en provenance d'Amérique ?

– Oui. Il est dur de ne pas travailler, de ne pas manger à sa faim, de voir souffrir les siens. De bonnes âmes animent des soupes populaires, et les hommes qui le peuvent cassent des cailloux pour une croûte de pain. Quant aux autres, ils ont l'obligation d'apprendre à lire s'ils veulent bénéficier de l'assistance publique. Je crois sincèrement que la majorité des gens seront trop épuisés pour célébrer la fin de cette guerre. La crise s'éternise depuis tant d'années !

Il s'attendait à ce qu'elle lui pose d'autres questions, mais il ne souhaita pas interrompre le cours de ses pensées en voyant qu'elle regardait dans le lointain. Un faux mouvement lui rappela que son corps tout entier le faisait souffrir et il essaya de s'asseoir dans une position plus confortable.

– Qui sont vos compagnons ? finit-elle par s'enquérir.

Zachary ressentit un pincement de culpabilité en pensant à Léo.

– J'ai dépensé une partie de l'argent qui vous revient pour le sauver, mais je vous rembourserai, vous avez ma parole. Je ne pouvais supporter de le voir maltraité de la sorte. J'en étais incapable… c'est tout.

– Vous n'aurez rien à rembourser du tout. Cet argent est le nôtre et mes sœurs ne verront aucun inconvénient à ce que vous aidiez ce garçon. Et moi non plus. Est-ce la raison pour laquelle il a le visage tuméfié ?

– Oui, il avait été sévèrement battu quand j'ai découvert l'endroit où il était retenu.

Livia les interrompit.

– Monsieur Carr, accepteriez-vous de prendre la bouilloire et de verser l'eau dans cette grande théière ?

Pandora se leva précipitamment.

– Je m'en occupe, j'ai l'habitude.

Mais Zachary se précipita à son tour en souriant et leurs mains se frôlèrent avant que Pandora ne lui cède la place.

Le temps que le thé infuse, Reece et Cassandra firent leur apparition sur le petit chemin traversant la colline et Pandora sortit deux mugs supplémentaires.

Bert, invité à se joindre au petit groupe, refusa d'un mouvement de tête.

– Je préfère boire mon thé près des chevaux, m'dame, si ça vous ennuie pas. J'aime autant vous laisser discuter. Léo, mon gars, prends ton mug et viens donc m'aider à m'occuper des bêtes.

Léo, tout sourire, avala une gorgée et s'éloigna à son tour. Francis en profita pour s'asseoir près de sa femme.

– Ce jeune homme n'a peut-être pas toute sa tête, mais il sait s'y prendre avec les chevaux.

– C'est également un excellent soigneur, ajouta Zachary. C'est instinctif chez lui.

– Il n'aura aucun mal à trouver du travail s'il sait aussi bien s'occuper des animaux.

Francis versa deux cuillères de sucre dans son thé, le remua vigoureusement, et porta le mug à ses lèvres.

– Voilà qui fait du bien, ma chérie. J'avais grand besoin d'une pause.

Il attendit que Cassandra et Reece soient servis pour relancer la conversation.

— Monsieur Carr, accepteriez-vous de nous expliquer les raisons de votre présence ici ?

Tout en détaillant les circonstances qui l'avaient conduit jusqu'en Australie, Zachary s'employa à dévisager longuement Pandora, hypnotisé par les yeux d'un bleu magnifique de la jeune fille. Elle observait le monde avec une telle intensité, il aurait donné beaucoup pour percer ses pensées.

— C'est ainsi que maître Featherworth m'a confié la mission de vous ramener en Angleterre afin de prendre possession de votre héritage.

Un silence accueillit sa conclusion et il veilla à laisser aux deux sœurs le temps de digérer ses explications.

— Je ne sais que répondre, finit par déclarer Cassandra. Ou que faire.

Pandora posa sur elle un regard ébahi.

— Que veux-tu dire ? La réponse me semble évidente, nous rentrons chez nous, et le plus tôt sera le mieux.

Zachary surprit le regard qu'échangea l'aînée des sœurs Blake avec son mari. Ce dernier leva un sourcil et Cassandra lui répondit d'un léger mouvement de tête qui laissa le jeune homme perplexe.

— Cassandra ? insista Pandora d'une voix émue.

— Je ne suis pas certaine de souhaiter retourner en Angleterre, finit par répondre sa sœur. Reece et moi avons beaucoup réfléchi à la possibilité de construire notre avenir ici et…

Mme Southerham l'interrompit.

— Vous auriez tort de refuser cet héritage. Le Grand Magasin Blake jouit d'une excellente réputation à Outham. Reece serait parfaitement capable d'en assurer la direction, j'en suis convaincue. Je suis très heureuse pour vous deux, mais je puis déjà vous affirmer que vous allez nous manquer. Je ne sais même pas comment Francis pourra tenir la ferme sans l'aide de Reece.

– Nous avons besoin de réfléchir, déclara ce dernier en passant un bras autour de la taille de sa femme. Rien ne nous empêcherait de recevoir notre part d'héritage ici, je suppose ? Cet argent nous serait bien utile, je l'avoue.

Pandora fronça les sourcils.

– Pour ma part, c'est tout réfléchi. Je suis impatiente de repartir. Cassandra, tu ne voudrais tout de même pas rester ici à présent que tu as de l'argent ?

La réponse, exprimée d'une voix sans réplique, vint de lui.

– Soyez gentille de nous laisser décider nous-mêmes de notre avenir, Pandora. En dehors de toute autre considération, votre sœur n'est pas en état d'entamer un long périple actuellement.

Cassandra voulut adoucir son propos.

– Je sais combien tu es malheureuse ici, Pandora chérie, mais Reece et moi nous plaisons dans cet endroit. Nous aimons la vie au grand air, le climat ensoleillé l'été. Je ne crois pas que je serais capable de vivre à nouveau dans le froid. J'ai toujours détesté la neige et je serais incapable de passer mes journées enfermée, fût-ce dans mon propre magasin.

– Moi aussi, approuva Reece.

Zachary, s'il se gardait bien d'intervenir dans la discussion, comprenait pleinement le point de vue de Pandora. Il n'aurait quitté définitivement l'Angleterre pour rien au monde, d'autant qu'il adorait son travail à l'épicerie. Il aimait rendre les clients heureux en leur fournissant les meilleurs produits.

— Si je n'avais pas investi tout ce que je possède dans cette propriété, réagit Francis avec amertume, je m'installerais personnellement à Perth.

Surprenant l'expression étonnée de Zachary, il ajouta :

— Mon cousin m'a menti au sujet de cette colonie en me brossant un tableau idyllique de ce pays, et j'ai eu la mauvaise idée de me fier à mon médecin qui affirmait que ma santé s'améliorerait si je bénéficiais d'un climat plus chaud.

Zachary comprit brusquement pourquoi son hôte avait les yeux brillants et les joues rouges. Il connaissait trop bien ces symptômes, le pauvre était phtisique.

Comme le silence menaçait de s'installer durablement autour de la table, il prit la parole.

— Vous allez devoir prendre une décision rapidement, j'en ai bien peur. Il nous faut rallier Albany avant la fin du mois si nous ne voulons pas rater le bateau postal et nous sommes déjà le 18 avril. J'ai cru comprendre qu'Albany se trouvait à cinq cents kilomètres au sud de Perth, si bien que…

Reece le coupa de sa voix puissante et posée.

— Il est prématuré de décider quoi que ce soit tant que nous n'avons pas consulté Maia et Xanthe.

Il se tourna vers Zachary.

— Je vous propose que nous allions leur rendre visite demain. Nous partirons de bon matin afin de leur exposer la situation. Si vous en êtes d'accord, monsieur Southerham.

Francis lui répondit par un haussement d'épaules.

— D'ici là, monsieur Carr, nous pouvons vous loger chez nous, si cela ne vous ennuie pas de dormir par terre dans le salon. Vos deux compagnons sont également les bienvenus, ils n'auront qu'à dormir dans nos écuries. Elles sont plus grandes que celles de M. Southerham, ils y seront à l'abri, et ce n'est pas la paille qui manque.

Il leva le nez vers le ciel.

– Je ne serais pas surpris qu'il pleuve à nouveau tout à l'heure.

– Nous avons assez de viande pour tout le monde, proposa Francis. J'ai tué un kangourou hier.

Zachary remercia les deux hommes de leur hospitalité, mais la déception de Pandora ne lui avait pas échappé. Elle ne cessait de lancer à son aînée des regards implorants. Et lorsqu'elle lui glissa une question à voix basse, Zachary vit clairement la bouche de Cassandra dessiner les mots : *Pas maintenant*.

Le jeune homme ne s'était nullement attendu à ce que certaines des sœurs refusent de rentrer. Quelle serait la réaction de maître Featherworth ? Reprocherait-il à Zachary de ne pas s'être acquitté convenablement de sa mission ?

– Je vais préparer le repas, annonça Cassandra qui savait à ses dépens combien Livia était piètre cuisinière.

Pandora avait des talents culinaires réels, mais mieux valait ne pas compter sur elle tant elle était perturbée.

– Tu te sens bien, ma chérie ? demanda Reece à sa femme en alimentant le poêle.

– Très bien, le rassura-t-elle en lui souriant comme s'ils étaient seuls au monde.

– Je vais chercher la viande.

– Je t'accompagne.

Ils s'éloignèrent en direction de la fosse, creusée à même la terre, qui permettait de conserver leur fraîcheur aux aliments pendant l'été.

— Je ne suis pas sûre de vouloir rentrer, glissa-t-elle à mi-voix à son mari.

— Il sera toujours temps de retourner en Angleterre par la suite si tu changes d'avis.

— J'en doute. Je sais en revanche que Pandora va s'en aller.

Elle sentit les larmes lui monter aux yeux.

— Jamais elle ne sera heureuse ici. Oh, Reece ! La perdre me fend le cœur. Jamais nous n'avons été séparées, j'ai toujours été une mère pour elle, davantage qu'une sœur.

Il la serra contre sa poitrine.

— Je sais. Il n'y a pas de solution susceptible de convenir à tout le monde.

— Que veux-tu, toi ? Évite de penser à moi et dis-moi la vérité.

Il répondit sans hésitation.

— Je préfère rester en Australie. Il y a de l'avenir dans ce pays pour un homme tel que moi. Si nous rentrions en Angleterre, je serais contraint de travailler pour d'autres, à moins de rester enfermé dans le magasin.

Il ponctua sa phrase d'une grimace.

— Si nous pouvions en revanche percevoir une partie de ton héritage, cela changerait tout pour nous. Nous pourrions acheter nos propres terres, ou bien lancer une affaire.

Son regard se posa sur le petit groupe attablé un peu plus loin.

— Il est temps de penser au repas. Je vois bien qu'ils ont faim.

Il descendit au fond de la fosse en se servant de la petite échelle et récupéra un morceau de viande stocké dans une caisse aux parois recouvertes de mousseline, sur une table dont les pieds trempaient dans des soucoupes remplies d'eau.

Cassandra prépara des steaks de kangourou avec des pommes de terre à l'eau et des oignons tout en écoutant sa sœur répondre aux interrogations de Zachary sur la vie en Australie. M. Southerham dédaignait la viande de kangourou, trouvant le bœuf anglais incomparable, mais elle aimait personnellement le goût fort du marsupial. Elle appréciait de manger de la viande fraîche tous les jours, surtout en pensant à son bébé.

Zachary et Pandora discutaient comme de vieux amis, Cassandra n'en revenait pas de voir sa sœur aussi à l'aise avec le jeune homme. Elle ne l'avait pas vue si animée depuis très longtemps.

Elle avait le pressentiment que cet héritage finirait par l'éloigner de sa sœur. Sa gorge se noua. L'Angleterre se trouvant aux antipodes de l'Australie, elles pourraient bien ne jamais se revoir. Elle avait conscience que son mariage avait déjà entamé ce processus d'éloignement. Les deux sœurs étaient déjà moins proches et Cassandra aurait tant aimé que Pandora se trouve un mari aussi gentil et fiable que Reece.

Elle se demandait surtout comment allaient réagir les jumelles. Souhaiterait-elle rester si ses trois sœurs retournaient vivre en Angleterre ? De toute façon, ainsi que l'avait souligné Reece, il lui était impossible de voyager avant la naissance.

Ainsi en décidait la vie. Au moment où tout semblait se mettre en place, un bouleversement venait tout changer. *Bon gré, mal gré.* Où donc avait-elle entendu cette expression ? Une pièce de Shakespeare, nul doute, mais laquelle ? Elle regretta d'avoir dû se séparer des livres de son père. Elle lui serait éternellement reconnaissante de leur avoir inculqué l'amour de la lecture. La bibliothèque municipale d'Outham s'était chargée du reste. Une fois touché son héritage, elle achèterait des livres puisque c'était le seul moyen de nourrir son esprit dans ce lieu reculé. Un sourire étira ses lèvres, elle se réjouissait d'avance de ne plus avoir besoin de compter le moindre sou.

Tout en mangeant, elle écouta Pandora abreuver Zachary de questions relatives à Outham comme au magasin. La nostalgie de sa sœur se lisait clairement sur ses traits. Elle avait beau savoir que le Lancashire lui manquait, elle n'avait jamais soupçonné l'ampleur de son malaise.

Zachary lui répondait avec une patience infinie, au point de laisser refroidir son assiette, multipliant les gestes enthousiastes et les sourires à l'adresse de son interlocutrice. En d'autres circonstances, Cassandra se serait réjouie d'une telle entente entre les jeunes gens, mais elle ne pouvait oublier qu'il était désormais un employé du commerce dont sa sœur était l'une des propriétaires. Cassandra n'avait pas envie que l'on fasse la cour à sa sœur pour son argent, même s'il n'avait pas l'allure d'un coureur de dot.

Elle se consola en se disant que sa jeune sœur aurait au moins quelqu'un pour veiller sur elle pendant le voyage du retour. Il émanait de lui une force tranquille et une douceur bien réelles. D'ailleurs, les faits parlaient d'eux-mêmes. Combien d'individus auraient pris la peine de sauver Léo ? Le pauvre garçon, assis en bout de table, souriait d'un air heureux sans se soucier de son visage tuméfié.

Elle constata que Reece appréciait Zachary, lui aussi, mais elle n'osa pas se joindre à la conversation de peur de se mettre à pleurer, à l'idée de perdre Pandora. Un rien la bouleversait depuis quelque temps. Elle était impatiente d'accoucher et de reprendre une vie normale afin de soulager son mari. Cassandra n'était pas femme à se reposer pendant que les autres travaillaient à sa place.

Reece, comme s'il avait senti son malaise, lui prit la main et la porta à ses lèvres. Le contact de sa bouche sur sa peau atténua sa peine.

Elle ne prendrait de toute façon aucune décision tant qu'elle n'aurait pas vu les jumelles.

11

Il plut cette nuit-là, mais de façon modérée, si bien que le soleil brillait au matin dans un ciel limpide. Reece réveilla les visiteurs à l'aube. Après un rapide petit-déjeuner de pain et de confiture, ils empruntèrent le sentier menant à la propriété des Southerham où ils montèrent dans la charrette qui devait les conduire jusqu'à Galway House. Kevin avait prêté Delilah à Reece, sa placidité constituant un atout pour un conducteur encore peu expérimenté.

Il avait été décidé que Bert et Léo resteraient à la ferme avec les chevaux de sorte que les pauvres bêtes puissent se reposer.

– C'est la première fois que je conduis seul une charrette, nota Reece au moment de prendre la route.

– Vous serez toujours plus savant que nous en la matière, réagit Zachary.

Assis sur le banc à côté de Reece, il profita du trajet pour demander à celui-ci de l'éclairer sur les oiseaux comme sur les plantes qu'il ne connaissait pas.

Les sœurs, assises derrière les deux hommes, parlaient peu.

Pandora, la première, laissa percer son chagrin.

– Je ne puis supporter l'idée de te laisser.

– Tu étais si malheureuse ici, ma chérie. Il était clair que tu ne te serais jamais adaptée.

Elle obtint un sanglot pour toute réponse.

Quelques minutes plus tard, c'était au tour de Cassandra de verbaliser sa détresse, tout en trahissant sa décision de rester.

— Je sais déjà que tu vas me manquer terriblement.

À l'avant, les deux hommes échangèrent un regard.

Ils étaient à peine arrivés en vue de Galway House que les jumelles se précipitaient afin de comprendre la raison de cette visite inopinée.

— Que se passe-t-il ? s'inquiéta Xanthe en aidant Cassandra à descendre avant de la serrer contre elle.

— Rien de grave, mais nous avons une nouvelle surprenante à partager avec vous.

Conn Largan les accueillit sur le seuil de sa maison. L'employeur des jumelles appartenait à la petite noblesse, mais c'était surtout un ancien condamné qui avait renoncé à tout formalisme, au point d'insister pour que l'on s'adresse à lui par son prénom, ou encore de prendre ses repas avec ses domestiques.

Tous rejoignirent la mère de Conn dans l'immense cuisine qui faisait office de pièce à vivre. Cassandra se fit la réflexion amusée que jamais les Southerham n'auraient manifesté tant de familiarité.

Les présentations faites, Reece donna la parole à Zachary. Ce dernier s'expliqua une nouvelle fois, interrompu à plusieurs reprises par les interrogations des jumelles.

— Mais alors nous sommes libres, déclara Maia à la fin de son exposé avec un soulagement évident. Elle ne peut plus rien contre nous.

— Et nous sommes riches, ajouta Xanthe avec une petite voix.

Zachary la corrigea.

— Pas riches. Le notaire m'a bien recommandé de vous préciser que vous vous trouveriez dans une situation de « confort relatif ». C'est vrai, vous voici à la tête d'un magasin et de quelques maisons, sans parler de l'argent à la banque, mais n'oubliez pas que vous êtes quatre.

– C'est de la richesse à mes yeux, commenta Xanthe en riant. Quand je pense que je faisais des économies dans l'espoir de m'acheter du tissu pour une robe d'hiver !

Conn, le premier, rappela les jumelles à la réalité de la décision difficile qui leur incombait.

– Comptez-vous toutes rentrer en Angleterre à présent ?

Cassandra prit sa respiration avant de répondre.

– Je ne le souhaite pas. J'aime la vie ici, tout comme Reece, et s'il est possible de recevoir une partie de cet héritage, cela nous aidera à acheter une ferme. Reece voudrait notamment fabriquer des fromages. Il n'y en a guère dans la colonie et il nous serait facile de creuser une cave dans la colline pour les conserver.

Zachary sentit son cœur se serrer en voyant une larme couler sur la joue de Pandora.

– J'ai décidé de rentrer, dit-elle d'une voix chargée d'émotion. Je ne serai jamais heureuse ici, en dépit de tous mes efforts.

Elle adressa un geste implorant aux jumelles.

– J'espère que vous m'aiderez à convaincre Cassandra de changer d'avis.

Tous les regards se reportèrent sur les jumelles.

Maia baissa la tête en adressant un bref coup d'œil à sa maîtresse.

– Faites ce qui est le mieux pour vous, ma petite, lui recommanda Mme Largan d'une voix douce.

– Je ne sais pas ce qui est le mieux. J'aime la vie ici, et puis… vous avez besoin de moi.

— Nous trouverons quelqu'un d'autre, la consola Mme Largan en posant sur son bras une main déformée par l'arthrite.

— Vous allez mieux depuis notre arrivée, sourit Maia entre ses larmes en serrant dans la sienne la main de la vieille dame. Je… je n'ai pas envie de quitter Galway House. Je m'y plais.

— Ma chère fille, mes jours sont comptés, alors que votre vie ne fait que commencer. Il ne faut pas y renoncer pour moi.

Zachary comprit à la vue du doux visage de Maia qu'elle était agitée par des émotions contraires. Il se demanda surtout s'il était le seul à remarquer avec quelle insistance Conn observait la jeune fille. Cela ne dura que quelques instants, et les traits du maître de maison retrouvèrent leur impassibilité.

Le malheureux avait dû apprendre en prison à dissimuler ses sentiments. Zachary avait cru comprendre que Conn avait été pendant longtemps un prisonnier politique qui avait retrouvé la liberté avec l'obligation de s'installer en Australie grâce à sa fortune. Les longs mois de prison qu'il avait subis l'avaient manifestement affecté lourdement. Zachary n'était pas près d'oublier l'air désespéré des forçats avec lesquels il avait effectué la traversée.

— Je t'en prie, Conn, insista Mme Largan. Dis-lui ce qui est le mieux pour elle. Elle est si jeune.

— Ma mère a raison, Maia. Veuillez simplement rester à notre service tant que nous n'aurons pas trouvé quelqu'un pour vous remplacer auprès d'elle.

Zachary se vit contraint d'intervenir.

— Le temps nous est malheureusement compté. Le bateau postal doit quitter Albany le 1er mai et j'ai déjà réservé des cabines à bord, en espérant qu'il reste de la place. Si ce n'est pas le cas, nous devrons rallier Ceylan où il nous sera aisé de trouver un bateau à destination de l'Angleterre.

Les Largan ne cachèrent pas leur consternation tandis que les jumelles échangeaient un regard au milieu d'un silence pesant.

Pandora se tourna brusquement vers Xanthe.

– Tu ne dis rien. Souhaites-tu partir, ou bien rester ?

– Je doute de jamais retourner à Outham. Pour y vivre, en tout cas, répondit-elle d'une voix décidée.

Ses sœurs manifestèrent leur stupéfaction.

– Pourquoi donc ? balbutia Pandora.

– Parce rien ne nous attend là-bas depuis la mort de papa. Je me fiche du magasin, je n'ai aucune envie d'y travailler en adressant des sourires forcés aux amies de notre tante. Il suffit de le vendre et de partager l'argent. Comme Cassandra, j'aime le climat d'ici qui me permet de vivre en grande partie dehors.

Elle se tourna vers Conn.

– Je ne souhaite pas rester toute ma vie à Galway House, mais je n'ai pas pour autant l'intention de vous laisser en plan. Je n'avais jamais imaginé mener un jour le genre d'existence intéressante que l'on découvre généralement dans les livres, je m'étais résignée à mon sort. Mais voilà que je dispose d'un peu d'argent, ce qui m'autorise à vivre à ma guise. Papa a toujours rêvé de voir le monde.

Ses sœurs hochèrent la tête.

– Moi aussi, j'aimerais beaucoup voyager. Je le ferai pour lui.

Elle se tourna vers sa jumelle.

– Toi et moi avons des attentes très différentes, Maia chérie. Tu as une âme de ménagère, ce qui n'est pas mon cas. Tu seras heureuse en te mariant et en ayant des enfants, alors que je ne compte pas me marier. Jamais.

– Xanthe, ne dis pas ça ! lui répondit Maia d'une voix pleine de sanglots. Jamais nous n'avons été séparées, pas même une journée. Si tu éprouves le besoin de voyager, je t'accompagnerai.

– Tu détesterais cette vie. De toute façon, il fallait bien que la vie nous sépare un jour. Je ne veux pas d'enfants et de mari, j'aspire uniquement à une existence plus riche.

Ses sœurs ne cachaient pas leur ébahissement.

– Pourquoi ne pas te marier ? l'interrogea Cassandra.

Xanthe haussa les épaules.

– Je me vois mal au service d'un mari jour et nuit, ou passer mon temps à élever des enfants. Même les femmes de familles riches obéissent à leur époux. Avec tout le respect que je vous dois, madame Largan, la vie n'était pas rose lorsque je travaillais à l'usine, mais l'entretien d'une maison me pèse terriblement. Je l'ai fait parce que je pensais ne pas avoir le choix. Grâce à cet argent, j'ai la ferme intention de donner un sens à ma vie.

– Voyager peut se révéler dangereux pour une femme seule, remarqua Conn.

– Combien de femmes meurent en couches ? Mettre au monde des bébés est tout aussi dangereux. Le fiancé de Pandora était jeune et fort, jusqu'à ce qu'il soit brusquement emporté par une fièvre. La sécurité ne fait pas partie de ce monde.

Maia fondit en larmes et Mme Largan s'employa à la réconforter comme une mère bien davantage que comme une maîtresse avec sa domestique.

– Vous n'avez malheureusement qu'une journée pour vous décider, déclara Zachary dans le silence qui s'éternisait. Bert me dit que la route de Perth s'étend jusqu'à Albany. Le trajet dure une semaine, davantage par mauvais temps, j'ai donc décidé de partir dès que possible afin de ne pas rater le départ du *Bombay*.

Tous s'exprimèrent en même temps, à grand renfort de gestes, d'arguments et d'explications. Zachary, à défaut de prendre part à une discussion pour le moins animée, se contenta d'observer Pandora. Le chagrin de la jeune femme faisait peine à voir, mais il n'avait pas le pouvoir d'intervenir dans le débat, les sœurs devaient décider seules.

– Je vous suggère de prendre le temps de la réflexion, leur conseilla Conn. Je suis tout disposé à conduire Maia et Xanthe à Westview demain.

– Je ne changerai pas d'avis, dit Cassandra.

– Moi non plus, enchérit Pandora d'une voix que voilaient les larmes.

Conn se tourna vers les jumelles.

– Souhaitez-vous disposer d'un peu de temps ?

– Oui, et je crois que c'est notre cas à toutes, contrairement à ce qu'affirment mes sœurs, réagit Maia. Vous avez appris la nouvelle hier seulement, et nous tout à l'heure. Ce n'est pas une décision à prendre à la légère.

Xanthe haussa les épaules.

En désespoir de cause, Zachary ne put que leur rappeler l'urgence de la situation :

– Vous m'en voyez désolé, mais si vous souhaitez rentrer en Angleterre, je vous demande de nous rejoindre demain à Westview avec vos bagages.

– Peut-être souhaiteriez-vous en parler tranquillement toutes les quatre ? proposa Conn aux sœurs.

Vous n'avez qu'à vous installer dans la véranda. Je suis encore capable de préparer du thé et de vous l'apporter.

— Je prépare un plateau, s'empressa de réagir Maia.

Zachary observa les quatre jeunes femmes. Elles se ressemblaient et l'on devinait immédiatement le lien de parenté qui les unissait, mais elles avaient en revanche des caractères fort différents, à commencer par les jumelles.

Pandora était de loin la plus belle des quatre. Zachary ne se lassait pas de l'admirer, tout en sachant qu'il ne devait pas s'attacher à elle. Elle était désormais propriétaire du magasin dans lequel il était un simple employé, et non une jeune fille qu'il pouvait librement courtiser. Il lui faudrait veiller à ne pas l'oublier.

— C'est une décision difficile pour elle, remarqua Mme Largan de sa voix douce et mélodieuse.

Zachary acquiesça.

— Maître Featherworth sera surpris qu'elles ne reviennent pas toutes. Il était convaincu qu'elles sauteraient sur l'occasion. N'oublions pas qu'elles ne sont pas venues ici de leur plein gré, qu'on les y a forcées. Reste à savoir ce qu'il adviendra de l'héritage si une seule des quatre choisit de rentrer.

— Sans doute faudra-t-il vendre le magasin, répondit Reece d'une voix sourde.

— Le moment est mal choisi. On n'en tirera pas la moitié de son prix dans la période actuelle. La situation est toujours aussi difficile dans le Lancashire.

— Elles attendront que les temps soient meilleurs. Ou alors Pandora décidera de garder le magasin et versera leur part à ses sœurs progressivement. Vous avez parlé de biens immobiliers. Leur vente pourrait permettre de nous payer. Cassandra et moi ne risquons pas de mourir de faim dans l'intervalle. Je suis persuadé d'avoir ma chance ici, surtout avec une femme comme elle à mes côtés.

— Vous avez beaucoup de chance, commenta Conn d'une voix amère. Je connais bien des conjoints qui ne sont pas aussi loyaux qu'elle.

Mme Largan s'empressa de détourner la conversation.

— Les nouvelles nous parviennent avec retard, mais nous recevons tout de même quelques journaux et j'ai cru comprendre que la guerre en Amérique était sur le point de se terminer. L'industrie du coton finira par repartir.

Zachary soupira.

— Avant de mourir, M. Blake a eu le temps de me confier qu'il espérait voir ses nièces, avec lesquelles il avait renoué, conserver le magasin dans la famille. Il était très fier de sa réussite. Le commerce était beaucoup moins florissant à l'époque du père de sa femme. C'est lui qui en a fait un magasin prospère, et les affaires pourraient encore s'améliorer si l'industrie textile repart.

— Vous faites preuve de beaucoup d'enthousiasme.

La remarque fit sourire Zachary.

— M. Blake était un excellent employeur. Un excellent homme tout court.

— Qui a repris sa suite ?

— Harry Prebble.

Reece fronça les sourcils.

— Est-il en lien avec Martin Prebble ?

— C'est l'un de ses neveux.

— Drôle de famille, se contenta de déclarer Reece.

*

Comme convenu, Marshall Worth rendit une visite discrète à son camarade Dawson un soir en quittant le magasin. Il s'assura qu'il n'était pas suivi et se présenta à la porte de derrière.

Celle-ci était entrouverte et il y vit une invitation à entrer. Il franchit un couloir et frappa à la porte de l'arrière-cuisine.

— Entrez.

Ralph Dawson était assis dans la cuisine, les stores tirés. Marshall ne vit nulle trace de sa sœur.

— Assieds-toi, mon vieux. Je viens de préparer du thé.

Ils en savourèrent une tasse en silence avant que Marshall ne se lance.

— Le bougre ne se prend pas pour rien. J'avais pourtant l'habitude de donner des ordres dans mon métier, mais si je parlais de la même façon à mes ouvriers, je puis t'assurer qu'ils me remettraient rapidement à ma place.

— C'est-à-dire ?

— Il nous traite comme de la boue. Les autres employés n'osent rien dire et se contentent de lui obéir tout en lançant dans son dos des regards à faire tourner le lait.

— Vous donne-t-il de quoi manger à midi, au moins ?

— Si l'on peut dire. Il achète du pain rassis chez le boulanger, nous donne les talons de jambon et les croûtes de fromage. Je nourrissais mieux mon chien avant la crise.

— On pourrait croire que cet argent sort de sa poche.

— Exactement.

Dawson prit le temps de réfléchir. Il avait gardé le souvenir de la cassette pleine d'argent que lui avait montrée Prebble en lui affirmant qu'il la destinait aux propriétaires, ce dont il n'était pas convaincu.

— Et lui, que mange-t-il ?

— Il déjeune dans son bureau, mais je l'ai à l'œil et je peux t'assurer qu'il ne se prive de rien.

Les deux hommes se regardèrent en secouant la tête.

— A-t-il cherché à te déstabiliser ?

Marshall afficha un sourire roué.

— Bien sûr, mais il n'y parviendra pas. Il me prend pour un imbécile et je me garde bien de le détromper. Je lui réserve un chien de ma chienne.

— T'arrive-t-il de voir Mlle Blair, la femme qui occupe le logement ?

— Non, la porte qui communique avec son appartement est fermée à clé. Je m'en suis assuré à plusieurs reprises en passant. La bonne vient parfois se fournir au magasin, mais elle emprunte l'entrée principale. Il traite la malheureuse comme si c'était une demeurée, il la fait poireauter pendant qu'il s'occupe de ses chères clientes. Rien n'est jamais trop bien pour elles.

— En même temps, il est normal de soigner sa clientèle.

— Je ne suis pas convaincu que toutes se laissent prendre au piège de son amabilité débordante.

— Si je comprends bien, tu n'as rien remarqué d'abusif.

— Pas encore, mais je le vois mal prendre des risques la semaine de mon arrivée.

Worth pouffa.

— J'ai fait une remarque désagréable à ton sujet à un autre employé en sachant qu'il était à portée de voix. J'espère endormir ses soupçons.

— As-tu le sentiment qu'il se trame quelque chose de louche ? insista Dawson.

— J'ai vu entrer l'autre jour un client très différent de ceux que nous recevons habituellement. Prebble lui a immédiatement fait non de la tête. Le type a acheté une boîte d'allumettes avant de repartir. Je l'avais déjà vu sans me souvenir des circonstances, mais ça me reviendra, je n'oublie jamais un visage.

— Une autre tasse de thé ?

— Je te remercie, mais il est temps que je rentre chez moi.

Les deux hommes se serrèrent la main et Dawson raccompagna son visiteur jusqu'à la porte de derrière.

— Laisse-moi m'assurer que la voie est libre, suggéra-t-il. La semaine prochaine à la même heure ?

— Bien sûr.

Debout sur un tas de brique, le clerc découvrit deux individus dans la ruelle. Il s'empressa de redescendre de son perchoir.

— Tu as été suivi.

— Je peux t'assurer que non. J'ai demandé à Bill de marcher à quelques mètres de moi pour s'en assurer.

— Dans ce cas, comment expliques-tu la présence de ces deux hommes dans l'allée ?

— Tu déranges Prebble. Si tu veux mon avis, vieux, c'est toi qui devrais te méfier dorénavant.

Dawson eut un haut-le-corps.

— Pourrais-tu me trouver un gars costaud pour veiller sur ma maison la nuit ? Je lui donnerai un shilling et il n'aura qu'à s'abriter dans ma remise.

— Je peux t'en trouver une douzaine.

— Un seul suffira. Comment vas-tu repartir sans qu'on te voie ?

— Ce ne sera pas la première fois que je franchirai une clôture. Je t'envoie quelqu'un dans la demi-heure. En attendant, barricade-toi. Je lui dirai de passer par-devant. Il frappera deux fois trois coups. N'ouvre à personne d'autre. Ce sale petit crétin ne sait pas à qui il a affaire. J'ai suffisamment d'amis pour veiller sur nous.

– Peut-être nous trompons-nous, mais je ne tiens pas à prendre de risque. Si jamais ils s'en prennent à ma sœur, elle pourrait avoir une de ses crises d'étouffement. De l'asthme, comme notre docteur appelle ça, sans parvenir à la soulager.

*

Conn constata que les quatre sœurs avaient pleuré lorsqu'il leur apporta du thé dans la véranda. Il hésita, son plateau à la main.

– Que se passe-t-il ?

Cassandra haussa les épaules.

– Pandora et moi campons sur nos positions.

Il posa le plateau délicatement sur une vieille table de jardin et se tourna vers les jumelles.

– Je n'imagine pas retourner vivre à Outham, déclara Maia. De toute façon, je ne veux pas quitter votre mère.

Il posa sur elle un regard attendri.

– Égoïstement, j'aimerais que vous restiez pour elle. Sans compter que vous avez toujours la possibilité de rentrer plus tard en Angleterre si vous changez d'avis. Au besoin, je vous aiderai.

Elle hocha la tête.

Il posa son regard sur Xanthe.

– Pour l'heure, je ne vais nulle part. Et certainement pas à Outham.

Comme toujours lorsqu'il était ému, Conn retrouvait pleinement son accent irlandais.

— La vie sait se montrer rude, et même très rude. Si je peux vous aider, n'hésitez pas à demander.

— Dans ce cas, nous aurions une requête, se lança Cassandra en son nom comme en celui de ses sœurs.

— Je vous écoute.

— Accepteriez-vous de conduire mes sœurs à Westview demain pour la journée ? Nous aiderons Pandora à réunir ses affaires et puis… nous aimerions passer un peu de temps ensemble.

— Avec grand plaisir.

— Comment votre mère pourra-t-elle se débrouiller ?

— Elle est capable de se déplacer si elle s'y prend lentement. Nous lui laisserons tout ce dont elle a besoin, et puis Sean sera là. Le temps de quelques heures, ce n'est pas un problème.

Conn eut un éclair en rejoignant sa mère et Reece quelques instants plus tard.

— Elles vont avoir besoin de signer un document autorisant Pandora à les représenter officiellement. Je peux le rédiger, si vous le souhaitez, mais il vous faudra trouver un témoin plus recommandable que moi.

Reece posa sur lui un regard surpris.

— Vous possédez les connaissances juridiques nécessaires ?

Conn lui adressa l'un de ces sourires amers dont il était coutumier.

— J'ai été avocat dans une autre vie. En tant que benjamin de la fratrie, il me fallait bien gagner ma vie.

Il s'en voulut aussitôt d'avoir éventé un secret qu'il gardait jalousement.

— Je vous serais reconnaissant de ne pas l'ébruiter, demanda-t-il à ses hôtes avant de changer de sujet de conversation. Dites-moi, monsieur Carr, comment comptez-vous rallier Albany ?

— En dépit de l'inconfort, je pensais poursuivre à cheval, mais nous allons devoir en louer un pour Pandora. À qui pourrais-je m'adresser ? Je ne me doutais pas, en quittant Perth, que cet endroit était aussi isolé.

— Vous ne pouvez pas voyager de la sorte, s'interposa Mme Largan. Que ferez-vous des affaires de Pandora ? Vous ne pouvez pas lui demander de voyager aussi longtemps avec une seule tenue de rechange. N'oubliez pas que la traversée dure trois mois. Non, il vous faut une charrette.

— Je n'en ai pas, se défendit Zachary.

— Il y a bien celle de Kevin, que nous avons empruntée pour venir ici, nota Reece. Elle n'est pas de première jeunesse, mais elle est solide. Je suis sûr qu'il acceptera de vous la prêter, ainsi que sa jument Delilah.

— C'est une bête fiable, bien qu'elle n'ait pas fière allure, remarqua Conn.

Zachary hocha la tête.

— Kevin l'adore, mais M. Southerham semble dire que nos propres chevaux sont à bout de course. Il est vrai qu'ils se fatiguent aisément.

— Je suis propriétaire d'un hongre aussi fort que la jument de Kevin, proposa Conn. Je peux vous le prêter, si vous le souhaitez, à condition que votre guide soit un homme de confiance. Avec une charrette, vous n'aurez pas besoin d'animaux de bât.

*

Zachary et Pandora prirent place l'un à côté de l'autre à l'arrière de la charrette.

— À quoi pensez-vous ? s'enquit le jeune homme.

— À rien de bien intéressant, répondit la plus jeune des sœurs, avant d'ajouter à voix basse : Je voudrais convaincre Cassandra de changer d'avis. Elle regrettera un jour d'avoir voulu rester ici, je le sais déjà.

— Nul n'est propriétaire de l'avenir, encore moins de celui d'autrui.

— Qu'en savez-vous ? Vous êtes un simple messager !

Elle s'en voulut aussitôt d'avoir reporté sa frustration sur le jeune homme. Il serra les dents et ne prononça pas une parole pendant un long moment.

N'y tenant plus, elle posa une main sur le bras de son voisin afin de l'obliger à la regarder.

— Je suis désolée.

— De quoi ? Vous n'avez exprimé que la vérité.

Il dégagea son bras et se concentra sur le chemin.

Elle comprit qu'elle l'avait blessé, sans trouver le moyen de réparer sa faute. Décidément, elle faisait tout de travers.

Comment pouvait-elle rentrer à Outham en laissant ses sœurs ? En même temps, comment pourrait-elle ne pas rentrer ?

Les Southerham étaient absents lorsqu'ils regagnèrent Westview. Bert leur adressa un sourire en désignant deux pains aux extrémités brûlées.

— J'ai pris la liberté de cuire deux miches, sachant que nous étions nombreux. J'espère que vous ne m'en voudrez pas, demanda-t-il en s'adressant à Reece.

— Excellente idée. Où sont M. et Mme Southerham ?

— Ils sont partis se promener à cheval en grande tenue.

— N'oubliez pas qu'ils font partie de la noblesse.

— Peut-être, mais on est en Australie. On en voit beaucoup par ici, qui s'imaginent faire la pluie et le beau temps comme en Angleterre. Ils se trompent. Les gens comme vous et moi ont nettement plus de chances de s'en tirer.

– Espérons-le. Où est Léo ?

– Il nettoie les écuries et s'occupe du tas de fumier. Mme Southerham lui a passé de vieux vêtements. Faut bien le reconnaître, ce gars-là sait s'y prendre avec les animaux. Vous voulez que je dételle la jument ?

– Inutile, je retourne bientôt chez Kevin. En revanche, je veux bien que vous lui donniez à boire.

– D'accord.

Cassandra chassa une colonne de fourmis de la table d'un air agacé. Les insectes se ruaient sur les miettes qui n'avaient pas été nettoyées. Livia aurait préféré lire, ou bien s'asseoir et discuter avec son mari.

Sa maîtresse n'hésitait pas à se salir les mains, mais elle allait rarement au bout des tâches qu'elle entreprenait. Comment allait-elle s'en tirer sans l'aide de Pandora ?

Elle se retourna en entendant du bruit et vit Léo sortir des écuries en poussant une brouette pleine de paille souillée, un grand sourire aux lèvres.

Zachary le rejoignit, sans doute pour le féliciter de son travail, car le visage du jeune homme s'éclaira.

Au retour des Southerham, Léo leur proposa de desseller leurs montures. Francis, particulièrement fatigué ce jour-là, accepta.

– Ce garçon est formidable avec les chevaux. Est-il prévu qu'il rentre en Angleterre avec vous ?

Zachary haussa les épaules.

– Je ne sais pas. J'avoue être un peu perdu. Je ne peux pas le laisser seul, mais comment pourrais-je risquer qu'il retourne dans les griffes de son beau-père, quand bien même j'aurais de quoi payer son passage sur le bateau, ce qui n'est pas le cas ? Je pourrais sans doute emprunter la somme nécessaire à son retour, mais de quoi vivrait-il là-bas ? Il serait incapable de travailler au magasin, il est trop lent et ne sait ni lire ni compter, jamais Harry ne lui offrirait un emploi.

— Il pourrait rester ici. Je le traiterais bien.

— Que lui arriverait-il si vous n'étiez pas là ?

Le jeune homme avait eu le tact d'employer le conditionnel, alors qu'il savait les jours de Francis comptés. Rares étaient les phtisiques qui s'en tiraient.

— Dans ce cas-là, je le prendrais en charge, proposa Reece. Regardez comme il est heureux. Tout le monde ne prend pas plaisir à nettoyer des écuries, sourit-il.

— Dans ce cas, c'est arrangé, décréta Livia.

Zachary se leva.

— Pas tout à fait. Encore faudrait-il lui demander son avis.

— Est-il en capacité de prendre une décision ?

— Je le crois.

Il s'approcha de Léo.

— Bravo pour ton travail.

Le jeune homme le gratifia d'un sourire lumineux.

— J'aime les chevaux.

— Tu aimerais vivre ici et travailler pour le compte de M. et Mme Southerham ?

— Et toi, tu restes ?

— Non, je dois rentrer en Angleterre, mais je pensais que tu ne voudrais pas retourner vivre avec ton beau-père.

Le sourire de Léo s'effaça instantanément.

— Non, murmura-t-il en frissonnant. Si seulement je pouvais vivre seul avec ma mère, comme avant. Elle me manque.

— Elle l'a épousé, pour le meilleur et pour le pire. Tu n'y changeras rien. Alors, insista-t-il, aimerais-tu rester ici t'occuper des chevaux de M. Southerham ?

– Qu’en penses-tu ? répliqua Léo.

– Il me semble que l’essentiel est de pratiquer un métier qui te plaît. M. Southerham est malade. Si jamais il lui arrivait malheur, Reece a promis de te prendre à son service. Tu seras en sécurité ici.

– En sécurité ici, répéta Léo en le dévisageant. Et toi, pourquoi tu ne restes pas ? Tu n’as pas envie d’être en sécurité ?

– Je ne peux pas. Je dois ramener Pandora en Angleterre.

Léo flatta le cheval, le front barré d’un pli.

– Alors, mieux vaut que je reste ici. Avec les chevaux. Je ne veux pas retourner chez *lui*.

– Tu es un bon garçon.

Zachary rejoignit les autres et leur annonça que Léo acceptait de rester.

– Lui verserez-vous des gages ?

– Je n’aurai pas les moyens de le payer beaucoup, se justifia Francis, mais nous prendrons soin de lui.

– Il serait juste de lui donner des gages. Reece, accepterez-vous de veiller sur son argent ?

– Oui.

Un fardeau en moins, pensa Zachary, soulagé. Il suivit des yeux les Southerham qui se dirigeaient vers leur véranda où ils s’installèrent. Ils ne pouvaient s’empêcher de se mettre à l’écart. Cet isolement les rendait-il heureux ?

– Nous allons devoir rentrer, annonça Reece.

– Je vous rejoins un peu plus tard avec Léo, décida Bert. Il veut s’assurer que les chevaux sont bien rentrés pour la nuit. La lune nous éclairera.

Zachary hésita.

– Je viendrai aussi tout à l’heure. Si vous me permettez de rester un peu, Pandora ?

Elle opina.

– J'aurai besoin de laver quelques vêtements si nous partons après-demain. Il me suffira de les laisser sécher dans la tente, au cas où il pleuvrait. Je n'aurai qu'à les repasser demain.

Zachary la rejoignit en la voyant tirer de l'eau au puits.

– Laissez-moi vous aider, dit-il en lui prenant le lourd seau des mains.

– Je vous remercie.

Elle s'arrêta en route.

– Je m'excuse de vous avoir parlé aussi mal tout à l'heure. Je regrette ma grossièreté. Ce n'était pas ce que je voulais dire.

Le jeune homme se sentit le cœur plus léger.

– Aucune importance.

– Bien au contraire.

– Dans ce cas, je vous pardonne.

Le sourire qui éclaira le visage de Pandora s'adressait à lui seul et il en resta comme paralysé tant elle était belle. Il s'empressa de ramasser le seau.

– Où dois-je vous le porter ?

Il se prit à espérer qu'elle ne vende pas le magasin. Il aurait tant aimé en prendre la direction. Il avait la conviction de se révéler meilleur gérant que Harry. Quelles étaient les chances que son désir se réalise ? Sans doute n'y en avait-il aucune. Harry s'acquittait correctement de sa mission, quelle raison y aurait-il de le remplacer ?

Continuer de travailler au magasin était encore le meilleur moyen de rester auprès de Pandora. Il se sentit piteux. Il avait déjà compris la nature de ses sentiments à l'endroit de la jeune fille. Le coup de foudre avait été immédiat lorsqu'elle s'était précipitée à sa rencontre la veille, à ceci près qu'il n'était pas réciproque. Elle ne voyait en lui qu'un « simple messager », pour reprendre la formule qu'elle avait utilisée. Quand bien même elle ne l'aurait pas dit méchamment, c'était la vérité. Il lui fallait revenir à la raison.

Furieux de sa propre naïveté, il s'employa à aider Pandora en lui apportant des seaux d'eau froide et des bouilloires brûlantes, en essorant les vêtements avec elle, le tout à la lumière d'une lanterne. Il feignit de ne rien remarquer en la voyant lui épargner la vue de ses sous-vêtements. Comme s'il ne connaissait pas les secrets de l'habillement féminin, alors qu'il vivait dans une petite maison avec sa mère et sa sœur.

Plus tard ce soir-là, alors qu'il avançait sous le regard de la lune sur le sentier conduisant à la ferme de Kevin, il revisita dans sa tête sa conversation avec Pandora, se souvenant de chacun des mots qu'elle avait prononcés, des regards qu'elle lui avait adressés. Ce n'était pas raisonnable de sa part de se laisser entraîner sur cette pente, mais pourquoi pas, après tout ? Il comprit soudain qu'il s'était toujours laissé guider par la raison depuis la mort de son père. Il rêvait de vivre dans l'insouciance comme les autres jeunes gens de son âge, de courtiser une fille, de rire avec elle.

Mais pas n'importe quelle fille, car c'était à Pandora qu'il pensait.

12

Le lendemain, Conn conduisit les jumelles à la ferme des Southerham afin qu'elles puissent dire adieu à Pandora. Elles n'avaient pas changé d'avis depuis la veille et savaient que le moment serait douloureux. Il attacha le hongre à l'arrière de la charrette, au cas où Pandora aurait besoin d'un cheval de plus. Les jumelles montèrent à l'arrière, le laissant trôner seul sur le banc avant. Maia avait les yeux rougis et gonflés, et le voyage se déroula dans un silence morne.

Conn aurait été bien en peine de deviner les pensées de Xanthe, qui affichait un visage fermé depuis le réveil. Il ne s'était jamais douté que les tâches ménagères la rebutaient autant. Même sa jumelle n'était pas au courant jusque-là de ses envies de voyage, c'était à se demander quel autre secret elle pouvait bien cacher.

Il se réjouissait d'autant plus de pouvoir lire les émotions de Maia sur son visage. Il savait pouvoir lui accorder sa confiance, une prouesse sachant qu'il se fiait rarement à quelqu'un depuis son exil. À l'exception de sa mère qui avait renoncé à tout pour lui, mari, famille, foyer, sachant qu'il était victime d'une accusation infondée.

Personne, parmi les proches de Conn, n'avait remis en cause cette accusation. Il ne s'était jamais bien entendu avec son frère, c'est vrai, au point de se demander dans quelle mesure ce dernier n'avait pas contribué à fabriquer des preuves contre lui. En revanche, Kathleen aurait dû savoir qu'il était innocent. Il chassa de son esprit l'image de Kathleen. Il s'efforçait de ne jamais penser à elle, sans toujours y parvenir.

Son père avait trouvé facile de croire à sa culpabilité. Conn ne le lui pardonnerait jamais, sa mère non plus. Elle n'avait pas été très heureuse en ménage, ses parents se disputaient souvent, avant même le simulacre de procès qu'on lui avait réservé.

C'était un ami, Ronan, et non un membre de sa famille, qui avait rassemblé ses affaires et expédié le tout en Australie avec son argent. Il rembourserait sa dette vis-à-vis de Ronan, s'il le pouvait. Ronan lui avait d'ailleurs promis de venir lui rendre visite un jour.

La mère de Conn avait quitté l'Irlande en secret pour rejoindre son fils. Elle lui avait raconté que certains employés de la propriété l'avaient aidée, mais elle n'avait pas souhaité en révéler davantage. Elle était appréciée de tous, avait toujours soutenu les efforts de Conn pour aider les métayers installés sur leurs terres qui peinaient à joindre les deux bouts. Elle n'avait jamais oublié la famine de la fin des années 1840 qui avait fait des millions de victimes dans l'île.

Conn était âgé de quinze ans lorsqu'il avait découvert l'inertie coupable dont avait fait preuve son père à cette occasion. Ils s'étaient disputés à ce sujet, comme à beaucoup d'autres. Son père était furieux que Conn prenne la défense de métayers qu'il considérait à peine comme des êtres humains. À part la brève explication que le fils et la mère avaient eue à l'arrivée de cette dernière en Australie, elle n'avait jamais plus voulu parler de son mari. Conn savait toutefois qu'elle souffrait de l'éclatement de sa famille et que ses autres enfants lui manquaient.

À son étonnement, Conn prit plaisir à cette visite à Westview. Sortir de l'enfermement de Galway House lui faisait du bien et, comme les jumelles restaient silencieuses, il avait tout le loisir de profiter du paysage qui avait retrouvé ses couleurs vertes après la sécheresse de l'été.

Il appréciait personnellement les mois les plus frais. Les violentes tempêtes hivernales ne l'effrayaient pas, il avait eu l'occasion de s'habituer à la pluie en Irlande, mais jamais il ne s'accoutumerait aux chaleurs torrides qui s'installaient parfois pendant plusieurs jours l'été. La canicule le laissait sans énergie, comme privé de volonté.

Sa mère aimait la chaleur, en revanche. Son arthrite la faisait moins souffrir lorsqu'il faisait chaud. C'était en pensant à elle qu'il s'était installé dans un lieu aussi isolé. Il avait acheté Galway House sur un coup de tête avec l'intention d'échapper à l'humiliation attachée à son statut d'ancien condamné, mais il le regrettait. S'il était resté à Perth, il aurait rencontré d'autres personnes dans son cas et se serait fait des amis.

– Nous arrivons, annonça-t-il aux deux sœurs.

– Nous n'avons pas été des compagnes de route bien gaies, s'excusa Xanthe.

– J'aime le silence, je ne vois pas l'intérêt de parler inutilement.

Il salua leur hôte à Westview, dételа son cheval et détacha le hongre dont il tendit la longe à Bert en l'observant discrètement, sachant qu'il aurait la charge de ramener les chevaux et la charrette de Kevin après avoir déposé Zachary et Pandora à Albany. Bert se débrouillait convenablement, mais on ne sentait chez lui aucune attirance particulière pour les animaux.

Conn se fit la réflexion qu'il gâtait peut-être un peu trop ses bêtes, les considérant comme les enfants qu'il n'aurait jamais. Il ne le regrettait pas, les chevaux lui rendaient bien son affection et lui offraient des revenus confortables. Galway House était loin de tout, mais il s'y était fait une belle réputation dans la région, et même au-delà, comme éleveur.

Il s'était même vu obligé de recruter un nouveau garçon d'écurie. Dès qu'il s'agissait de gagner de l'argent, les gens se fichaient bien de savoir qu'ils traitaient avec un condamné émancipé.

Il avait accepté de prêter ses chevaux uniquement parce qu'il connaissait l'urgence de la situation pour Pandora. Il reprit la main sur Bert et s'occupa personnellement de Nellie et du hongre. Celui-ci était une bête de somme encore jeune, mais il avait été maltraité et Conn l'avait payé un prix dérisoire.

Il aurait volontiers accompagné les jeunes gens à Albany, par curiosité, s'il ne lui avait pas été impossible de laisser sa mère seule. Les jumelles se seraient bien occupées d'elle, mais il avait toujours la crainte que son père débarque un jour et la remmène de force en Irlande.

Il afficha une mine ahurie en découvrant les chevaux de louage. Que l'on puisse traiter si mal des animaux le mettait en colère.

– Je ne sais pas comment je vais pouvoir m'en occuper jusqu'au retour de Bert, remarqua Francis. Ma santé ne me le permet pas et Reece a déjà assez de travail sans que je lui en donne davantage.

– Je veux bien les prendre, lui proposa Conn. Ils auront tout le temps de se reposer, cela me fend le cœur de les voir dans cet état. La charrette de Kevin est-elle en bon état, au moins ? Je n'ai pas pris le temps de l'examiner hier.

Les deux hommes s'en approchèrent et constatèrent que Reece avait pris le temps de la laver. C'était une petite charrette de bois brut à quatre roues de construction sommaire, mais elle suffirait amplement pour transporter Pandora, sa malle et sa valise, ainsi que les provisions nécessaires au voyage.

— Elle n'est pas de prime jeunesse, remarqua Conn d'un air dubitatif.

— Oui, curieux mélange de charrette et de chariot, ajouta Francis avec une moue moqueuse. Je doute qu'elle sorte de l'atelier d'un charretier digne de ce nom.

— En même temps, elle n'est pas en mauvais état. Il me semble qu'elle fera l'affaire, d'autant que la route d'Albany est correcte.

— Que voulez-vous dire ?

— C'est un chemin dégagé, et non une simple piste.

— De toute façon, ils n'ont pas le choix. Je ne peux pas leur prêter ma charrette car nous en avons besoin. J'ai simplement proposé à Kevin de la lui prêter lorsqu'il devra acheter des provisions.

La façon dont il s'exprimait laissait entendre qu'il s'agissait là d'une concession majeure. Conn le loua pour sa générosité avant de laisser libre cours à son inquiétude.

— Je me demande bien comment je vais pouvoir m'assurer que mes chevaux sont bien traités.

— Je ne comprends pas, s'étonna Francis.

— Nellie est une bonne jument. Sans être un pur-sang, c'est un excellent animal de trait et je comptais l'utiliser pour la reproduction, mais je ne suis pas certain que ce Bert la traite convenablement. Le hongre aussi est une bonne bête, mais il a été maltraité par le passé et mérite d'être bichonné.

Ils suivirent des yeux Léo qui portait aux femmes un seau d'eau avant d'en puiser un autre à l'attention de la jument. Il lui murmura des paroles douces à l'oreille et elle le chercha du museau.

– Je me demandais…, hésita Francis. Non, rien.

– Qu'alliez-vous dire ?

– Nous aurions pu proposer à Léo de se joindre à eux. Il adore les bêtes.

– Léo ?

– Pourquoi pas ? Zachary n'est pas encore un cavalier émérite et il n'a jamais conduit de charrette, tout comme Pandora. Quant à Bert, il aura déjà de quoi s'occuper. Léo pourrait leur être utile.

Conn hocha lentement la tête.

– Bonne idée, mais nous allons devoir demander son avis à Zachary dans la mesure où c'est lui qui paye.

Il se leva.

– J'ai besoin de me dégourdir les jambes, enchaîna-t-il. Je vais chez Kevin afin d'en discuter avec Zachary.

Francis fit la grimace.

– J'ai malheureusement besoin de me reposer.

Conn lui adressa un regard perplexe en se demandant si son hôte acceptait enfin de reconnaître ouvertement sa maladie. Francis réagit sèchement.

– Vous aurez forcément compris que j'étais phtisique. Puisque nous en parlons, et bien que j'aie l'espoir de tenir encore un an ou deux, accepteriez-vous de veiller sur Livia lorsque je ne serai plus là ? Entre vous et Reece, je me dis qu'elle sera en sécurité.

– Souhaitera-t-elle rentrer en Angleterre ?

– Elle affirme que non. Elle n'y a plus de famille.

– Mais alors, comment compte-t-elle survivre ?

– À condition de vendre cette propriété, elle voudrait ouvrir une petite école. C'est une bonne institutrice, à défaut d'être bonne ménagère, ajouta-t-il avec un sourire modeste.

Il se reprit aussitôt.

– À ce propos, Livia et moi allons devoir nous rendre à Perth afin de recruter une nouvelle domestique.

– Pourquoi ne pas passer une annonce dans l'*Inquirer* ?

– Engager une personne sans même la voir ? C'est trop risqué.

– Vous n'avez guère le choix. Les domestiques sont difficiles à trouver, d'autant que la colonie n'accueille pas de femmes condamnées. C'est la raison pour laquelle ils ont fait venir ce contingent de filles du Lancashire.

– Décidément, cette colonie ne ressemble en rien à ce qui m'avait été décrit, déclara Francis en s'éloignant avec une moue amère.

Au moins n'avez-vous pas été contraint d'y venir de force, pensa Conn.

*

Les hommes s'évertuèrent à laisser les sœurs en paix ce jour-là. Il s'agissait pour elles de préparer les bagages de Pandora en prévision du périple qui l'attendait jusqu'à Albany et, plus encore, de la traversée. Elles multipliaient les allées et venues de la tente à la corde à linge où séchaient les derniers vêtements. Les repasser relevait de l'exploit, mais les sœurs Blake tenaient à ce que la benjamine fasse bonne figure sur le bateau.

Le déjeuner terminé, Conn sortit les documents qu'il avait préparés et que les aînées devraient signer afin que Pandora puisse prendre possession de l'héritage en leur nom.

– Monsieur Southerham, j'ai pensé que vous et Zachary seriez les personnes les mieux habilitées à servir de témoins.

Reece attendit que les autres se soient éloignés pour s'adresser à Zachary d'un air grave.

– Je compte sur vous pour veiller sur Pandora. Elle risque fort d'être plongée dans le plus grand désarroi une fois qu'elle se trouvera loin de ses sœurs.

– J'en ai conscience, mais n'ayez crainte. Je donnerai ma vie pour elle s'il le faut.

– Je doute que vous en soyez réduit à une telle extrémité, mais vous avez toute notre confiance.

– En échange, je vous demanderai de vous occuper au mieux de Léo à son retour d'Albany. C'est une âme pure.

– Vous pouvez compter sur moi. Il nous sera d'ailleurs d'une grande utilité ici.

Reece se remit à l'ouvrage et Zachary, assis sur une chaise, contempla les environs. À son retour, Hallie lui demanderait de lui raconter son périple en détail. Son regard se trouvait inexorablement attiré par le cabanon pour le moins rudimentaire qui servait de refuge aux Southerham. Comment pouvait-on mener une vie aussi isolée ? Sa maison d'Outham, modeste à l'aune de l'habitat en Angleterre, était un palace par comparaison.

Il se promit de relater ce séjour à Westview dans son journal, celui-ci commençait à s'étoffer à ce stade de son voyage. Il attendait de rentrer avec impatience, le confort moderne lui manquait, qu'il s'agisse de l'eau courante, de l'éclairage au gaz dans le magasin, du chemin de fer ou encore des journaux.

Il n'en bénéficiait pas moins d'une chance inouïe de voir le monde. Il découvrirait d'autres lieux sur le chemin du retour puisqu'il était censé passer par Suez et Gibraltar.

*

La journée s'écoula trop vite au gré des sœurs. Alors que le soleil entamait sa descente dans le ciel et que les piles de vêtements repassés disparaissaient dans les valises, Conn, assis dans la véranda en compagnie des Southerham, jeta un coup d'œil discret à sa montre-gousset.

Francis surprit son geste.

— Il se fait tard, remarqua-t-il.

— Oui, et je redoutais cet instant, fit Conn.

Il se leva et se dirigea vers le groupe de femmes.

— Je suis désolé, mais nous allons devoir repartir. Les routes sont trop mauvaises pour que l'on puisse voyager de nuit.

— Auriez-vous le temps de boire une tasse de thé ? proposa Livia.

Il hésita avant de hausser les épaules.

— Rapidement.

— Je fais bouillir de l'eau. Allez vous asseoir avec vos sœurs, Pandora.

Les quatre jeunes femmes prirent place sur les bancs de bois brut sans prononcer une parole. Peut-être était-ce la dernière fois qu'elles se trouvaient réunies. Pandora saisit la main de Cassandra, l'examina longuement en la serrant entre ses doigts, puis la lâcha afin de s'essuyer les yeux. Quelques instants plus tard, c'était au tour de Maia de prendre Pandora dans ses bras.

Elles relevèrent la tête en entendant Livia annoncer que le thé était prêt.

Les hommes se joignirent à elle et tous burent en silence.

Conn, conscient que cet intermède ne faisait que prolonger l'agonie, y mit un terme en donnant le signal du départ. Il attacha deux des chevaux de louage à l'arrière de sa charrette, puis aida les jumelles à y monter.

– Je repasserai chercher les autres animaux demain, précisa-t-il à Francis.

Pandora accompagna le véhicule jusqu'au bas de la colline, puis elle regarda ses sœurs s'éloigner, les larmes aux yeux. Les sanglots de Maia lui parvinrent, elle vit que Xanthe serrait sa sœur contre elle. *Et moi ? Qui me prendra dans ses bras ?* s'interrogea-t-elle. Comment être certaine qu'elle ne se trompait pas dans son choix ?

*

Pandora peina à trouver le sommeil cette nuit-là. Elle qui détestait dormir sous cette tente regrettait brusquement de la quitter.

Elle aurait voulu pleurer, mais elle en était incapable. Elle avait tant versé de larmes ce jour-là que ses yeux étaient secs. Allongée dans l'obscurité, bercée par les bruits de la nuit, elle s'inquiéta de savoir si elle saurait défendre l'intérêt de ses sœurs, gérer tout cet argent et diriger convenablement l'épicerie. Elle ne connaissait rien au métier de commerçant.

Une main lui secoua l'épaule et elle se réveilla en sursaut à la vue d'une silhouette masculine agenouillée près de sa couche, une lanterne à la main.

– Reece ? Y a-t-il un problème ?

– Non, ma chère, mais c'est l'aube, il est temps de vous lever.

– Ah, souffla-t-elle d'une voix tremblante qu'elle s'évertua à contrôler. Je me dépêche.

— Je vous prépare du thé. Cassandra vous envoie ses pensées les plus affectueuses. Elle a préféré ne pas venir, pour ne pas recommencer à pleurer. Et puis je ne voulais pas qu'elle risque de tomber sur le sentier dans le noir.

Pandora sortit de son lit de fortune, se lava et s'habilla à la hâte, glissa ses dernières affaires dans la valise avant de rejoindre les hommes assis autour de la table.

Ils avaient tout chargé la veille dans la charrette, à l'exception du bagage de Pandora. En fin de compte, il avait été décidé que Léo monterait Nellie, la jument de Conn, ce dont il était ravi. Le plus résistant des chevaux de louage était attaché à l'arrière de la charrette, prêt à remplacer le hongre au terme de la première étape.

— Je vous ai servi une tasse de thé, ma chère, l'appela Reece.

Pandora vida sa tasse avec avidité, mais elle fut incapable d'avaler la plus petite bouchée de son pain à la confiture.

— Je vais vous l'envelopper dans un linge, proposa Reece. Vous aurez besoin de forces.

Elle se contenta de hocher la tête, heureuse que personne ne cherche à lui remonter le moral.

Elle serra longuement Reece dans ses bras. Il la guida jusqu'à la voiture grâce à la lanterne, un bras passé autour de ses épaules.

Zachary l'aida à prendre place à l'arrière où l'attendait une couverture.

— Vous avez l'air fatiguée. Vous devriez essayer de dormir.

Elle acquiesça, trop chagrinée pour réfléchir.

Ni Livia ni Francis Southerham ne vinrent lui dire au revoir. Ils lui avaient fait leurs adieux la veille en lui versant ses gages. Avoir un peu d'argent en poche la rassurait.

Il était prévu que Bert tienne les rênes pendant la première étape, Zachary assis à côté de lui. Quant à Léo, il avait pris la tête de la petite caravane, parfaitement à l'aise sur sa monture.

Ils roulaient depuis un long moment lorsque Pandora éprouva l'envie de rompre le silence.

— Pensez-vous qu'on arrivera à temps ?

— Ce sera juste, mam'zelle, répondit Bert, mais le chariot postal met une semaine pour rallier Albany depuis Perth, si bien qu'on devrait être dans les temps. Il est vrai qu'ils changent de chevaux en chemin, contrairement à nous, ce qui risque de nous ralentir.

— Il est hors de question de pousser les chevaux, intervint Léo. M. Largan m'a bien recommandé de ne pas épuiser ses bêtes.

— Tu sais conduire, Léo ? lui demanda Bert.

— Oui, j'aime bien ça.

— Parfait. Dans ce cas, suis-nous et veille sur le troisième cheval. Tu me relaieras quand je serai fatigué.

Pandora, lasse de subir les cahots du chemin à l'arrière de la charrette, s'adressa aux deux hommes :

— Y aurait-il assez de place sur votre banc ? s'enquit-elle.

— Si cela ne vous gêne pas d'être un peu serrée, répondit Zachary.

Le véhicule avançait assez lentement pour qu'elle n'ait pas de mal à se glisser entre les deux hommes. Zachary, la main gauche agrippée à l'accoudoir, lui offrit son bras droit.

— Vous devriez vous accrocher à moi pour davantage de confort.

Elle accepta, reconnaissante avant tout de la chaleur humaine qu'il lui proposait.

Elle ne s'était jamais sentie aussi seule de sa vie.

*

Le vendredi suivant, Mme Carr ne put s'empêcher de constater à quel point Hallie était anxieuse.

– Je ne sais pas ce qui t'arrive, ma chérie. Tu sursautes au moindre bruit.

– Je ne suis pas très bien depuis quelques jours.

– Aurais-tu la fièvre ?

– Non, je me sens juste un peu déprimée. J'irais mieux si je pouvais trouver du travail.

Sa réponse déclencha chez sa mère un long discours sur le sort dramatique qui attendait les plus démunis au cas où la situation devrait perdurer.

Hallie ne l'écouta que d'une oreille, inquiète de voir la petite aiguille de la pendule approcher du chiffre neuf qui signalait l'heure de fermeture du magasin.

Elle bondit de son siège en entendant résonner le heurtoir de la porte d'entrée.

Elle entrebâilla le battant et crut défaillir en voyant Prebble sur le seuil.

Il poussa la porte et pénétra dans l'entrée avant qu'elle ait pu l'en empêcher.

– J'espère que vous vous montrerez plus gentille ce soir, Hallie.

– C'est hors de question. Vous n'avez aucun droit de me traiter de la sorte.

– Quand on veut, on peut. Comment pourriez-vous m'en empêcher ?

– J'irai trouver M. Dawson.

– Et je lui répondrai qu'il s'agit d'une querelle d'amoureux. Qui pourra prouver le contraire ?

Il lui saisit brutalement un sein avant qu'elle ait eu le temps d'esquisser un geste et elle ne put retenir un gémissement en tentant de le repousser.

Il était plus fort qu'il n'y paraissait et la coinça contre le mur tout en la caressant de façon odieuse.

— Tout va bien, Hallie ? s'éleva une voix masculine.

Prebble recula aussitôt, un sourire aux lèvres.

— On s'embrassait gentiment. Pas vrai, Hallie ?

Elle frissonna de dégoût, incapable de prononcer une parole. Son bourreau tira de sa poche une enveloppe et la lui glissa dans la main.

— Voici l'argent de votre Zachary.

Il sortit en écartant l'individu qui se tenait sur le seuil de la maison et s'éloigna en sifflotant allègrement avec une telle désinvolture que Hallie en fut révoltée. Elle éclata en sanglots en s'efforçant d'étouffer ses pleurs dans ses mains, honteuse que le cousin John ait pu assister à la scène.

— Ne pleure pas, ma petite, lui dit-il d'une voix douce. Je veillerai à ce qu'il ne recommence plus.

— Comment pourrais-tu l'en empêcher ? Il a promis de s'en prendre à ma mère si je refusais de lui obéir.

John afficha une mine grave.

— C'est ainsi qu'il te tient ?

Elle hocha la tête.

— Maman s'est fait bousculer au marché il y a quelques semaines, on lui a envoyé un coup de poing dans le ventre qui lui a coupé le souffle. C'est *lui* qui a tout manigancé.

— Eh bien, je peux t'assurer qu'il ne manigancera plus rien du tout.

Il ramassa l'enveloppe qui était tombée au sol.

— Tout va bien, Hallie ? fit la voix de sa mère en se dirigeant vers l'entrée.

La jeune fille veilla à ne pas lui montrer son visage.

– Oui, maman. J'ai une poussière dans l'œil, c'est tout.

John se glissa entre les deux femmes.

– Bonsoir, ma cousine. Comme je suis de retour à Outham, j'étais venue te saluer.

– Ta mère doit être heureuse de ton retour.

– Elle est ravie et t'envoie le bonjour. Je discutais avec ta fille. Elle s'est bien épanouie.

– C'est vrai, reconnut Mme Carr. Mon Dieu, s'écria-t-elle en regagnant précipitamment sa cuisine. Mon dîner est en train de brûler !

– Je m'occupe de tout, Hallie, déclara le cousin John d'une voix sourde. Il ne t'ennuiera plus.

– Comment t'y prendras-tu ?

– Je connais l'un de ses oncles. Il est moins mauvais que le reste du clan, et il me doit une faveur.

Elle le dévisagea, sans oser se laisser bercer d'espoir.

– Tu verras, tout ira bien, insista-t-il.

Hallie parvint à manger suffisamment pour éviter que sa mère ne s'inquiète, tout en écoutant cette dernière lui expliquer de quelle façon ils étaient apparentés à John, qui avait vécu à Manchester plusieurs années durant.

En se déshabillant ce soir-là dans la chambre de Zachary qu'elle occupait en son absence, elle découvrit avec effroi une ecchymose au niveau de sa poitrine.

Prebble était une bête sauvage et un imposteur. Le cousin John parviendrait-il à l'éloigner d'elle ?

Elle ne pouvait continuer de vivre dans la peur, tout comme il était impensable de céder à Prebble.

*

Ils avancèrent lentement, mais sûrement, tout au long de la journée, en accordant régulièrement du repos aux chevaux qui tiraient la charrette à tour de rôle. Il leur arrivait de croiser un cavalier ou un véhicule. Ils se saluaient et échangeaient des informations sur l'état de la route.

Ils firent une halte en milieu d'après-midi à Bannister, dans le relais où le fourgon postal changeait de chevaux.

Bert prit le temps de discuter avec les palefreniers comme avec les tenanciers de l'épicerie attenante. Il revint à grandes enjambées avec une miche de pain.

– Vous leur devez cinq shillings, dit-il à Zachary.

– C'est du vol ! s'écria Pandora avec indignation. Comment une miche de deux kilos peut-elle coûter un prix aussi exorbitant ?

– Il est préférable d'y mettre le prix plutôt que d'attendre des heures que le pain cuise le soir. Nous trouverons un ruisseau à quelques kilomètres d'ici, le mieux serait de nous y arrêter pour bivouaquer.

Léo se joignait rarement à la conversation, mais Zachary remarqua qu'il observait tout avec attention avant de fermer les yeux et de grommeler entre ses dents.

– Tout va bien ? s'inquiéta-t-il en profitant d'un arrêt.

Léo hocha vigoureusement la tête.

– Oui. J'apprends la route par cœur de façon à retrouver mon chemin jusqu'à la maison de Mme Southerham.

– Bert t'y reconduira après nous avoir déposés au bateau.

– Je préfère connaître le chemin tout seul. Je n'oublie jamais une route par laquelle je suis passé.

Bert afficha une moue sceptique et Zachary lui adressa un coup d'œil réprobateur avant qu'il ait pu ouvrir la bouche. Plus tard dans la soirée, il le prit à part.

– Évitez de traiter Léo comme s'il était complètement idiot. Ce n'est pas le cas. S'il se dit capable de retrouver son chemin, je le crois. J'ai pu constater combien il était doué avec les animaux malades. Pendant la traversée, Léo a remis en place la patte cassée d'une vache que tout le monde croyait perdue.

– Léo ?

– Absolument. Il ne sait ni lire ni écrire et ne pense pas comme vous et moi, mais il possède de véritables dons.

Bert haussa les épaules.

– Il sait s'y prendre avec les chevaux, je vous l'accorde. Je n'ai jamais vu ça.

Ils allaient repartir lorsque Pandora demanda :

– Quelle distance nous faudra-t-il parcourir quotidiennement ?

– De soixante à quatre-vingts kilomètres, selon le terrain, répondit Bert. Davantage si c'est possible.

– Un train est capable de parcourir plusieurs centaines de kilomètres dans la journée.

– En effrayant les animaux dans les prés.

La remarque amusa Pandora.

– Papa m'expliquait toujours que les gens s'étaient plaints au moment de l'installation des lignes de chemin de fer en Angleterre, mais ils avaient tort. Les bêtes ne se soucient nullement des trains.

Bert haussa les épaules.

– En tout cas, jamais les trains ne remplaceront le cheval dans un pays aussi grand que celui-ci.

– Vous avez probablement raison. Je reste toutefois persuadée qu'ils finiront par relier par le train les villes les plus importantes. Personnellement, je n'en serai pas fâchée.

En comparaison avec l'Angleterre, il n'y avait quasiment rien à voir. Pas de beaux villages comme les hameaux des environs d'Outham, ou encore ceux qu'elle avait aperçus du train qui la conduisait à Londres. Il n'y avait tout simplement pas de bourgades, et pas davantage de vraies fermes. Seuls quelques toits épars émergeaient parfois dans le lointain. Il ne restait à contempler que les familles de kangourous et les vols de perroquets, mais elle s'y était habituée avec le temps.

*

À la fin du premier jour, Pandora était moulue. Ils poursuivirent néanmoins leur route jusqu'au crépuscule. La jeune femme commençait à désespérer de voir Bert s'arrêter lorsqu'il tira sur les rênes et les tendit à Zachary.

– Ce doit être l'endroit qu'on nous a indiqué. Laissez-moi le temps de jeter un rapide coup d'œil.

Pandora observa l'espace plat et sablonneux qui longeait le chemin. À part une bande de végétation sur le côté, l'endroit n'avait rien d'inhabituel. Bert disparut de l'autre côté des arbres avant de revenir presque aussitôt.

– C'est bon. Le ruisseau n'est pas à sec. Il n'est pas très abondant, mais quelqu'un a creusé des bassins où les chevaux pourront s'abreuver.

La jeune femme frissonna alors que la nuit achevait de tomber.

– Je pensais que nous dormirions dans des fermes.

Il haussa les épaules.

— Nous chercherions un abri s'il se mettait à pleuvoir, mais cela nous obligerait à un détour. Vous n'aurez qu'à dormir dans la charrette ce soir, mam'zelle. La journée a été fatigante, vous n'aurez pas de mal à trouver le sommeil.

— Et vous ? Où dormirez-vous ?

Bert eut un petit sourire.

— Par terre. Sous la charrette s'il pleut. C'est pour cette raison que nous avons emporté des bâches. Votre M. Largan a pensé à tout. Un gars bien, tout irlandais qu'il est.

Pandora se tourna vers Zachary.

— Vous arriverez à dormir à même la terre ?

— Épuisé comme je le suis, je dormirais debout. J'ai passé une mauvaise nuit hier.

— Moi aussi.

Il sauta de la charrette et l'aida à descendre à son tour en la saisissant par la taille. Elle aurait fort bien pu se débrouiller seule, mais elle ne dit rien, savourant l'attention dont elle faisait l'objet. Elle trouva rassurant le contact de ses mains chaudes.

Bert laissa échapper un ricanement en la voyant se déplacer péniblement.

— Vous aurez encore plus mal quand on arrivera à Albany, mam'zelle. La route devient plus cahoteuse par la suite.

Elle se trouvait dans un tel état de fatigue qu'elle ne rêvait que de dérouler son matelas et de s'y allonger, mais Zachary réussit à la convaincre de manger un morceau de pain qu'il parvint à toaster sur le feu sans le brûler.

— C'est très aimable à vous, lui dit-elle en mastiquant péniblement quelques bouchées.

Il lui adressa un sourire lumineux.

Il suffit qu'il sourie pour que son visage perde toute laideur. Comme c'est étrange. Elle rougit de cette pensée en se faisant la réflexion qu'il provoquait chez elle une réaction comparable à celle qu'elle avait connue lors de sa rencontre avec Bill.

Allongée sur le plateau de la charrette, elle trouva étrange le spectacle du ciel étoilé entre les bancs de nuages. Jamais elle n'avait vu des étoiles aussi brillantes. Un nuage cacha la lune et elle bâilla en se demandant s'il pleuvrait. Pourvu que non. Elle était si fatiguée…

*

Pandora se réveilla en sentant le picotement de la pluie sur son visage. Il lui fallut quelques instants avant de se souvenir où elle se trouvait. L'aube était là, qui habillait le ciel d'une teinte plus claire à l'est. Des gouttes s'écrasèrent contre sa joue et elle se redressa.

Zachary s'approcha de la charrette.

— Vous êtes réveillée, tant mieux. Bert propose que nous partions dès à présent, l'aurore n'est plus loin. Arriverez-vous à vous habiller sous la bâche ?

Si l'une de mes sœurs avait été là, nous nous serions aidées mutuellement en riant sous cape, pensa-t-elle en cherchant ses vêtements. Lorsqu'elle repoussa la bâche, la pluie tombait à verse et Zachary l'attendait, un parapluie à la main. Elle remarqua que les hommes, un chapeau sur la tête, se protégeaient à l'aide de sacs en toile, mais elle préféra se couvrir d'un châle.

Elle se sentit coupable de prendre des mains du jeune homme le parapluie que leur avait prêté Livia, sachant qu'ils n'en avaient pas d'autre. Bien à l'abri, elle s'approcha du ruisseau afin de répondre aux impératifs de la nature loin du regard de ses compagnons.

En les retrouvant quelques minutes plus tard, un thé l'attendait.

— C'est une chance qu'il y ait toujours des braises, remarqua Zachary, sinon nous aurions du mal avec ce déluge.

Bert gloussa.

— La chance n'a rien à voir là-dedans. Je sais allumer un feu, et il ne pleut pas depuis longtemps. Tenez, ajouta-t-il en tendant à Pandora une assiette émaillée avec du pain et du jambon.

Il s'éloigna afin de rejoindre Léo qui s'inquiétait pour les chevaux, comme à son habitude.

— Pourquoi ne pas manger à côté de moi sous le parapluie ? proposa Pandora à Zachary.

Il obtempéra et ils mangèrent silencieusement, l'un à côté de l'autre, en utilisant l'arrière de la charrette en guise de table. Comme la veille, la présence du jeune homme rassura Pandora. Zachary, avec sa patience sans fin et son caractère égal, avait sur elle un effet apaisant.

— Le voyage sera moins dur par la suite, s'excusa-t-il. Vous serez mieux sur le bateau.

— Cela m'est égal. Je ne vivais pas vraiment dans le luxe sous cette tente. Je me demande comment ils vont tous à cette heure.

— Sans doute se posent-ils la même question.

— Les Southerham ne se débrouilleront pas aisément sans domestique, mais je ne suis pas mécontente de ne plus m'occuper d'eux.

Ils furent interrompus par Bert qui donna le signal du départ, au grand regret de Pandora.

— Quels sont vos projets lorsque vous serez de retour à Outham ? lui demanda Zachary lorsqu'ils eurent repris la route.

— Travailler au magasin, je suppose.

— Les épiceries emploient peu de femmes.

— Pourquoi donc ?

Il posa sur elle un regard étonné.

— Je ne sais pas, je ne me suis jamais posé la question. C'est un fait.

— Pas même lorsque le magasin leur appartient ?

— La plupart des magasins d'importance appartiennent au mari, et leur femme n'y travaille pas. Sans doute n'ont-elles pas besoin de gagner de l'argent. Elles s'occupent de la maison et des enfants.

Elle fit la grimace.

— Eh bien je n'ai pas d'enfants et je m'ennuierais si je devais rester inactive à longueur de journée.

— Dans la mesure où vos sœurs ne rentrent pas en Angleterre, je me demandais si vous ne souhaiteriez pas vendre le magasin afin de leur verser leur part d'héritage.

— Elles m'en laissent l'entière décision. Si je m'aperçois que le magasin est rentable et que je me plais à le diriger, je vendrai les autres biens de mon oncle.

Elle laissa s'écouler quelques instants avant de reprendre, formulant sa pensée à voix haute :

— Vous nous avez également dit que mon oncle avait laissé de l'argent à la banque. Tout dépend de la somme, mais je peux leur envoyer ce pécule. Je ne veux rien précipiter, sachant que l'argent peut s'épuiser et que les banques font parfois faillite, alors qu'une affaire prospère peut assurer votre quotidien tout au long de la vie.

— C'est étrange d'entendre une femme parler d'un tel sujet.

— À votre avis, qui gère l'argent du ménage dans la majorité des couples ? Ce sont les femmes. En outre, mon père nous a appris à nous servir de notre tête et j'ai toujours été excellente en calcul. Je suis capable de compter plus vite que la plupart des hommes.

— Je veux bien le croire. Vous pourriez prendre en charge la comptabilité du magasin.

Elle leva fièrement le menton.

— Pas uniquement. Si c'est mon magasin, je compte bien servir la clientèle.

Il lui sourit.

— Je vois que vous comptez tout bouleverser. Ce ne sera sans doute pas un mal. Harry se contente de poursuivre la tradition, jamais il ne commande de nouveaux produits, même lorsque les clientes en réclament.

— Quel genre de garçon est-ce ?

Le jour commençait à se lever et elle vit son visage se fermer.

— Il… euh, il travaille beaucoup.

— Vous ne l'appréciez guère.

Il ouvrit de grands yeux.

— Ce n'est pas ce que j'ai dit. Il serait injuste de ma part de m'exprimer à son sujet.

Pandora n'insista pas, tout en s'interrogeant sur les raisons d'une telle animosité. Elle avait connu une certaine Betty Prebble à l'usine, mais elle ne travaillait pas dans le même atelier. Elle avait gardé le souvenir d'une femme taciturne qui accomplissait correctement sa tâche, et c'était tout ce qui comptait.

Elle tenta en vain de se souvenir de Harry. Il est vrai qu'elle s'était rarement rendue dans le magasin de son oncle. Aux heures les plus sombres, Zachary leur avait porté un jour un sac de provisions sur la requête de leur oncle et elle l'avait croisé quelques fois dans la rue, sans vraiment le connaître. Elle remarquait aisément les hommes de grande taille, elle-même dépassant la plupart des membres de la gent masculine du haut de son mètre soixante-dix-sept.

Elle aurait tout le loisir de découvrir qui était vraiment Harry Prebble lorsqu'elle aurait regagné Outham. Si seulement son père avait pu vivre assez longtemps pour profiter de cet héritage… Elle lui aurait acheté des livres, elle aurait également financé ses cours de grec. Il avait une telle soif d'apprendre, et si peu de moyens pour y parvenir.

Elle chassa d'un battement de cils les larmes qui menaçaient de couler.

– Vous allez bien ? s'inquiéta Zachary.

Ils étaient si près l'un de l'autre sous le parapluie qu'elle sentit la caresse de son haleine sur ses cheveux lorsqu'il se tourna vers elle.

– Je pensais à mon père.

– Il m'arrive de penser au mien. Il est mort si jeune.

Elle le dévisagea. Il avait un regard clair et franc, un nez trop long, mais une bouche bien dessinée. Une ombre de barbe ornait son menton ce matin-là car il n'avait pas eu la possibilité de se raser. Sa peau serait rêche au toucher si elle la caressait de ses lèvres, comme celle de Bill autrefois. Seigneur ! À quoi pensait-elle !

Elle le trouvait séduisant. Aveuglée par la douleur de la séparation avec ses sœurs, elle n'avait pas vraiment réfléchi au long périple qu'elle allait effectuer en compagnie de ce garçon. Elle se sentait en confiance avec lui. Ses trois sœurs, comme Reece, lui avaient confié qu'elles l'appréciaient.

Elle l'observa du coin de l'œil et constata qu'il lui souriait. Elle lui sourit en retour et sentit le rouge lui monter aux joues. Elle s'agaçait parfois que les jeunes gens la regardent à cause de son joli visage. Elle préférait qu'on s'intéresse à sa personnalité, à la Pandora que connaissaient ses proches.

L'idée qu'il puisse la trouver séduisante fit naître des papillons dans son ventre.

*

Cassandra se rendit chez les Southerham moins tôt ce matin-là, sur les recommandations de Reece qui souhaitait qu'elle travaille à mi-temps désormais, afin d'éviter toute fatigue inutile.

— Comment vais-je me débrouiller ? lui demanda Livia en fin de matinée, non pas à la façon d'une maîtresse s'adressant à une domestique, mais d'une femme à une autre. Je ne me sens pas l'âme d'une ménagère et Francis se fatigue vite. Accepteriez-vous de me dresser la liste des tâches à accomplir chaque jour ?

— Bien sûr. Je vous conseillerais volontiers de vivre différemment en attendant l'arrivée d'une nouvelle servante, voire de deux car je ne pourrai pas continuer après la naissance de mon bébé.

— Différemment ?

— Par exemple, M. Southerham n'a pas vraiment besoin de changer de chemise tous les jours. Cela représenterait une sérieuse économie de travail, surtout maintenant que la saison des pluies a commencé. Comment voulez-vous sécher et repasser autant de vêtements ?

— Je sais que ça ne va pas lui plaire. Il estime qu'il est important de conserver un certain standing.

— Dans ce cas, il n'a qu'à laver ses chemises.

Le conseil fit rire Livia.

Quel standing ? pensa Cassandra. Ce n'était pas son affaire, après tout. Si M. Southerham souhaitait vraiment continuer à vivre comme auparavant, il n'aurait pas dû choisir un endroit pareil. Livia avait fait preuve d'une grande générosité à Outham. Elle aidait les plus pauvres, apprenait à coudre aux ouvrières sans emploi, mais on la sentait désormais dépassée par l'ampleur des tâches ménagères.

– Je verrai bien ce que me dit Francis. Nous allons devoir nous adapter si nous voulons tenir jusqu'à l'arrivée d'une nouvelle domestique.

Reece les rejoignit. Il adressa un signe de tête à Mme Southerham et se tourna vers sa femme :

– Il est temps que tu rentres te reposer, ma chérie. Tu as l'air fatigué.

Ils repartirent ensemble car il refusait de la laisser emprunter seule le petit sentier dans son état.

Elle lui prit le bras au détour du chemin, par affection davantage que par nécessité.

– Je me demande comment va Pandora.

– Tout ira bien. Zachary veillera sur elle. C'est pour toi que je m'inquiète. Tu es épuisée.

– Juste un peu fatiguée, reconnut-elle.

– Tu devrais t'arrêter de travailler complètement.

– Comment le pourrais-je ? Ils sont incapables de se débrouiller sans moi.

– Il leur faudra bien s'habituer après l'accouchement. Ça ne t'ennuie pas de rester seule tout l'après-midi ?

– Je ne serai pas seule. Kevin me tiendra compagnie.

– Nous avons de la chance de l'avoir. Il est heureux de notre présence, lui aussi.

Reece reparti, Kevin prépara une collation à Cassandra avant de l'obliger à se reposer.

— Je vais m'allonger une demi-heure. Je m'en veux de n'être bonne à rien.

— Ce sont les Southerham qui ne sont bons à rien, ma fille. Ce n'est pas à vous de tout gérer à leur place. Allez donc vous reposer.

Elle n'eut aucun mal à s'endormir, sans se trouver mieux pour autant à son réveil. Le moindre geste nécessitait un effort. En désespoir de cause, elle décida de coudre des vêtements pour le bébé. Il lui manquait encore beaucoup d'affaires. Elle avait la certitude que ce serait un garçon, sans pouvoir se l'expliquer.

13

Le deuxième jour de route fut éprouvant. En dépit du parapluie et des sacs de toile, ils ne tardèrent pas à être trempés jusqu'aux os. Seul Léo conservait sa bonne humeur, apparemment imperméable à la pluie, se préoccupant essentiellement du bien-être des chevaux.

À mesure que s'écoulait l'après-midi, Bert se mit en quête d'un endroit où passer la nuit. Ils pensaient être obligés de camper une nouvelle fois lorsqu'il aperçut un petit chemin sur la droite.

– On distingue des traces de passages fréquents. Je ne vois aucun bâtiment, mais je ne serais pas surpris que ce sentier mène à une ferme. Ce sera plus rapide si je pars en éclaireur. Léo, prête-moi donc ton canasson et viens tenir les rênes.

Il resta parti le temps d'une éternité. Voyant frissonner Pandora, Zachary lui passa un bras autour des épaules et la serra contre lui tandis qu'elle s'accrochait à la poignée du parapluie.

– Je suis désolée.

– Ce n'est pas votre faute, c'est la mienne. Nous aurions dû nous abriter plus tôt, mais je préfère arriver en avance à Albany afin de ne pas manquer le bateau.

Elle lui répondit par un rire grelottant.

– J'en arrive à me demander si ce fameux port d'Albany existe réellement.

Un bruit de sabots dans la boue se fit entendre et Bert réapparut.

– Il y a bien une ferme, mais l'habitation est minuscule et ces gens nous accueillent volontiers à condition que nous dormions dans la véranda. Leur grange n'est même pas assez grande. La véranda est abritée, en revanche. Ce sera toujours mieux que de dormir dehors, pas vrai ? Il fait quasiment nuit, ce serait ridicule d'aller plus loin. Les propriétaires ne manquent pas d'œufs. Ils proposent de nous nourrir ce soir et de cuire du pain pour demain.

– Combien demandent-ils ? s'inquiéta Zachary.

– Rien du tout, mais vous devriez leur donner quelques shillings tout de même.

Il posa sur Zachary un regard plein de reproches.

– Nous ne sommes pas en Angleterre. Comme je vous l'ai déjà expliqué, la plupart des colons acceptent volontiers d'offrir le gîte et le couvert aux voyageurs, mais ces gens n'ont pas beaucoup d'argent.

– C'est très gentil de leur part ! intervint Pandora qui claquait des dents.

Elle n'avait jamais eu aussi froid de sa vie.

La maison était encore plus petite que le cabanon des Southerham, alors que le couple avait cinq enfants. La bâtisse, plus solide que celle de Westview, était dotée de part et d'autre de petites vérandas fermées sur les côtés afin de les protéger des intempéries.

– Nous y dormons nous-mêmes pendant l'été, leur expliqua la femme avec entrain, et c'est là que nous accueillons les gens de passage en hiver. Mon homme les a construites de façon qu'on y soit à l'abri.

Pandora prit possession de la véranda qui lui avait été réservée, les hommes ayant décidé de se serrer dans l'autre. L'idée de se retrouver seule ne la séduisait guère.

— Je vais chercher votre matelas, mam'zelle, dit Bert.

Elle profita de son absence pour saisir Zachary par le bras.

— Euh… accepteriez-vous de dormir dans la même véranda que moi ?

— Ce ne serait pas correct.

— Parce que vous trouvez correct de me laisser mourir de peur toute la nuit ?

Il la regarda d'un air grave.

— Non, je le reconnais. Vous êtes certaine de vouloir ma présence ?

— Bien sûr. Zachary, si vous saviez comme tout me semble étranger ici !

Elle lui prit la main.

— Ne me laissez pas seule dans le noir, je vous en prie.

— Comptez sur moi. Mon Dieu, vos doigts sont gelés !

Il les porta à sa bouche et souffla dessus pour les réchauffer.

— Dépêchez-vous de rentrer prendre cette tasse de thé qu'on nous a promise. Je préviendrai Bert et Léo que je dors de ce côté.

Au moment de se coucher, Pandora reposa la petite fille qui s'était hissée sur ses genoux dans la pièce surpeuplée, évita soigneusement les enfants qui dormaient par terre sur des matelas de paille, et se laissa conduire jusqu'aux latrines par la maîtresse de maison équipée d'une lanterne.

— Zachary m'a expliqué que vous comptiez vous marier, fit la femme. C'est un bon jeune homme. Quand est prévu le grand jour ?

Pandora eut du mal à cacher sa surprise.

— Euh… dès notre retour en Angleterre.

La femme émit un petit gloussement.

— À votre place, je n'attendrais pas aussi longtemps si vous ne voulez pas qu'une autre vous le prenne. Sans compter les risques que vous courez en vous fréquentant. Il suffit que mon homme me câline pour que je me retrouve avec un bébé de plus. En tout cas, ça fait plaisir de le voir vous regarder. Soyez pas gênée, je plaisantais en vous parlant des autres filles. On voit bien qu'il vous aime.

Pandora en eut le souffle coupé. Zachary la voyait-il vraiment avec ces yeux-là ? Elle avait mis des mois avant de connaître Bill suffisamment pour comprendre que c'était un garçon gentil et tomber amoureuse de lui. Par comparaison, elle s'était attachée à Zachary beaucoup plus rapidement.

Elle avait passé la journée à vouloir se convaincre que son attachement au jeune homme était lié au déchirement de perdre ses sœurs et à la solitude qu'elle éprouvait, mais elle savait bien qu'il n'en était rien.

— N'oubliez pas de secouer vos souliers demain, au cas où des araignées s'y seraient glissées pendant la nuit, lui conseilla son hôtesse avant de s'éloigner.

Zachary l'attendait déjà dans la véranda. Il avait accroché une vieille lanterne à un clou dans un coin abrité. Heureusement pour elle, la flamme vacillante jetait une lumière chiche sur la véranda, si bien qu'il ne remarqua pas le feu qui lui brûlait les joues lorsqu'elle l'aperçut. Il avait déjà étalé le matelas de la jeune fille, alors que le sien restait roulé à l'écart.

— Vous n'aurez sans doute plus envie que je vous rejoigne ici en constatant combien nous serons serrés. Il m'est facile de rejoindre Bert et Léo de l'autre côté si vous changez d'avis. Il vous suffirait de m'appeler pour que j'accoure.

Elle ne l'en trouva que plus délicat de cette proposition, mais elle ressentait le besoin de sa présence. En guise de réponse, elle déroula sa paillasse à côté de la sienne et s'allongea. Il n'y avait rien d'inconvenant à dormir côté à côte de la sorte, chacun enroulé dans ses couvertures. Leurs couches ne se touchaient même pas.

Elle ne s'était pas déshabillée, soulagée que ses vêtements aient plus ou moins séché pendant le repas, se contentant de retirer ses bottines. Pourquoi fallait-il que le froid soit plus mordant lorsqu'il faisait humide ? Elle se recroquevilla sur elle-même en essayant d'oublier le plancher dur et l'absence d'oreiller.

Zachary, de retour, contempla son matelas étalé, hocha la tête, retira ses bottes, souffla la bougie et se glissa entre ses couvertures.

— Bonne nuit.

— Dormez bien.

Elle grelottait de froid. Elle avait beau vouloir se convaincre qu'elle se réchauffait, ce n'était pas le cas. Le froid l'empêchait de dormir, mais elle n'osait pas bouger, de peur de réveiller son voisin. Quelques minutes s'étaient écoulées lorsque la voix de ce dernier traversa l'obscurité.

— Vous claquez des dents, Pandora. Vous grelottez, je le sens d'ici.

— Je suis désolée de vous empêcher de dormir.

— C'est moi qui suis désolé que vous ayez aussi froid. Si nous partageons nos couvertures, vous pouvez vous blottir contre moi afin de vous réchauffer. Je ne suis pas sensible au froid, je suis déjà réchauffé. Vous n'avez pas à redouter le moindre geste déplacé, je vous le promets.

— Oh oui, je vous en prie.

Elle était prête à tout pour se réchauffer. Elle réarrangea les couvertures et se blottit dans ses bras.

Elle soupira de soulagement en sentant la chaleur de Zachary l'envahir doucement.

– C'est mieux, non ? s'enquit-il au bout de quelques minutes. Vous ne tremblez plus.

– C'est beaucoup mieux.

Il laissa échapper un petit rire et le souffle qui s'échappa de sa bouche, en caressant sa tempe, la fit frissonner de la tête aux pieds.

– Vous faites une brique chauffante merveilleuse, plaisanta-t-elle.

– On m'a appelé de bien des façons, mais c'est la première fois qu'on me traite de brique chauffante. Et voilà qu'il recommence à pleuvoir.

– Nous sommes bien à l'abri.

– Ils ont construit cette maison intelligemment. Il n'empêche, je supporterais mal de n'avoir aucun voisin.

– Moi aussi.

Un silence complice s'installa entre eux, rythmé par le souffle du jeune homme.

– Cela me manquait de ne plus avoir personne à qui parler le soir, lui confia-t-elle. Jusqu'au mariage de Cassandra, j'ai toujours partagé ma chambre avec l'une de mes sœurs.

– Personnellement, je dors seul depuis que je suis petit. J'ai une sœur, nous ne sommes que deux. Quand mon père est mort, Hallie a commencé à dormir avec maman, de sorte que je dispose de ma propre chambre.

– Je supporte mal la solitude. La nuit, j'ai des pensées sombres.

– C'était le cas ces derniers temps ?

Elle hocha la tête avant de se souvenir qu'il ne pouvait pas la voir dans l'obscurité.

— Oui. Je suis heureuse de savoir Cassandra aussi heureuse, bien sûr, mais elle me manque terriblement. Mes trois sœurs vont me manquer.

Elle laissa échapper un sanglot.

— Chuuut. Ne pleurez pas. Il faut faire contre mauvaise fortune…

— … bon cœur.

— Ma grand-mère disait toujours : « Sois déjà heureux d'être vivant et en bonne santé. »

— Je n'ai jamais connu mes grands-parents et ma mère est morte quand j'avais sept ans, mais Cassandra a toujours veillé sur moi. Elle a été une grande sœur formidable.

— C'est moi qui veillerai sur vous désormais. Tout du moins jusqu'à notre retour en Angleterre.

— Et même après. Je veux dire, puisque vous travaillez au magasin.

Le silence qui suivit s'éternisa, au point qu'elle s'en inquiéta.

— Vous ne comptez pas rester ?

— Je ne sais pas. Si Harry est nommé gérant définitivement, je me verrai obligé de chercher un nouvel emploi.

— Vous ne l'aimez vraiment pas.

— Disons que nous sommes très différents.

— Pourquoi ne pas me dire ce que vous pensez réellement ?

Il soupira.

— Ce ne serait pas honnête de ma part puisqu'il n'est pas là pour se défendre. Après tout, maître Featherworth ne l'aurait pas choisi pour diriger le magasin s'il ne l'appréciait pas.

— Il vous apprécie bien davantage puisqu'il vous envoie à l'autre bout du monde en vous chargeant de nous retrouver. À mon sens, c'est une preuve de confiance plus grande encore.

— Je n'avais pas envisagé la situation sous cet angle, avoua-t-il.

— Je vous adjure de ne pas prendre de décision hâtive, Zachary. Promettez-moi de vous en ouvrir à moi si l'envie vous prend de quitter votre emploi.

Elle comprit brusquement que le choix du gérant ne dépendrait bientôt plus de maître Featherworth, mais d'elle. Cette pensée l'avait prise de court, mais elle n'en montra rien. Il ne tenait qu'à elle de ne pas perdre Zachary. Mieux valait ne pas lui en souffler mot. Le connaissant, il lui reprocherait de ne pas se montrer objective. Et qui sait s'il ne rejetterait pas son… son affection ?

Elle s'aperçut qu'elle ne l'écoutait plus, emportée par le flot de ses pensées.

— … Jamais je ne prendrais une décision irréfléchie, d'autant que ma mère et ma sœur dépendent de moi.

Il hésita avant d'ajouter :

— C'est la raison pour laquelle je n'ai jamais pensé à me marier. Tous les jeunes gens avec qui j'ai grandi sont mariés, mais je n'ai pas les moyens d'entretenir une épouse, encore moins des enfants, même s'il m'en coûte.

Elle comprit qu'il s'agissait d'un avertissement. Restait à savoir à qui il l'adressait : à elle, ou à lui-même. Elle se serra contre lui, enfin réchauffée, en poussant un soupir de contentement.

Elle fut réveillée le lendemain matin par les cris aigus d'une bande de cacatoès noirs à queue blanche perchés dans les gommiers voisins. Le jour commençait à poindre et Zachary avait disparu.

Elle ne l'avait pas entendu se lever. Elle toucha la couverture à l'endroit où aurait dû reposer sa tête, tout près de la sienne, mais le tissu était froid. Elle se remémora leur discussion avec émotion, la façon dont il l'avait réchauffée tout en se conduisant en parfait gentleman. Elle n'avait jamais eu peur de lui, elle lui aurait confié sa vie sans hésiter. N'était-ce pas ce qu'elle faisait déjà ?

*

Alice descendit à la cuisine après avoir pris son petit-déjeuner afin de discuter du programme de la journée avec Dot.

— Mademoiselle, vous n'avez rien entendu cette nuit ?

— Non, de quoi parlez-vous ?

— Au beau milieu de la nuit, dans la cour derrière le magasin. J'aurais dormi sur mes deux oreilles si le chat du voisin n'avait pas fait un tel raffut.

— Non, ça ne m'a pas réveillée.

— Il faut dire que votre chambre donne sur le devant. Toujours est-il que j'essayais de me rendormir quand j'ai entendu un bruit. La barrière de la cour grince quand on l'ouvre. J'ai regardé par la fenêtre et j'ai vu un homme.

— Avez-vous pu le reconnaître ?

— Non, mademoiselle. Il faut dire que j'avais à peine tiré le rideau, et puis il n'y avait pas de lune. J'ai juste aperçu une ombre.

— Qu'a-t-il fait ?

— Il s'est approché du magasin, et puis je n'ai plus rien vu pendant plusieurs minutes jusqu'à ce qu'il ressorte en emportant un paquet.

– Était-ce un cambrioleur, à votre avis ?

– J'ai fait un tour dans la cour ce matin, mais la porte arrière du magasin était intacte.

– Bon, j'en parlerai à M. Dawson. N'en soufflez mot à personne.

– Non, mademoiselle, je n'oserais pas. Vous êtes si bonne avec moi, je n'aurais pas voulu vous le cacher.

– J'en suis heureuse. Vous vous donnez beaucoup de mal, Dot. Je n'ai jamais eu une domestique aussi acharnée au travail que vous. Vous n'attendez même pas de recevoir des instructions pour accomplir les tâches nécessaires.

La fille rougit sans parvenir à réprimer un sourire.

L'incident laissa Alice songeuse. Elle en parlerait à Ralph Dawson à leur prochaine rencontre.

Heureusement qu'une porte séparait désormais les deux parties du bâtiment. Cela ne l'empêchait pas de continuer à s'enfermer dans sa chambre la nuit.

Elle éprouvait un sentiment étrange à l'idée qu'il se trame des affaires louches au magasin. Prebble puisait-il dans les réserves ? Pour quelle raison ? Il avait pourtant une bonne place. Cela ne lui suffisait donc pas ? Et si ce n'était pas lui, qui d'autre ? Il était le seul à posséder la clé de la barrière, ou encore celle de la réserve.

Que se passerait-il au retour des propriétaires ? Prebble avait une fâcheuse tendance à prendre les autres pour des imbéciles et à les regarder de haut. Alice aurait aimé le remettre à sa place, mais elle s'en abstenait. M. Dawson avait la situation bien en main et lui demandait de se comporter comme si de rien n'était.

*

Il pleuvait encore lorsqu'ils repartirent ce matin-là. Pandora, glacée, s'était recroquevillée sur le siège, son châle serré sur sa tête et autour de ses épaules.

Zachary posa sur elle un regard inquiet.

– Comment vous sentez-vous ? Vous ne dites rien ce matin, et vous êtes toute pâle.

Elle haussa les épaules.

– Je n'arrive pas à me réchauffer.

– Nous pourrions vous envelopper dans une couverture.

Elle médita longuement sur la proposition. Même son esprit fonctionnait au ralenti.

– Oui, c'est une bonne idée, dit-elle en finissant par accepter.

Il fouilla l'arrière de la charrette, à la recherche de la couverture la plus épaisse.

– Je crois que j'ai attrapé froid, dit Pandora alors qu'il lui posait la couverture sur les épaules.

– J'espère bien que non. Mais il est vrai que vous avez les yeux brillants.

– Ne vous souciez pas de moi. Ce n'est pas drôle d'avoir un rhume, mais cela ne nous retardera pas.

Comme ils étaient tous transis, Bert alluma un feu sur lequel il mit de l'eau à bouillir pour le thé quand ils firent une halte en milieu de journée.

Lorsqu'ils se mirent en quête d'un endroit où passer la nuit quelques heures plus tard, Pandora était fiévreuse et ne rêvait plus que de s'allonger.

Ils trouvèrent une ferme disposant d'une grange. Lorsque Zachary demanda à la propriétaire si Pandora pouvait dormir à l'intérieur de la maison, elle eut aussitôt un mouvement de recul.

– Je ne veux pas attraper son rhume. Elle sera très bien dans la grange.

— Pourriez-vous nous cuire un peu de pain ?

— Si vous acceptez de le payer, répliqua-t-elle d'un air maussade.

— Bien sûr.

La grange était pleine de courants d'air et Bert fut le premier à s'offusquer de la partie du bâtiment qui leur était dévolue.

Léo manifesta son inquiétude pour Pandora et les chevaux.

— Elle a besoin d'une eau chaude au citron et au miel, suggéra-t-il. Ma mère m'en prépare toujours quand je ne me sens pas bien.

— Nous n'avons pas le nécessaire.

— On pourrait demander aux propriétaires.

— Ils refuseront. C'est rare de tomber sur des gens aussi désagréables.

Bert et Léo installèrent leurs matelas d'un côté, laissant Zachary dérouler le sien près de la couche de Pandora.

— Vous ne devriez pas m'approcher, l'avertit-elle. Je ne veux pas vous donner mon rhume.

— Je ne tombe jamais malade et vous avez besoin d'avoir chaud.

Prise comme elle l'était, elle grelottait une minute et transpirait abondamment la suivante. Elle se confondit en excuses, mais il s'inquiétait surtout pour elle. Si jamais elle tombait malade, ils risquaient de prendre du retard et de rater le bateau. Devait-il poursuivre leur périple, ou bien attendre un jour ou deux qu'elle se repose ?

L'état de Pandora s'était aggravé le lendemain et Zachary comprit qu'elle avait toutes les peines du monde à se lever.

— Je vais demander à nos hôtes la permission de rester ici une nuit de plus.

– Pas question ! Je n'aurai qu'à m'allonger à l'arrière du chariot.

– Vous avez besoin de vous reposer au chaud au lieu de passer la journée dehors, d'autant que le ciel est menaçant.

Le fermier se montra plus odieux encore lorsqu'il vit que Pandora était malade.

– Je ne peux pas me permettre de laisser ma femme attraper le mal de votre jeune dame. Elle a les poumons fragiles, c'est pour cette raison que nous nous sommes installés ici. Je suis désolé, mais vous allez devoir continuer votre route.

Zachary, furieux, s'efforça d'aménager un coin confortable pour Pandora à l'arrière de la charrette. Elle s'allongea en soupirant et lui glissa dans un murmure qu'elle avait mal au crâne. Ils repartirent et chaque fois qu'il se retournait pour l'observer, il la voyait grimacer au hasard des cahots. Il la trouva d'une pâleur inquiétante.

– Nous allons devoir nous arrêter pour nous occuper d'elle, dit-il à Bert. Elle est au plus mal.

– Je demanderai au prochain relais de poste si quelqu'un ne peut pas nous accueillir, mais ça nous mettra en retard.

– Tant pis ! Je ne tiens pas à ce que son rhume se transforme en pneumonie.

Une averse tomba avant qu'ils aient pu arriver au relais de poste. Ils étendirent une bâche au-dessus de la jeune femme et Zachary, accroupi près d'elle, tint un parapluie au-dessus de sa tête.

La petite troupe se présenta en piteux état au relais où l'on conseilla à Zachary de s'adresser à la femme d'un pionnier habituée à soigner les malades, le médecin le plus proche se trouvant à un jour de là.

La mère Pithers, en voyant Pandora, demanda à Zachary de la porter à l'intérieur de sa maison.

– Vous n'avez pas honte de faire voyager cette pauvre jeune femme par un temps pareil ? Elle aura de la chance si elle n'attrape pas une congestion pulmonaire.

– Quand ils ont appris qu'elle était malade, les habitants de la ferme dans laquelle nous avons fait halte ont refusé de nous prêter leur grange plus longtemps.

– C'est indigne de bons chrétiens. Heureusement que j'ai une chambre d'amis. Votre femme prendra le lit, mais je vous conseille de dormir par terre.

– C'est-à-dire que… ce n'est pas ma femme. Nous sommes seulement fiancés, nous attendions notre retour en Angleterre pour nous marier.

– Elle se sentira mieux si vous êtes à côté d'elle. Vous n'aurez qu'à apporter votre matelas. Vos amis dormiront dans la grange.

Pandora se glissa entre les draps et s'endormit instantanément. La mère Pithers passa à plusieurs reprises s'assurer qu'elle allait bien.

– Nous allons devoir repartir demain matin, insista Bert à l'heure du dîner, devant un excellent ragoût de kangourou.

– Vous repartirez quand elle sera en capacité de voyager, et pas une minute plus tôt, décréta la mère Pithers. Vous trouverez toujours un autre bateau postal alors que vous n'aurez pas d'autre Pandora si vous ne lui laissez pas le temps de guérir. Elle a un bien joli nom. Je vais en parler à ma nièce qui attend un enfant le mois prochain. Vous avez de la chance de m'avoir trouvée ici, j'allais m'installer chez elle pour la naissance.

Zachary fit le compte des jours avant d'arriver à Albany. Le mieux n'était-il pas de rebrousser chemin, de retourner à Westview et d'attendre le prochain bateau ?

Tout allait dépendre de la guérison de Pandora. Il n'aurait pas supporté qu'il lui arrive malheur. Et pas uniquement parce que maître Featherworth lui avait demandé de la ramener saine et sauve. Il ne pouvait s'empêcher de l'aimer. Il avait souffert le martyre en dormant près d'elle, enflammé par le désir de la caresser, de lui faire l'amour.

Quel idiot ! Autant vouloir voler jusqu'à la lune.

14

Au soulagement général, Pandora se sentit nettement mieux à son réveil le lendemain et elle insista pour repartir. Allongée à l'arrière de la charrette, emmitouflée dans un nid de couvertures, elle affirma qu'elle allait tout à fait bien. La mère Pithers lui avait donné un galet qu'elle avait chauffé avant de l'envelopper dans des chiffons. Zachary alluma un feu à la hâte à l'heure du déjeuner ce jour-là, afin de réchauffer le galet. Il le retira des flammes couvert de suie, mais Pandora put bénéficier de sa chaleur.

Ils ne s'arrêtèrent qu'à la tombée du jour, bien après le relais de poste.

Pandora se laissa bercer par la voix de Bert qui leur expliqua que les relais étaient systématiquement installés sur des points d'eau qui ne tombaient jamais à sec, même à la saison chaude. L'idée que certaines rivières puissent se tarir à la sortie de l'hiver lui parut étrange.

Il ne pleuvait plus et ils eurent la chance de trouver refuge dans des fermes cette nuit-là et la suivante. On ne leur concéda que des granges, mais celles-ci étaient mieux construites, à l'abri des courants d'air.

Chaque soir, Léo et Bert installaient leur campement à part et Zachary réchauffait Pandora en la serrant dans ses bras. Elle se souciait peu d'exagérer le froid qu'elle ressentait. Elle aimait dormir contre lui, finissant par admettre au fond d'elle-même qu'elle était amoureuse de lui. Tout était allé si vite !

Lui-même ne laissait rien paraître de ses sentiments. Elle en arrivait à se demander s'il ne l'aimait pas, ou bien s'il n'osait pas l'aimer.

Il était absurde de penser que son héritage puisse être un obstacle entre elle et un honnête homme. Si c'était néanmoins la raison de sa réserve, elle allait devoir agir. Elle aurait pu lui demander de l'épouser, mais une telle idée était pour le moins audacieuse, même de la part de femmes libres telles que les sœurs Blake.

Mais l'aimait-il seulement ?

Elle voulait connaître le même bonheur complice que Cassandra avait trouvé chez Reece. Si ce périple effroyable en Australie était le prix à payer pour leur rencontre, qu'il en soit ainsi. Elle avait déjà perdu Bill, elle n'entendait pas laisser le destin lui enlever Zachary.

*

Cassandra, souriante à la vue des flammes qui jaillissaient du feu de bois, discutait tranquillement avec Kevin et Reece, aux petits soins pour elle. Son embonpoint commençait à lui peser et elle attendait avec impatience le jour de la délivrance.

— Je me demande où ils se trouvent à présent, dit-elle sans qu'il lui soit besoin de préciser de qui elle parlait.

— Ils sont partis il y a cinq jours, ils devraient bientôt arriver en vue d'Albany, répondit Reece.

— Je me fais du souci pour elle.

— Zachary est un garçon de confiance. Pour en revenir à toi, il est hors de question que tu ailles travailler chez les Southerham demain. Je t'attacherai s'il le faut.

Elle acquiesça en grimaçant.

— Le bébé commence à descendre, je ne serais pas étonnée qu'il arrive avant terme.

— J'espère que non, réagit son mari, l'air inquiet. Mme Moore ne sera pas disponible avant quinze jours au moins. Tu es sûre de ce que tu dis ?

— Je ne suis sûre de rien, mais lorsque j'en ai discuté avec elle, Mme Moore m'a recommandé de surveiller certains signes. Je suis certaine que le bébé est descendu. Ce qui ne l'empêche pas de me donner des coups de pied.

— Quel nom lui donnerons-nous, s'il s'agit d'une fille ?

— Ce sera un garçon.

— Au cas où, comment voudrais-tu l'appeler si c'était une fille ?

Elle posa sur lui un regard étonné.

— Je ne sais pas.

— Pourquoi pas un nom grec, comme les vôtres ? L'idée aurait plu à ton père.

— Je te laisse en choisir un.

— Sofia. Je l'ai découvert dans un livre il y a longtemps et je me suis dit que si j'avais une fille un jour, je l'appellerais Sofia.

Elle lui sourit.

— Ce sera un garçon, mais j'aime bien Sofia. Nous garderons ce prénom pour un prochain enfant.

*

Ils firent une halte au campement de Kojonup, à trois jours de route d'Albany, le cheval de louage ayant perdu un fer. Léo insista pour que l'on change tous ses fers et Bert se rangea à son avis. Le coût de l'opération se monta à onze shillings : quatre pour retirer les anciens fers, et sept pour les remplacer. Zachary tira la somme de son petit porte-monnaie qui enfermait l'équivalent d'une ou deux livres en pièces pour leurs dépenses quotidiennes. Le reste, constitué d'un nombre inquiétant de souverains en or, se trouvait en sécurité dans la ceinture de toile qu'il portait en permanence autour de la taille depuis son départ d'Outham.

Il tenait un compte précis de l'utilisation de cet argent, sans oublier de noter les sommes engagées au nom de Léo, qu'il rembourserait à la demande de maître Featherworth, quoi qu'en dise Pandora.

Il continuait de dormir à côté d'elle, tout en se rappelant qu'une telle promiscuité était indue. Il parvenait à retenir les élans de son corps, sans pouvoir s'empêcher de lui parler et de la tenir serrée contre lui comme l'aurait fait n'importe quel amoureux. Il ne savait plus comment réprimer ses sentiments. En plus de sa beauté naturelle, Pandora avait une façon bien à elle de lui sourire d'un air heureux lorsqu'elle ouvrait les yeux chaque matin. Il ne manquait jamais de sujets de conversation avec elle, et sentir la tête de la jeune femme contre son épaule ou sa poitrine le remplissait d'un désir qu'il savait sans espoir.

Bert le taquina à plusieurs reprises au sujet de sa bien-aimée, mais il ne jugea pas utile de relever.

Il ne devait en aucun cas profiter de la situation et de la solitude de Pandora pour lui révéler la nature de ses sentiments. Elle était trop riche pour lui. Leur amitié, nécessairement temporaire, était le seul résultat de leur périple commun. Une fois rentrée à Outham, elle aurait d'autres sujets de préoccupation, d'autres personnes s'occuperaient d'elle, et elle l'oublierait vite.

Il savait déjà ce que dirait la rumeur s'il l'épousait. On le traiterait de coureur de dot, et son orgueil le lui interdisait.

Pourquoi n'avait-il pas fait sa connaissance plus tôt, à l'époque où rien ne les séparait, où elle était aussi pauvre que lui ?

Il continuait de surveiller Léo, mais le jeune homme était ravi de s'occuper des chevaux, une tâche que Bert lui concédait bien volontiers. Léo, à condition d'être traité avec bienveillance, était d'une nature confiante et heureuse. Il ne demandait rien d'autre à l'existence que de vivre paisiblement en veillant sur les animaux.

Zachary, inquiet de ce qu'il adviendrait du jeune homme lorsqu'il aurait quitté l'Australie, voulut en parler à Léo.

Ce dernier l'écouta avec attention, puis il hocha la tête.

– Quand vous embarquerez, je retournerai à Westview et je vous y attendrai.

– Je ne compte pas revenir en Australie, Léo, mais je sais que tu seras en sécurité avec Reece et les Southerham. Tu t'occuperas de leurs chevaux et ils te verseront des gages, de sorte que tu seras indépendant financièrement.

Léo fronça les sourcils.

– Vous reviendrez un jour avec Pandora pour rendre visite à ses sœurs. Je le sais.

– Je doute que ce soit moi qui l'accompagne. Elle se sera mariée dans l'intervalle et viendra avec son mari.

Léo éclata de rire.

– Elle sera mariée avec vous.

— C’est impossible. Elle a de l’argent et je n’ai pas le sou.

— Elle partagera le sien avec vous.

— Jamais je ne lui demanderai.

Léo posa sur lui un regard solennel.

— Vous l’épouserez. Je le sais.

Et il refusa d’en démordre.

Peu avant d’arriver à Mount Barker, l’ultime étape de la voiture de poste officielle, il leur fallut rouler sur le bas-côté afin d’éviter des ornières particulièrement profondes. Ils n’étaient pas les premiers dans ce cas, ainsi que le prouvaient les traces laissées de part et d’autre du chemin par les voyageurs précédents.

Tout est si différent de l’Angleterre, pensa Zachary. Il n’était pas rare en Australie que deux propriétés soient séparées par une grande distance, ce qui laissait toute latitude aux conducteurs de quitter la route en s’aventurant sur un terrain plus stable.

Un cahot plus brutal que les autres le tira de ses pensées, au point qu’il dut s’agripper à la poignée de la charrette. L’une des roues avant avait dû heurter un gros caillou dissimulé dans la boue.

Bert jura entre ses dents en forçant le cheval à ralentir. Le véhicule reprenait sa vitesse normale lorsqu’il se cogna sur une pierre, plus petite cette fois, mais suffisante pour faire tanguer dangereusement la charrette. La roue se brisa au niveau du moyeu avec un bruit sec et roula dans l’herbe tandis que la partie avant du véhicule s’affaissait du côté de Bert. L’accident était survenu de façon si brutale que les trois occupants de la charrette se trouvèrent brusquement projetés de côté.

Bert poussa un cri de douleur et seule la ferme poigne de Zachary permit à Pandora de ne pas être projetée à terre. Elle se cramponna à lui le temps que le véhicule s’immobilise.

Bert, le visage crispé par la souffrance, prit les rênes dans sa main gauche, incapable de se servir de la droite avant de calmer le cheval qui continuait de vouloir tirer la charrette en avant.

– Oh là ! Doucement ! Recule, doucement !

Léo, voyant que la roue s'était détachée, avait pressé sa jument afin de dépasser la charrette. Il sauta à terre en laissant sa monture de côté.

La vue de Nellie eut un effet apaisant sur le hongre qui cessa de vouloir traîner le véhicule accidenté. Leo lui glissa des paroles douces à l'oreille, puis il s'approcha du banc du conducteur.

– Passez-moi donc les rênes, Bert.

Celui-ci s'exécuta avec un soupir de soulagement.

Léo, les rênes en main, décrocha l'attelage et libéra le hongre que son harnachement ne semblait pas encombrer.

– Bon garçon ! s'exclama Bert tout en serrant le bras droit contre son torse.

– Vous êtes blessé ? s'inquiéta Zachary.

– Je crois que je me suis cassé ce maudit bras, lui répondit Bert d'une voix étranglée.

Zachary se dégagea de l'étreinte de Pandora.

– Je vais vous aider à descendre, je dois m'occuper de Bert.

– Je me débrouillerai très bien toute seule.

Elle allia le geste à la parole et se précipita à l'avant de la charrette, au cas où Léo aurait besoin d'elle. Léo lui tendit les rênes de Nellie.

– Prenez-les et parlez-lui gentiment. Les chevaux ont tendance à vouloir s'enfuir quand ils ont peur.

Sans attendre la réponse de la jeune femme, il gagna l'arrière du véhicule et détacha la troisième bête qui tremblait de tous ses membres. Il la conduisit vers l'avant, donna les rênes à Pandora et s'employa à débarrasser le hongre de son harnachement.

— Les chevaux vont bien, ils sont en train de se calmer.

— Bert pense qu'il s'est cassé le bras, répliqua Zachary en soutenant le conducteur, le visage blême, qui semblait près de s'évanouir à tout instant.

Léo reporta brièvement son attention sur Bert, puis il acheva de détacher le hongre dont il donna à son tour les rênes à Pandora.

— Conduisez-les un peu plus loin et restez avec eux. Je vais regarder le bras de Bert.

Elle obtempéra, sans montrer qu'elle était impressionnée de se voir confier la charge des trois animaux. Imitant l'exemple de Léo, elle leur parla doucement tout en se demandant comment réagir s'ils tentaient de fuir en l'entraînant dans leur course. Le hongre agita la tête à une ou deux reprises, mais les bêtes ne firent pas mine de bouger, comme rassurées d'être ensemble.

Léo leva la tête en direction de Bert.

— Pouvez-vous m'aider à le descendre ? demanda Zachary.

— Je n'ai pas besoin d'assistance, maugréa Bert.

Zachary l'aida toutefois à se lever du banc de conduite et Léo prit le relais en le saisissant à bras-le-corps avant de le déposer en douceur sur le bord du chemin.

Bert souffrait manifestement, à en juger par les gémissements et les jurons qu'il laissait échapper, au point de s'excuser auprès de Pandora.

Léo s'agenouilla près de lui.

— Il faut lui enlever son manteau et sa chemise, Zachary. Je voudrais voir son bras avant de le lui replacer.

— Je ne veux pas qu'il me touche ! hurla Bert.

Il fit un faux mouvement et poussa un cri aigu.

Zachary lui posa une main sur l'épaule.

— J'ai déjà vu Léo en action en pareil cas.

Il oublia de préciser que la victime précédente était une vache, sachant que le blessé ne pourrait que s'inquiéter s'il l'apprenait. De toute façon, au milieu de nulle part comme ils l'étaient, ils n'avaient pas le choix.

— Léo possède un don, poursuivit-il. Je puis vous assurer que je le laisserais me soigner si j'étais à votre place.

Il laissa s'écouler une minute avant d'ajouter :

— Nous ne pouvons pas vous laisser en l'état, au risque que votre bras ne guérisse jamais.

Bert finit par baisser la tête en grommelant.

— C'est bon, mais si jamais ça tourne mal…

— Ce ne sera pas le cas, le rassura Zachary alors qu'il n'avait aucune certitude en la matière.

Il savait néanmoins que les fractures devaient être réduites avant que les chairs ne commencent à enfler.

— Ne perdons pas de temps. Si je découpe votre manteau et votre chemise, ce sera moins douloureux que si nous vous déshabillons et…

— Pas question d'abîmer mes vêtements. Ce serait du gâchis, sans compter que j'aurai mal quoi qu'il en soit.

Il ponctua sa phrase d'un rugissement de douleur.

— Dépêchez-vous, bon sang !

Léo déboutonna le manteau et la chemise de Bert afin de les enlever ensemble. Il adressa un coup d'œil à Zachary qui lui répondit par un hochement de tête, puis il tira les vêtements d'un coup.

Bert étouffa un cri avant de s'évanouir.

Léo en profita pour lui tâter le bras.

— Ce n'est pas une mauvaise fracture. Je peux facilement remettre l'os en place. Il nous faudra lui fabriquer une attelle avec une planche en bois et la laisser en place jusqu'à ce que la fracture se soit ressoudée.

— Vous êtes sûr de ce que vous faites ? s'inquiéta Zachary.

— Le maréchal-ferrant m'a montré comment procéder. Il dit que j'ai un don de guérisseur. Lui au moins ne me traite pas d'idiot.

— Le rebord de la charrette est cassé, remarqua Pandora. Pourquoi ne pas se servir d'une planche comme attelle ?

Léo se releva et arracha un morceau de bois. Il regarda autour de lui, le front barré d'un pli.

— J'aurais besoin de tissu pour fixer l'attelle autour du bras.

— Je peux vous trouver ce qu'il vous faut si vous me relayez auprès des chevaux, répliqua Pandora.

Léo lui prit les rênes des mains et les accrocha à un arbre pendant qu'elle sortait un tablier de sa valise.

— Il me faudrait des ciseaux pour fabriquer des lanières.

— Il y a un couteau dans la cantine, réagit Zachary qui continuait de veiller Bert.

La jeune femme fouilla la caisse d'une main tremblante. Bert, sur le point de se réveiller, poussait des gémissements. Elle s'empressa de tailler des longueurs de tissu dans le tablier.

Léo s'agenouilla près du blessé.

— Je vous préviens, vous allez avoir mal, le prévint-il. Zachary et Pandora, immobilisez-le, il ne faut pas qu'il puisse retirer son bras quand je le remettrai en place.

— Vous sentez-vous d'attaque, Pandora ? s'enquit Zachary.

Elle acquiesça en avalant sa salive. Ce n'était pas le moment de flancher.

Léo, évitant d'alerter Bert, adressa un signe à la jeune femme et Zachary. Ils s'accrochèrent au bras du blessé tandis que Léo réduisait la fracture. Bert poussa un hurlement et tourna de l'œil.

Son travail terminé, Léo relâcha le membre de Bert qui laissa retomber sa tête sur le sol, les yeux fermés. Pandora lui essuya le front avec le reste du tablier.

Léo plaça le bras entre deux planchettes, les maintint ensemble à l'aide des lanières de tissu, puis attacha le bras blessé autour du torse de Bert.

Restait à savoir comment ils allaient pouvoir sortir de ce mauvais pas avec une roue cassée.

Zachary examina les alentours.

— Je me demande bien à qui demander de l'aide.

— Il nous faudrait du laudanum, l'interrompit Pandora.

— Il y a du rhum dans la charrette, suggéra Bert. J'aurais moins mal si j'étais ivre. J'aurais dû en avaler une bonne lampée avant.

— Je ne suis pas certain que l'alcool vous soit d'une grande utilité, remarqua Zachary. Nous n'avons pas les moyens de réparer la roue nous-mêmes, nous allons devoir partir chercher de l'assistance. Quelques minutes avant l'accident, vous nous avez signalé la présence toute proche de Mount Barker. Il y aura bien quelqu'un là-bas qui pourra venir nous chercher avec nos affaires. Vous n'avez pas parlé d'une auberge ?

— Si, murmura Bert. Mount Barker se trouve à une heure d'ici.

— Pandora, puis-je vous abandonner le temps d'aller chercher de l'aide ? demanda Zachary.

— Bien sûr.

— Léo, quel cheval dois-je prendre ?

— Nellie.

— Je vous confie Pandora et Bert. Je reviens le plus rapidement possible.

Léo leva la tête vers le ciel.

— Il va pleuvoir.

Voyant à son tour les nuages sombres qui s'amassaient au-dessus de leurs têtes, Zachary s'inquiéta :

— Je ne peux pas vous abandonner ainsi.

— Allez-y, l'exhorta Pandora. Tout ira bien.

Il s'éloigna en résistant à l'envie de lancer l'animal au galop, de peur d'être éjecté des étriers, et se contenta de partir au trot.

Il se mit à pleuvoir quelques minutes plus tard et il rentra les épaules afin de se protéger de l'averse en priant Dieu que les bâches permettent à ses compagnons de se maintenir au sec.

Une éternité s'écoula avant qu'il aperçoive quelques bâtiments dans le lointain. En s'approchant, il remarqua une enseigne accrochée à l'une des maisons : *The Bush Inn*.

— Dieu soit loué, marmonna-t-il.

Le visage du personnage debout sur le seuil de l'auberge s'illumina en voyant le cavalier.

— Bon après-midi, monsieur. Par un temps pareil, vous auriez bien besoin d'un bon lit.

— Oui. Et même de quatre lits, mais il nous faut commencer par venir en aide à mes trois compagnons. Nous avons eu un accident en chemin, l'essieu d'une roue avant s'est cassé et notre conducteur a eu le bras cassé. Qui serait susceptible de nous porter secours ?

— Il n'y a pas de médecin par ici. Le plus proche se trouve à Albany.

— L'un des nôtres a réussi à réduire la fracture. Il affirme que ce n'est pas grave et il a posé une attelle au blessé.

— Vous avez de la chance.

— Oui, mais ils sont restés en plan à quelques kilomètres d'ici, sous cette pluie. Qui pourrait aller les chercher ?

— J'ai bien une charrette, mais je vais devoir vous demander de me payer la course.

— Ce n'est pas un problème. Nous avons une femme avec nous.

Il s'empressa d'ajouter, en voyant l'aubergiste hausser un sourcil soupçonneux :

— Nous sommes fiancés. Nous devons nous rendre à Albany avant la fin du mois pour monter à bord du bateau postal à destination de l'Angleterre.

— Vous n'êtes guère en avance, nous sommes le 30 demain.

— Je sais bien.

L'aubergiste lui sourit.

— Dans ce cas, je devrais pouvoir vous aider.

Il appela un certain Martin. Quelques minutes plus tard, celui-ci attelait un cheval à la charrette tandis qu'un palefrenier s'occupait de Nellie.

L'aubergiste offrit un mug en fer-blanc de thé à Zachary qui le serra entre ses mains dans l'espoir de les réchauffer.

Ils parvinrent sur le lieu de l'accident une heure plus tard et découvrirent Pandora assise sur sa malle sur un talus, à côté de Bert. Elle tenait le parapluie au-dessus de leurs têtes, et se protégeait de l'averse à l'aide d'une bâche. Léo était resté près des deux chevaux. Il afficha un large sourire à la vue des secours, malgré la pluie qui mouillait les bords de son chapeau et ruisselait sur son visage.

Zachary sauta à bas de son cheval et se précipita vers eux.

— Comment vous sentez-vous, Pandora ?

— Je suis g-g-gelée, lui répondit-elle avec un maigre sourire.

Le blessé gémit de douleur à ses côtés.

— Commençons par transférer les bagages, décida Martin. Ensuite, nous le coincerons à l'arrière entre les malles, mais il risque d'avoir mal quand nous l'installerons.

Bert ouvrit les yeux et le foudroya du regard.

— Je ne suis pas sourd. C'est mon bras qui est cassé, par mes oreilles. J'ai du rhum dans mon sac, mais ils refusent de m'en donner.

— Nous avions peur que ce soit mauvais pour lui, chuchota Pandora.

L'homme lui adressa un sourire.

— Une ou deux lampées ne lui feront pas de mal. Je ne dirais pas non moi-même. Le rhum, ça réchauffe.

Ils firent circuler la bouteille, persuadant Pandora d'y tremper les lèvres. L'alcool lui brûla la gorge en lui procurant une sensation artificielle de chaleur, mais le goût lui déplut et elle refusa de recommencer.

Lorsqu'ils arrivèrent enfin à l'auberge, Bert avait avalé suffisamment de « petites gorgées » pour retrouver un semblant de gaieté. On l'installa sur un lit étroit dans un dortoir.

— Je n'ai rien d'autre à vous proposer, s'excusa l'aubergiste auprès de Pandora, mais nous allons mettre des draps propres dans le lit du fond. Votre jeune homme n'aura qu'à dormir dans le lit voisin pour qu'il ne vous arrive rien. Jamais je ne laisserais quelqu'un vous toucher dans *mon* auberge.

— Je vous remercie.

– Vous feriez mieux de retirer vos vêtements mouillés. Le jeune homme et vous n'avez qu'à vous changer dans ma chambre, on s'occupera de ce malheureux ensuite. Et lui ? ajouta-t-il en observant Léo qui suivait la manœuvre, le regard vide, à présent que ses dons de guérisseur n'étaient plus nécessaires.

– Il lui faudrait se changer également. Je lui préparerai des vêtements. Il est très doué pour soigner les animaux et les malades, mais il n'est pas…

Zachary laissa sa phrase en suspens.

– Il n'a pas toute sa tête, compléta joyeusement l'aubergiste. Mais s'il sait soigner les bêtes, il ne manquera pas de travail par ici.

– Il a déjà un emploi qui l'attend, mais il a voulu nous accompagner à Albany avant de commencer. Accepteriez-vous de nous louer votre charrette afin de nous y rendre demain ?

– Tant que je la récupère dans la foulée. Autant que Martin vous conduise.

– Serait-il possible de donner la nôtre à réparer dans l'intervalle ? Elle n'est pas à moi, je l'ai empruntée, il faudra que les deux autres la rendent à son propriétaire.

Léo serait-il capable de rentrer seul ? Même avec son bras cassé, Bert serait là pour le guider.

– Tant que vous avez les moyens. Heureusement que ce n'est pas un grand chariot, ce serait plus difficile. Je vais demander à mon voisin de passer vous voir avant votre départ. Il a des mains en or. Faut bien, quand on vit aussi loin de tout. Martin n'aura qu'à acheter une roue neuve chez le charron à Albany. Maintenant, déshabillez-vous avant d'attraper la mort.

Pandora était trop frigorifiée pour s'embarrasser de pudeur. Elle entreprit de déboutonner ses vêtements avec des doigts raidis par le froid.

— Voulez-vous que j'attende dehors pendant que vous vous changez ? lui proposa Zachary.

— Vous êtes aussi trempé que moi. Contentez-vous de me tourner le dos.

Incapable de retirer seule les petits boutons de sa chemise, elle dut requérir son aide.

— Je vous demande une minute, répondit-il. Je ne suis pas…

Trop tard. Elle s'était déjà retournée et le découvrit torse nu. Elle eut le plus grand mal à détacher son regard de ce corps puissant, semblable aux statues grecques dont son père lui avait montré des dessins. En dépit de son visage ingrat, Zachary possédait un corps fort agréable à contempler.

Il s'empressa d'enfiler une chemise.

— De quoi avez-vous besoin ?

— Je n'arrive pas à retirer mes boutons, mes doigts sont trop gourds.

Il s'approcha en évitant de croiser son regard et défit les boutons l'un après l'autre en veillant soigneusement à ne pas entrebâiller les pans de la chemise.

Elle frissonna au contact furtif de ses doigts. L'opération lui donna l'impression de durer des heures. Le temps était comme suspendu, elle ne voyait plus que lui.

Son travail terminé, il laissa retomber ses mains et elle s'obligea à reculer. Spontanément, elle aurait voulu l'enlacer et poser la tête contre sa poitrine.

— Merci, je peux me débrouiller seule à présent.

Il s'éloigna d'un pas raide, non sans qu'elle ait lu le désir dans ses yeux. Elle trouva encourageant que leurs corps aient réagi de la sorte, comme autrefois avec Bill.

— Je suis prête, déclara-t-elle quelques minutes plus tard d'une voix mal assurée.

Il se retourna.

— Nous devons veiller à ce que vous ne retombiez pas malade.

— Tout va bien. Je me sens déjà beaucoup mieux, à l'inverse de l'autre jour où je n'arrivais pas à me réchauffer.

Ils regagnèrent le dortoir sans un regard l'un pour l'autre en laissant leurs effets détrempés sur un séchoir en bois devant la cheminée.

Léo les attendait au coin de l'âtre, de la vapeur s'échappant de ses vêtements. Zachary lui prépara une tenue de rechange et le conduisit dans la pièce voisine afin qu'il puisse se changer.

De la nourriture les attendait dans la salle commune, mais Pandora n'aurait pas su dire ce qu'elle avait mangé ce soir-là. Elle n'avait d'yeux que pour Zachary, assis tout près d'elle à table, sa cuisse contre la sienne, ses mains puissantes coupant sa viande ou lui tendant du pain. Elle souffrait d'avance à l'idée qu'ils seraient séparés sur le bateau.

Le repas terminé, Zachary leur détailla le plan du lendemain.

— À condition de partir tôt, nous pouvons encore arriver à temps. Cela vous convient-il ?

— Bien sûr.

— Dans ce cas, allons nous coucher sans attendre.

L'auberge disposant de trois pièces seulement, la salle commune, le dortoir et la chambre du propriétaire, d'autres voyageurs partagèrent leur retraite cette nuit-là. En voyant avec quelle voracité ces inconnus la dévoraient des yeux, Pandora se réjouit d'avoir Zachary près d'elle.

Elle mit longtemps à s'endormir, malgré sa fatigue, contrairement au jeune homme qui sombra instantanément dans le sommeil. À la lueur du feu, elle s'aperçut qu'elle aurait pu le toucher en tendant le bras, et résista difficilement à l'envie d'obéir à son instinct.

Quoi qu'il advienne désormais, elle ne voulait plus jamais le quitter. Elle serait prête à tout pour y parvenir, quand bien même on la prendrait pour une dévergondée.

Sa décision prise, elle s'endormit enfin.

*

Le vendredi suivant, Hallie se réveilla avec la peur au ventre, mais lorsqu'elle se rendit au marché en laissant sa mère à la maison parce qu'il pleuvait, elle croisa son cousin John Stoner.

Il souleva poliment sa casquette.

— J'ai parlé à mon copain Tom qui en a touché deux mots à Harry. Il prétend qu'il voulait juste te voler un baiser.

— Il m'a fait mal. Il voulait…

Elle ne trouva pas la force de continuer.

— Eh bien, il te laissera tranquille dorénavant.

— Tu en es sûr ?

— Absolument.

— Je te remercie.

Vers 21 heures, Hallie sentit renaître sa crainte. Plongée dans un livre, elle ne retenait pas un seul mot de ce qu'elle lisait.

Le heurtoir se fit entendre et sa mère releva la tête.

— Le salaire de Zachary. C'est bien aimable à Harry de nous le porter toutes les semaines, tu ne trouves pas ?

— Si. Je vais répondre.

Hallie découvrit le commis du magasin sur le seuil. Il lui tendit une enveloppe et s'en alla aussitôt.

Elle referma la porte et s'appuya contre la cloison, soulagée au point d'en avoir le vertige.

*

Harry broyait des idées noires en regagnant son domicile ce soir-là. Pour qui donc se prenait son cousin Tom de l'empêcher de s'amuser ? Harry aurait éprouvé beaucoup de satisfaction à faire de la sœur de Zachary sa putain. Mieux encore, elle aurait pu tomber enceinte, jamais elle n'aurait osé en piper mot à personne.

Il avait le don de terroriser les filles.

Tom était plus vieux que lui et ne voyait pas la vie sous le même angle que le reste de sa famille, et personne ne songeait jamais à le contredire. Il était grand et fort, comme tous les Stoner, sans avoir l'intelligence de saisir les opportunités qui se présentaient à lui. Ces gens-là étaient honnêtes à en mourir, mais ils avaient la force pour eux.

Il haussa les épaules. Après tout, une de perdue, dix de retrouvées. Et puis, qui voudrait s'encombrer d'une grande bringue comme Hallie Carr ?

15

Bert se sentait nettement mieux au réveil et, comme l'aubergiste avait accepté de veiller sur lui tant que la femme chargée de le soigner ne serait pas là, Zachary et Pandora purent lever le camp aux aurores.

La jeune fille, voyant que son compagnon s'inquiétait de rater le bateau, s'évertua à le distraire en lui posant des questions sur le magasin et la façon dont son oncle dirigeait l'affaire. Elle avait compris qu'il adorait son travail, et lorsqu'elle l'interrogea sur la nature des changements qu'il souhaiterait, il se laissa entraîner et lui en dressa le détail une heure durant.

Martin, assis sur le banc à côté d'eux, conduisait l'attelage sans un mot tout en écoutant.

— Je vous ennuie, déclara soudain Zachary.

— Pas le moins du monde. Je ne me doutais pas qu'un commerce tel que celui-là était aussi complexe. Je suis toute disposée à apprendre. Je n'ai pas l'intention de rester enfermée à l'étage pendant qu'un autre dirige le magasin à ma place.

— Je ne suis pas sûr que Harry le permette.

Elle écarquilla les yeux.

— Que Harry le *permette* ? Il n'est pas propriétaire de ce magasin, que je sache.

— Il en est actuellement le gérant. Il a le don de savoir s'imposer et vous empêchera de lui mettre des bâtons dans les roues.

– J'attends de voir.

Plus elle en apprenait sur ce Harry, moins il lui plaisait. Elle et ses sœurs avaient hérité du magasin, elle comptait fermement le lui rappeler.

En outre, Zachary serait là pour l'assister, sans parler du notaire.

*

Marshall s'intéressait à la marche du magasin plus qu'il ne l'avait imaginé, même si Harry lui confiait les tâches les plus subalternes et détestait le voir servir la clientèle en période d'affluence. Il n'avait guère apprécié que Marshall sache additionner les prix dans sa tête sans jamais commettre d'erreur.

À plusieurs reprises, Marshall découvrit la réserve dans un état différent de celui dans lequel il l'avait laissée la veille. Des changements minimes, mais qui ne le trompaient pas. On avait déplacé des marchandises, ou bien on les avait prises. Il prit l'habitude de noter le niveau de certains produits en partant et de noter mentalement le nombre de paquets sur les étagères.

Il lui fallait bien reconnaître que les disparitions étaient discrètes. Une ou deux fois par semaine disparaissaient un produit par-ci et un autre par-là. Personne ne l'aurait remarqué, à moins d'y prêter une attention particulière.

Il n'en toucha pas un mot à Prebble, se contentant de dresser la liste des larcins et de la porter à Dawson chaque semaine.

Depuis que Ralph avait engagé un homme pour surveiller son domicile, plus aucune silhouette suspecte n'était apparue dans la ruelle, mais Marshall avait conseillé à son ami de ne pas relâcher sa surveillance, pour le bien de sa sœur.

— Mon vieux Marshall, je suis furieux de dépenser tout cet argent au cas où.

— Tu serais plus furieux encore si on cambriolait ta maison et qu'on s'en prenait à ta sœur, ou à toi.

— Nous nous trompons peut-être, tu sais. Rien ne nous dit que le coupable est Prebble. Il peut s'agir d'un simple hasard. Maître Featherworth insiste pour que nous ayons des preuves avant de l'accuser.

— Ce n'est pas le hasard qui fait disparaître certaines marchandises de la réserve dont il est le seul à posséder la clé. Je connais sa famille mieux que toi. Les Prebble ne sont pas des gens de confiance.

Marshall sourit en entendant son ami soupirer.

— Je ne l'aurais jamais pensé, mais ce travail me plaît. La réserve est un havre de paix, j'ai tout le temps de penser en pesant du sucre, de la farine ou du thé. Et le repas est nettement meilleur depuis que maître Featherworth est arrivé un midi à l'improviste. Je ne te remercierai jamais assez d'avoir pensé à moi pour ce travail.

*

Alice avait remarqué très vite que le nouvel employé était différent des autres. Elle en avait fait part à Dawson qui lui avait expliqué la situation, après une légère hésitation.

En contrepartie, elle lui rapporta ce que Dot avait vu par une nuit d'orage.

— Pourquoi ne pas m'en avoir parlé plus tôt ?

— Nous n'avons pas imaginé que c'était important, aucun rôdeur n'ayant été aperçu depuis. Nous aurions entendu grincer la grille.

— Ils ont très bien pu escalader la clôture. Dot l'aurait-elle remarqué ?

— Impossible. Contrairement à la grille, elle ne peut voir la clôture depuis sa fenêtre.

— C'est très inquiétant. Je ne serai pas fâché du retour des propriétaires, elles me déchargeront d'une grande responsabilité.

— Leur arrivée m'obligera à trouver un nouvel emploi, je vais devoir quitter Outham.

— Pourquoi partir ? J'avais cru que vous souhaitiez rester auprès de vos cousins.

— Il est peu probable que je trouve un poste, étant donné la crise. En outre, les gouvernantes disposent de peu de temps à elles.

— Vous allez me manquer.

— Vous aussi. Il y avait longtemps que je n'avais pas eu des amis aussi proches que Judith et vous.

Il lui lança un regard étrange et prit congé.

Elle aurait voulu croire qu'il lui était attaché, tout en se disant qu'elle avait passé l'âge de ce genre d'espérance.

*

La route était boueuse, si bien que la charrette n'arriva à Albany qu'en fin de journée. Martin sortit de sa réserve pour leur annoncer qu'il connaissait un bon endroit où passer la nuit.

— Nous devons d'abord nous assurer que nous disposons bien de cabines sur le *Bombay*, remarqua Zachary.

— Vous ne saurez rien avant demain matin. Le bateau n'est pas encore à quai et les bureaux seront fermés. Le représentant de la compagnie vous en voudrait de le déranger chez lui, vous feriez mieux de passer une bonne nuit.

— Très bien, acquiesça Zachary qui s'inquiétait de voir Pandora aussi pâle, bien qu'elle ne se plaigne pas. Quel endroit nous recommandez-vous ?

— Ma mère acceptera de vous loger une nuit ou deux, si jamais le bateau a du retard. Elle pratique des tarifs raisonnables, et c'est une excellente cuisinière. Cela dit, elle ne vous autorisera pas à dormir ensemble.

— Nous ne dormons pas ensemble au sens où vous l'entendez, le corrigea sèchement Zachary.

Martin lui adressa un clin d'œil.

— Bien sûr que non.

Zachary allait protester lorsque Pandora lui donna un coup de coude.

Il eut le souffle coupé en découvrant le Princess Royal Harbour. Le chenal, très large, était parcouru d'îlots. Il ne s'étonna pas que le bateau postal choisisse de faire escale ici, et non à Fremantle. La baie était parfaitement abritée en cas de tempête. Des bateaux de tailles diverses dansaient doucement sur l'eau, comme bercés par la nuit.

La ville elle-même n'était pas sans évoquer Fremantle, en plus vallonnée, avec ses hameaux éparpillés autour du centre et ses terrains vagues entre les maisons, sauf le long du front de mer où les maisons jouissaient d'une vue splendide.

Au pied d'une colline escarpée s'élevait une grande bâtisse derrière laquelle on apercevait un moulin à vent. Martin leur expliqua qu'il s'agissait de la prison.

— Ils ont largement aménagé Plantagenet Shire et Albany depuis l'arrivée des forçats, précisa-t-il. Ils ont construit des routes et même des phares sur Breaksea Island et Point King. Les gens ont parfois peur que les condamnés fassent du grabuge, mais ce n'est pas le cas. Autant leur confier des travaux utiles. Le tout est de s'assurer qu'il n'y a pas de passagers clandestins à bord des bateaux à destination de la côte est. La police fouille tous les navires systématiquement avant qu'ils prennent la mer.

Certaines rues de la ville étaient gravillonnées, ce qui changeait des chemins semés d'ornières qu'ils avaient parcourus depuis une semaine.

— Allons chez ma mère, décida Martin en lançant le cheval d'un claquement de langue.

Le visage de Mme Tyler s'éclaira lorsque son fils lui annonça qu'il lui amenait des hôtes payants. En moins d'une demi-heure, Pandora était installée dans une petite chambre confortable avec un broc d'eau chaude.

Elle referma la porte avec un soupir de contentement. Pouvoir se laver entièrement serait un plaisir au terme de son périple. Elle retira ses vêtements tachés, les examina d'un air dégoûté et choisit une tenue propre qu'elle avait initialement réservée à la traversée.

Martin proposa à Léo de dormir avec lui dans la véranda arrière. Il s'était montré d'une grande gentillesse vis-à-vis du jeune homme, allant jusqu'à déclarer à Zachary :

— Quand on les traite avec bienveillance, les individus comme lui sont bien moins dangereux que la plupart des gens normaux.

— Vous avez raison, mais peu de personnes partagent votre avis.

— Je me moque de ce que pensent les autres. Je mène ma vie comme je l'entends.

Zachary fut frappé, une fois de plus, par l'esprit d'indépendance dont faisaient preuve les Australiens ordinaires. Il voyait mal Martin multiplier les courbettes à la clientèle du magasin Blake à Outham, comme le faisait Harry. Il se demanda s'il était lui-même coupable du même travers. Il n'en avait pas l'impression, même s'il se montrait courtois, que les clients soient riches ou pauvres.

Une heure plus tard, Pandora était couchée, après avoir pris un repas et répondu aux questions de son hôtesse sur leurs aventures.

– Le bateau postal doit arriver demain, à moins qu'il n'ait essuyé une tempête, dit Mme Tyler à Zachary en lui préparant un lit d'appoint dans le petit salon attenant à la salle à manger. Il arrive de Sydney et de Melbourne, mais il n'y reste pas longtemps. Juste assez pour recharger la soute à charbon et déposer le courrier. Ces bateaux à vapeur sont des gouffres à charbon, en dépit de leurs voiles. C'est égal, le fait qu'Albany soit un point d'approvisionnement fournit des emplois à la ville. Le bateau nous achète aussi des fruits et des légumes frais.

– J'aurai besoin de voir un représentant de la P&O demain à la première heure. Le gouverneur m'a promis qu'il enverrait des instructions par le biais du caboteur afin de nous réserver des cabines.

– Le caboteur est passé il y a quelques jours, le représentant sera donc au courant de votre arrivée. Son Excellence doit avoir le plus grand respect pour vous s'il accepte de vous aider de la sorte.

– J'ai rendu service au commandant du bateau par lequel je suis arrivé en m'occupant de Léo.

– Pauvre garçon, dit-elle d'un air grave. Quant à vous et votre jeune dame, vous auriez été mieux inspirés de vous marier avant d'entamer un tel voyage. C'est une fille bien, je l'ai vu tout de suite, mais ça fait mauvais effet d'être ensemble sans être mariés. Très mauvais effet.

Il ne sut que répondre, mais le bruit de gorge qu'il parvint à émettre sembla contenter la logeuse.

Le lit d'appoint lui fit l'effet d'une caresse après une semaine passée à dormir à même le sol. Il souffla la chandelle et se recroquevilla confortablement sur lui-même. Pandora aurait chaud sans lui, pour une fois, mais sa présence lui manquait, même si l'impossibilité de lui faire l'amour avait relevé de la torture. Si seulement il avait pu l'épouser, si seulement il avait trouvé l'audace de lui demander sa main…

Quel idiot ! Elle était belle en plus d'être riche. Une fois rentrée à Outham, elle oublierait l'affection qui les liait et s'intéresserait aux hommes de son propre milieu. Seuls les aléas du voyage les avaient précipités dans les bras l'un de l'autre.

Zachary n'avait pas l'intention de changer d'avis pour autant. Il aimait profondément Pandora, et ce sentiment ne s'éteindrait jamais.

*

Au matin, Mme Tyler le réveilla plus tôt que prévu.

– Je suis désolée, monsieur Carr. Je ne pouvais vous laisser dormir, nous avons besoin de votre chambre pour le petit-déjeuner. J'ai également réveillé votre jeune dame. Vous m'aviez dit que vous souhaitiez vous renseigner au sujet du bateau postal. Martin me dit qu'il est en train d'accoster. Vous trouverez le représentant de la P&O à son bureau, mon Martin vous y conduira dès que vous aurez déjeuné.

Elle quitta la pièce sans cesser de parler.

Pandora poussa la porte de la pièce.

– Mme Tyler m'a annoncé que vous étiez debout.

Elle était si belle avec sa jupe et son chemisier bleus rehaussés d'une courte veste marine qu'il en perdit le souffle.

— Avez… avez-vous bien dormi ? parvint-il à articuler.

— C'est Mme Tyler qui m'a tirée des songes. Vous m'avez manqué quand je me suis couchée. Je n'ai plus l'habitude de dormir seule. Et vous, votre lit ?

— Infiniment plus confortable que la terre battue. Vous m'avez manqué aussi, ne put-il s'empêcher d'ajouter.

Un grand silence enveloppa la pièce, que brisa Mme Tyler en apportant le petit-déjeuner. Ils mangèrent rapidement puis accompagnèrent Martin jusqu'au port tandis que Léo prenait le temps de savourer son repas, après avoir pris soin des chevaux.

En arrivant devant les bureaux de la compagnie, Zachary demanda à Martin s'il pouvait s'occuper d'acheter une roue neuve.

*

Le représentant de la P&O était déjà là, mais leur visite ne parut guère l'enchanter.

— C'est donc vous, le jeune homme que nous envoie le gouverneur ? Je me demandais si vous arriveriez à temps. Le bateau doit repartir tout à l'heure.

Zachary lui présenta Pandora comme sa fiancée.

— Personne ne m'a parlé d'un jeune couple, j'attendais quatre sœurs.

— Les trois autres n'ont pas souhaité retourner en Angleterre. Quant à Pandora, je n'étais pas certain qu'elle accepte ma demande en mariage, si bien que je n'en ai rien dit au gouverneur et…

Il prit la main de sa compagne et oublia ce qu'il voulait dire en la voyant lui sourire.

Le représentant de la compagnie donna un coup de règle sur son bureau pour les rappeler à l'ordre.

— Il y a un problème.

Ils relevèrent la tête.

— Lequel ?

— Nous n'avons plus qu'une seule cabine de libre, parce que l'équipe de cricket All England Eleven rentre en Angleterre par le même bateau. Cette cabine n'aurait même pas été libre si son occupant potentiel n'était pas tombé malade.

— Ah.

— Je ne puis me permettre de mettre un couple non marié dans une cabine de deux couchettes. Ce ne serait pas correct.

— J'aurais pu voyager dans l'entrepont de façon à laisser la cabine à Mlle Blake ? suggéra Zachary.

— Le navire est bondé, sans aucune couchette de libre, à l'exception de la cabine dont je vous parlais.

Il observa le jeune couple d'un air désapprobateur au-dessus de son pince-nez.

— C'est heureux que les trois autres jeunes femmes ne soient pas là, jamais nous n'aurions trouvé de place pour vous tous. Il y aurait bien une façon de résoudre la difficulté : si vous êtes vraiment fiancés, pourquoi ne pas vous marier tout de suite ? La compagnie ne saurait tolérer le moindre comportement immoral.

Zachary, sous le choc, ravala sa salive. Il vit que Pandora était aussi surprise que lui. Se marier ! Ce dont il rêvait, à ceci près que les raisons pratiques invoquées étaient un piètre alibi pour une union.

— Je vous laisse dix minutes pour y réfléchir, proposa le représentant. Vous n'avez qu'à en discuter dehors, vous viendrez m'apporter votre réponse. J'ai bien conscience que les dames aiment les mariages en grande pompe, voyez si vous arrivez à la persuader de s'en passer. Je vous laisse dix minutes, et pas une seconde de plus !

— Mais… comment pourrions-nous nous marier aussi vite ? balbutia Pandora.

Zachary la regarda avec de grands yeux. Elle n'envisageait tout de même pas une telle solution ?

— N'importe quel prêtre de la ville vous unira, répondit l'agent de la P&O d'une voix agacée.

— Sans publier les bans ?

— Personne n'a publié de bans quand ma sœur s'est mariée, nota Pandora. Ce n'était pas envisageable, le prêtre ne célébrait l'office qu'une fois par mois dans le secteur.

L'agent opina.

— Précisément. Dans les colonies, on est moins exigeant qu'en Angleterre. Le tout est de s'assurer que les couples sont bien mariés, en toute *respectabilité*.

Il jeta un coup d'œil à l'horloge murale en remuant des papiers.

— Il vous reste neuf minutes. Je suis particulièrement occupé aujourd'hui.

Zachary entraîna sa compagne à l'extérieur pour plus d'intimité. Réfugiés dans la véranda de la compagnie, ils regardèrent les traits d'argent du petit crachin qui tombait du ciel.

— Nous allons devoir attendre le prochain bateau, décréta Zachary. Quel toupet de sa part.

— Rien ne nous garantit qu'il y aura des cabines disponibles sur le suivant. Sans compter que cet homme a déjà des soupçons.

Le cœur de Pandora se mit à battre plus vite. N'était-ce pas l'excuse rêvée pour arriver à ses fins et épouser Zachary ? Elle en avait la conviction, jamais il ne la demanderait en mariage, elle devrait prendre l'initiative. Pouvait-elle courir le risque qu'il refuse sa proposition ? Le destin l'avait déjà privée d'un fiancé, l'existence était trop incertaine pour qu'elle ne saisisse pas le bonheur au vol.

Elle prit sa respiration et se lança :

— À la vérité, je *souhaite* vous épouser, Zachary. Vous ne me voulez pas pour femme ?

Il la regarda comme s'il lui était poussé des cornes. Elle attendait une réponse, sentant monter son anxiété à mesure que s'écoulaient les secondes.

Comment réagir s'il refusait ? Elle n'osait pas l'envisager.

— Je ne peux pas profiter de vous de la sorte, finit-il par dire sèchement. Ce ne serait pas honnête.

— Je pensais bien que vous me rétorqueriez cela. Vous ne comprenez donc pas que c'est moi qui profite de vous ? Après tout, peut-être me suis-je trompé sur la nature de vos sentiments.

Il répliqua d'une voix dure :

— Il n'y a rien que je voudrais davantage, Pandora. *Rien au monde !* Nous sommes tous les deux conscients de l'attirance réciproque qui nous lie, mais comment pourrais-je me marier ?

— Si c'est d'argent qu'il s'agit, j'ai assez pour nous deux.

— Vous me croyez capable de vous épouser pour cette raison ?

Il lui tourna brutalement le dos et elle s'empressa de le retenir par le bras, persuadée qu'il allait la planter là.

— Non, Zachary. Je sais bien que vous ne m'épousez pas pour mon argent. En revanche, cet argent rend possible notre union.

— Pas de mon point de vue.

Elle se fâcha.

— Allez-vous laisser votre orgueil imbécile dresser une barrière entre nous ?

Comme il se raidissait, elle ajouta sur un ton plus conciliant :

— Si vous aviez vraiment envie de m'épouser…

Il croisa son regard et ses traits s'adoucirent.

— Mais enfin, Pandora ! Vous êtes la femme la plus formidable qu'il m'a été donné de rencontrer. Je suis incapable de ne pas vous aimer, tout en sachant que c'est mal. Votre argent…

— Je me fiche de mon argent. Si cela doit être un obstacle entre nous, je m'en débarrasserai. Zachary, je vous en prie…

— J'y ai réfléchi longuement. Vous pensez vouloir m'épouser parce que vous avez laissé vos sœurs et que je suis là, à m'occuper de vous. Une fois rentrée en Angleterre, vous le regretterez, j'en suis convaincu. Avec l'argent dont vous disposez, vous pouvez espérer un bon mariage avec le fils d'une des meilleures familles d'Outham.

— Vous croyez-vous donc si difficile à vivre ? Je m'entends bien avec vous, vous êtes d'une grande bonté avec les autres. Il suffit de voir la façon dont vous avez sauvé Léo.

— Ce n'est pas la question. Je suis pauvre, je vous le répète ! Nous vivrions avec votre argent, les gens jaseraient. Je ne le supporterais pas ! Que dirait maître Featherworth ? Lui qui m'a accordé sa confiance en me demandant de vous ramener saine et sauve ?

Sa réaction la plongea dans une telle fureur qu'elle le prit par les mains et l'attira à elle.

— Vous êtes idiot de croire que je puisse m'inquiéter de tels ragots. Vous êtes donc sourd ? Je tiens à vous épouser, Zachary. Vous, et personne d'autre.

Ses joues s'étaient empourprées et des larmes d'humiliation lui mouillaient les yeux.

— Pourquoi m'obliger à vous supplier ?

— Parce que je vous aime et ne veux que votre bien.

— C'est vous, mon bien, puisque je vous aime aussi.

Il sonda longuement son regard et elle n'osa pas briser le silence en voyant défiler sur le doux visage de son compagnon toute la palette de ses émotions.

— Laissez-moi réfléchir une minute, Pandora. Ne… ne dites rien.

Elle lâcha ses mains et il lui tourna le dos. La minute qui suivit fut la plus longue de toute l'existence de Pandora. Elle le sentait tendu à craquer, alors qu'il l'aimait ! Il le lui avait confirmé. *Je vous en prie !* l'implora-t-elle en silence. *Je vous en prie !*

Lorsqu'il se retourna, ses traits avaient retrouvé toute leur détermination. Le cœur de Pandora tressauta de terreur dans sa poitrine à l'idée qu'il refuse sa proposition.

Il se lança :

— Si j'acceptais de vous épouser, ce serait à la condition de ne pas consommer notre mariage. J'ai lu qu'il était impossible de procéder à l'annulation d'une union si elle était consommée.

Elle s'effondra.

— Vous ne me voulez pas… de cette façon-là ?

Le ton de Zachary se fit plus coupant.

— Bien sûr que si, mais je n'ai pas l'intention de profiter de vous. À notre retour en Angleterre, je vous demanderai d'attendre un ou deux mois avant de prendre votre décision définitive.

— Mais je sais déjà que je ne changerai pas d'avis. Je vous *aime*.

— Vous croyez m'aimer et je tiens à vous laisser la possibilité de revenir en arrière.

— Je ne reviendrai pas en arrière, Zachary.

— Dans ce cas, nous aurons la possibilité de célébrer un mariage en bonne et due forme si vous souhaitez que nous restions mariés.

Il prit le visage de la jeune femme entre ses mains, attira sa bouche à lui et l'embrassa délicatement, comme si elle était l'objet le plus précieux au monde. Elle ferma les yeux et se laissa emporter par les émotions qu'il éveillait en elle. Pour la première fois depuis des années, elle crut à nouveau à la possibilité du bonheur, à celle d'avoir un mari, un foyer, des enfants.

Il détacha sa bouche de la sienne et elle protesta dans un murmure en jetant ses bras autour de son cou afin de le retenir.

Il l'enlaça en croisant les doigts au niveau de ses reins.

— Je n'aime guère vos conditions, Zachary. Je les crois inutiles.

— Elles ne le sont pas pour moi.

Elle espérait un nouveau baiser qui lui laisserait la possibilité de le convaincre de renoncer au délai qu'il fixait, mais un léger toussotement s'éleva derrière eux. Ils se retournèrent brusquement et découvrirent le représentant de la P&O, sur le seuil de ses bureaux, qui les observait avec un rictus désabusé.

— Dois-je en déduire que vous avez décidé de vous marier ?

— Oui, s'empressa-t-elle de répondre.

Zachary lui passa un bras autour des épaules.

— Quel prêtre nous conseillez-vous ?

— Vous en trouverez un à l'église St. John, sur York Street. Il s'agit de la paroisse la plus ancienne de la colonie.

— Je l'ai aperçue. Une fois la cérémonie terminée, vous nous donnerez cette cabine sur le bateau ?

— Elle est à vous tant que vous aurez de quoi la payer. Autant procéder à cette formalité sans attendre, il vous suffira de m'apporter ensuite votre certificat de mariage.

Il montra le port du doigt.

— Le bateau est amarré là-bas. Il appareille ce soir, je ne saurais trop vous conseiller de monter à bord dès que vous serez mariés.

Ils regagnèrent le bureau où Zachary préleva le montant de la traversée dans sa ceinture de toile. La somme accordée par maître Featherworth lui avait paru démesurée à son départ d'Angleterre, mais il voyait fondre son pécule depuis son arrivée en Australie. Jamais il n'avait dépensé autant d'argent de toute son existence.

Au moment de verser le montant demandé, il tint à s'informer du trajet.

— Le bateau vous conduira au port de Galle, à Ceylan, où il se rechargera en charbon. Il poursuivra sa route jusqu'à Bombay, et vous en profiterez pour monter à bord d'un autre bâtiment de la P&O. Ils sont nombreux à mouiller dans le port de Galle, vous en trouverez un aisément jusqu'à Suez. Là, il vous faudra prendre un train à destination d'Alexandrie où un troisième navire vous emmènera à Southampton, *via* Malte et Gibraltar. On procède actuellement au creusement d'un canal reliant Suez à la Méditerranée, mais les spécialistes de la compagnie estiment qu'il sera impraticable, car trop étroit.

Ils échangèrent un regard émerveillé en entendant les noms de Suez, de Malte, de Méditerranée.

— Je vais vous délivrer un reçu, pour preuve que vous avez réglé l'intégralité du voyage. Ne le perdez pas.

Il sortit d'un tiroir un imprimé.

— Asseyez-vous, nous en avons pour quelques minutes. J'aurais besoin de quelques détails.

Zachary prit place à côté de Pandora sur un banc de bois et répondit aux questions du représentant de la P&O tout en évitant soigneusement de croiser le regard de sa compagne.

C'était bien vrai ? Ils allaient réellement se marier ?

En sortant des locaux de la compagnie, il laissa libre cours à ses sentiments.

— Si vous souhaitez consentir à une véritable union, je vous promets de tout entreprendre pour vous rendre heureuse. Je vous aime, Pandora.

16

Cassandra se sentait déprimée. Non seulement Pandora lui manquait, mais enseigner à Livia les rudiments du métier de domestique l'épuisait. Avec la meilleure volonté du monde, Livia n'était tout simplement pas à la hauteur de la tâche qui l'attendait. Reece avait averti ses employeurs que sa femme devait s'arrêter de travailler, mais elle n'en continuait pas moins de se rendre chez les Southerham une ou deux fois par semaine, prise de pitié pour le couple.

Reece avait fini par se fâcher.

— À présent, c'est terminé. C'est la dernière fois que tu vas à Westview, ma chérie. Si Livia a besoin de conseils, elle n'aura qu'à venir te les demander ici.

Comme Cassandra faisait mine de protester, il la prit dans ses bras.

— As-tu envie de mettre en danger la vie du bébé ?

Elle s'effondra contre sa poitrine.

— Non, mais les Southerham me font de la peine.

— Je comptais me rendre prochainement à l'épicerie. J'irai dimanche et je demanderai si des colons n'ont pas une fille disposée à servir chez eux, même provisoirement.

— Je doute que tu trouves quelqu'un.

— On ne sait jamais. Certaines familles croisées à l'église ne roulent vraiment pas sur l'or.

Cassandra, sans être femme à se laisser dicter sa conduite par son mari, savait qu'il avait raison et qu'il agissait de la sorte par amour pour elle. En outre, elle était épuisée au bout d'une demi-journée de travail. Elle ne put s'empêcher d'ajouter :

— Je me sentirai mieux quand nous aurons reçu des nouvelles de Pandora. Cela ne devrait pas tarder. Léo doit déjà se trouver sur le chemin du retour.

— Le bateau appareille aujourd'hui, s'il n'a pas de retard. Léo sera là dans moins d'une semaine.

Elle aurait voulu pleurer, mais elle s'efforça de ne rien montrer de son chagrin.

Reece lui serra affectueusement l'épaule.

— Viens là, lui dit-il en l'attirant contre lui.

Elle finit par se reprendre.

— Je dois partir travailler.

Il l'embrassa sur la joue.

— Je t'accompagne à Westview, je te ramènerai ici dans deux heures.

Cassandra ne s'était jamais sentie aussi aimée. Elle posa sur lui des yeux embués et lui prit la main en souriant.

*

À Galway House, les jumelles pensaient à leurs sœurs. Mme Largan avait beau les rassurer sur le sort de Pandora et leur rappeler que Cassandra n'en était qu'au huitième mois de grossesse, elles ne pouvaient s'empêcher d'être inquiètes.

— J'irai mieux quand je saurai que Pandora s'est bien embarquée, dit Maia.

— Nous ne le saurons pas tout de suite, lui rappela Xanthe sur un ton amer. Les distances sont décidément trop grandes dans ce pays. Ni chemin de fer, ni télégrammes, ni voisins, pas même de villages pour que les nouvelles se propagent. Je comprends que Pandora ait éprouvé l'envie de renouer avec la civilisation.

Maia la dévisagea d'un air surpris.

— Regretterais-tu de ne pas l'avoir accompagnée ?

Les traits de sa jumelle s'adoucirent. Xanthe lui tapota le bras, ainsi qu'elle le faisait parfois.

— Je regrette parfois ma décision, mais je sais que tu as besoin de moi ici.

— J'aurai toujours besoin de toi.

— Non, ma chérie. Tu te marieras un jour et ce sera au tour de ton mari de veiller sur toi.

Elle sourit à Mme Largan qui posait sur elles un regard anxieux.

— Désolée. Nous ne sommes guère à notre tâche aujourd'hui.

— Je ne m'inquiète pas de votre travail. Il est normal que vous vous fassiez du mauvais sang pour Pandora.

— Et Cassandra, ajouta Maia.

*

En quittant les bureaux de la compagnie, Zachary et Pandora se rendirent à l'église Saint-Jean-l'Évangéliste, sur York Street.

— Celle-ci vous conviendra-t-elle ? lui demanda-t-il en s'immobilisant devant le bâtiment.

— Peu importe le lieu, tant que nous pouvons nous marier.

— Dans ce cas, allons trouver le pasteur.

Il leur fallut près d'une heure pour y parvenir et l'homme posa sur eux un regard réprobateur en apprenant la nature de leur requête.

— Je ne peux qu'être hostile à une union contractée aussi hâtivement. Que pensaient donc vos proches, jeune femme, en vous laissant entreprendre un tel périple sans porter le nom de cet homme ?

Pandora retint sa colère, de peur qu'il refuse de les marier.

— Nous avons dû partir d'urgence en apprenant qu'il nous fallait rentrer en Angleterre. La sœur avec laquelle je vivais attend un enfant, elle n'était donc pas en mesure de m'accompagner, et le pasteur qui officie dans la grange où nous célébrons l'office ne passe qu'une fois par mois.

Le pasteur laissa échapper un reniflement sévère.

— Très bien. Retrouvez-moi à l'église dans une heure. Vous aurez besoin de deux témoins.

— Il ne me plaît pas. J'aurais préféré que nous soyons mariés par quelqu'un de plus gentil, déclara Pandora d'un air songeur en s'éloignant du presbytère quelques minutes plus tard.

— Vous avez le droit de changer d'avis.

— Zachary !

— Je ne veux pas vous contraindre à une décision que vous regretteriez.

Elle le prit par la main en soupirant.

— Allons, venez. Je ne changerai pas d'avis et je voudrais être belle le jour de mon seul et unique mariage.

— Vous êtes toujours belle.

— Et vous êtes beau.

Il laissa échapper un petit rire.

— Avec mon visage osseux ?

— Votre nature généreuse le rend magnifique.

Il s'arrêta net, sous le choc.

Un sourire aux lèvres, ravie de l'avoir désarçonné, elle le tira par la main de plus belle.

*

Mme Tyler eut un haut-le-corps en apprenant la nouvelle, et plus encore lorsqu'elle sut que son fils Martin et elle avaient été choisis comme témoins.

– Mon Dieu, si j'avais su !

Elle se tourna vers Zachary.

– Allez donc chercher Martin dans les écuries au bout de la rue pendant que j'aide Pandora à se préparer. Heureusement que j'ai des marguerites d'automne dans mon jardin. On ne peut tout de même pas se marier sans bouquet.

Pandora n'avait pas de robe neuve à se mettre et son unique chapeau de paille était très ordinaire, avec son bord étroit orné d'un simple ruban bleu marine.

Mme Tyler fronça les sourcils et alla chercher dans sa chambre un joli nœud de rubans fixé sur une fleur de soie blanche.

– Vous n'aurez qu'à l'épingler à votre chapeau. Cela fera plus pimpant.

– Je ne puis accepter…

– C'est mon cadeau de mariage. Que serait un mariage sans cadeaux ? Laissez-moi vous aider à arranger vos cheveux. Ils sont trop beaux pour être dissimulés sous un couvre-chef. Quelle que soit votre tenue, vous ferez une mariée ravissante.

Mme Tyler se montra d'une efficacité redoutable.

– Il n'y a pas beaucoup de femmes qui peuvent se permettre de porter la raie au milieu, marmonna-t-elle, des épingles à cheveux plein la bouche. Je me demande bien qui a pu en lancer la mode.

Pandora surveilla dans le miroir la façon habile dont son hôtesse faisait bouffer ses boucles de façon à lui cacher les oreilles avant de tresser deux longues mèches en nattes fines dont elle composa un chignon au niveau de la nuque. Pandora n'avait pas l'habitude de laisser tant de liberté à ses cheveux, mais il lui fallait bien reconnaître que cette nouvelle coiffure était seyante. Pourvu que cela plaise à Zachary…

— Alors, qu'en pensez-vous ?

Pandora s'observa dans la glace et hocha la tête.

— C'est très réussi. Je vous remercie. Je voulais vous demander, je dois envoyer une lettre à mes sœurs, mais ma plume et mon papier sont au fond de ma malle.

— J'ai tout ce qu'il vous faut. Je vais chercher le nécessaire.

Pandora la serra furtivement contre sa poitrine.

— Je vous remercie de votre gentillesse.

Mme Tyler, renonçant un instant à son attitude bourrue, rougit sous l'effet du compliment et quitta la pièce, un léger sourire aux lèvres.

Lorsque Pandora pénétra dans le petit salon où l'attendait Zachary, quelques minutes plus tard, elle retint son souffle, mais l'expression du jeune homme fut à la hauteur de ses espérances.

— Vous êtes plus belle encore qu'à l'ordinaire.

Ils se dévisagèrent longuement, comme seuls au monde, puis il lui adressa un signe du menton et lui offrit son bras.

Léo les accompagna à l'église en souriant de toutes ses dents.

— Je vous avais bien dit que vous épouseriez Pandora, fanfaronna-t-il.

— C'est vrai.

Il aurait aimé prendre Léo comme témoin, mais celui-ci était incapable de signer un document de son nom et Zachary ne souhaitait pas que le mariage puisse être remis en cause si Pandora ne changeait pas d'avis à leur retour en Angleterre.

La cérémonie fut brève. Les mariés dirent oui sans l'ombre d'une hésitation tandis que Mme Tyler essuyait une larme. Léo affichait un visage hilare et Martin ne cessait de remuer le col de sa chemise, impressionné par le décor de l'église.

Il était midi passé lorsqu'ils achevèrent de signer le registre paroissial. L'heure était venue d'embarquer.

Pandora serra Léo contre elle.

– Vous raconterez le mariage à Cassandra, et n'oubliez pas de lui donner ma lettre. Ne la perdez pas, surtout.

– Je ne la perdrai pas, répéta-t-il en tapotant la poche où il la conservait.

Martin se rappela à eux en se raclant la gorge.

– Il faut partir. Je fais un saut à la maison pour chercher la carriole avec vos bagages, madame Carr.

Madame Carr ! C'est vrai que je suis une femme mariée, à présent, pensa Pandora. Curieusement, elle ne se sentait pas différente. Tout juste stupéfaite. Tant de bouleversements étaient intervenus au cours des deux semaines précédentes qu'elle en était épuisée. Elle ne s'était pas totalement remise du coup de froid et des épreuves traversées sur le chemin d'Albany. Elle avait l'impression d'avoir couru sans s'arrêter un an durant et n'aspirait qu'à un long repos.

Zachary marchait à côté d'elle en silence. Elle vit du coin de l'œil qu'il était songeur, et se promit de consommer leur union bien avant leur retour en Angleterre. Comment pourrait-il résister alors qu'ils partageraient la même cabine ?

– C'est la première fois que je vois un bateau à vapeur, dit-elle une fois sur le quai, après avoir présenté leur certificat de mariage au représentant de la compagnie. Il est beaucoup plus gros que le *Tartar*.

Quelle drôle d'allure, avec cette cheminée au milieu et des voiles de part et d'autre !

– J'imagine qu'il est plus rapide que les bateaux à voile, puisqu'il dispose d'une turbine. Je n'arrive pas à croire que nous allons visiter Suez et traverser l'Égypte. *L'Égypte !* Sans parler de la Méditerranée. Je ne pensais jamais voir un jour tous ces lieux dont je ne connaissais l'existence que par les livres.

– Mon père aurait adoré faire un tel voyage ! répondit-elle d'une voix tremblante. Cassandra et Reece se sont toujours passionnés pour les récits de voyage, et voilà que c'est moi qui parcours le monde pendant qu'ils exploitent une ferme isolée en Australie. Moi qui n'ai jamais eu l'ambition de voyager. La vie est décidément curieuse.

– Vous devez être heureuse de rentrer, j'imagine.

Elle acquiesça, étouffée par le flot de ses émotions. Reverrait-elle un jour ses sœurs ?

Elle s'aperçut que Zachary était en train de faire ses adieux à Martin. Elle le remercia à son tour, serra une derrière fois Léo dans ses bras, et ils empruntèrent la passerelle, quittant pour de bon le sol australien.

Elle laissa le soin à son mari de discuter avec l'officier de bord qui les accueillit, tout en s'efforçant de ne pas prêter attention aux regards curieux des autres passagers.

Zachary s'effaça afin de la laisser prendre possession de la cabine. Sans être spacieuse, elle était légèrement plus grande que celle qu'il avait partagée avec Léo quelques semaines plus tôt. Il glissa un pourboire au steward pendant que Pandora, sa *femme*, examinait la pièce.

– C'est à peine mieux que l'entrepont du voyage d'aller, murmura-t-elle lorsqu'ils furent seuls.

– C'est juste, mais c'est tout de même plus intime. Sans compter que nous passerons le plus clair de notre temps sur le pont, ou bien dans le grand salon si le temps est mauvais. C'est là qu'il est prévu de prendre les repas.

– Très bien. Quelle couchette souhaitez-vous, Zachary ?

– Cela m'est égal. Je vous laisse volontiers le choix.

– Dans ce cas, j'occuperai la couchette inférieure. J'aurais trop peur de tomber de celle du haut. Je regrette toutefois que nous ne puissions pas dormir ensemble. J'aime tellement être dans vos bras.

– Étant donné les circonstances, c'est sans doute aussi bien.

– Nous aurions pu dormir ensemble par terre. Ce plancher ne sera pas plus dur que les couches partagées pendant le trajet.

N'ayant pas l'âme d'un saint, il s'empressa d'étouffer dans l'œuf un tel projet.

– Ce ne serait pas convenable.

– Ce n'est pas mon opinion.

Il fut soulagé que l'on frappe à la porte. C'était le marin chargé d'apporter leurs bagages.

– Nous avons mis vos malles dans la cale, monsieur Carr.

– Je vous remercie.

Quelques minutes plus tard, le steward leur détaillait les heures des repas et le fonctionnement du quotidien à bord.

De nouveau seuls, il proposa à Pandora de défaire leurs valises avant d'aller prendre l'air.

*

Lorsque le *Bombay* appareilla en fin de journée, ils se trouvaient sur le pont réservé aux occupants des cabines, d'où ils purent voir s'éloigner le port d'Albany.

Sous l'effet du roulis, Pandora trébucha et se cogna contre une passagère. Elle commença par s'excuser avant de se présenter.

Contrairement au voyage aller, elle était désormais libre de se déplacer à sa guise sur le bateau, loin des rires vulgaires et des plaisanteries douteuses qu'elle avait dû subir lorsqu'elle se trouvait en compagnie de nuées d'ouvrières. Elle leva la tête afin de suivre les rubans de fumée noire qui s'échappaient de la cheminée, semblables à ceux des usines d'Outham, avant la crise du coton.

Elle aurait aimé dormir une éternité, mais elle fit l'effort d'assister au dîner ce soir-là. Le repas, loin d'être un simple thé dînatoire, était beaucoup plus élaboré qu'elle ne s'y attendait. Zachary était parfaitement à l'aise avec la multiplicité des couverts posés devant lui, si bien qu'elle suivit son exemple tout en répondant poliment aux questions des autres convives.

Il se trouva forcément quelqu'un pour l'interroger :

– Depuis combien de temps êtes-vous mariée, madame Carr ?

Pandora rougit, mais Zachary, un sourire aux lèvres, se contenta de sortir sa montre-gousset.

– Depuis un peu plus de huit heures.

Un court silence ponctua sa réponse, au terme duquel les autres passagers les félicitèrent. L'un des convives réclama même du vin pour porter un toast au jeune couple.

Pandora, qui buvait du vin pour la première fois de sa vie, se trouva déçue par le goût, qu'elle imaginait sucré. Elle n'en dit rien et se contenta de prélever de minuscules gorgées, refusant que l'on remplisse à nouveau son verre.

Elle avait l'impression de nager en plein rêve et craignait de se réveiller à tout moment. Zachary avait peut-être l'intention de ne pas consommer leur mariage, mais elle savait au plus profond d'elle-même qu'elle ne changerait pas d'avis et qu'ils passeraient leur vie ensemble.

À moins que *lui* ne change d'avis.

Au bord de l'épuisement, elle fut heureuse lorsqu'il décida de prendre congé des autres passagers.

– Aimeriez-vous faire un détour par le pont ? lui proposa Zachary.

– Non, je vous remercie. Je préfère me mettre au lit sans attendre.

Sur le seuil de leur cabine, elle fut prise d'une hésitation en constatant qu'elle allait devoir se dévêtir devant lui.

Il lui serra furtivement la main.

– Un peu d'air frais me fera du bien avant de dormir.

Une fois seule, elle loua intérieurement sa délicatesse avant d'enfiler une chemise de nuit de coton, fatiguée par le temps comme la majorité de ses effets.

Elle se glissa entre ses draps et attendit. Où pouvait bien se trouver Zachary ? Sa petite promenade sur le pont s'éternisait, alors que le navire mesurait soixante-dix mètres de long, tout au plus.

La nuit était fraîche, et elle se recroquevilla sous ses couvertures.

On frappa enfin à la porte.

– C'est moi.

Il referma derrière lui et lança un coup d'œil en direction de Pandora, à la lueur de la lanterne accrochée à la cloison.

— Vous dormez presque.

— J'ai rarement été aussi fatiguée.

— N'oubliez que vous sortez de maladie. Le trajet n'a pas été de tout repos.

Il sortit une chemise de nuit et souffla la chandelle.

Les yeux fermés, elle trouva rassurant de l'entendre se déplacer dans l'obscurité. La couchette supérieure grinça sous son poids. Elle sourit dans le noir.

Il était là, elle se sentait en sécurité et se laissa envelopper par le sommeil.

Zachary eut davantage de mal à s'endormir. Bercé par la respiration de sa femme en contrebas, il se souvint des heures passées l'un contre l'autre et il se retourna pendant une heure avant de sombrer.

*

Léo et Martin regagnèrent Mount Barker tard ce soir-là, au terme d'un voyage sans incident. Bert ne cacha pas son plaisir de les retrouver.

— Nous repartirons dès que cette damnée charrette sera réparée, annonça-t-il.

Léo ne lui répondit même pas, préoccupé par le sort des chevaux. Et lorsqu'il rejoignit Bert dans la salle commune, le dîner était quasiment prêt.

— Laissez-moi examiner votre bras, proposa-t-il à son compagnon.

Il détacha l'attelle avec précaution.

— Tout va bien.

— J'ai moins mal. Grâce à toi, reconnut Bert qui mesurait sa chance d'avoir voyagé en compagnie de Léo.

Ce dernier hocha machinalement la tête tout en fixant à nouveau l'attelle d'un air studieux, la langue dépassant d'un coin de sa bouche.

Bert attendit qu'il ait terminé pour lui poser une question qui le taraudait :

– Tu crois pouvoir t'occuper des chevaux et conduire sans mon aide, mon garçon ? Ce ne sera pas facile.

– Oh oui, ce sont de bonnes bêtes.

– Alors c'est dit.

Ils prirent place autour de la table en attendant que l'aubergiste apporte le plat. Bert n'était pas mécontent de voyager avec quelqu'un qui n'ouvrait pas la bouche à tout bout de champ.

– M. Carr a réglé la note, annonça l'aubergiste en apportant le repas. Il a également payé la réparation. C'est un plaisir de traiter avec un garçon comme lui.

Martin s'attabla à son tour.

– Je poserai la nouvelle roue demain à la première heure. Vous avez eu de la chance que les dégâts ne soient pas plus importants.

– Tant mieux, répliqua Bert en mangeant d'une seule main avec appétit.

– Vous ai-je dit que Zachary et Pandora se sont mariés à Albany ?

Bert faillit s'étouffer en avalant une pomme de terre de travers.

– Non !

– Si. Ils n'avaient pas le choix, s'ils voulaient obtenir la dernière cabine disponible. Ils étaient fiancés, pas vrai ?

– Ils s'aiment, intervint Léo. Je suis content qu'ils se soient mariés.

– Ma mère et moi leur avons servi de témoins. Ah, j'oubliais !

Il tira une lettre de sa poche.

– C'est une lettre pour sa sœur. Vous pourrez la lui donner ?

Léo s'en empara.

– Elle m'en a aussi donné une. Je les garderai dans la même poche.

Sans qu'on le lui demande, le jeune homme découpa la viande de Bert, au grand soulagement de ce dernier qui peinait à se débrouiller seul. Ce Léo avait beau être étrange, il avait bon cœur. Sans lui, les conséquences de l'accident auraient été beaucoup plus graves.

Comme quoi il ne servait à rien de se fier aux apparences.

*

Le premier matin à bord, Pandora se réveilla en sursaut sans savoir où elle se trouvait, jusqu'à ce que tout lui revienne brusquement. Elle était *mariée*, et elle rentrait en Angleterre.

– Je suis réveillé, fit la voix de Zachary au-dessus de sa tête. Lequel de nous deux s'habille en premier ? Il suffit de sonner pour que le steward nous apporte de l'eau chaude.

– Vous en aurez besoin pour vous raser. J'attendrai.

Elle le regardait s'activer lorsqu'il croisa son regard. Elle s'empressa de se tourner vers la cloison et attendit qu'il ait fini ses ablutions. Une larme roula le long de sa joue. Ce n'était pas ainsi qu'elle avait envisagé le mariage.

– Je suis prêt, Pandora. Je vous attends dans le grand salon.

— J'en ai pour une minute, répondit-elle d'une voix qu'elle espérait joyeuse.

Elle ne l'était pas. Elle était même amèrement déçue. Elle ne voulait pas de sa noblesse de sentiments. Elle le voulait… lui.

Tous les occupants des cabines n'étaient pas là, quelques-uns étaient « indisposés » bien que la mer soit « à peine agitée », à en croire le steward.

Son petit-déjeuner avalé, Pandora s'attarda sur le pont en attendant que son mari la rejoigne. Elle se trouva aussitôt entourée d'une nuée de jeunes gens dont elle ne sut comment se débarrasser sans les vexer. Elle comprit rapidement qu'il s'agissait des membres de l'équipe All England Eleven, de retour après une tournée de matchs de cricket.

Elle vit arriver Zachary avec soulagement. Il comprit la situation en un coup d'œil.

— Merci à vous d'avoir tenu compagnie à ma femme, messieurs, mais je prends la relève à présent. N'oublions pas qu'il s'agit de notre lune de miel.

Les jeunes gens s'éloignèrent à regret.

— Je suis si heureuse de vous voir, lui confia-t-elle dans un murmure. Je ne savais plus comment réagir. Ils me débitaient toutes sortes de bêtises.

— Le mieux est encore de les écouter en souriant. Il faudra vous habituer à attirer l'attention.

Elle posa sur lui un regard étonné.

— Vous êtes une très belle femme, Pandora.

— J'en arrive à le regretter. Ce n'est pas de cette façon-là que je voudrais attirer l'attention, mais n'en parlons plus. Vous avez apporté nos livres ?

— Oui. Essayons de trouver un endroit abrité pour lire.

— Ce sera formidable.

C'était la première fois depuis très longtemps qu'elle avait du temps à elle, mais son esprit vagabondait trop pour qu'elle en profite pleinement. Lorsqu'elle leva les yeux après avoir lu les mêmes pages pour la seconde fois, faute d'avoir rien retenu, elle constata qu'il regardait fixement l'horizon.

– Ne vous arrêtez pas de lire pour moi. Je suis trop paresseux pour me concentrer.

Elle referma l'ouvrage qu'elle tenait entre les mains et ferma les yeux.

– Vous ne regrettez rien, au moins ? s'enquit-il soudain.

– Le mariage, vous voulez dire ?

Il hocha la tête.

– Combien de fois devrai-je vous dire que je voulais vraiment vous épouser ?

– Je souhaitais m'en assurer.

Il lui prit la main et ils s'enfoncèrent dans leurs chaises longues.

Elle ouvrit brusquement les yeux, consciente de s'être endormie. Zachary était là, qui lui souriait.

– Je viens tout juste de me lever, et je m'endors déjà, s'étonna-t-elle.

– Vous avez encore mauvaise mine. Vous avez besoin de vous reposer.

– Combien de temps faut-il pour rallier le port de Galle ?

– Quinze jours, je crois.

Lorsqu'il voulut se renseigner plus précisément le soir même, plusieurs passagers lui fournirent les informations qu'il cherchait.

– Une quinzaine de jours. Galle est une étape fort agréable.

– Ensuite, dix-sept ou dix-huit jours jusqu'à Suez.

— Six semaines en tout avant l'arrivée en Angleterre, à quelques jours près.

Pandora, qui connaissait sa géographie, fronça les sourcils.

— Comment gagne-t-on la Méditerranée depuis Suez ? Par la route ?

La question amusa l'un des passagers.

— Ma chère dame, l'Égypte est une contrée civilisée, de nos jours. Il suffit de prendre un train à destination d'Alexandrie. Le trajet dure deux ou trois jours, à condition que la locomotive ne tombe pas en panne, et un autre vapeur nous attend à Alexandrie.

Un homme plus âgé sourit d'un air nostalgique.

— La première fois que je suis allé en Australie avec ma femme, nous avons pris un bateau à voile. La fois suivante, nous avons transité par l'Égypte. Ma Marie était une voyageuse intrépide et nous sommes retournés en Angleterre à plusieurs reprises. Le trajet entre Suez et Le Caire s'effectuait en voiture à cheval, un peu plus de cent kilomètres, mais vous aviez le sentiment d'en parcourir le triple. Les routes étaient épouvantables. Nous étions couverts d'ecchymoses à l'arrivée. Nous avons descendu le Nil à bord d'un vapeur crasseux. Marie, la pauvre, s'est fait mordre par toutes sortes d'insectes, mais elle n'en avait cure. Et puis nous sommes arrivés à Alexandrie en empruntant une péniche dans laquelle il régnait une atmosphère étouffante.

Les voyageurs les plus avertis échangèrent alors des anecdotes que Pandora écouta avec intérêt.

En fin de soirée, Zachary fit à nouveau une promenade nocturne sur le pont. Il resta si longtemps parti qu'elle s'endormit avant son retour.

Elle se réveilla dans la nuit et soupira en entendant sa respiration au-dessus d'elle. Elle aurait préféré se trouver dans ses bras.

*

Le passager qui avait traversé l'Égypte à la grande époque demanda au jeune couple la permission de s'approprier la chaise longue voisine le lendemain matin. Pandora reposa son livre avec soulagement. Peu encline à lire, elle passait le plus clair de son temps à observer Zachary dans l'espoir de deviner ses pensées.

– Je rentre définitivement en Angleterre, se confia M. Plumley. J'ai deux fils là-bas et deux autres en Australie, ainsi que des petits-enfants des deux côtés. Mon pays me manque, depuis la mort de ma femme. Vous devez trouver cela idiot.

– Dans ce cas, je suis aussi idiote que vous, le rassura Pandora. J'avais tellement le mal du pays que j'étais impatiente de quitter l'Australie, alors que mes trois sœurs ont choisi d'y rester.

– Les distances déchirent les familles de façon tragique, réagit-il en secouant la tête avec tristesse. Quand on est jeune, voyager et s'installer ailleurs est une aventure, mais les amis d'autrefois finissent par vous manquer. Ceux qui sont encore en vie, évidemment. Sans doute ne reverrai-je jamais les enfants et petits-enfants que je laisse en Australie, à moins qu'ils ne viennent me rendre visite. Mon fils Paul le fera sans doute. Il a bien réussi et tient de sa mère, il adore les horizons neufs, mais je ne reverrai probablement jamais George. Il est si casanier. C'est à se demander d'où il tient son caractère.

Ils retrouvèrent M. Plumley régulièrement tout au long de la traversée et acceptèrent avec reconnaissance ses conseils. Les journées passaient vite avec le vieil homme, mais Pandora redoutait l'arrivée de la nuit. Elle aurait voulu se fâcher, demander à Zachary pour quelle raison il refusait systématiquement de la toucher.

Sa fierté naturelle l'en empêcha, tout autant que la politesse sans faille dont il faisait preuve à chaque instant. Un mur s'était installé entre eux, qui les transformait en étrangers.

17

Zachary, les cheveux agités par une brise tiède, contemplait avec ravissement le spectacle des eaux turquoise, si différentes de celles de la Manche. À l'horizon se dessinait une chaîne montagneuse au pied de laquelle se dressait un fort énorme dominant le port de Galle.

– Cet endroit est magique, déclara Pandora, faisant écho à ses pensées.

Il brûlait du désir de lui passer un bras autour des épaules ou de lui prendre la main, sans céder à la tentation.

Elle s'éventa avec une feuille de papier pliée en deux afin d'éteindre le feu qui lui brûlait le visage.

– Si seulement il pouvait faire moins chaud et humide. Ce climat m'épuise.

Pandora passait son temps à dormir, au point qu'il commençait à se soucier de sa santé. La nuit, il l'entendait soupirer en s'épongeant à l'aide d'un chiffon mouillé, mais lorsqu'il l'interrogeait, elle lui répétait que tout allait bien. Il savait pourtant que ce n'était pas le cas. Elle ne ressemblait plus à la jeune femme lumineuse et pleine d'énergie qu'il avait croisée quelquefois à Outham.

Le bateau s'avançait dans le port lorsque M. Plumley s'approcha.

– Êtes-vous prêts à débarquer ? Cela prendra du temps, j'aime autant vous avertir.

— Nous vous sommes reconnaissants de votre aide, répondit Zachary.

— C'est un plaisir de voyager en compagnie de jeunes gens.

Il désigna les remparts de la ville.

— Nous irons nous y promener lorsqu'il fera moins chaud. C'est l'un des lieux de prédilection des voyageurs.

Une armée d'hommes à la peau sombre s'abattit sur le navire dans une tempête de cris afin de décharger les bagages et la cargaison. Au moment de débarquer, M. Plumley conduisit les Carr au bureau de la compagnie où il attendit patiemment que M. Bailey, le représentant de la P&O, s'occupe d'eux.

— J'ai honte de vous obliger à perdre votre temps, s'excusa Zachary auprès du vieil homme.

M. Plumley lui sourit.

— Il est normal d'aider ses semblables. En outre, je prends plaisir à redécouvrir à travers vos yeux un spectacle devenu familier.

Fort heureusement, un bateau disposant d'une cabine quittait le port deux jours plus tard à destination de Suez. Il ne restait plus aux Carr qu'à dénicher un logement d'ici là. Cette fois encore, l'assistance de M. Plumley leur fut précieuse, et lorsque le soleil entama sa chute à l'horizon avec la rapidité qu'on lui connaît dans les tropiques, il les entraîna comme promis sur les remparts.

— Quels sont vos projets pour demain ? s'enquit le vieil homme.

— Nous aimerions visiter la ville, répondit Zachary.

— À condition que je puisse échapper à la morsure du soleil, ajouta Pandora.

— Nous pourrions louer une voiture, ce qui vous permettrait de rester à l'ombre pendant la promenade, suggéra M. Plumley. Et si la chaleur vous incommode, nous vous ramènerons. Il nous faudra de toute façon rentrer à la mi-journée, il fait trop chaud pour rester dehors.

*

Pour la première fois de sa vie, Zachary voyait des palmiers et des arbres à pain, goûtait des plats épicés qui emportaient la bouche de Pandora et lui faisaient dire en riant qu'elle préférait encore la cuisine traditionnelle anglaise. La diversité des langues pratiquées dans la rue était surprenante tant il y avait là de voyageurs en transit.

Il sembla à Zachary que sa femme retrouvait de l'entrain à mesure que se poursuivait la visite, mais le problème restait entier. Comment avait-il pu être assez bête pour accepter ce simulacre de mariage ? Il fallait donc qu'elle l'ait envoûté.

Non, ce n'était pas de l'envoûtement, mais de l'amour pur.

Il l'aimait trop pour ne pas lui offrir l'occasion de changer d'avis lorsqu'elle serait de nouveau elle-même, en dépit des nuits d'insomnie qui en découlaient. Sa mère l'avait souvent taquiné sur la rigueur de ses principes, mais c'était ainsi.

*

Le trajet de retour se déroula sans incident, si bien que Bert et Léo arrivèrent en vue de Westview aux alentours de 14 heures, une semaine après avoir quitté Mount Barker. Ils y furent accueillis par Reece et les Southerham, impatients de recevoir des nouvelles de Pandora. Une toute jeune fille que les nouveaux venus ne connaissaient pas les observa de la cuisine improvisée.

– Je dois m'occuper des chevaux, décréta Léo à peine arrivé.

Bert sourit en lisant de la frustration sur les traits des autres. Il avait fini par s'habituer à l'obsession de Léo pour les animaux.

– Donne-leur déjà tes lettres, mon garçon.

Léo s'arrêta net.

– Ah, c'est vrai.

Il tira de sa poche deux enveloppes fripées qu'il tendit à Reece avant de dételer le hongre.

– Ils sont arrivés à temps pour le bateau, expliqua Bert. Je n'ai pas pu les accompagner personnellement à cause de ceci, précisa-t-il en agitant son bras cassé maintenu par une attelle. Un garçon que nous avons rencontré à Mount Barker les a guidés jusqu'à Albany. Nous avons eu un accident, une roue s'est détachée.

– Pandora a-t-elle été blessée ? s'inquiéta Livia.

– Non, seulement moi.

De son côté, Francis semblait davantage concerné par les bêtes et les examina attentivement.

– Les chevaux n'en ont pas trop souffert, visiblement. Kevin et Conn seront contents. Et la charrette est très bien réparée.

Il donna une claque amicale sur l'épaule de Léo.

– Je suis content de te revoir. Il faudra que tu rencontres Patty, qui est venue aider ma femme.

Léo, qui se souciait peu de la nouvelle domestique, se contenta de répéter son désir de s'occuper des chevaux.

– Désormais, tu aideras Reece, poursuivit Francis.

Léo approuva d'un mouvement de tête.

— Je l'aime bien.

Reece, les deux missives à la main, constata qu'elles étaient adressées à sa femme. Il brûlait d'en connaître le contenu, mais il refusait de les ouvrir hors de sa présence.

— Vous n'avez pas besoin de moi tout de suite. Je vais porter ces enveloppes à Cassandra, j'en profiterai pour avertir Kevin que vous êtes de retour. Je lui ramènerai sa charrette en faisant le détour par la route ce soir après mon travail.

— Vous n'ouvrez pas ces lettres ? s'étonna Francis. Après tout, vous êtes son mari et tout le monde meurt d'envie de savoir comment s'est déroulé leur voyage.

— Non, elles sont adressées à Cassandra.

*

Cassandra releva la tête en voyant son mari descendre le petit sentier d'un pas vif.

— Tout va bien, j'espère ?

— Très bien. Léo et Bert viennent de rentrer. Ils t'ont apporté deux lettres de Pandora.

Elle s'empressa de décacheter la première et parcourut en diagonale le contenu de la feuille qu'elle contenait.

— Ils ont eu un accident avec la charrette, mais Zachary et elle n'ont pas été blessés. Ils ont pu rallier Albany le lendemain en espérant arriver à temps pour prendre le bateau.

Elle tendit la lettre à Reece et déchira la seconde enveloppe. Elle poussa un cri d'étonnement.

— Que se passe-t-il ? demanda son mari.

— Pandora et Zachary se sont mariés !

Ils se regardèrent un long moment, bouche bée.

— Elle me dit qu'elle l'aime. Tiens, lis toi-même.

Reece lui prit la lettre des mains.

— C'est allé bien vite. J'espère qu'il ne l'a pas épousée pour son argent.

La phrase leur donna à réfléchir tous les deux, mais ils secouèrent la tête dans un même ensemble.

— Non, je ne le crois pas, dit-elle. Il a l'air tellement honnête.

— Ce garçon me plaisait bien.

— Jamais Pandora ne me mentirait. Si elle me dit qu'elle l'aime, c'est que c'est vrai. Je suis si content pour elle !

Cassandra glissa un bras dans le creux de celui de Reece et posa la tête sur son épaule.

— C'est tellement bon d'être mariée à l'homme que l'on aime.

— Ou à la femme que l'on aime.

Il l'embrassa tendrement.

— Tu sembles fatiguée.

— Je suis constamment fatiguée. Je crois que c'est pour bientôt.

— Je ferais mieux de me rendre au magasin, au cas où quelqu'un pourrait t'aider. Mme Moore est déjà occupée par une autre naissance. Je devrais peut-être aller chercher l'une des jumelles. La gamine que j'ai ramenée pour aider les Southerham est trop jeune pour s'y connaître en accouchement.

— Attendons un jour ou deux. On décidera ensuite.

*

Dix-huit jours après avoir quitté le port de Galle, Zachary et Pandora débarquaient à Suez. Ils avaient fait bon voyage en compagnie de passagers bien élevés, qu'ils connaissaient déjà pour certains. Il faisait encore plus chaud en Égypte et Zachary, qui supportait pourtant la chaleur mieux que sa femme, avait du mal à respirer. Pandora s'était fanée avant même d'arriver au port. Elle passait ses journées allongée sur une chaise longue, mangeant peu, passant des nuits moites à se retourner dans la cabine légèrement plus grande qui leur avait été attribuée cette fois.

Oubliant son propre inconfort, Zachary veillait à ce qu'elle boive beaucoup d'eau sur les recommandations de M. Plumley.

— Certaines personnes ne supportent pas la chaleur, lui avait-il confié un soir sur le pont. Votre femme en fait partie. À votre place, je ne quitterais plus l'Angleterre à l'avenir.

— J'en ai bien l'intention.

— Quel bonheur de voir combien vous vous aimez, tous les deux. Cela me rappelle le couple que Marie et moi formions. Elle me manque terriblement.

Il tira de sa poche un large mouchoir tout chiffonné et se moucha vigoureusement.

Zachary lui lança un coup d'œil en coin. *Combien nous nous aimons ?* Comment M. Plumley pouvait-il en être aussi sûr ?

Cette nuit-là, il se réveilla couvert de sueur après avoir rêvé d'elle.

Elle le dévisagea longuement au réveil et posa une main sur sa joue.

— Vous n'avez pas bien dormi, vous non plus.

— J'ai du mal à supporter cette chaleur, tout comme vous.

Elle lui adressa un sourire figé.

— Ce n'est pas tant la chaleur, mais la lutte que se mènent votre conscience et vos… besoins.

Il déposa un baiser sur les doigts de Pandora avant de reculer machinalement. S'il s'était écouté, il l'aurait prise dans ses bras et embrassée comme il en avait rêvé. Il s'approcha de la toilette et se mouilla le visage avec un linge humide. Elle laissa échapper un soupir dans son dos. Il aurait voulu se retourner et lui donner ce dont elle avait tant besoin, mais sa conscience montait impitoyablement la garde.

*

Le trajet de Suez à Alexandrie constituait l'étape suivante d'un périple interminable. Certains voyageurs parlaient de visiter la région, d'autres envisageaient même de passer quelque temps dans la ville afin d'en profiter pleinement. Zachary et Pandora, à l'inverse, n'avaient qu'une hâte : rentrer en Angleterre.

Chaque fois que le train faisait halte, des vendeurs ambulants se pressaient aux fenêtres dans l'espoir de leur vendre des babioles. Les hommes, vêtus de pantalons bouffants, portaient pour beaucoup des couvre-chefs en forme de pot de fleurs renversé. Des *fez*, ainsi que le leur avait expliqué M. Plumley.

Zachary acheta un éventail peint à sa femme et en choisit un pour lui-même en pensant l'offrir à Hallie à son retour. Il choisit pour sa mère un joli châle d'un tissu si léger qu'il ne risquait pas de lui tenir chaud, mais du même bleu que ses yeux.

Lorsqu'il le montra à Pandora qui agitait lentement l'éventail devant son visage cramoisi, elle le loua pour son goût.

– Comment arrivent-ils à fabriquer un tissu aussi fin et transparent ? s'étonna-t-elle. Cette teinte est étonnante.

— Aimeriez-vous que je vous en offre un ?

— Avec plaisir.

— Quelle couleur ?

— Je vous laisse décider.

Il en trouva un d'un rose profond dont le tissu brillait lorsqu'il le déplia devant elle.

Elle en eut les larmes aux yeux.

— Il est magnifique. Oh, Zachary ! Je suis désolée.

— De quoi ?

— D'être aussi fatiguée en permanence. Je ne comprends pas ce qui m'arrive.

— M. Plumley affirme que c'est dans la nature de certaines personnes et que je dois veiller à ne plus vous laisser quitter l'Angleterre.

— Je ne crois pas que je serais capable d'effectuer à nouveau un tel voyage, même s'il s'agissait de rendre visite à mes sœurs. Mon père serait là, il me dirait de me reprendre. Je vous assure, Zachary, je n'y arrive pas.

— Je sais.

Il lui tint la main jusqu'au départ du train et lui fit la conversation jusqu'à ce qu'elle retrouve le sourire. Le plaisir d'être en sa compagnie valait tous les paysages.

La chaleur était moins écrasante à Alexandrie et Pandora se sentit mieux. Elle mangeait à nouveau et accepta même d'entreprendre une visite de la ville.

Un guide leur fit découvrir le nouveau tramway dont il se montra plus fier que des ruines antiques.

— Ville très moderne, ne cessait-il de répéter. Très moderne.

*

Cassandra se réveilla cette nuit-là avec une vive douleur au ventre. Il ne pouvait pas s'agir du bébé qui ne remuait quasiment plus depuis un mois. Elle en était arrivée à se dire qu'elle tiendrait finalement jusqu'à l'arrivée de Mme Moore. Quelques contractions plus tard, elle se décida à réveiller Reece.

– Je crois que c'est pour maintenant.

Il se dressa dans le lit.

– Bon sang ! Et Mme Moore qui ne sera pas là avant un ou deux jours.

Il se leva précipitamment et alluma la chandelle aux braises qui sommeillaient dans l'âtre.

Kevin sortit de la chambre voisine, mal réveillé.

– Tout va bien ?

– Cassandra est sur le point d'accoucher. Pourriez-vous rester avec elle pendant que je vais chercher Livia ?

– C'est une femme adorable, mais elle ne vous sera d'aucune utilité.

– J'en ai bien conscience, mais j'ai besoin d'une femme à mes côtés.

– Pourquoi ne pas ramener Léo, tant que vous y êtes ? Léo a aidé plus d'une jument à pouliner. Ce sera mieux que rien.

Reece revint une demi-heure plus tard avec Livia et Léo. Ce dernier était ravi, bien que personne à part Kevin ne croie vraiment à son utilité.

Mais à mesure que les heures s'écoulaient et que le bébé ne venait pas alors que Cassandra s'efforçait de retenir ses cris de douleur, Reece prit peur.

Léo, qui observait la scène en silence, se décida à parler.

– Puis-je l'examiner ? J'ai déjà assisté à une naissance, je sais comment faire. La femme du palefrenier a accouché dans les écuries, le bébé est arrivé avant la date prévue.

Il sourit à l'évocation de ce souvenir avant d'ajouter :

— Les femmes ont plus besoin d'aide que les animaux.

— Ce garçon en sait davantage que nous, insista Kevin auprès de Reece. Vous m'avez expliqué qu'on ne vous avait pas laissé assister à l'accouchement de votre première femme.

— Elle était mourante quand on m'a donné l'autorisation d'entrer dans la chambre, répondit Reece d'un air sombre.

Il ne supporterait pas de perdre Cassandra.

Léo pénétra dans la pièce et Cassandra, trop épuisée pour se montrer pudique, se laissa palper le ventre.

— Il se présente à l'envers. On sent bien sa jambe ici. En pareil cas, on retourne le poulain.

Reece et Livia le dévisagèrent avec stupéfaction.

Cassandra finit par prendre elle-même la décision.

— Alors retournez-le, Léo. Je ne veux pas perdre mon bébé.

— J'aurai besoin d'un seau d'eau chaude savonneuse et de beaucoup de savon. Le maréchal-ferrant veillait toujours à ce qu'on se lave bien les mains avant de s'occuper des poulains.

Il se mit au travail d'un air parfaitement serein sous le regard anxieux de Reece.

Léo se redressa soudain, un sourire aux lèvres.

— C'est bon. Il peut venir au monde, maintenant.

Il ne s'était pas trompé. Quelques minutes plus tard apparaissait la tête et le bébé sortit rapidement en poussant son premier cri.

Cette fois encore, le mérite de couper et de nouer le cordon revint à Léo.

Livia, les yeux embués de larmes, s'empressa d'emmailloter l'enfant dans un linge et le tendit à Cassandra.

– C'est une fille.

Cassandra, qui se reposait les paupières closes depuis l'accouchement, ouvrit grand les yeux.

– Une fille ?

Reece s'agenouilla près d'elle.

– Oui, une fille. Tu es toujours d'accord pour l'appeler Sofia ?

Elle observa le petit visage chiffonné de l'enfant qui reposait contre elle, trop émue pour prononcer une parole. Elle déposa un baiser sur le front du bébé.

– Sofia. Oui, c'est un prénom ravissant.

Reece leur sourit, content intérieurement que sa femme n'ait pas donné naissance à un garçon. Il aurait plus de facilité à aimer une fille.

*

Le bateau accosta à Gibraltar une semaine après avoir quitté Alexandrie, puis il quitta les eaux de la Méditerranée et entama son ultime étape jusqu'à Southampton. Fort heureusement, la mer était calme dans le golfe de Gascogne et la fin du voyage se déroula sans incident.

Pandora se sentit vite mieux à mesure que la fraîcheur revenait, retrouvant toute son énergie et sa beauté.

On leur annonça un matin que l'Angleterre était proche et ils montèrent sur le pont, en compagnie des autres passagers. Pandora en avait les yeux brillants et les joues roses.

Quand une tache imprécise apparut à l'horizon et que l'un des officiers du bord leur confirma qu'il s'agissait bien des côtes anglaises, la jeune femme en pleura.

— Je n'arrive pas à croire que nous arrivons, dit-elle d'une voix serrée par l'émotion.

Zachary la prit par les épaules et elle enfouit son visage dans sa poitrine en sanglotant, sans se soucier d'être vue.

M. Plumley entreprit de la consoler.

— Allons, ma chère petite. Vous devriez vous allonger afin de vous reprendre.

Elle essuya ses larmes et sourit aux deux hommes.

— Laissez-moi une minute. Si vous saviez combien l'Angleterre m'a manqué…

Elle assista au déjeuner avant de retourner sur le pont, pleine de vie.

Une fois le bateau à bon port, elle attendit avec impatience que les formalités soient terminées pour se ruer sur le quai et entamer une ronde sans se soucier de la pluie qui lui mouillait le visage.

— Nous sommes chez nous, déclara-t-elle à Zachary. Nous sommes vraiment en Angleterre.

Elle se pencha et toucha le sol du bout des doigts avant de se redresser, les yeux noyés de larmes.

— Par une belle journée d'été, qui plus est ! la railla Zachary.

— Je me fiche qu'il pleuve tous les jours tant qu'il s'agit de pluie anglaise !

— Nous avons le choix : soit passer la journée ici sous la pluie, soit récupérer nos bagages et trouver le moyen le plus rapide de regagner le Lancashire.

Elle lui prit la main et l'entraîna vers le bâtiment des douanes.

— Ne perdons pas une minute.

Ils firent leurs adieux à M. Plumley, qu'était venu accueillir l'un de ses fils. Après avoir réservé des places dans un train à destination de Londres le lendemain matin, ils descendirent dans un hôtel proche de la gare.

Pandora se sentait si bien qu'elle décida de mettre un terme à l'héroïsme inconsidéré de son mari.

– Vous m'avez ramenée saine et sauve en Angleterre, Zachary. Je ne pourrai jamais vous remercier suffisamment. Je n'aurais jamais pu rentrer si vous ne vous étiez pas occupé de moi lorsque j'étais malade. Il a fallu que nous arrivions à Gibraltar pour que je redevienne moi-même. Je suis persuadée que maître Featherworth se montrera ravi de vos états de service.

Il acquiesça d'un air grave et elle sut d'emblée qu'il ne partageait pas son euphorie.

– Que se passe-t-il ? Vous n'êtes pas heureux d'être rentré ?

– Bien sûr, mais… je me demande comment je pourrai désormais m'accommoder de l'existence d'un vendeur ordinaire, lui avoua-t-il.

– Vous ne serez pas un vendeur ordinaire, vous serez l'un des propriétaires du magasin. Vous en assurerez la direction. *Vous*, et non ce Harry.

– Je serai au mieux le mari de la propriétaire… si vous décidez de me garder à vos côtés une fois installée.

– Je pensais vous avoir donné la preuve que mes sentiments à votre endroit ne changeraient pas.

Il posa sur elle un regard ferme.

– Je reste sur mes positions. Il est hors de question de modifier quoi que ce soit à notre relation tant que vous n'aurez pas pris vos marques.

– Mais enfin, Zachary ! Que ferons-nous en arrivant à Outham ? Vous voulez que nous vivions séparément sans dire à personne que nous sommes mariés ?

– Oui.

— Je ne suis pas d'accord. Vous êtes mon mari et je vous veux à mes côtés. Si vous refusez de vivre chez moi, je viendrai vivre chez vous. Je camperai sur le seuil de votre porte s'il le faut. Je ne plaisante pas, Zachary. Je n'ai aucune intention de renier mon mariage.

— Vous rendez ma tâche impossible.

— De quel droit décidez-vous ce qui est bien pour moi ?

— Je suis votre mari.

— Dans ce cas, comportez-vous en mari !

Ils se disputèrent ainsi jusqu'à tomber de fatigue sans qu'elle parvienne à l'ébranler.

Dès leur arrivée à Londres, il insista pour qu'elle retire son alliance et leur prit des chambres séparées dans l'hôtel qu'ils avaient choisi, sous les noms de Mlle Blake et de M. Carr. À peine installé, il sortit télégraphier l'annonce de leur arrivée le lendemain à maître Featherworth.

— Je ne compte rien lui dire à notre sujet tant que je ne serai pas en sa présence, expliqua-t-il à Pandora.

Seule dans sa chambre d'hôtel, la jeune femme s'endormit en pleurant. Pourquoi fallait-il qu'elle aime l'homme le plus têtu d'Angleterre ?

Ils sortaient de la gare d'Outham le lendemain en fin de journée lorsqu'un gamin vint à leur rencontre.

— Je travaille pour maître Featherworth. Il m'a demandé de venir vous chercher. Il m'a bien précisé que vous ne deviez parler à personne tant que vous ne l'aviez pas vu. Il prétend que c'est *très* important.

Ils échangèrent un regard surpris, puis Zachary trouva un fiacre pour les conduire avec leurs bagages à l'étude du notaire.

Avant d'y prendre place, Pandora regarda autour d'elle.

– Je suis chez moi, murmura-t-elle. Je pensais ne jamais revoir Outham.

Elle leva les yeux en direction des landes qui entouraient la ville.

– Je compte m'y promener à la première occasion, elles m'ont tant manqué.

La campagne des environs avait également manqué à Zachary qui faillit lui proposer de l'accompagner avant de se souvenir de la présence du jeune commis de l'étude.

En chemin, ils passèrent devant le Grand Magasin Blake et, comme Pandora ouvrait la bouche, il lui rappela les recommandations du notaire.

Le commis hocha vigoureusement la tête et elle se contenta d'adresser un regard mauvais à Zachary.

Laissant le jeune garçon surveiller leurs bagages, ils se rendirent en droite ligne dans le bureau de maître Featherworth. Alors que ce dernier s'avançait afin de les accueillir, ils furent rejoints par M. Dawson.

Le notaire ne perdit pas de temps en amabilités.

– Pourquoi revenir sans les trois autres sœurs, Zachary ? J'imagine que vous avez dû les retrouver ?

Il lui fallut expliquer en détail les raisons qui avaient poussé les aînées de la fratrie à rester en Australie.

Pandora lui tendit les documents l'autorisant à agir au nom de ses sœurs. Maître Featherworth lui imposa le silence d'un geste afin de les lire rapidement.

– Ces documents ont été établis hâtivement, mais ils sont parfaitement valides. Vous avez bien fait de demander à Francis Southerham de les contresigner. Il est fort honorablement connu ici et personne ne songera à l'accuser de conflit d'intérêts. Vous me ferez établir une copie des présentes, Dawson.

Il reporta son attention sur ses visiteurs.

— Poursuivez, je vous prie.

Voyant que Zachary ne pouvait se résoudre à détailler les circonstances de leur mariage, Pandora prit les devants.

— J'ai décidé de l'épouser après être tombée amoureuse de lui.

Maître Featherworth gratifia Zachary d'un coup d'œil réprobateur et M. Dawson ne fit pas mystère de son déplaisir.

— Il m'a fallu le persuader, ajouta précipitamment Pandora. Il estimait que c'était inconvenant.

— Je ne peux que l'approuver sur ce point, commenta sèchement le notaire. N'oubliez pas, ma chère dame, que vous êtes fortunée. Ce jeune homme, aussi digne d'estime soit-il, n'est pas en capacité de subvenir aux besoins d'une épouse. Je ne peux m'empêcher de croire que vous avez trahi notre confiance, Zachary.

Pandora sut ce qu'il allait dire avant même qu'il ouvre la bouche pour se défendre.

— Non, Zachary ! l'implora-t-elle. Ne dites rien !

— Ne pas nous dire quoi ?

Il regarda le notaire droit dans les yeux.

— Notre union n'a pas été consommée. Je ne voulais pas qu'elle se sente liée à moi du fait des circonstances.

Les deux hommes ne cachèrent pas leur soulagement. Pandora en aurait pleuré.

— J'ai agi en pleine connaissance de cause ! s'écria-t-elle, rouge de confusion. C'est lui qui n'a jamais voulu que nous… que notre mariage…

Les traits de maître Featherworth s'adoucirent.

— C'était fort noble de votre part, jeune homme, ajouta M. Dawson.

Zachary hocha la tête en se tournant vers Pandora, convaincu que les circonstances achèveraient de les séparer, à présent qu'ils étaient de retour à Outham.

— Je l'aime trop pour vouloir la piéger.

— Si vous m'aimez, je vous demande d'être pleinement mon mari !

Il secoua la tête.

— Il est trop tôt.

— Si je n'étais pas aussi fatiguée, je continuerais de me battre, mais je tiens à peine debout. En tout cas, sachez tous les trois que je ne laisserai à personne le droit d'annuler mon mariage. À moins que Zachary me donne la preuve qu'il ne tient pas à moi.

Le notaire et son clerc sourirent aux deux jeunes gens.

— Chère mademoiselle Blake, personne ne s'aviserait de vous contrarier, sourit maître Featherworth. Pour l'heure, il me semble plus avisé de ne rien dévoiler de ce mariage. Si Zachary consent à retourner travailler au magasin, il sera le mieux à même de découvrir ce qui s'y passe. Faites-leur part de nos soupçons, Ralph.

— Nous avons des raisons de croire que Harry Prebble puise dans les réserves du magasin. Pas de façon démesurée, mais assez pour doubler ses revenus. Sa famille a mauvaise réputation. Je me demande bien pourquoi M. Blake s'est embarrassé d'un tel employé.

— Harry l'a supplié en lui promettant de le servir honnêtement. M. Blake voulait croire en la nature humaine, et je dois avouer que Harry a toujours travaillé avec ardeur.

— Très bien. Quoi qu'il en soit, il n'est pas au courant de nos soupçons. Ce jeune homme est bien sûr de lui tout en affichant un grand mépris d'autrui. Je suis convaincu que cela causera sa perte.

Il détailla à ses visiteurs les mésaventures de Mlle Blair avant d'évoquer la présence de Marshall Worth au sein du personnel.

– Je n'arrive pas à croire qu'il puisse voler ! s'exclama Zachary. Il n'en a pas besoin pour réussir, il est compétent et travailleur, même si je ne suis pas toujours d'accord avec sa façon de gérer le magasin.

– Nous ne disposons d'aucune preuve, mais il est le seul en capacité de dérober des marchandises, puisqu'il est le seul à posséder la clé du bâtiment et de l'accès à la cour.

– C'est horrible de voler ceux qui vous accordent leur confiance, déclara Zachary.

– La cupidité est un mal répandu, répliqua M. Dawson.

Le notaire frissonna.

– J'ai chargé mon clerc de gérer la situation. Je ne sais pas comment j'aurais réagi sans son assistance. Je suis un homme de loi, et non un policier.

Zachary revit dans sa tête le petit homme replet dans son cadre familial, heureux au milieu des siens. Il ne put s'empêcher de sourire en imaginant maître Featherworth en uniforme, traquant les voyous. M. Dawson, qui observait son employeur avec indulgence, se tourna vers Zachary avec un sourire complice.

Un coup d'œil à la pendule le rappela à ses devoirs.

– Vous avez un rendez-vous dans quelques minutes, maître. Souhaitez-vous que je conduise ces jeunes gens dans mon bureau de façon à envisager la suite, avant de les reconduire chez eux ? J'avais scrupule à loger Mlle Pandora dans l'appartement du magasin, en compagnie de la seule bonne, aussi ai-je pris la liberté d'envoyer un message à Mlle Blair en lui demandant de rester quelque temps.

— A-t-elle accepté ? s'enquit le notaire.

— Oui. Elle ne souhaite pas quitter Outham où elle s'est fait de solides relations, en plus de ses proches.

*

Le fiacre lourdement chargé de bagages qui emportait Zachary, Pandora et Ralph Dawson traversa la ville. La plupart des commerces étaient ouverts car il faisait encore jour, mais les rues étaient quasiment vides. Le cocher se rangea devant le magasin et Pandora leva la tête en direction de son mari.

— Je ne changerai pas d'avis, déclara-t-elle sur un ton péremptoire.

Il préféra ne pas répondre et M. Dawson s'empressa de changer de sujet de conversation.

— Ma chère mademoiselle Blake, je vous engage à ne rien dévoiler de votre situation. Quant à vous, Zachary, de grâce, contenez votre impatience. Nous comptons sur vous pour découvrir la vérité.

— Je compte bien ouvrir l'œil également, déclara Pandora.

— Ma chère dame, ce n'est pas le rôle d'une femme.

— N'oubliez pas que c'est *mon* magasin, et celui de mes sœurs.

Zachary aidait la jeune femme à descendre de voiture lorsque Harry apparut sur le seuil en affichant un sourire suffisant.

— Te voilà de retour, Carr !

Il dévisagea longuement Zachary, comme s'il le reconnaissait à peine, avant de s'intéresser à Pandora.

— Je suis heureux d'être le premier à vous souhaiter la bienvenue dans votre nouvelle maison, mademoiselle Blake. J'imagine que vos sœurs vous suivent dans une autre voiture ?

Pandora lui adressa un mouvement de tête.

— Je vous remercie, monsieur Prebble. Ce sera un plaisir de travailler avec vous.

M. Dawson fit signe à Harry de rentrer dans le magasin et le jeune homme s'exécuta après une courte hésitation.

Zachary était en plein rêve. En plein cauchemar, plus exactement. Il aurait aimé dire à Harry de ne pas approcher sa femme, mais il n'en avait pas le droit. Il sentait déjà Pandora s'éloigner. Quoi qu'elle en dise, le fossé qui les séparait ne pourrait que se creuser.

Ils sonnèrent à la porte du logement et Dot les accueillit avec un sourire radieux.

— Je vous souhaite la bienvenue chez vous, mademoiselle Blake. M. Dawson m'avait annoncé votre arrivée. Entrez, je vous en prie.

— Laissez-moi monter votre malle à l'étage avec l'aide du cocher, proposa Zachary.

— Merci, c'est très aimable à vous.

Pandora s'engagea dans l'escalier derrière le clerc.

— Je n'étais jamais venue dans l'appartement.

— Vous trouverez les lieux très confortables, répliqua M. Dawson. Ah, mademoiselle Blair ! Permettez-moi de vous présenter Mlle Pandora Blake.

— Bienvenue chez vous, fit Alice. Le voyage a dû être éprouvant.

Pandora lui rendit son sourire.

— Je vous remercie. Je suis effectivement heureuse d'être rentrée, je suis épuisée. Je me serais volontiers couchée après avoir mangé un peu. Je serai davantage moi-même demain matin.

Alice se tourna vers la servante.

— Dot ?

— Un sandwich au jambon et une tranche de cake vous conviendraient-ils ?

— Une tasse de thé et un peu de cake suffiront.

Zachary et le cocher survinrent sur ces entrefaites, chargés de la malle, et Mlle Blair leur précisa dans quelle pièce la déposer.

— Mesdames, je vais vous laisser, s'interposa M. Dawson. Je passerai vous rendre visite demain matin, mademoiselle Blake. Je vous souhaite une bonne nuit.

— Je vous raccompagne, proposa Alice.

Enfin seul avec Pandora, Zachary parut hésiter.

— Comment vous sentez-vous ? Mieux, je l'espère ?

— Tout ira bien après une bonne nuit de sommeil. Vous devez être aussi épuisé que moi.

— Oui, ce voyage m'a… fatigué.

Il allait descendre à la suite des autres lorsqu'elle le rappela.

— Zachary ?

Il se retourna.

— Oui ?

— Je ne changerai pas d'avis.

Elle comptait le lui seriner tant qu'il n'en serait pas convaincu.

— Le mieux est d'attendre que vous vous soyez installée.

— Combien de temps me faudra-t-il encore attendre ?

— Deux ou trois mois.

Elle se raidit.

— C'est beaucoup trop long. Je compte annoncer la nouvelle d'ici un mois. Libre à vous ensuite de venir vivre avec moi ou non, mais cela ne m'empêchera pas de dire la vérité à tout le monde.

— Pandora, ne…

Elle le planta là sans un mot en claquant la porte derrière elle.

*

Le cocher commença par déposer M. Dawson à l'étude notariale.

— N'oubliez pas, murmura le clerc à l'adresse de Zachary après avoir réglé la course. Ne dites rien de votre situation.

— Je vous le promets.

Le clerc marqua un temps d'arrêt avant de poursuivre :

— Vous l'aimez, n'est-ce pas ?

— Trop pour gâcher son existence.

— Je crois que l'épouser ne gâcherait en rien son existence, mais je reste convaincu qu'il est préférable de régler certains détails auparavant. Prenez votre lundi, et même quelques jours de plus. Il vous faut récupérer.

Zachary resta comme prostré sur son siège. M. Dawson était-il sincère ? Existait-il un espoir que son mariage avec Pandora soit accepté par la société ? Pris d'une grande lassitude, il posa sa nuque contre le dossier de la banquette.

Il reprit ses esprits en constatant que la voiture s'immobilisait devant chez lui. Il fut frappé par la petitesse de la maison, par la promiscuité avec les bâtiments voisins. Lui revinrent brièvement à l'esprit l'immensité des espaces australiens, le ciel d'un bleu immaculé, les couchers de soleil spectaculaires.

La porte s'écarta et Hallie lui sauta dans les bras.

— Comme tu as le teint hâlé ! On dirait que tu es plus grand !

Sa mère l'embrassa à son tour en le serrant contre elle avant de se tourner vers sa fille.

– Calme-toi donc, Hallie, et laisse entrer ton frère.

C'est à peine si le jeune homme tenait encore debout.

– Ne m'en veuillez pas, je n'ai pas la force de tout vous raconter ce soir. Aurais-tu de quoi manger, maman ? J'aimerais manger un morceau avant de me coucher.

– Bien sûr que oui. M. Dawson nous a annoncé ton retour et j'ai préparé un bon ragoût d'agneau.

Il avala son repas machinalement et monta se coucher en se demandant s'il aurait du mal à s'endormir. Il se débarrassa à la hâte de ses vêtements sur la vieille chaise du coin, se glissa entre les draps, et sombra rapidement.

Il avait accompli sa mission, Pandora était saine et sauve, mais à quel prix pour lui ?

18

Pandora se réveilla vers 9 heures et se précipita à la fenêtre de sa nouvelle chambre afin d'observer le spectacle de la rue, et le dessin des landes dans le lointain. Elle soupira d'aise, enfila son vieux peignoir et descendit dans la cuisine où elle trouva Dot au travail.

— Où se trouvent les toilettes ?

Trop fatiguée pour ressortir la veille au soir, elle s'était servie d'un pot de chambre.

— La maison dispose d'une salle d'eau intérieure, mademoiselle. Au fond du couloir, comme je vous ai dit hier soir.

Pandora éclata de rire.

— J'avais oublié. Je nage en plein brouillard, désolée.

— M. Blake a fait installer une salle de bains juste après mon arrivée ici. Elle a tout le confort moderne, avec de l'eau chaude dans le robinet de droite si vous n'oubliez pas de fermer le robinet d'eau froide avant. Mlle Blair m'autorise à prendre un bain chaque semaine, alors que Mme Blake ne me laissait jamais y entrer, sauf pour le ménage.

— Pensez-vous qu'il y aura assez d'eau chaude pour que je prenne un bain tout de suite ?

Dot acquiesça en lançant un coup d'œil en direction du poêle.

— Il y a tout ce qu'il faut, mademoiselle. Il suffira que j'entretienne le feu pour en chauffer davantage après. Ah, j'oubliais !

— Oui ?

— Mlle Blair veut que je l'appelle Mlle Alice maintenant. Elle trouve que vos noms de famille se ressemblent trop. Ça vous ira ?

— Bien sûr.

Pandora remonta à l'étage où elle prit le temps de savourer le luxe de la salle de bains. Alice l'attendait au rez-de-chaussée lorsqu'elle redescendit.

— Avez-vous bien dormi ?

— À poings fermés, je vous remercie.

— Comptiez-vous aller à l'office ce matin ? Mon cousin m'a dit que vos sœurs et vous apparteniez à sa congrégation autrefois.

Pandora allait refuser mais changea d'avis, au cas où Zachary aurait décidé de se rendre à l'église. En outre, c'était l'occasion de transmettre au pasteur et à sa femme les salutations de ses sœurs. Les Rainey avaient aidé Cassandra à échapper aux griffes de leur tante.

— J'espère que mes cheveux auront le temps de sécher d'ici là.

— Mettez-vous près du poêle dans la cuisine.

Elle se montra incapable de rester assise longtemps. Ses cheveux à peine secs, elle se précipita à l'étage et enfila sa plus belle robe, celle qu'elle portait le jour de son mariage. Elle n'était pas de prime jeunesse et sa couleur commençait à passer. Elle prit la décision de passer rapidement commande de vêtements neufs de façon à plaire à Zachary, à présent qu'elle en avait les moyens.

*

Le lendemain de son retour, il était presque 10 heures lorsque Zachary ouvrit les yeux. Il fut tiré de son sommeil par le tintement des cloches de l'église en ce dimanche matin. Il resta allongé quelques instants, savourant la chaleur du soleil qui traversait les rideaux entrouverts. La faim lui donna le courage de se lever.

Le décor de sa chambre lui apparut dans toute sa médiocrité après le luxe de sa cabine de bateau aux lambris rehaussés d'accessoires en laiton soigneusement astiqués. Il avait toutefois la chance d'avoir sa propre chambre, un privilège que peu de personnes partageaient dans son milieu. Il comprit soudain combien Pandora lui manquait.

Arrête ! s'admonesta-t-il en descendant au rez-de-chaussée.

Il croisa une Hallie radieuse en sortant dans la cour où se trouvaient les toilettes.

— Je t'ai préparé du thé ! lui lança-t-elle.

Il se rendit dans la cuisine quelques instants plus tard, vêtu de la chemise de nuit et du peignoir achetés par M. Dawson en prévision du voyage.

Hallie en caressa la laine épaisse.

— Tu as de bien jolis vêtements, à présent. Tu comptes les porter à ton travail ?

— Je ne crois pas. Je vais avoir besoin d'un seau d'eau pour me laver, je remonte m'habiller.

Lorsqu'il retrouva sa mère et sa sœur dans la cuisine un peu plus tard, elles l'attendaient à table. Il commença par se rassasier avant d'entamer le récit de son voyage, interrompu par Hallie qui le bombardait de questions.

— Nous avons économisé de l'argent sur tes gages, Zachary. C'était d'autant plus facile que tu ne nous coûtais rien au quotidien.

Il comprit à son sourire que sa sœur le taquinait, tout en ayant bien conscience que son appétit avait été source d'angoisse au sein d'une famille qui peinait à joindre les deux bouts. Une situation qui risquait de se représenter s'il se contentait de reprendre sa place au magasin.

— Tu as bonne mine, mon fils. Je jurerais que tu as grandi et forci. Tu sembles surtout tellement plus… sûr de toi.

— Voyager donne de l'assurance. J'ai tellement de souvenirs à partager avec vous. Merci pour cet excellent petit-déjeuner, j'en avais bien besoin. Avez-vous l'intention de vous rendre à l'office ce matin ?

— Nous fréquentons désormais l'église méthodiste. Les sermons du pasteur Rainey me paraissent plus accessibles, je ne comprenais jamais un traître mot de ce que racontait le pasteur Saunders. Sans compter qu'il me choquait par sa façon de mépriser les personnes privées de travail. À l'entendre, on aurait pu croire que c'était leur faute.

— La situation ne s'est pas améliorée dans l'industrie du coton ?

— Non, même si les aides sont mieux distribuées, me semble-t-il. Les gens ne meurent plus de faim, au moins.

Il posa un regard coupable sur les restes de jambon et de pain dans son assiette.

— Ce n'est pas en sautant un repas que tu aideras les autres, lui fit remarquer sa mère à qui sa réaction n'avait pas échappé. Finis de manger pendant que je mets mon chapeau. Je débarrasserai en rentrant.

Il se souvint brusquement que Pandora fréquentait la paroisse méthodiste.

— Allez-y, je vous rejoins.

*

Sur le chemin de l'église, Pandora se tourna brusquement vers Alice :

– Accepteriez-vous de rester quelque temps ? Ou bien un autre poste vous attend-il ?

– Pas le moindre, et ce serait un plaisir de rester si ma présence ne vous dérange pas.

– Je serai ravie de votre présence. J'aimerais m'entretenir avec vos cousins une fois l'office terminé. Ils voudront prendre des nouvelles de mes sœurs.

Pandora sentit son cœur battre plus vite en apercevant Zachary. Leurs regards se croisèrent au niveau du parvis et il s'arrêta afin de lui sourire. Il glissa quelques mots aux deux femmes qui l'accompagnaient et s'approcha avec elles.

Alice s'immobilisa à son tour.

– J'imagine que vous voudrez saluer M. Carr. Vous devez être bons amis après avoir passé autant de temps ensemble. Ou alors les pires ennemis du monde.

Pandora se sentit rougir.

– Non, nous sommes amis, articula-t-elle péniblement.

– Mademoiselle Blake, fit Zachary en se plantant devant elle. Je suis heureux de vous voir reposée. Ravi de vous revoir, mademoiselle Blair. Laissez-moi vous présenter ma mère et ma sœur.

Ils échangèrent les amabilités d'usage, après quoi Mme Carr leur rappela l'heure.

– Il est temps de gagner l'église, l'office va bientôt commencer.

– Nous n'avons qu'à nous y rendre ensemble, proposa Pandora.

Zachary comprit qu'il serait grossier de refuser, d'autant qu'elle le défiait du regard, menton levé. Elle n'avait pas l'intention de lui faciliter la tâche.

Elle trouva le moyen de s'asseoir à côté de sa sœur avec laquelle elle entama la discussion à voix basse en attendant l'arrivée du pasteur. Hallie lui posa toutes sortes de questions sur l'Australie et le voyage du retour avec une intelligence et une curiosité qui rappelèrent à Pandora celle de Zachary. Hallie serait une sœur bien agréable, même s'il lui serait impossible de prendre la place des siennes. À leur évocation, elle sentit les larmes lui monter aux yeux.

— Vous ne vous sentez pas bien ? s'inquiéta Hallie dans un chuchotement.

— Mes sœurs me manquent terriblement.

Hallie lui serra affectueusement la main.

— Zachary m'a beaucoup manqué pendant son absence. C'est le meilleur des frères.

Ce serait aussi le meilleur des maris s'il s'autorisait à jouer ce rôle, pensa Pandora. *Je lui accorde un mois ! Et pas un jour de plus.*

La cérémonie achevée, elle attendit que le pasteur Rainey vienne à la rencontre des fidèles qui souhaitaient le voir. Certains étaient vêtus de haillons, ce qui ne l'empêchait pas de leur manifester la même considération qu'aux autres. Il adressa au passage un sourire à Pandora, preuve qu'il avait remarqué sa présence. La jeune femme s'étonna pourtant de ne pas voir son épouse. Elle avait dû s'éclipser à la fin de l'office.

Le pasteur finit par venir à sa rencontre. Il prit ses deux mains dans les siennes.

— Pandora, ma chère fille ! Quel bonheur de vous retrouver ! Auriez-vous le temps de passer au presbytère me raconter votre périple ?

— Avec plaisir.

Alice les interrompit brièvement.

— Je vais rentrer, je vous laisse.

La gouvernante s'éloigna et Pandora vit M. Dawson s'échapper de l'ombre d'un sycomore et lui offrir son bras. Leur entente était si manifeste qu'elle en resta un instant interdite. *On ne triche décidément pas avec l'amour*, sourit-elle intérieurement. Elle se demanda un instant si ses sentiments à l'endroit de Zachary étaient aussi transparents.

Elle soupira et reprit sa conversation avec le pasteur.

*

Confortablement installée dans le salon en pagaille des Rainey, elle raconta au pasteur et à sa femme comment Cassandra avait fini par épouser Reece après avoir gagné l'Australie grâce à eux.

Le visage de Mme Rainey s'éclaira.

— Et vous, Pandora ? Quels sont vos projets ? Je vous ai aperçue en compagnie du fils de Mme Carr. Vous sembliez… bons amis.

Elle rougit tout en s'en voulant de leur taire la vérité.

— C'est le cas, mais il affirme ne pas avoir les moyens de subvenir aux besoins d'une épouse.

Mme Rainey fronça les sourcils.

— Mais vous avez de l'argent.

— Il estime que ce serait un obstacle entre nous.

— Je ne peux lui donner tort, intervint le pasteur. Les gens porteraient sur lui un regard sévère s'il vous épousait.

Pandora ne sut comment elle trouva la force de retenir sa colère. Peut-être s'habituait-elle à dissimuler ses sentiments. Mais si un homme d'Église s'exprimait de la sorte, comment réagiraient certaines personnes moins charitables ?

Elle jeta un coup d'œil hâtif à la pendule, prit congé de ses hôtes et rentra chez elle d'un pas lent.

Elle croisa Harry Prebble en chemin et se crut obligée de s'arrêter pour le saluer en voyant qu'il prenait les devants. Elle le trouva anormalement bien habillé pour un simple employé de magasin et s'aperçut surtout qu'il était beaucoup plus petit qu'elle.

— J'espère que vous avez pu vous remettre de ce long voyage, mademoiselle Blake.

— Oui, je vous remercie.

— J'ai tout mis en œuvre pour que le magasin continue de générer des bénéfices, bien que les temps soient durs.

Il ponctua sa phrase d'un sourire fat.

— Je gage que vous serez contente en examinant les comptes. Je serai ravi de vous les présenter en personne.

— Je n'en suis pas à ce stade, mais je me débrouillerai fort bien toute seule le moment venu.

Elle reprenait son chemin lorsqu'elle s'aperçut qu'il lui emboîtait le pas.

— J'allais dans la même direction, lui expliqua-t-il. Permettez-moi de vous accompagner.

Faute de savoir comment refuser sans paraître impolie, elle accéléra le pas, heureuse de se trouver à quelques rues seulement de son domicile.

Elle le planta sur le seuil de sa porte et monta directement au salon. Ce garçon était… il était obséquieux, mais on devinait également un soupçon de raillerie chez lui. Comme si elle avait besoin qu'il lui apprenne à compter ! Un autre détail la chiffonnait dans son comportement, sans qu'elle puisse mettre le doigt dessus. Il la mettait mal à l'aise, en tout cas.

Jamais elle ne lui aurait confié la gestion du magasin, même si Zachary n'avait pas été là. Elle n'en voulait même plus au magasin, tout en comprenant qu'il était délicat de renvoyer sans raison un employé qui avait travaillé efficacement pour son oncle. Il lui restait à espérer que Zachary mette le doigt sur les anomalies constatées par le notaire afin de pouvoir renvoyer Prebble.

Elle passa le reste de son dimanche à défaire ses bagages et discuter avec Alice du meilleur moyen de rafraîchir sa garde-robe.

La gouvernante lui détailla les aides apportées par la ville aux plus démunis, ce qui lui fit repenser à la malveillance de certaines paroissiennes du pasteur Saunders à son égard comme à celui de ses sœurs, du temps où elles suivaient des cours de couture.

Elle comprit soudain qu'elle avait désormais toutes les chances d'être sollicitée pour se joindre à elles dans leurs efforts. Elle accepterait, évidemment, sans se rendre pour autant dans l'église des Saunders. Son véritable objectif était d'apprendre à bien gérer le magasin et de s'y ménager une place.

Personne ne l'en empêcherait, pas même Zachary ou maître Featherworth.

*

Le lendemain matin, Zachary fut tiré de ses songes par des coups frappés au rez-de-chaussée. Des pas légers gravirent les marches. Hallie. Il l'aurait reconnue à l'autre bout du monde. Elle toqua à la porte de sa chambre.

— Le commis du magasin est là.

— Que veut-il ?

— Il t'apporte un message de Harry Prebble.

— Donne-le-moi.

— C'est un message oral. Harry te reproche d'être en retard et t'ordonne de te dépêcher si tu ne veux pas qu'il prélève la journée sur ton salaire.

Zachary se redressa dans son lit.

— Le commis est-il encore là ?

— Non, il est reparti.

— Je ferais mieux de me lever.

— Ne m'avais-tu pas dit que M. Dawson t'avait autorisé à ne retourner au travail que dans un jour ou deux ?

— En effet, mais je vais tout de même y aller.

— Ce n'est pas juste. Tu n'aurais pas dormi si tard si tu n'étais pas toujours fatigué. Il est 9 heures. Tu es toujours levé à cette heure-là, en temps normal.

Il lui adressa un sourire amusé.

— À présent que je ne dors plus, figure-toi que j'ai faim.

— Mama m'a envoyée acheter des œufs.

Elle ajouta à voix basse :

— Je crois bien qu'elle souhaite te redonner des forces avant que tu retournes travailler pour cet horrible Harry Prebble.

Tant de véhémence amusa Zachary. Sans qu'il puisse vraiment se l'expliquer, Harry avait perdu tout ascendant sur lui. Il comptait tenir bon au magasin, du moins jusqu'à ce qu'il ait pu découvrir ce qui clochait, mais Harry Prebble n'était que du menu fretin après les expériences qu'il avait connues.

Il descendit à la cuisine où il prit le temps d'avaler son petit-déjeuner en discutant tranquillement avec sa mère et sa sœur. Ils furent interrompus par de nouveaux coups frappés à la porte d'entrée.

– Je vais ouvrir, déclara-t-il en se levant.

Il écarta l'huis et découvrit avec agacement le commis sur le seuil.

– Harry dit que tu es en retard et qu'il le déduira de ton salaire pour de bon.

Lui envoyer un tel message, verbalement de surcroît, relevait de l'insulte. Tout le monde au magasin serait au courant des instructions données au commis.

– Tu diras à Harry que je viendrai demain, ou après-demain.

– Il sera furieux. Il est *déjà* furieux.

– Tant pis pour lui.

– Mais c'est le *gérant* ! Il est capable de te renvoyer si tu le contraries.

– Oh, je n'en crois rien.

Zachary s'apprêtait à refermer la porte lorsqu'il vit le commis de l'étude notariale remonter la rue. Il attendit de voir s'il venait également chez lui. Le commis du magasin s'attarda dans l'espoir de recueillir des informations qu'il serait susceptible de rapporter à Prebble.

– Entre donc, dit Zachary au commis de l'étude avant qu'il ait pu ouvrir la bouche.

Il referma aussitôt la porte et fit signe au gamin de pénétrer dans le salon.

– M. Dawson m'a demandé de vous remettre ce pli. Il attend une réponse immédiate, si cela ne vous ennuie pas.

Zachary saisit l'enveloppe qu'il lui tendait et déchiffra rapidement son contenu.

Cher Zachary,

Auriez-vous l'amabilité de passer à l'étude vers 11 heures ce matin, afin que nous puissions procéder aux comptes de votre voyage ? Cette tâche ne présente aucun caractère d'urgence. Prenez le temps de vous reposer.

R. Dawson

Zachary offrit un visage souriant au commis.

– Tu confirmeras ma venue à 11 heures à M. Dawson.

Le messager reparti, il retourna dans la cuisine pour se verser une nouvelle tasse de thé avant de rassurer sa mère sur sa capacité à gérer la mauvaise humeur de Prebble.

Elle ouvrit la bouche avant de la refermer aussitôt.

– Qu'allais-tu dire ?

Elle poussa un soupir.

– Je me demandais si tu n'en prenais pas un peu trop à ton aise depuis ton retour. Après tout, Harry Prebble est ton supérieur, tu n'as rien à gagner à le contrarier.

Il se refusa à lui mentir, sans être en mesure de lui révéler la vérité pour autant.

– Il n'est que le gérant provisoire. S'il devait garder son poste, je ne resterais pas au magasin de toute façon, mais je doute qu'il soit confirmé dans sa fonction et je n'ai rien à craindre, d'après ce qu'a pu me dire maître Featherworth.

Elle fronça les sourcils, mal convaincue par son assurance, mais n'insista pas.

Il quitta son domicile en avance afin de passer par le parc avant de se rendre à son rendez-vous. Il nota la présence à tous les coins de rue d'individus désœuvrés aux traits tirés. Il prit le temps d'échanger quelques mots avec ceux qu'il connaissait en s'inquiétant intérieurement de les voir dans un tel état. Tous lui posèrent des questions empreintes de curiosité sur l'Australie, manifestement heureux de croiser le chemin de quelqu'un qui avait autant voyagé.

Il se promit de passer par la bibliothèque municipale dans la journée afin d'y lire la presse. Il tenait à se tenir au courant des nouvelles du Lancashire. La guerre civile faisait rage aux États-Unis, mais la crise du coton affectait bien des individus à des milliers de kilomètres de là. Depuis combien de temps les usines d'Outham ne tournaient-elles plus ? Deux années pour le moins. Et combien de vieillards et d'enfants étaient morts de malnutrition ? Beaucoup trop.

*

À peine réveillée ce lundi matin-là de très bonne heure, Pandora se rendit à la cuisine où elle avala avec appétit des tartines beurrées accompagnées d'une tasse de thé. Le soleil brillait et elle décida de se rendre en promenade sur la lande.

– Est-ce bien prudent d'y aller seule, mademoiselle ? s'inquiéta Dot. Avec tous les chemineaux qui traînent de nos jours, les routes ne sont plus sûres comme autrefois. Mlle Alice sera levée dans une heure et elle aime beaucoup se promener, elle aussi.

– Je préfère ne pas l'attendre, j'ai trop besoin de retrouver ces landes. Je n'irai pas loin, de toute façon.

– Il n'y a donc pas de landes en Australie ?

– Non, même les arbres sont différents. La chaleur est torride en été, je préfère de loin la pluie du Lancashire !

Elle attrapa un châle en guise de couvre-chef et quitta la maison en offrant son visage à la caresse d'un soleil qui ne risquait pas de lui brûler la peau.

La rue en pente qui se dirigeait vers la lande la fatigua très vite tant elle avait perdu l'habitude de marcher, mais elle ne tarda pas à découvrir l'un de ces panoramas qui lui avaient tant manqué. La ville s'étalait à ses pieds, sur sa droite, avec ses rangées étagées de maisons de briques rouges et ses longues enfilades de toits en ardoise. La campagne s'étalait à sa gauche à perte de vue, ses flancs parsemés de rares fermes aux façades crépies de blanc. Elles étaient perdues au milieu de champs d'un vert vif traversés de murets de pierre sèche dessinant un damier dans le décor brun-vert de la lande.

Elle eut brusquement l'impression désagréable d'être épiée. Elle fit volte-face sans distinguer la moindre silhouette, mais son sentiment de malaise persista.

Le bruit caractéristique d'une roche dévalant la pente traversa le silence du petit matin, lui confirmant qu'elle n'était pas seule. Cédant à la crainte, elle dévala la colline et ne s'arrêta qu'aux premières maisons.

C'est bien la première fois qu'elle avait peur en se promenant. L'avait-on vraiment suivie, ou bien son imagination lui jouait-elle des tours ?

Elle regagna précipitamment la maison en évitant soigneusement de parler à Dot ou Alice de sa mésaventure.

Sans doute s'agissait-il d'un chemineau. Il était trop tôt dans la journée pour un promeneur.

Son réflexe initial fut d'en parler à Zachary et ses yeux s'embuèrent de larmes lorsqu'elle se souvint que c'était impossible. Il lui manquait tant !

*

On introduisit Zachary dans le bureau de M. Dawson peu avant 11 heures. Le jeune homme tendit à son hôte le détail de ses dépenses, accompagné du solde de la somme qui lui avait été confiée, et les deux hommes discutèrent en détail des événements qui avaient jalonné sa mission.

M. Dawson fronça les sourcils en découvrant les sommes dépensées au nom de Léo et haussa les épaules lorsqu'il lut la note signée des sœurs Blake donnant leur plein accord. Il comprit surtout combien la décision de Zachary s'était trouvée justifiée lorsqu'il apprit de quelle façon Léo avait payé sa dette vis-à-vis de ses bienfaiteurs sur la route d'Albany.

– Le destin a une façon bien à lui de se manifester, déclara-t-il d'une voix songeuse. Vos calculs sont parfaits, conclut-il en repoussant le livre de comptes.

– Il ne m'a pas toujours été possible d'être aussi soigneux que je l'aurais voulu.

– Sauf erreur de ma part, je n'ai pas relevé une seule erreur.

– Je l'espère.

– J'ai veillé comme je l'ai pu sur votre mère et votre sœur, tout s'est apparemment bien passé pour elles.

– Tout à fait. Je regrette seulement que Hallie ne puisse pas trouver un emploi. Elle tourne en rond à la maison. La bibliothèque publique lui permet heureusement de s'occuper.

M. Dawson se cala confortablement dans son fauteuil.

— Pourquoi ne pas m'avoir dit que le commis du magasin était venu chez vous ce matin ?

— Harry me l'a envoyé à deux reprises afin de me reprocher d'être en retard. Il a promis de retenir la journée sur mes gages.

Le clerc laissa échapper un grognement de fureur.

— Ce jeune homme dépasse les bornes. Une fois que nous aurons fini avec ces larcins, il serait normal que Pandora vous nomme au poste de gérant.

Zachary ne put réprimer sa joie.

— Oui, elle m'en a parlé. J'en serais enchanté.

— Comment voyez-vous l'avenir de ce commerce ?

Au cours des minutes qui suivirent, Zachary exposa sa vision de la situation, aiguillonné par M. Dawson. S'apercevant qu'il se laissait emporter par son sujet, il se tut brusquement.

— Vous ferez un excellent gérant, décida son aîné avant d'ajouter : Il nous faut également parler de cette union contractée dans des circonstances quelque peu hâtives.

Le visage de Zachary s'assombrit.

— Est-ce que je me trompe en pensant que vous tenez à Pandora ?

— Pas le moins du monde.

— Et qu'elle tient à vous ?

— Elle en a la conviction, mais j'ai bien conscience de l'inconvenance de ce mariage.

— Je ne suis pas de votre avis.

Zachary en resta bouche bée.

— Si vous m'accordez le délai nécessaire pour m'occuper de Prebble, et si Pandora ne change pas d'avis, rien ne nous empêche d'annoncer la nouvelle de votre mariage lorsque le gérant actuel aura quitté les lieux. Vous sentez-vous capable de supporter son arrogance pendant quelque temps encore ?

— S'il n'en tient qu'à lui, je suis convaincu qu'il va me renvoyer.

M. Dawson joignit les mains en pointe.

— Je crains fort que nous soyons obligés de lui laisser la main, mais je veillerai à ce qu'il ne vous congédie pas.

— Je vous remercie.

— Pouvez-vous reprendre votre poste dès demain ?

— Bien évidemment.

— J'en ai parlé avec Marshall Worth. Pour donner le change, il faudrait que vous fassiez semblant de vous détester tous les deux, afin d'égarer les soupçons de Prebble.

— Faute de connaître Worth, cela devrait m'être facile.

— Dans ce cas, profitez de votre journée. Rien ne vous empêche d'ailleurs de rendre visite à Mlle Blake afin de vous enquérir de sa santé.

— Je me rendrai chez elle cet après-midi même.

Il se levait lorsque le clerc le retint.

— Ah, j'oubliais ! Maître Featherworth est très satisfait de vous et compte vous accorder une prime. En attendant qu'elle vous soit versée, voici une avance.

Il lui tendit une enveloppe qui, au bruit, devait contenir des pièces.

Zachary regagna son domicile d'un pas guilleret, rassuré sur son avenir tout en sachant qu'il lui faudrait s'armer de patience au cours des jours suivants.

19

Ralph Dawson s'arrêta devant le Grand Magasin Blake dont il admira la vitrine rutilante au contenu savamment arrangé. Prebble, à défaut d'autres qualités, tenait impeccablement la boutique.

Le clerc, constatant que le jeune homme avait remarqué sa présence, poussa la porte et s'avança. Prebble se précipita à sa rencontre.

— En quoi puis-je vous aider, monsieur Dawson ?

— Allons discuter dans votre bureau.

Le clerc se laissa conduire par le gérant tout en prenant le temps de s'arrêter à plusieurs reprises pour étudier le décor qui l'entourait. La réserve était aussi bien tenue que le reste et il y trouva Marshall, un léger sourire aux lèvres, occupé à peser des sacs de sucre. Quel gâchis d'utiliser un garçon aussi intelligent à des tâches normalement confiées à un apprenti !

Il adressa un clin d'œil discret à son ami en passant et pénétra dans le bureau. Ignorant Prebble qui lui désignait un tabouret, il s'assit dans le fauteuil de l'occupant des lieux qui serra les dents.

— Au sujet de M. Carr…

Prebble laissa échapper un bruit de gorge méprisant.

— Il n'est pas venu travailler ce matin, en dépit des deux messages que je lui ai fait parvenir. Je vais devoir lui retenir sa journée.

— Il n'en est pas question. C'est moi qui fixe la date de sa reprise, et non vous.

— S'il tient à son poste, il ferait bien de reprendre tout de suite. À ma connaissance, ses vacances ont pris fin.

— Des vacances, dites-vous ? Il revient d'un périple harassant après s'être fort bien acquitté d'une mission difficile. Je lui avais proposé de prendre quelques jours, mais il souhaite retourner à son poste dès demain.

— Je vois.

— Zachary reste sous mes ordres. Il possède autant d'expérience que vous et n'oubliez pas que vous occupez les fonctions de gérant seulement à titre provisoire. Vous n'avez aucunement le pouvoir de le limoger, ou de retenir une partie de son salaire.

— Dans ce cas, qui dirige le magasin ?

— Pour l'heure, c'est vous. Je suis bien certain que Zachary sera ravi de travailler avec vous.

— Je ne vois pas comment je puis exercer mes fonctions si je n'ai pas le pouvoir de lui donner des ordres.

— Je doute que ce garçon ait besoin d'être guidé. Il connaît son travail. En outre, je ne veux pas le voir perdre son temps ici à mettre du sucre en sac. Il bénéficie de la considération de la clientèle, les gens seront curieux de l'interroger au sujet de son voyage.

Les traits de Prebble reflétaient si bien son amertume, Ralph eut la conviction qu'il ferait tout pour mener la vie dure à son collègue et ternir son image auprès de la nouvelle propriétaire. De ce côté-là, il risquait fort d'être déçu.

— Maître Featherworth a insisté sur un autre point. Votre mélange de thé, Blake's Best, n'est plus à la hauteur de ce qu'il était, à en croire Mme Featherworth.

– J'en ai légèrement modifié la composition afin de réaliser des économies. Les clients finiront pas s'y accoutumer.

– *Comment?* J'exige que vous repreniez immédiatement la formule de M. Blake. J'ai déjà eu l'occasion de vous dire ce que je pensais de vos économies de bouts de chandelle. Dans un établissement de cette classe, ce n'est pas acceptable.

Prebble prit une longue respiration.

– Un dernier détail. Marshall est un garçon trop capable pour que vous le destiniez éternellement à des tâches subalternes.

– Vous voudriez qu'il serve au magasin ?

– C'est la raison pour laquelle il a été engagé.

– Si c'est le cas, j'aurai besoin de quelqu'un pour le ménage. J'ai une cousine âgée qui pourrait venir quelques heures par jour. Elle ne demande qu'un demi-shilling à l'heure. J'ai déjà fait appel à elle en période chargée.

Dawson estima qu'il serait de bonne politique de lâcher du lest.

– Je vous laisse décider. En tout cas, je suis heureux de voir le magasin aussi bien tenu. Quant à Marshall, je suis persuadé qu'il se montrera à la hauteur de sa tâche.

Prebble laissa éclater sa colère.

– Mais enfin, il n'est pas *présentable* ! Il ne sait pas s'y prendre avec les clients huppés. Il se donne beaucoup de mal, je le reconnais, mais ce n'est pas le genre d'individu que nous employons habituellement.

– Dois-je vous rappeler que vous n'étiez guère présentable vous-même quand M. Blake vous a engagé ? Vous n'avez donc aucune compassion pour autrui ?

Prebble fronça les sourcils.

– On me paye pour diriger au mieux ce magasin, et non pour pallier les carences de l'assistance publique.

*

Le clerc quitta la pièce en secouant la tête et toqua à la porte du logement. Dot le conduisit dans le salon où l'attendait Pandora. Celle-ci avait bien meilleure mine. Il adressa un signe de tête à Alice qui se leva aussitôt, un sourire aux lèvres.

– J'imagine que vous souhaiterez vous entretenir tranquillement, remarqua-t-elle en s'éclipsant.

Comment une femme si délicate a-t-elle pu rester célibataire ? se demanda le clerc. Sa sœur lui avait conseillé de demander la main d'Alice et il trouvait la proposition tentante, mais se lancer dans une telle aventure à son âge, avec les changements que cela impliquerait dans son quotidien, n'était pas une décision à prendre à la légère. D'un autre côté, Alice lui manquerait si elle venait à quitter Outham. Fort heureusement, il avait encore le temps d'y réfléchir.

Il s'assit dans le fauteuil que lui indiquait Pandora.

– J'ai examiné les comptes de Zachary. C'est un garçon d'une grande probité, ainsi qu'un excellent comptable.

– Vous oubliez de mentionner sa gentillesse. Je vous préviens tout de suite, ne me demandez pas de renoncer à notre union.

– Ce n'était pas mon intention, mais je loue son sens de l'honneur de vous laisser toute latitude d'en décider par vous-même. Il n'est pas toujours facile de se comporter avec droiture dans la vie. Aujourd'hui, j'en appelle à votre patience. J'ai besoin de lui au magasin afin de piéger Prebble. Nous souhaitons recueillir des preuves.

– Vous n'aimez donc pas ce Prebble ?

– Non.

– Il m'attendait hier lorsque je suis rentrée de chez les Rainey, il a tenu à me raccompagner.

Elle fit la grimace.

– Il se montre d'une grande politesse, mais…

– Il y a toujours un *mais* avec lui, n'est-ce pas ? Je finirai par connaître le fin mot de l'histoire, n'ayez crainte.

Elle leva le menton d'un air de défi.

– Dans ce cas, ne perdez pas une minute. J'ai accordé un mois à Zachary, après quoi j'annonce officiellement notre mariage.

Dot, qui montait à l'étage une pile de draps, faillit les laisser tomber de saisissement en passant devant la porte entrebâillée du salon. *Sa maîtresse et Zachary étaient mariés ?* Elle frissonna de plaisir à l'idée d'annoncer la nouvelle à Harry avant de se reprendre. Impossible. Il serait furieux et chercherait à se venger de son rival par tous les moyens.

Dot serra les draps contre sa poitrine et s'éloigna tandis que la conversation se poursuivait dans le salon.

– Au-delà des comptes, reprit Ralph, j'aurais souhaité vous entretenir plus généralement de votre héritage. Si vous en êtes d'accord, je vous fournirai bientôt un état des biens légués par votre oncle. Nous pourrons voir ensuite quel serait le meilleur moyen de verser leur part à vos sœurs. Enfin, reste la question de vos besoins personnels au quotidien. Si vous m'indiquez les noms des commerces que vous fréquentez à Outham, je vous y ouvrirai des comptes.

Pandora afficha une expression étonnée.

— Je pensais à la librairie, par exemple, suggéra-t-il pour avoir entendu dire que les sœurs Blake étaient des personnes éduquées. Un magasin de mode, peut-être. Ma sœur vous recommande celui de Mlle Poulton. Une femme de goût, courtoise et efficace. Quant aux produits de première nécessité, il vous suffira de communiquer la liste de vos besoins à Prebble, ou bien d'envoyer Dot en courses. Avez-vous pensé aux sommes qui vous seraient nécessaires au quotidien ?

Elle répondit non d'un mouvement de tête.

— Jamais il ne m'a été donné de dépenser sans compter. Cela dit, vous avez raison, je serai cliente de la librairie. Je compte même y acheter des livres dès cet après-midi afin de fêter dignement l'événement. Et j'ai le plus grand besoin de vêtements.

Il tira de sa veste un portefeuille en cuir et le lui tendit.

— Maître Featherworth a pensé que vingt livres vous seraient utiles pour commencer.

Elle ouvrit des yeux ronds, la gorge serrée, et serra le portefeuille contre sa poitrine, incapable de prononcer une parole.

— Si vous en êtes d'accord, poursuivit Dawson, nous demanderons à Prebble de continuer à nous apporter la recette du magasin tant que la situation ne sera pas réglée.

— Bien sûr. Je ne veux pas avoir affaire à lui. Et quoi qu'il arrive, que vous arriviez ou non à le piéger, je ne le garderai pas comme gérant.

— Ce sera inutile, avec Zachary Carr auprès de vous.

Dawson nota avec amusement qu'elle rougissait. L'entretien terminé, il prit congé.

*

Zachary se présenta au magasin à l'heure habituelle le lendemain matin. Il s'étonna de voir que ses collègues étaient déjà là. Nul doute que Prebble prenait plaisir à ajouter à leur charge de travail, ainsi qu'il l'avait toujours fait avec les commis. M. Blake lui en avait même fait la remarque à plusieurs reprises.

Zachary enfila son vieux tablier, puis il prit le temps d'examiner la réserve. À quelques détails près, rien n'avait changé, le lieu était plus propre que jamais. Il se retourna en entendant la voix de Harry dans son dos.

– Tu es là ! Je te demanderai d'arriver plus tôt, dorénavant.

– Pour quelle raison ?

– Pour mettre de l'ordre dans le magasin avant l'ouverture.

– Nous l'avons toujours fait sans qu'il soit besoin d'ajouter des heures à une journée de travail déjà bien chargée.

– C'est moi qui dirige la boutique à présent, et je le fais à ma façon.

Harry coula un regard à travers la vitre de la réserve en entendant tinter la sonnette de l'entrée.

– La cuisinière de Mme Butley, annonça-t-il. Va voir ce qu'elle veut.

L'ordre avait été donné sans aménité, mais Zachary s'abstint de toute réflexion. Il connaissait bien la cuisinière et la servirait avec plaisir.

La vieille femme arbora un large sourire sur son visage couperosé en le voyant.

— Monsieur Carr ! On m'avait bien dit que vous étiez de retour.

— Absolument, madame Jarrod. En quoi puis-je vous aider ?

— Ma maîtresse a eu brusquement envie d'un œuf à la coque ce matin, et je me suis aperçue que je n'en avais plus après avoir préparé un gâteau hier.

La bonne de Mme Butley l'aurait vu passer dans la rue ce matin-là, et sa maîtresse s'était empressée d'envoyer sa cuisinière collecter les derniers cancans.

Il prit le bol des mains de la vieille femme et se dirigea vers le présentoir à œufs.

— Je vous en mets une demi-douzaine ?

— Oui, s'il vous plaît. Alors, ce voyage en Australie ?

— C'est très différent d'Outham. J'ai vu des kangourous et des perroquets. C'était l'hiver et il pleuvait énormément, mais le climat est trop clément pour qu'il puisse geler ou tomber de la neige. J'ai cru comprendre que les étés étaient torrides.

— Vous imaginez ça ! Des kangourous ! J'en ai vu des reproductions dans un spectacle de lanterne magique. Quelles drôles de créatures ! Sans compter qu'elles ne donnent pas de lait et qu'elles ne sont pas comestibles.

Il sourit.

— J'en ai pourtant mangé à plusieurs reprises. La viande de kangourou est délicieuse. Très goûteuse, et pas grasse du tout.

— Je serais curieuse d'y goûter. Sinon, j'ai cru comprendre que vous étiez rentré avec une seule des sœurs. Les autres doivent arriver plus tard ?

Peu soucieux de colporter des nouvelles à ce sujet, il trouva une parade.

– C'est leur affaire.

La cuisinière partie, Zachary passa sa matinée à servir des clientes dont beaucoup venaient clairement aux nouvelles. L'annonce de son retour s'était répandue à la façon d'une traînée de poudre, comme toujours à Outham.

– Tu ne parles jamais des autres sœurs, s'étonna Harry à l'heure du déjeuner. Pour quelle raison ne sont-elles pas rentrées ?

– Ce n'est pas de mon ressort, se contenta-t-il de répondre en posant un regard douteux sur le sandwich que son collègue venait de lui servir. Il n'y a que du gras, je vais me chercher des restes de jambon.

Harry le fusilla du regard.

– C'est à moi de décider ce que mange le personnel. Je n'ai pas l'intention de gâcher de la bonne marchandise pour mes employés. Je réserve le jambon à la clientèle.

– M. Blake estimait qu'il était normal de nourrir convenablement ses gens, le contredit Zachary.

Il gagna le magasin, son assiette à la main, et préleva de petits morceaux de jambon dans le plat des restes.

– Tu m'as entendu ? l'apostropha Harry.

– Oui, mais tu ne voudrais tout de même pas que je mange du gras ?

Il reprit sa place et entama son sandwich. Comment pouvait-on se comporter de façon aussi médiocre ?

À son grand soulagement, Harry s'éloigna en direction de son bureau en grommelant. Il s'enferma dans son antre, ce que M. Blake n'aurait jamais fait, à l'exception des jours où sa femme l'épiait.

Tout bien réfléchi, pourquoi Harry s'enfermait-il ? Qu'avait-il à cacher ?

Zachary venait de prendre du papier d'emballage dans un placard du couloir, cet après-midi-là, lorsque la nouvelle porte séparant le magasin des appartements privés s'ouvrit sur Pandora.

Ils sourirent d'un même élan en se voyant.

— Comment allez-vous ? s'enquit-elle.

— Très bien. Vous-même avez bien meilleure figure.

— Je me sens mieux.

Harry ouvrit sa porte au même instant.

— Ah, mademoiselle Blake ! J'avais bien cru reconnaître votre voix.

Il posa sur Zachary un regard revêche.

— On a besoin de ce papier d'emballage au magasin, Carr. Je m'occupe de Mlle Blake.

Zachary s'éloigna après avoir adressé un clin d'œil à Pandora.

Cette dernière, à peine seule avec Harry, éprouva le même sentiment de malaise qu'à son habitude en présence du jeune homme. Il s'approcha tout près d'elle et la dévisagea avec une insistance dérangeante.

— En quoi puis-je vous aider ? lui demanda-t-il.

— Je ne cherche pas d'aide, j'étais venue en exploration.

— Laissez-moi vous montrer les lieux.

— Non merci, je me débrouillerai par moi-même. Je n'hésiterai pas si j'ai des questions.

— Ce serait bien préférable si j'étais à vos côtés pour y répondre sans attendre.

Elle se raidit.

— Monsieur Prebble, je n'ai nul besoin ou envie de votre compagnie. Nous vous employons pour gérer ce magasin, et non pour multiplier les manières avec moi.

Il en eut le souffle coupé et resta comme tétanisé quelques instants avant de lui tourner le dos, oubliant que les vitrines reflétaient son visage. Elle y lut une expression d'une méchanceté inouïe.

Elle commença par examiner les placards du couloir, remplis de rouleaux de papier, de boîtes pleines de crayons, d'étiquettes, de ficelles et autres accessoires de bureau.

Sa curiosité rassasiée, elle se rendit dans la réserve où elle trouva un commis occupé à peser des sacs de riz. Il se leva précipitamment à sa vue.

– Asseyez-vous, je vous en prie.

– Je vous remercie, mademoiselle Blake.

– Ces paquets de riz sont-ils destinés au magasin ?

– Non, on les stocke sur les étagères de façon à pouvoir en prendre si on en a besoin. On profite des moments de creux pour ce genre de tâche.

– Ne vous souciez pas de moi, je me contente de visiter.

Elle longea les rayonnages, en examina attentivement le contenu, puis passa au stock. Jamais elle n'avait vu d'aussi gros sacs de sucre ou de farine. Les caisses en bois empilées le long des murs étaient pleines de pots de confiture et de conserves. Elle remarqua même la présence des dernières conserves à la mode, celles de viande, dont on lui avait rapporté qu'elles n'étaient pas excellentes.

Le Grand Magasin Blake proposait de tout, même si la clientèle continuait de se procurer fruits et légumes au marché.

Elle descendit les quelques marches conduisant à la cave. Une lueur diffuse pénétrait dans la pièce par un soupirail muni de barreaux donnant sur un puits de ventilation. En levant les yeux, elle constata qu'une grille condamnait ce dernier au niveau de la cour. Il régnait dans le cellier une température nettement plus fraîche, ce qui permettait d'y conserver du beurre, du fromage et des œufs enveloppés dans des linges humides.

De retour à l'étage, elle poussa une porte inconnue et se retrouva dans le bureau. Le commis hoqueta de surprise en la voyant pénétrer dans la pièce. Celle-ci était meublée d'un bureau à cylindre, d'un fauteuil confortable et d'étagères sur lesquelles étaient posés des registres et des cartons de papier. Elle prit place sur le siège qui avait été celui de son oncle, le cœur serré à l'évocation de sa mort tragique.

La porte s'ouvrit et Harry s'immobilisa sur le seuil.

– Oh ! Je croyais que vous étiez retournée chez vous.

L'explication sonnait faux, elle crut deviner qu'il avait été alerté de sa présence par le commis.

– Je me familiarise avec les lieux et le fonctionnement du magasin. Je m'intéressais à ce bureau.

– Ma chère mademoiselle Blake, pourquoi une charmante personne comme vous souhaiterait-elle s'embarrasser de tels problèmes ? Je suis à votre disposition si vous avez des questions, vous pouvez compter sur moi pour tenir la comptabilité à jour.

– Comment pourrais-je m'initier au fonctionnement de cette maison sans savoir ce qui se passe ici ?

Il marqua sa stupéfaction en battant des paupières.

– Vous initier au fonctionnement de cette maison ? Vous n'avez tout de même pas l'intention d'en assurer la gestion ?

– Bien sûr que si. Une fois que je serai mieux au courant, je compte même servir la clientèle au besoin.

Cette seule idée l'horrifia.

— Mais enfin, les femmes ne servent pas dans les magasins ! Croyez-moi, mademoiselle Blake, la clientèle ne le souhaite pas. Je suis là pour m'occuper des clients.

— En tant que propriétaire, il serait coupable de ma part de ne pas chercher à tout connaître de ce magasin. D'ailleurs, je suis certaine que les clients s'habitueront très vite à ma présence.

— Les dames de la ville ne travaillent pas dans les affaires de leur conjoint. Ce métier nécessite beaucoup de calcul mental, de sorte…

— Je sais aussi bien compter que vous.

Le regard méprisant dont il la gratifia apporta à Pandora la preuve de son dédain pour la gent féminine, si courant chez beaucoup d'hommes, qui l'agaçait grandement.

— Je ne doute pas qu'une femme aussi jolie que vous trouve rapidement un mari.

Elle détestait ses compliments. Il s'était encore rapproché d'elle en la regardant d'une façon qui la mettait très mal à l'aise.

— Heureux homme, ajouta-t-il avec un regard plein de sous-entendus.

Il n'espérait tout de même pas… Elle n'alla pas jusqu'au bout de sa pensée, dégoûtée. Jamais elle n'épouserait un personnage tel que lui. Jamais !

Il lui posa une main sur l'avant-bras et seules les recommandations de patience de M. Dawson l'empêchèrent de le repousser avec brusquerie. Elle recula machinalement d'un pas.

— Si c'est Carr qui vous a soufflé l'idée de travailler au magasin, il a eu tort.

— Zachary a eu la même réaction que vous, et je ne lui ai pas répondu différemment. Ce magasin m'appartient, ainsi qu'à mes sœurs, et j'entends bien me tenir informée de ce qui s'y passe. Je n'ai pas été élevée dans l'oisiveté, monsieur Prebble, et ce n'est pas à mon âge que je vais changer.

Elle sortit en trombe du bureau sans pouvoir éviter de le frôler, comme il ne bougeait pas d'un pouce.

*

Zachary, qui observait Pandora à travers la vitre de la porte, la vit sortir du bureau, les joues en feu. Elle s'ébroua, redressa les épaules et se dirigea vers le magasin. Il lui ouvrit.

– Je ne le supporte pas, lui glissa-t-elle dans un souffle.

Le sourire du jeune homme s'effaça.

– Que s'est-il passé ?

– Nous en parlerons quand nous serons en tête à tête. En attendant, pourriez-vous m'expliquer comment est organisé le magasin, puisque la journée est calme ?

Il s'exécuta avec complaisance en lui détaillant la disposition des étagères, la bassine d'eau permettant de se laver rapidement les mains, la plaque de marbre à l'extrémité du comptoir qui servait à découper le fromage, le beurre ou le jambon.

Les deux jeunes avaient parcouru la moitié du magasin lorsque Harry s'avança d'un air courroucé.

– Je m'occupe de Mlle Blake, Carr.

Pandora se retourna.

– C'est moi qui ai demandé à Zachary de me faire la visite et il accomplit parfaitement sa mission. Je ne vous retiens pas, monsieur Prebble.

Elle était magnifique de dignité, mais son aversion pour Harry n'était que trop évidente. Zachary avait déjà pu s'apercevoir qu'elle ne savait pas mentir.

Elle quitta la boutique quelques minutes plus tard et il put reprendre son travail dans la réserve. Il s'arrêta soudain, interdit, en constatant qu'un ou deux paquets de farine avaient disparu des étagères. Sa mémoire ne pouvait pas lui jouer des tours, M. Blake l'avait souvent loué pour son don d'observation.

Où avait bien pu passer cette farine ? Personne n'avait pu l'emporter dans le magasin, il en était certain.

Interloqué, il déposa plusieurs paquets d'une et deux livres dans un panier et partit remplir les rayonnages de la boutique. De retour dans la réserve, il s'employa à mémoriser la disposition des provisions sur les étagères.

Il fut interrompu par la sonnette de la porte d'entrée et alla servir une cliente qui le bombarda de questions sur l'Australie.

*

Pandora verrouilla la porte communicante et remonta dans le salon, l'air songeur. Elle y trouva Alice, penchée sur un ouvrage de broderie.

— Comment s'est déroulée cette petite visite ?

— C'était… édifiant. Cela aurait dû l'être, tout du moins.

Alice haussa un sourcil.

— Prebble ne m'a pas quittée d'une semelle tout en me faisant comprendre que je n'avais pas ma place dans son bureau. Je me demande bien pourquoi.

— Je n'aime guère ses airs autoritaires et supérieurs.

— Si ce n'était que cela. Je le trouve… repoussant. Je ne supporte pas qu'il me touche.

— Il vous a touchée ?

— Il a posé sa main sur mon bras avant de me bloquer le passage de façon à m'obliger à le frôler.

Elle frissonna de dégoût.

— Je ne le supporte pas davantage. À vrai dire, il m'effraye.

Alice lui rapporta les incidents survenus de nuit.

— J'ai toujours pensé qu'il s'agissait de lui, du moins qu'il se trouvait à l'origine de ces intrusions. Il était furieux que je m'installe ici, d'autant qu'il maltraitait Dot auparavant, n'hésitant pas à détourner une partie des sommes prévues pour les provisions. Quelques sous par-ci ou par-là qui finissaient par s'additionner. Il a prétendu qu'il cherchait à réaliser des économies pour les propriétaires, de sorte que Ralph… je veux dire M. Dawson ne puisse l'accuser de vol.

— Quelle horrible fouine. Je ne comprends pas comment M. Dawson a pu lui confier la gérance du magasin.

— Auriez-vous préféré qu'il l'envoie vous chercher en Australie ?

Pandora la regarda d'un air horrifié.

— Non ! J'imagine qu'à la mort de mon oncle personne d'autre n'était en capacité de reprendre l'affaire, à l'exception de Zachary. Il adore son métier. Je suis persuadée qu'il ferait un excellent gérant.

— Les clients le préfèrent de beaucoup à Harry. Pendant son absence, j'ai entendu plusieurs personnes l'affirmer.

— Zachary est un garçon adorable.

Alice sourit.

— Vous lui êtes très attachée.

Pandora ne jugea pas utile de le nier.

— Oui. Mais il n'a pas de fortune, alors que je suis propriétaire du magasin.

— L'aimez-vous ?

— Oui.

— Dans ce cas, battez-vous. Ne vous laissez intimider par rien. Faute de m'être battue, j'ai perdu l'homme que j'aimais lorsque j'étais plus jeune parce que mon père n'en voulait pas.

— Ne vous inquiétez pas. Je ne laisserai personne s'interposer entre nous.

Elle laissa flotter un sourire sur ses lèvres, l'air pensif, puis elle changea de sujet de conversation.

— Accepteriez-vous de m'accompagner en ville ? Je dois renouveler ma garde-robe. Mes vêtements sont décidément trop usés.

Alice piqua son aiguille dans le rebord de son ouvrage qu'elle posa ensuite à côté d'elle.

— Avec grand plaisir.

Les deux femmes partirent aussitôt en courses. Elles commencèrent par sélectionner trois coupons de couleurs vives qui formeraient un contraste agréable avec sa chevelure sombre, puis elles se rendirent chez la couturière dont on leur avait parlé et où elles furent reçues avec toute l'attention nécessaire.

Pandora avait une idée bien précise de ce qu'elle souhaitait. Elle commença par s'intéresser aux gravures de mode que lui présentait la couturière : des jupes pyramidales, des ornements compliqués, des volutes tressées, des volants en cascade, des ourlets festonnés.

— Oh non. Je ne veux rien d'aussi chargé. Je trouve parfaitement ridicules les tenues de ce genre. Sans compter que je ne serais pas libre de marcher vite, et encore moins de courir.

La couturière afficha sa surprise.

— Les dames de votre rang ne marchent pas vite et ne courent jamais, mademoiselle Blake.

— Alors, je ne dois pas être une dame car j'adore marcher d'un pas vif. De toute façon, je ne veux pas de crinoline. Tout au plus quelques jupons, avec des volants au niveau de l'ourlet.

— Vous seriez pourtant ravissante dans l'une de ces robes à la mode avec votre taille fine et votre silhouette.

— Me promener avec une traîne de six mètres me rendrait folle, sourit Pandora. Non, mademoiselle Poulton. N'essayez pas de me transformer en parangon de la mode. Je suis à la recherche de tenues simples, de beaux matériaux et de jolies couleurs.

— Je suis à votre disposition, dit la couturière en sortant du papier et un crayon.

Voyant que son interlocutrice restait perplexe, Pandora lui prit la feuille des mains et dessina en quelques traits une jupe et un corsage.

— Vous dessinez fort bien.

— Lorsque j'en trouve le temps. Vous serait-il possible de réaliser un vêtement de ce style avec un tissu vert foncé ? Éventuellement de changer les manches et la jupe en proposant des variantes de couleurs différentes ?

— Très aisément.

— Fort bien. De combien de temps avez-vous besoin ?

La couturière posa sur elle un regard interrogateur.

— Accepteriez-vous que nous réalisions les coutures à l'aide d'une machine à coudre ? J'en possède une depuis plusieurs années, mais certaines clientes préfèrent les coutures réalisées à la main.

– Cela ne me dérange pas. À vrai dire, je n'ai jamais vu de machine à coudre. Puis-je jeter un coup d'œil à la vôtre ?

La couturière l'entraîna dans son atelier où la machine trônait sur une table.

– Il s'agit d'un modèle réalisé par Sugden, Bradbury et Firth à Oldham. Il m'a coûté sept livres. Je l'ai acheté sur les instances de mon frère qui est épris de machines modernes. J'étais hésitante au début, je l'avoue, mais je ne pourrais plus m'en passer, et mes ouvrières non plus.

Les femmes qui travaillaient dans l'atelier hochèrent la tête.

En quittant la boutique, Alice ne put retenir un petit rire.

– Vous l'avez choquée avec vos opinions tranchées sur la mode.

– Je l'ai bien vu, mais elle a fini par se rallier à mes vues. Je crois m'être rachetée à ses yeux en m'intéressant à sa machine à coudre.

Pandora sautilla sur place d'un air léger.

– Quel plaisir d'avoir de nouvelles robes ! J'ai toujours acheté les miennes chez le fripier, ou bien je récupérais celles de mes sœurs lorsque nous étions enfants.

– Il vous faudra penser à vous procurer un nouveau chapeau. Le vôtre a beaucoup vécu.

– Vous avez raison.

Cette fois encore, Pandora fut reçue avec tous les égards par la modiste qu'elle dut convaincre de ses goûts simples. Elle ressortit de la boutique coiffée de l'un des deux chapeaux de paille qu'elle venait d'acheter.

L'un comme l'autre avaient un bord étroit et des ornements discrets, même si celui qu'elle comptait porter le dimanche disposait d'une traîne en plume de quelques centimètres.

– J'ai laissé mon véritable plaisir pour la fin, déclara alors Pandora en entraînant sa compagne chez le libraire de la ville où elle se procura une demi-douzaine d'ouvrages.

Elle aurait tant aimé que son père puisse la voir.

De retour chez elle, Pandora se regarda dans la glace et découvrit un visage animé au regard vif. Elle qui n'avait jamais accordé grande importance à son apparence désirait désormais être belle pour Zachary. Il affirmait l'aimer et la regardait avec admiration, c'est vrai, mais pourquoi s'entêtait-il à garder ses distances ? Il avait eu tout le loisir de constater qu'elle ne changerait pas d'avis au sujet de leur mariage. Mais s'il refusait d'entériner leur union par orgueil ?

Non, elle ne lui en laisserait pas l'occasion, quitte à prétendre que le mariage avait été consommé. Maître Featherworth et M. Dawson respectaient la position de Zachary, mais c'était de vieux messieurs. Ils ne comprenaient pas, ou alors ils avaient oublié ce qu'était l'amour. Ils pensaient trop à l'argent.

Elle était plus sage qu'eux de ce point de vue. Tout en sachant qu'il était important de posséder de l'argent pour vivre décemment et nourrir les siens, l'essentiel était de les aimer. Elle avait déjà perdu ses sœurs, elle n'avait aucune envie de perdre Zachary aussi.

S'il n'en tenait qu'à elle et si le destin ne la contrariait pas, elle aurait plusieurs enfants. Des garçons qui ressembleraient à leur père, des filles qui ne seraient ni trop grandes ni trop jolies, afin de leur éviter un fardeau inutile. Pandora avait souffert du regard des hommes, de leur incapacité à voir au-delà de son visage. La taille n'était pas non plus un atout, la plupart des hommes étant à la recherche d'une femme plus petite qu'eux.

S'il n'y avait pas eu ces vols au magasin, elle aurait mis un terme à toute cette mascarade sans attendre et exigé que Zachary se mette en ménage avec elle.

À condition qu'il accepte, car il avait un caractère décidé. Personne n'obligerait jamais Zachary Carr à agir à l'encontre de ses convictions.

20

Ce soir-là, Pandora descendit au magasin et demanda à Zachary de remplir un panier à l'intention d'une famille modeste de sa connaissance.

Il s'exécuta aussitôt sans qu'elle ait besoin de lui expliquer de quels produits de première nécessité ces gens auraient besoin.

— Est-ce assez ? l'interrogea-t-il, le travail terminé.

— C'est parfait.

En se retournant, elle tomba nez à nez avec Prebble qui se tenait juste derrière elle. Elle se rapprocha instinctivement de Zachary.

— N'est-ce pas le rôle de Dot de faire les courses pour vous, mademoiselle Blake ?

Elle en eut soudain assez qu'il mette le nez dans ses affaires.

— Je vous prie de vous occuper de ce qui vous concerne, monsieur Prebble.

Zachary laissa échapper un bref éclat de rire qu'il tenta vainement de déguiser en quinte de toux.

Cramoisi, Prebble recula de quelques pas sans pour autant interrompre sa surveillance. Pandora lui tourna le dos afin d'examiner le contenu du panier.

— Ce sera suffisant. Je ne veux pas risquer de gêner mes amis.

Zachary dressa la liste des provisions dans le livre de comptes, puis il emporta le panier jusqu'à la porte du magasin où il le tendit à Pandora.

— Où allez-vous ? lui demanda-t-il à voix basse.

— À Pelson Street, rendre visite aux parents de Bill. Ils tiraient le diable par la queue quand j'ai quitté Outham, et je n'ai pas même eu le temps de leur dire au revoir. Je ne serais pas surprise que M. Dean soit employé sur un chantier d'assistance publique, il est préférable que je me rende chez eux en fin de journée.

— Dans ce cas, ils seront heureux que vous leur apportiez à manger. Vous êtes certaine que ce panier n'est pas trop lourd ?

La question l'amusa.

— C'est bien une réflexion masculine. Savez-vous combien pèse un enfant ? Personne ne s'inquiète jamais de voir une femme porter son bébé.

Il prit un air désemparé.

— Vous avez raison. Je vous souhaite une bonne visite à ces gens.

Elle traversa la ville en savourant les derniers rayons du soleil. Elle marchait depuis quelque temps lorsqu'elle éprouva un sentiment étrange, au point de se demander si elle n'était pas suivie. Elle prit le temps de discuter avec une vieille connaissance et n'y pensa bientôt plus, mais, à l'instant où elle reprenait son chemin, elle se sentit à nouveau épiée.

Elle se retourna d'un bloc, sans pouvoir distinguer de silhouette particulière au milieu des passants. Elle aurait pourtant juré ne pas s'être trompée.

Elle ne cessait de croiser d'anciens amis, si bien qu'il était tard lorsqu'elle s'engagea dans Pelson Street, et les trottoirs étaient nettement moins animés. Elle fut soulagée quand le père de Bill vint lui ouvrir.

Le visage de M. Dean s'illumina lorsqu'il la vit.

— Entre donc, ma petite. J'avais bien dit à ma femme que tu viendrais nous voir un de ces jours. On savait bien que tu n'étais pas devenue trop fière pour tes vieux amis.

– On a été heureux d'apprendre ta réussite, ma chérie, enchaîna Mme Dean. Tu es parée pour la vie, maintenant.

Pandora posa le panier de provisions sur la table de la cuisine en notant que plusieurs bibelots et quelques meubles avaient disparu.

– Je vous ai apporté quelques provisions.

Elle vit le couple se raidir.

– Je vous en prie, ne faites pas les fiers avec moi. Vous partageriez ce que vous avez avec moi si j'étais dans la panade.

Un silence pesant s'installa, que Mme Dean rompit en se jetant dans les bras de Pandora, les larmes aux yeux. Les deux femmes déballèrent le contenu du panier et la mère de Bill, sous le coup de l'émotion, se révéla incapable de prononcer une parole lorsqu'elles eurent terminé.

– Je vais te reconduire, ma fille, proposa M. Dean à l'heure de partir. Il est tard.

– Ce n'est pas la première fois que je traverse la ville à la nuit tombée, protesta-t-elle.

– Quand les temps sont durs, certains individus sont tentés de détrousser les passants.

Elle sortait de la maison lorsqu'elle remarqua la silhouette de Zachary à l'entrée de la rue. Son cœur se mit à battre plus fort à la vue de son visage et elle lui adressa un signe de la main. Il la rejoignit et elle présenta le jeune homme à M. Dean, avant d'aller chercher la femme de celui-ci dans sa cuisine.

– C'est ton jeune homme ? s'enquit Mme Dean.

– Oui, répondit Pandora, mais nous ne l'ébruitons pas pour le moment. Zachary, je vous présente Mme Dean, la mère de Bill.

Ils prirent congé du couple et Zachary offrit son bras à sa femme.

— Vous ne devriez pas vous promener seule dans les rues le soir, ma chérie.

— Vous n'allez pas vous y mettre, vous aussi. M. Dean vient de me donner le même conseil, il s'apprêtait à me raccompagner.

— Avec raison. La guerre en Amérique est sur le point de prendre fin, mais la population d'Outham continue de manquer de tout.

Ils avançaient d'un pas égal, sans avoir besoin de se parler pour se sentir bien ensemble.

— Je suis très heureuse d'être enfin seule avec vous, avoua-t-elle en lui serrant affectueusement le bras. Vous m'avez beaucoup manqué.

Il s'arrêta et posa une main sur celle de sa compagne.

— Moi aussi vous m'avez manqué, ma chérie.

— J'aimerais pouvoir annoncer au monde entier que je vous aime.

— J'éprouve la même envie, mais il est encore trop tôt. J'ai découvert de petites anomalies dans le fonctionnement du magasin.

— M. Dawson ne s'était donc pas trompé au sujet de Prebble.

— Le clerc de maître Featherworth est un homme avisé. Il ne parlerait pas sans savoir.

— À propos de M. Dawson, je le soupçonne de s'intéresser à Alice. Et réciproquement.

— Dans ce cas, je leur souhaite bonne chance.

Leurs regards se croisèrent et ils se sourirent mutuellement.

Il la raccompagna jusqu'à sa porte, sans accepter pour autant de monter prendre une tasse de thé. Elle s'avança dans l'entrée et donna un tour de clé, encore joyeuse de ces quelques minutes d'intimité. Elle trouva Dot occupée à lire dans la cuisine à la lueur d'une lampe à pétrole.

– Désolée, mademoiselle, s'excusa la servante. J'espère que ça ne vous ennuie pas que je lise, j'avais fini mon travail.

– Bien au contraire. Vous n'êtes pas à mon service à toutes les heures du jour et de la nuit. Je viens d'acheter quelques livres, sentez-vous libre de les emprunter quand je les aurai lus.

Dot posa sur elle un regard humide.

– Vous et Mlle Alice, vous êtes tellement gentilles avec moi. Je n'ai jamais eu une place aussi agréable.

– Vous y mettez beaucoup de cœur, Dot. Cela vous ennuierait-il de préparer du thé quand vous aurez terminé votre paragraphe ?

Pandora n'aurait eu aucun scrupule à mettre de l'eau à bouillir elle-même, mais elle avait remarqué que Dot n'aimait guère que l'on utilise « sa » cuisine.

Elle monta à l'étage d'un pas léger. Zachary l'avait appelée « ma chérie » en affirmant éprouver la même envie qu'elle de rendre public leur mariage. Elle attendait ce jour avec impatience.

*

Harry écouta le rapport des gamins de rue qu'il payait pour surveiller Pandora. S'il était furieux qu'elle se permette de distribuer gratuitement des provisions, sa colère céda la place à la rage lorsqu'il apprit que Carr l'avait retrouvée chez les Dean avant de la raccompagner.

– Sa présence semblait-elle la déranger ? s'enquit-il en se souvenant de la façon dont elle l'avait reçue lorsqu'il avait insisté pour la reconduire chez elle.

— Pas du tout. Elle lui a pris le bras et ils avaient l'air de bien s'entendre, tous les deux. De vrais tourtereaux.

Il tendit un demi-shilling à ses informateurs en leur recommandant de ne pas relâcher leur surveillance.

— Il est hors de question que tu la conquières, Carr, marmonna-t-il entre ses dents, une fois seul. Et il n'est pas question que tu reprennes la gérance du magasin. Quand bien même elle refuserait mes avances, je veillerai à ce que tu n'aies pas un sou de son argent. Toi ou un autre.

Comment s'y prendre ? Il lui fallait se débarrasser de Zachary une bonne fois pour toutes. Et de façon habile. Il n'avait pas consenti autant d'efforts pour qu'un autre tire les marrons du feu.

*

Zachary était inquiet de l'atmosphère qui régnait au magasin. À l'exception de Marshall, tous les employés étaient aux petits soins pour Harry.

Il sortait des toilettes lorsqu'il croisa Marshall.

— J'aurais besoin de vous parler, lui souffla son aîné.

Il comprit pourquoi Marshall avait veillé à ne pas s'arrêter en découvrant Harry sur le seuil de la réserve.

— Tu as pris ton temps, grinça Harry d'un air accusateur.

— Les besoins sont les besoins.

— À présent qu'ils sont satisfaits, je voudrais que tu t'occupes du thé. Tu commenceras par écluser le mélange que je voulais essayer avant de revenir au précédent, à la demande de maître Featherworth. Tout ça parce que sa femme aimait mieux l'ancien ! Mon mélange coûtait nettement moins cher.

— Beaucoup de gens avaient un faible pour le mélange de M. Blake.

— Débrouille-toi comme tu l'entends.

Zachary ouvrit la boîte contenant le nouveau mélange et fronça le nez.

Le mélange ne sentait pas très bon et manquait de fraîcheur. Il soupçonna Harry d'avoir utilisé du thé qui avait mal supporté le transport depuis l'Inde. Sans une hésitation, il retira des rayonnages tous les paquets de Blake's Best.

Harry se précipita.

— À quoi joues-tu ?

— Je me débarrasse de cette horreur. Maître Featherworth avait raison.

— Mais enfin, ce thé est parfaitement consommable !

— Pas du tout. Si cela ne tenait qu'à moi, je le jetterais, mais je suppose qu'on peut le vendre à prix coûtant.

— Je t'interdis de procéder à une manœuvre pareille. Remets ces paquets en place immédiatement !

— Non, ce thé nuit à notre réputation.

— Il nous rapporte davantage.

— Dans ce cas, posons la question à M. Dawson.

Harry pesa le pour et le contre pendant quelques instants, puis il tourna les talons et regagna son bureau d'un pas pesant.

Marshall adressa un clin d'œil à Zachary.

— Je passerai chez vous ce soir, chuchota-t-il en passant.

Zachary s'interrogea sur cette urgence soudaine tout en procédant au mélange de thé initié par M. Blake. Il huma le résultat d'un air approbateur et fit bouillir de l'eau sur le gaz de façon à s'assurer que tout était parfait, ainsi que l'aurait fait son ancien employeur.

— Que fais-tu à présent ?

Zachary, feignant de n'avoir pas entendu l'apostrophe de Harry, porta la tasse à ses lèvres et goûta le thé.

— C'est le bon mélange, mais il est trop sec. On l'a gardé trop longtemps.

— Plus la quantité est importante, moins je le paye cher, s'agaça Harry.

— Jamais M. Blake n'aurait acheté une telle quantité à la fois.

— M. Blake est mort et c'est moi qui dirige le magasin.

— Dis-moi si je me trompe, mais j'avais cru comprendre que maître Featherworth souhaitait que rien ne change.

— Ma gestion s'est déjà révélée plus efficace.

— Ce magasin ne nous appartient pas, Harry. C'est aux sœurs Blake de décider, et plus particulièrement à Pandora.

— Je te prie de l'appeler Mlle Blake !

— Je l'appelle Pandora à sa demande.

— Tu as profité de ce voyage pour te mettre dans ses bonnes grâces, grinça Harry. Mais quand elle constatera l'efficacité de mes méthodes et verra que je lui fais gagner plus d'argent, elle se ralliera à mon avis. Tu verras.

La cupidité de Harry n'était pas une nouveauté, mais son expression haineuse effraya Zachary qui se promit de surveiller ses arrières. Si cela n'avait tenu qu'à lui, il aurait renvoyé Harry et profité du changement pour tout réorganiser.

L'endroit était si paisible du temps de M. Blake, il était facile de recommencer comme autrefois.

Il soupira. La décision n'était pas de son ressort. Pandora lui manquait davantage qu'il ne l'aurait cru. Il avait la nostalgie des moments passés ensemble comme de leurs conversations. Elle était sa femme, et à moins qu'elle ne souhaite reprendre sa liberté, ce qu'il n'avait pas cru comprendre, il aspirait à rester son mari. En dépit de ce que pouvait penser maître Featherworth, il en arrivait à se demander s'il n'avait pas tort de s'entêter à ne pas consommer leur union, puisqu'ils s'aimaient. Quelle importance pouvait avoir leur différence de fortune ?

Il avait conscience d'avoir changé, de posséder une détermination qu'il n'avait pas auparavant. Cela tenait à son périple, sans doute, mais plus encore à l'amour de cette femme merveilleuse. Il sourit intérieurement en repensant aux heures passées ensemble, avant de s'obliger à reporter son attention sur son travail. Il goûta à nouveau le thé qu'il fit lentement tourner en bouche. Cela ferait l'affaire provisoirement, mais il s'assurerait désormais que l'on ne commande plus de trop grandes quantités à la fois.

Il adressa un signe au commis, assis sur un banc dans la réserve.

– Tu n'as qu'à t'en servir une tasse. Ce serait dommage de le jeter.

– Non merci.

Il fit la même proposition à Marshall quelques minutes plus tard lorsque son collègue rejoignit la réserve.

– Avec plaisir.

Harry jaillit de son bureau.

– Je ne vous paye pas pour boire du thé pendant vos heures de travail, Marshall.

Zachary le regarda droit dans les yeux.

– Tu préfères le jeter ?

– Oui, si cela doit gêner son service.

Il prit la théière d'autorité et se dirigea vers l'évier.

Zachary, furieux, la lui arracha des mains. Les deux hommes luttaient pour la théière lorsque Pandora s'avança dans la pièce. Elle ne cacha pas sa surprise.

– Dehors, hurla Harry à l'adresse de Marshall et du commis.

Ce dernier fila sans demander son reste tandis que Marshall sortait en pinçant les lèvres, mécontent d'être traité de la sorte.

– Que se passe-t-il ?

– Carr gâche cet excellent thé en voulant en boire pendant ses heures de service.

– Je procédais au mélange du thé en le goûtant, conformément aux recommandations de votre oncle autrefois. Puis-je vous en proposer une tasse, mademoiselle Blake ?

– Mon oncle goûtait son mélange ? réagit-elle en interrogeant les deux hommes du regard.

– Parfaitement.

– Votre oncle était un homme charmant, mais il était dépassé. Je m'emploie à organiser ce magasin de la façon la plus *rationnelle* possible, mademoiselle Blake.

– Je voudrais goûter ce thé, et vous devriez imiter mon exemple, monsieur Prebble.

Zachary remplit deux tasses.

– Je ne mets ni lait ni sucre pour mieux vous laisser juge. Il s'agit de notre meilleur mélange. Harry en avait mis au point un autre qui était moins bon, si bien que M. Dawson nous a recommandé de reprendre l'ancienne recette.

Elle porta la tasse à ses lèvres sans répondre. De son côté, Harry en avala goulûment une gorgée d'un air agacé.

Pandora plongea les yeux au fond de sa tasse d'un air songeur.

— La couleur n'est-elle pas légèrement différente du mélange habituel ? Le paquet précise pourtant qu'il s'agit du mélange Blake's Best.

Elle goûta à nouveau alors que Harry vidait sa tasse sans discernement.

— Je le trouve meilleur.

— Votre oncle était un fin connaisseur. Il m'a tout appris sur la façon de le mélanger, mais je ne serai jamais aussi doué que lui.

— Personnellement, je ne sens aucune différence, décréta sèchement Harry. Je sais juste que mon mélange nous rapportait plus d'argent. J'imagine que c'est bien votre objectif ? demanda-t-il en se tournant vers Pandora.

— Pas exactement, monsieur Prebble. Ne vous méprenez pas, j'entends que ce magasin génère de l'argent pour mes sœurs et moi, mais sans rogner sur la qualité. Mon oncle jouissait d'une excellente réputation dans cette ville, je serais heureuse de bénéficier de la même.

Harry en resta bouche bée.

— Je vais en servir aux autres employés, proposa Zachary. Il est important qu'ils sentent la différence.

— Je te rappelle qu'ils ont du *travail* ! s'énerva Harry.

— Ce ne sont pas quelques minutes qui feront la différence, surtout s'ils y gagnent en expertise, décida Pandora.

Prebble quitta la pièce sans chercher cette fois à masquer sa fureur, tout en veillant à ne pas refermer la porte derrière lui.

— Je vais chercher mes collègues, dit Zachary. Souhaitez-vous les servir vous-même ?

— Excellente idée. Je n'ai pas encore trouvé le temps de m'entretenir avec eux, ce sera l'occasion.

Marshall prit le temps de goûter le breuvage, ainsi qu'on le lui proposait.

— Je n'ai jamais eu les moyens de boire un thé de cette qualité, avoua-t-il. Il est excellent, n'est-ce pas ?

Les autres employés vidèrent leur tasse sans un mot en lançant des coups d'œil inquiets en direction du bureau, puis ils s'empressèrent de reprendre leur poste.

Quant au commis, il ne cacha pas sa surprise de se voir offrir du thé. Il se montra plus étonné encore en le goûtant.

— Il est drôlement meilleur, pas vrai ?

Zachary acquiesça.

— Absolument. Je voudrais que tu apprennes à reconnaître les thés, Joe. Cela fait partie de ton travail. Prends le temps de goûter vraiment.

Le gamin s'exécuta en souriant.

— J'en ai jamais bu de si bon.

Harry sortit du bureau au même moment et passa à côté d'eux sans une parole.

Le commis prit un air fautif.

— Il m'a entendu, vous croyez pas ?

Zachary leva les yeux au ciel et entreprit de rincer la théière.

Elle la lui prit des mains.

— Je m'en charge, votre travail vous attend.

Il se prit à rêver de travailler ainsi, en bonne intelligence avec elle, une fois que toute cette affaire serait réglée. Il lui enseignerait les ficelles du métier, lui apprendrait à traiter avec les fournisseurs, à surveiller le stock, à dénicher les meilleurs produits. Et lorsque la situation économique serait meilleure dans la région, ils pourraient à nouveau commander des produits moins ordinaires et les déguster ensemble.

Sans avoir la folie des grandeurs, il espérait un minimum de confort dans leur existence.

*

Lorsque l'on frappa à sa porte ce soir-là, Zachary ouvrit et découvrit Marshall sur le seuil.

— Entrez, je vous en prie.

Le visiteur choisit de rester dans l'arrière-cuisine.

— Je n'en ai pas pour longtemps. Je voulais savoir si vous aviez remarqué de petits larcins au magasin.

Zachary hocha la tête.

— Il modifie légèrement l'ordonnancement des rayonnages en pensant que nous n'y verrons que du feu. Ce garçon ne manque pas d'assurance.

— Comment fait-il pour évacuer les marchandises ?

— L'une de ses tantes fait le ménage. Elle dispose de poches spéciales à l'intérieur de ses jupes. J'en ai parlé à M. Dawson, il me dit que nous ne pouvons pas accuser Harry puisque c'est elle qui repart avec les produits volés. Il nous faut le prendre sur le fait.

— Si vous aviez connu le magasin avant, regretta Zachary. À l'époque de M. Blake, c'était un lieu de travail joyeux. Les deux employés ont désormais peur d'ouvrir la bouche, de même que le commis.

— Je préciserai à Ralph Dawson que vous avez également repéré son manège.

— Je n'arrive pas à comprendre ce qui le pousse à agir ainsi. Il occupe un bon poste et gagne correctement sa vie, d'autant plus qu'il est célibataire. Il ne manque donc de rien.

— Certains individus révèrent l'argent au point d'en vouloir toujours davantage. Il a également des vues sur votre jeune dame.

— *Ma* jeune dame ?

Un sourire étira les lèvres de Marshall.

— Il faudrait être aveugle pour ne pas voir que vous vous aimez. Pourquoi ne l'épousez-vous pas ? Vous n'auriez plus qu'à vous débarrasser de Harry, ce qui réglerait tous les problèmes.

La question mérite en effet d'être posée, se dit Zachary en raccompagnant son collègue à la porte. La réponse était simple : il était hors de question que Harry s'en tire à si bon compte. À moins d'apporter la preuve qu'il volait, la faute en rejaillirait sur le magasin car il ne se priverait pas de protester de son innocence. Si un notaire patenté et son clerc recommandaient la plus grande prudence, ce n'était sûrement pas pour rien.

*

Lorsque Zachary arriva au magasin le lendemain matin de bonne heure, il remarqua immédiatement l'absence du commis.

— Où est Joe ?

Harry lui adressa un coup d'œil triomphal.

— J'ai renvoyé ce petit paresseux. Il était sale comme un cochon. Je lui ai déjà trouvé un remplaçant.

Zachary s'abstint de tout commentaire, mais il savait que son collègue lui mentait. Joe avait toujours mis beaucoup d'ardeur à son travail, mais Zachary n'avait pas le pouvoir de lui rendre son emploi. Pas encore, tout du moins.

L'atmosphère au magasin fut lourde toute la journée. Marshall, habituellement d'humeur égale, affichait une expression morose et s'exprimait d'une voix rauque lorsqu'il parlait à Harry.

À l'heure de la pause, Zachary préféra quitter le magasin en emportant ses sandwiches dans son mouchoir. Il les mangea dans un jardin public, installé dans un coin à l'écart.

Il faisait le tour du parc, son déjeuner avalé, lorsqu'il crut reconnaître un gamin dans l'allée la plus proche du magasin. Il s'agissait d'un jeune cousin de Harry, Ronnie Prebble. Sans doute se trouvait-il là pour l'emploi de commis. Combien de membres de sa famille comptait-il installer dans les lieux ?

Zachary se promit de redonner son emploi à Joe dès qu'il en aurait l'occasion, et d'éviter les Prebble par la suite. En attendant, il glisserait la pièce à Joe de façon que les siens ne meurent pas de faim.

Il vit soudain une autre silhouette d'enfant se renfoncer dans un coin d'ombre. Il attendit de se trouver derrière des buissons pour glisser un œil et vit apparaître la tête de l'enfant. Celui-ci l'épiait, aucun doute n'était permis.

Il se souvint de la réflexion de Pandora lorsqu'elle se croyait suivie. Harry avait de nombreux cousins, pouvait-il les avoir attachés à leur surveillance ? Et pourquoi ?

*

Dot revint de courses l'après-midi même, les yeux brillants d'indignation. Elle monta les marches en furie et toqua à la porte du salon. Elle trouva Mlle Blake occupée à lire près de la fenêtre, et Alice en train d'écrire une lettre.

– Puis-je vous parler, mademoiselle ? Autant que je vous parle à toutes les deux, en vérité.

– Bien sûr, répondit Pandora en reposant son ouvrage. Vous paraissez furieuse, que se passe-t-il ?

— Figurez-vous que ce Harry Prebble a renvoyé ce pauvre Joe.

— Le commis ? Pour quel motif ?

— Aucun. Joe est le seul de la famille à travailler, *jamais* il ne prendrait le risque de mettre son emploi en danger. Je le regarde souvent travailler par la fenêtre. Jamais il ne reste les bras croisés, même quand il est seul dans la cour. Ses parents habitent dans la même rue que les miens. Son père est en mauvaise santé, ils ne peuvent compter que sur les gages de Joe pour s'en tirer.

Pandora se souvint de la réaction de Joe la veille en dégustant sa tasse de thé, avant de s'inquiéter que Harry ait entendu sa remarque. Les deux employés du magasin s'étaient abstenus de tout commentaire. Harry ne pouvait tout de même pas avoir renvoyé ce gamin pour une telle broutille ?

Elle sentit la colère monter en elle.

— Je vais dire deux mots à ce Prebble et tenter de savoir ce qui s'est passé.

— Ne serait-il pas plus avisé de laisser Ralph et Zachary s'en charger ? suggéra Alice.

— Pas du tout. En tant que propriétaire de ce magasin, je ne puis tolérer l'idée que l'on traite aussi mal les personnes qui travaillent pour moi.

En arrivant au magasin, elle remarqua la présence d'un nouveau commis. Ce dernier, un adolescent au visage terne, n'eut pas le réflexe de se lever quand il l'aperçut. Elle le fusilla du regard et frappa d'une main ferme à la porte entrouverte du bureau.

Harry y travaillait, des livres de comptes ouverts devant lui. En la voyant, il s'empressa de glisser celui qu'il étudiait sous la masse des autres et se dressa sur ses jambes. La jeune femme, feignant de ne pas avoir remarqué son manège, mémorisa la couleur et la taille du registre concerné.

— Puis-je vous aider, mademoiselle Blake ?

— Absolument. Pourquoi avoir renvoyé Joe ?

Il ne put dissimuler sa surprise.

— Cela me regarde. En tant que gérant, il est de mon ressort de prendre les mesures qui s'imposent par les temps qui courent.

— J'exige de savoir pourquoi vous avez renvoyé Joe !

Il se cabra.

— Il ne faisait pas correctement son travail.

— Expliquez-vous.

— Il n'était pas assez rapide et ne rangeait pas bien la réserve.

— Je l'ai toujours trouvé bien élevé et serviable, la réserve est en outre parfaitement rangée.

— Ma chère dame, rétorqua Harry sur un ton dégoulinant de mépris, je crois connaître mon travail.

— En tant que propriétaire, c'est à moi qu'il revient d'en décider. En cas de désaccord entre nous, c'est à *vous* de changer vos méthodes.

Zachary, qui revenait de sa pause déjeuner, entendit clairement la conversation depuis la réserve.

— Va aider au magasin, Ronnie, ordonna-t-il au nouveau commis.

Le sourire dédaigneux que lui adressa le gamin évoqua si bien les moues de Harry que Zachary en resta confondu.

— Je n'ai pas d'ordre à recevoir de vous. Je dépends de Ha… de M. Prebble.

Zachary l'attrapa par le col de sa chemise et le fond de son pantalon, puis il le propulsa en direction de la boutique avant de refermer la porte. Il se dirigea vers le bureau, surpris que personne n'ait entendu l'altercation.

— Vous me ferez le plaisir de faire quérir Joe immédiatement et de lui rendre son poste.

Pandora n'y allait pas de main morte, mais à ce rythme, il ne serait pas possible de démasquer Harry.

— La place est prise, j'ai déjà engagé un nouveau commis ce matin.

— Qui est-ce ?

— Je vous demande pardon ?

— Comment s'appelle-t-il ?

— Ronnie.

— Ronnie comment ?

Zachary, à qui pas un mot de l'échange n'échappait, sourit intérieurement. La ressemblance avec Harry n'avait pas échappé à la jeune femme.

— Ronnie Prebble.

— Un autre de vos proches. En termes clairs, vous avez renvoyé Joe pour donner son travail à l'un des vôtres. C'est intolérable.

Zachary estima qu'il était temps d'intervenir.

— Excusez-moi de vous interrompre, mais on vous entend depuis le magasin.

— Fiche-moi le camp, Carr ! s'énerva Harry. Je t'interdis de venir à l'avenir dans mon bureau sans y être invité.

— Restez, Zachary, ordonna Pandora. Étiez-vous au courant que Prebble avait renvoyé notre gentil petit commis ?

— Oui.

— Pourquoi ne pas m'en avoir parlé ?

Zachary devait manifester une certaine retenue s'il voulait continuer à surveiller Harry.

— Ce n'est pas mon rôle.

Harry hocha la tête d'un air satisfait, un sourire forcé aux lèvres.

– Quoi qu'il en soit, j'exige le retour de Joe, décida-t-elle en dévisageant les deux hommes l'un après l'autre. Il est totalement injuste de le renvoyer et de mettre l'un de vos proches à sa place. En outre, je refuse de croire que Joe ait failli à sa tâche.

Zachary tenta de lui adresser un signe d'avertissement.

Harry croisa les bras.

– Je suis désolé, mais je refuse.

– Fort bien. Nous en rediscuterons.

La jeune femme quitta le magasin en trombe et s'élança dans la rue principale. Elle s'aperçut, aux regards surpris que lui lançaient les passantes, qu'elle était sortie sans gants ni chapeau. Même les ouvrières se couvraient la tête d'un châle en signe de respectabilité, mais elle était trop en colère pour retourner chercher un couvre-chef. Tant pis pour ceux que cela dérangeait.

Quelques minutes plus tard, elle pénétrait dans l'étude de maître Featherworth.

*

Ralph Dawson vit s'avancer la visiteuse à travers la porte ouverte de son bureau. Pandora était plus belle que jamais avec ses joues en feu et ses yeux qui lançaient des éclairs. Qui avait bien pu la mettre dans un tel état. Il se leva précipitamment et vint à sa rencontre.

– Je veux voir maître Featherworth immédiatement.

– Laissez-moi m'assurer qu'il est disponible.

Dawson s'empressa de prévenir le notaire qui accepta de recevoir Pandora sans attendre.

– Restez, monsieur Dawson, décida la jeune femme. Cela vous concerne également.

Elle expliqua aux deux hommes la situation et ils eurent le plus grand mal à la convaincre de ne pas renvoyer Harry Prebble sur-le-champ.

– Je ferai porter un peu d'argent au jeune Joe, promit Ralph Dawson, et nous lui redonnerons son poste très bientôt.

– Prebble aura le sentiment d'avoir gagné. Il sera persuadé que je n'ai aucun pouvoir, c'est très humiliant pour moi.

Le clerc étudia son interlocutrice d'un air pensif.

– C'est pourtant l'idéal de notre point de vue. Ce garçon a une fâcheuse tendance à se croire trop malin. Je pense même que cet incident est susceptible de le pousser à la faute.

Il souligna son propos d'un sourire contrit.

– Je vous en prie, mademoiselle Blake. J'ai bien conscience de vous demander un effort, mais accepteriez-vous de jouer le jeu quelques jours de plus ?

Elle laissa échapper un long soupir.

– Je n'ai pas vraiment le choix.

– Je vous promets qu'il ne perd rien pour attendre.

– Et le plus tôt sera le mieux, renchérit maître Featherworth. Cette affaire est très désagréable.

– Je rentre chez moi, mais je ne sais pas comment je vais réagir face à ce sale petit bonhomme.

– Contentez-vous de l'ignorer, lui conseilla le notaire sur un ton conciliant. Ne descendez pas au magasin, laissez agir Zachary et M. Dawson.

– Je vous appelle un fiacre, ajouta Dawson. Vous ne pouvez pas traverser la ville sans manteau ni chapeau.

Elle prit un air penaud.

– J'étais dans un tel état que je suis sortie sans réfléchir. J'ai bien peur de ne jamais être à la hauteur des femmes de mon rang.

— Vous leur faites honneur, au contraire, la rassura le clerc. Car vous avez du cœur.

*

Lorsque Harry vit Pandora descendre de fiacre et monter directement à ses appartements, il attendit quelques minutes avant de constater qu'elle ne redescendait pas.

Le reste de la journée s'écoula sans qu'aucun message ne lui parvienne de l'étude du notaire.

À l'heure de la fermeture, il jubilait, certain d'avoir remporté la partie. Dawson, conscient de ses qualités de gérant, n'était pas disposé à lui demander sa démission.

Il lança un regard songeur en direction de Zachary, qui discutait avec une cliente en souriant. *Tu seras le prochain*, se promit-il. *Je veillerai à effacer ton sourire idiot, espèce de grand cheval. Je compte bien me débarrasser de toi une bonne fois pour toutes.*

21

On frappa à la porte de Pandora à une heure tardive ce soir-là. Dot ouvrit et vit un gamin sur le seuil, un billet à la main.

– C'est pour Mlle Blake.

– Tu souhaites attendre la réponse ?

– On m'a dit qu'il n'y en aurait pas.

La domestique porta le petit mot à l'étage où Pandora se trouvait seule, Alice passant la soirée chez ses cousins.

La jeune femme, qui avait reconnu l'écriture de Zachary, attendit que la bonne ait quitté la pièce pour décacheter l'enveloppe.

> *J'aurais besoin de vous voir. Je passerai par-derrière.*
>
> *Zachary*

Elle se rendit en hâte dans la cuisine.

– Zachary vient me rendre visite, Dot. Pourriez-vous ouvrir la grille de la ruelle ?

– Elle est cadenassée et c'est M. Prebble qui a la clé.

– Nous devons bien avoir un double.

– Je ne crois pas. M. Dawson l'a récupéré quand on a dû enfermer la vieille Mme Blake.

– Seigneur !

— Voulez-vous que j'aille dans la ruelle prévenir Zachary que la grille est fermée ? Il peut passer par-devant, après tout.

— Non, il ne souhaite pas être vu.

Elle gagna la ruelle et entendit une main secouer la grille.

— Zachary ? Est-ce vous ?

— Oui, mon amour. Pourriez-vous m'ouvrir ?

— C'est impossible, je n'ai pas la clé. Oh, Zachary ! J'aurais tellement aimé discuter avec vous !

— Ne bougez pas, je vais l'escalader.

Elle recula de quelques pas et le visage du jeune homme apparut dans la clarté diffuse qui s'échappait de la fenêtre voisine. Il atterrit à ses pieds en riant et elle se jeta dans ses bras. Il répondit à son étreinte en l'embrassant passionnément, avec toute la fougue dont elle rêvait.

— Allons à l'intérieur, suggéra-t-il en finissant par se dégager.

Ils traversèrent la cuisine et montèrent au salon où il commença par la regarder longuement.

— Si vous saviez combien je vous aime, Pandora. Je suis incapable de vous résister plus longtemps, je ne veux pas vous perdre.

— Vous ne me perdrez pas, l'assura-t-elle en tendant son visage afin qu'il l'embrasse à nouveau.

Il s'exécuta et elle se laissa emporter par le bonheur de sa présence pendant de longs instants.

— Asseyons-nous, finit-il par proposer en reculant d'un pas. J'ai besoin de vous parler.

Elle le conduisit jusqu'au canapé où il passa un bras autour de ses épaules tout en lui tenant la main.

— Je suis désolé de l'humiliation que vous avez dû subir, se lança-t-il. Quand Harry a compris que maître Featherworth ne réagirait pas, il s'est mis à fanfaronner en affirmant que le notaire vous avait remise à votre place.

– Il ne perd rien pour attendre, mais j'en suis mortifiée et je ne remettrai pas les pieds au magasin tant qu'il y travaillera.

– C'est de toute façon plus prudent, dit Zachary d'un air hésitant en portant la main de sa compagne à ses lèvres. Figurez-vous que vous avez été suivie le soir où vous avez rendu visite aux parents de Bill. Je ne serais pas surpris que vous soyez filée en permanence. Harry a de nombreux cousins, l'un d'eux m'a pris en chasse tout à l'heure.

Elle se raidit.

– Et si vous aviez été suivi ce soir ?

– J'ai pris mes précautions, répondit-il en riant. De toute façon, de quoi pourrait-il m'accuser ? D'escalader la grille ?

– Qui sait quelle mauvaise surprise ce sale petit ver de terre nous réserve ?

– Je compte sur lui pour prendre des risques. Il faut impérativement le prendre sur le fait en train de voler, ou de maquiller les comptes. Je vais demander à M. Dawson de m'introduire dans son bureau un soir et d'éplucher la comptabilité.

Elle se souvint soudain du registre que Prebble avait tenté de dissimuler lorsqu'elle avait pénétré dans son bureau à l'improviste.

– C'est une piste intéressante, approuva Zachary. Je vais en parler à M. Dawson.

Il ponctua sa phrase par un nouveau baiser.

– Je ferais mieux de repartir avant de commettre un acte que nous regretterions tous les deux.

– Je ne regretterai jamais rien avec vous.

— Pandora, ma chérie, j'entends que tout soit parfait le jour où je vous ferai mienne. Ce jour-là, je ne voudrais pas quitter cette maison par la petite porte.

Zachary reparti, elle resta longtemps assise sur le canapé, heureuse de se sentir aimée.

*

Lorsque Zachary arriva au magasin le matin suivant, Harry lui demanda de s'occuper de la clientèle, ce qu'il fit bien volontiers.

Peu avant 9 heures, il vit s'éloigner Pandora et Alice, et sourit à la vue de sa femme.

Harry interrompit sa rêverie.

— J'ai rendez-vous avec M. Dawson. Je te confie le magasin, Carr.

Une demi-heure plus tard, Prebble revenait en compagnie de deux agents de police.

— Nous avons besoin de te parler, Carr, dit-il en se dirigeant vers la réserve sans attendre de réponse.

Intrigué, Zachary confia la cliente dont il s'occupait à l'un des employés et emboîta le pas à Prebble.

— Est-il exact que vous avez escaladé la grille de la ruelle hier soir aux alentours de 21 heures, monsieur Carr ? lui demanda aussitôt l'un des agents.

Ce sale rat de Harry avait tout de même réussi à le pister !

— Oui.

— Puis-je vous demander pour quelle raison, monsieur ?

— Des raisons personnelles.

Il n'était pas question de mêler Pandora à cette affaire.

— Je vais te demander de me suivre dans le local de stockage, Carr ! lui ordonna Harry, gonflé de son importance.

Zachary écarquilla les yeux avant d'obtempérer. Il put constater sur place que le cadenas avait été forcé et que certaines marchandises parmi les plus coûteuses avaient disparu des rayonnages.

— Nous avons été cambriolés ?

— Tu le sais pertinemment, rétorqua Harry, puisque c'est toi le coupable.

— C'est faux ! Je n'ai pas mis les pieds dans le magasin hier soir.

— On a retrouvé les marchandises volées dans votre cave à charbon, affirma le sergent.

— Comment ?!! En tout cas, ce n'est pas moi qui les ai placés là.

— Zachary Carr, vous êtes en état d'arrestation pour vol avec effraction. Je vais vous demander de nous suivre.

En traversant le magasin sous la conduite des deux policiers, Zachary chercha des yeux Marshall dans l'espoir qu'il puisse alerter M. Dawson, mais il ne le vit nulle part. Les deux autres employés détournèrent le regard, gênés, tandis que le nouveau commis riait ouvertement.

Peu soucieux de se donner en spectacle, Zachary accompagna les agents sans rechigner jusqu'au poste de police où il fit l'objet d'une inculpation officielle. L'un des deux hommes lui rit au nez lorsqu'il demanda à ce que maître Featherworth soit averti.

— Je vois mal un honorable notaire s'encombrer d'un vulgaire voleur. M. Prebble nous a avertis que maître Featherworth lui laissait l'entière maîtrise de l'affaire. Il vous soupçonnait d'être le responsable des larcins car il avait remarqué leur recrudescence depuis votre retour. Il pense que vous étiez à court d'argent à cause des dépenses inconsidérées que vous avez faites lors de votre périple.

– C'est faux. Maître Featherworth…

– Écoutez, on a retrouvé la marchandise chez vous. Autant nous simplifier la tâche en avouant tout de suite. Vous serez déféré devant le juge en fin de matinée.

– Il vous suffit de contacter maître Featherworth ou M. Dawson, son clerc, pour qu'ils vous prouvent mon innocence.

L'affirmation provoqua l'hilarité des agents qui l'enfermèrent dans une cellule sans accéder à sa demande.

*

Dot essuyait la poussière dans le magasin lorsqu'elle vit M. Prebble revenir accompagné par deux agents. Sa curiosité piquée, elle fut au comble de l'étonnement en voyant ressortir Zachary quelques minutes plus tard entre les policiers.

Elle voulut aussitôt alerter sa maîtresse, mais un inconnu lui barra la route alors qu'elle franchissait le seuil du magasin.

– Où allez-vous ?

– Je pars en courses. Laissez-moi passer.

– M. Prebble préfère que vous restiez tranquille ce matin.

– Je dois acheter des provisions pour ma maîtresse.

– Dans ce cas, qu'avez-vous fait de votre panier ?

L'homme la repoussa à l'intérieur. Elle poussa un hurlement en se débattant comme une furie, mais la lutte était par trop inégale car deux autres sbires de Prebble arrivèrent à la rescousse du premier.

*

Marshall remontait de la cave où il avait fait du rangement à la requête de Prebble à l'instant où les policiers emmenaient Zachary. Il resta interdit sans savoir quel parti adopter.

Au même moment, Prebble vint à sa rencontre.

– Ah, Marshall ! J'ai besoin que vous alliez me chercher du beurre à la cave.

Il s'exécuta en se promettant de s'éclipser à la première occasion afin d'alerter M. Dawson.

Il comprit qu'il s'était fait piéger en entendant la porte de la cave claquer dans son dos. Il poussa un cri de rage et gravit l'étroit escalier avant de s'acharner sur le lourd battant. Il ne tarda pas à comprendre que ses efforts étaient inutiles.

Il redescendit avec l'intention de s'emparer des outils habituellement stockés dans la pièce, mais ils avaient disparu.

Prebble n'avait rien laissé au hasard.

Il alluma une lampe à pétrole en jurant entre ses dents et partit en exploration des lieux. La fenêtre était protégée par des barreaux et il n'eut que le temps de voir les semelles épaisses de Prebble fouler la grille fermant le puits d'aération au-dessus de sa tête et prendre la direction de la ville.

Il devait bien y avoir un moyen d'échapper à sa prison. Mais lequel ?

*

À la demande d'Alice, Pandora avait accepté avec joie de donner des cours d'alphabétisation ce matin-là. Elle reconnut parmi ses élèves plusieurs ouvrières avec qui elle avait travaillé à l'usine. Celles-ci lui adressèrent des sourires hésitants et elle s'empressa de les saluer en prenant de leurs nouvelles.

– Félicitations pour le magasin ! s'écria l'une des filles. Au moins, tu es pour toujours à l'abri de la misère.

Elle lui rendit son sourire.

– J'ai hérité du magasin avec mes sœurs, si bien que j'en possède un quart seulement.

– Je me contenterais d'un dixième.

– J'ai conscience d'avoir beaucoup de chance. Comment se porte ta mère, Janet ?

L'atmosphère décontractée qui régnait dans la classe était à l'opposé de celle qu'elle-même avait connue à l'époque où elle était obligée de se rendre aux cours de lecture du pasteur anglican de la ville. Loin de respecter l'esprit de sa fonction, ce dernier avait toujours été persuadé que les pauvres étaient des idiots et des paresseux, si bien qu'il les traitait en conséquence.

Elle observa de loin Mme Rainey, la femme de leur ami le pasteur méthodiste, qui s'adressait aux ouvrières avec autant d'égards que si elles avaient appartenu à la bourgeoisie. L'ambiance était à la fois joyeuse et paisible, chacune des élèves s'efforçant de progresser dans sa pratique de la lecture.

*

Le temps sembla s'arrêter l'espace d'un instant, puis Dot vit avec effarement son premier agresseur repousser ceux qu'elle avait pris pour ses complices et s'enfuir à toutes jambes.

L'un des deux inconnus le regarda s'éloigner avec un haussement d'épaules.

– Bon débarras. Si seulement on pouvait régler son compte aussi facilement à ce Harry Prebble ! Vous n'avez pas été trop secouée, ma fille ?

La domestique s'adossa au mur, brusquement soulagée.

– Je vais nettement mieux à présent.

– Vous n'êtes pas blessée, au moins ?

– Non.

Elle se frappa le front.

– Il faut absolument que j'avertisse ma maîtresse. La police est venue arrêter Zachary. Je ne sais pas ce qu'on lui reproche, mais jamais il ne ferait de mal à une mouche. Il faut alerter Mlle Blake d'urgence.

L'un des deux hommes fronça les sourcils.

– Je les ai vus passer, en effet. Je me demande bien pourquoi Marshall ne nous a pas avertis. Gordon, ajouta-t-il à l'adresse de son compagnon, va chercher Mlle Blake avec cette demoiselle. Pendant ce temps, je vais trouver Marshall au magasin.

– Bien, mon Daniel, mais fais attention. Prebble s'est absenté, mais j'ai vu entrer son cousin au moment où la police emmenait Zachary, sans oublier le nouveau commis.

– Autant appeler Pete, dit le dénommé Daniel en sifflant entre ses doigts.

Un nouvel inconnu se précipita à son signal.

– À deux, on devrait pouvoir tenir le choc. Marshall m'a expliqué que les autres employés étaient des pétochards de première.

Rassurée de savoir qu'elle ne serait pas seule, Dot verrouilla la porte du logement et prit la direction de l'église méthodiste en compagnie de son ange gardien.

— J'ai cru un moment que vous étiez les complices de mon agresseur, lui expliqua-t-elle.

— Non, nous sommes des amis de Marshall Worth. Nous surveillons tout ce petit monde à la demande de M. Dawson. Je ne toucherais pas ces Prebble avec un bâton.

Arrivée à la salle paroissiale, Dot se précipita vers Pandora sans se soucier des regards étonnés qu'elle soulevait.

— Ils ont emmené Zachary !

— De qui parlez-vous ?

— Des agents. Et l'un des cousins de Prebble a voulu m'empêcher de vous alerter.

— Pour quelle raison l'a-t-on arrêté ?

— Je ne sais pas, mais je suis venue aussi vite que j'ai pu. Gordon, l'homme qui est avec moi, m'a aidée à m'enfuir.

Pour la seconde fois en moins de vingt-quatre heures, Pandora parcourut les rues de la ville sans veste ni chapeau. Si elle était incapable de comprendre par quel tour de passe-passe la police avait bien pu arrêter Zachary, elle croyait deviner qui était à l'origine d'une telle machination.

Quoi qu'en dise maître Featherworth, elle allait renvoyer Harry Prebble, mais le plus urgent était de délivrer Zachary. Jamais il n'aurait commis le moindre acte répréhensible, elle en avait la conviction. L'idée même qu'on puisse le traiter en criminel la révoltait.

*

L'un des employés s'avança en voyant Daniel et son ami pousser la porte du magasin.

— Puis-je vous aider ?

— Nous souhaiterions voir Marshall Worth. C'est urgent.

— Il est occupé.

La porte de la réserve s'ouvrit et le cousin de Harry apparut sur le seuil.

— Harry a dû s'absenter, il m'a chargé de garder le magasin et jamais il n'autoriserait Marshall à s'entretenir avec des amis sur son temps de travail.

— Nous avons une urgence.

— Vous pourrez le voir à la fin de son service.

Du coin de l'œil, Daniel remarqua que le commis les observait de loin, un sourire moqueur aux lèvres. Il soupçonna aussitôt un piège. Il fit un pas en avant et poussa le cousin de Harry du plat de la main.

— À quoi jouez-v…

Le commis se précipita, mais le compagnon de Daniel l'immobilisa tandis que la lutte s'engageait entre son ami et le cousin Prebble. Une cliente poussa un cri aigu et prit la fuite.

— À l'aide ! cria le cousin.

Les deux employés du magasin parurent hésiter. Mais à l'inverse du premier qui battait en retraite, le second trouva le courage de se rebeller :

— Ils ont enfermé Marshall dans la cave !

— Je te ferai renvoyer ! hurla le cousin.

Daniel, plus grand et plus fort, n'eut guère de mal à le maîtriser en lui tordant le bras dans le dos.

— Comment accède-t-on à la cave ?

— Ça ne te regarde pas !

L'employé courageux approcha.

— Je vais vous y conduire, dit-il en tendant la main vers la rangée de clous auxquels étaient pendues les clés en temps ordinaire.

— La clé a disparu !

Daniel secoua son prisonnier.

— Où est-elle ?

Le cousin Prebble lui lança un regard assassin sans répondre.

— Fouillez-le pendant que je le maintiens, ordonna Daniel à l'employé.

Ce dernier obtempéra et parvint à récupérer la clé dans la poche du cousin qui se débattait. Il traversa la réserve et déverrouilla la porte de la cave.

Daniel recommanda à son compagnon de surveiller le prisonnier et s'élança dans l'escalier.

— Marshall ! Tu es là, vieux ?

— On peut dire que vous avez mis le temps !

Marshall remonta les marches quatre à quatre et s'arrêta en voyant le prisonnier.

— Tu vas le regretter, gronda le cousin Prebble. De toute façon, il est trop tard pour Carr. Il va être déféré devant un juge. Une fois la condamnation prononcée, jamais ils ne le laisseront sortir.

— On ferait mieux de prévenir M. Dawson, décida Marshall. Il trouvera bien une solution. En attendant, les amis, surveillez-moi ces lascars. J'aurai deux ou trois comptes à régler avec eux à mon retour.

L'instant d'après, il quittait le magasin au pas de course.

*

Pandora se présenta au poste de police en compagnie d'une Dot essoufflée et de l'homme qui l'avait délivrée. Elle se précipita vers le planton.

— Où est Zachary Carr ?

L'agent ouvrit de grands yeux.

— Je vous demande pardon, mademoiselle ?

— Zachary Carr a été arrêté par deux de vos collègues. Je dois le voir immédiatement, j'ai la preuve de son innocence.

— Il a été conduit devant le juge Thwaite. Celui-ci compte prononcer la sentence sans attendre, l'affaire est entendue.

— Je peux vous assurer qu'elle ne l'est pas, s'écria la jeune femme en quittant le poste de police en trombe.

Elle connaissait l'adresse du magistrat, qui habitait par chance tout à côté. Elle frappa à la porte et une servante lui ouvrit.

— Je souhaite voir M. Thwaite de toute urgence. Je détiens la preuve que l'homme qu'on vient de lui amener est innocent.

— Très bien. Son bureau est par là.

Elle toqua à une porte.

— Un autre témoin, monsieur le juge. Elle dit que c'est urgent.

Pandora pénétra dans une vaste pièce. Le magistrat, un homme replet au visage rubicond connu pour son caractère ombrageux, trônait derrière son bureau, Zachary debout face à lui.

— Je peux prouver l'innocence de cet homme ! s'écria Pandora.

Harry Prebble, assis dans un coin de la pièce, bondit sur ses jambes.

— Cette femme est sa maîtresse, monsieur le juge ! Une telle femme ne peut que mentir.

Zachary voulut se ruer sur lui, mais l'agent qui l'accompagnait l'immobilisa.

Le magistrat fronça les sourcils en détaillant la tenue de Pandora qui prit brusquement conscience de son apparence débraillée.

— Je suis désolée de me présenter devant vous dans cette tenue, monsieur le juge. Et je ne suis nullement la maîtresse de cet homme.

Elle n'eut pas le temps d'expliquer au magistrat qu'elle était sa femme, M. Thwaite lui désignant un banc d'un geste autoritaire.

— Asseyez-vous. Vous vous exprimerez quand le juge vous en donnera l'autorisation, décréta le greffier.

Harry, furieux, voulut prendre la parole, mais le juge le fit taire d'un geste de la main.

Zachary posa sur Pandora un regard gêné. Le juge le rappela à l'ordre en énonçant les charges retenues contre lui et lui demanda s'il plaidait coupable. Il se redressa.

— Non coupable, déclara-t-il d'une voix ferme.

Le greffier énuméra les faits qui lui étaient reprochés. Le juge l'interrompit soudain :

— Niez-vous avoir escaladé la grille de la cour jouxtant le magasin ?

— Non, monsieur le juge.

— Comment l'expliquez-vous ?

Comme il hésitait à répondre, Pandora se leva.

— Il venait me rendre visite, monsieur le juge.

M. Thwaite lui lança un regard courroucé.

— Dans quel but ?

— Nous avions besoin de parler.

— Un rendez-vous clandestin, donc. Voilà qui ne servira guère la crédibilité de votre témoignage, jeune fille.

Elle voulut protester, mais le greffier lui ordonna le silence sous le regard goguenard de Harry.

Le magistrat fit signe au greffier de continuer.

À moins de révéler la nature de sa relation avec Zachary, celui-ci risquait fort d'être condamné.

Pandora hésita à passer outre à l'injonction du greffier avant de se reprendre. Ce n'était pas le moment de s'attirer les mauvaises grâces du juge.

*

Marshall courut jusqu'à l'étude de maître Featherworth où il demanda à être introduit auprès du notaire et de son clerc.

– Ils reçoivent un client et ne peuvent être dérangés, lui annonça le second clerc.

– Il s'agit d'une affaire urgente dont ils voudront avoir connaissance immédiatement.

– Je ne peux pas prendre une telle décision.

Marshall, au comble de l'énervement, s'élança dans le couloir.

– Monsieur ! bêla le second clerc. Vous ne pouvez pas…

Marshall, sourd à ses récriminations, ouvrit à la volée la porte du bureau de maître Featherworth.

– Dieu soit loué, murmura-t-il en voyant le notaire et son clerc. Je suis au regret de vous interrompre, maître, mais M. Carr risque la prison si vous n'intervenez pas tout de suite.

Ralph Dawson jaillit de son siège.

– Je m'en occupe, maître. Je reviens tout de suite.

Le temps de s'excuser auprès du client interloqué, il quitta la pièce en compagnie de Marshall. Ce dernier s'empressa de l'informer de la situation. Dawson, prenant la mesure du drame qui se jouait, entra précipitamment dans le bureau du notaire.

– Maître, je vous prie de vous rendre toutes affaires cessantes chez le juge Thwaite afin de l'empêcher de prononcer une condamnation injuste à l'encontre de

Zachary Carr. Vous savez comme moi combien il est difficile de revenir sur un jugement. Je vous propose de me rejoindre au plus vite, je pars en éclaireur.

À peine arrivé chez le juge, il demanda à la domestique de le conduire dans le bureau du magistrat et s'inclina aussitôt devant celui-ci.

– Eh bien, Dawson ? Que se passe-t-il ?

– Je viens vous soumettre de nouveaux éléments, monsieur le juge.

– Lesquels ? Tout indique qu'il y a eu vol, les circonstances sont transparentes.

– Monsieur le juge, maître Featherworth nous rejoint dans un instant, mais il m'a demandé de prendre les devants afin d'empêcher que soit commise une grave erreur judiciaire.

– La culpabilité de ce jeune homme ne fait aucun doute à mes yeux, grommela le juge. Mais si maître Featherworth estime disposer d'éléments pertinents, attendons-le.

Le notaire se présenta à la porte du magistrat quelques minutes plus tard, le souffle court et le visage cramoisi.

– Je vous écoute, déclara le juge Thwaite. La maîtresse de l'accusé affirme qu'il est innocent, mais je vois mal comment je pourrais tenir compte d'un témoin aussi douteux, vous ne trouvez pas ?

Maître Featherworth afficha sa stupéfaction.

– Monsieur le juge, cette jeune femme n'est pas la maîtresse de l'accusé, mais son épouse.

Un silence assourdissant frappa l'assemblée, que Harry rompit en poussant un cri du cœur :

– Sale petite vipère sournoise !

– Silence ! gronda le greffier.

Harry, comprenant qu'il avait perdu la partie, voulut quitter la pièce.

— *Restez où vous êtes!* tonna le juge. Où vous croyez-vous donc, jeune homme ? C'est vous qui avez porté plainte contre ce jeune homme et vous ne quitterez pas cette pièce sans mon autorisation.

— À quoi bon ? Ils se sont tous donné le mot pour mentir, tenta de se défendre Harry.

Maître Featherworth reprit ses explications :

— En tant qu'époux de la propriétaire du magasin, M. Carr ne peut se voler lui-même, pas plus qu'il ne peut pénétrer chez lui par effraction.

— Avez-vous l'assurance qu'ils sont mariés ? s'enquit le juge sur un ton soupçonneux.

— Évidemment, monsieur le juge. J'ai vu leur certificat de mariage de mes propres yeux il y a quelque temps déjà.

— Dans ce cas, pourquoi ne vivent-ils pas ensemble ?

— Nous menons actuellement une enquête afin de déterminer l'identité de l'individu qui commet des vols au magasin. Ces larcins ont commencé à l'époque où M. Carr se trouvait encore en Australie.

Le magistrat posa un regard noir sur Prebble.

— Voilà qui est inquiétant. S'il s'avère que c'est *vous* qui avez accumulé de fausses preuves à l'encontre de l'accusé, je me ferai un plaisir de vous condamner.

Le notaire se tourna vers Pandora.

— Expliquez donc au juge Thwaite ce qui s'est passé hier soir.

— Zachary souhaitait me communiquer en secret des informations importantes, mais nous n'avons pu ouvrir la grille de la cour faute d'en détenir la clé, ce qui l'a contraint à l'escalader. Il est resté à peu près une heure avant de repartir. Je ne l'ai pas quitté un seul instant et j'étais là lorsqu'il a franchi la grille en sens inverse. Si quelqu'un d'autre l'avait escaladée, je l'aurais su parce qu'elle fait du bruit. Celui qui s'est introduit dans le magasin pour voler ces marchandises possédait donc la clé.

M. Dawson demanda la parole à son tour.

— Je peux témoigner du fait que Mme Carr ne possède pas la clé de cette grille, monsieur le juge. Je n'ai pas pensé à la lui fournir lorsqu'elle a emménagé dans la maison.

Le juge acquiesça lentement.

— Je vois. Affaire classée. Maître, je vous invite à partager mon déjeuner, j'aimerais en savoir davantage sur ces jeunes gens.

Tout le monde se leva en le voyant quitter la pièce tandis que le notaire suivait son hôte en adressant au passage un sourire désolé à Pandora et Zachary.

Dawson se retourna et constata brusquement la disparition de Prebble. Comment avait-il pu s'éclipser sans que personne ne le voie ?

Zachary prit les mains de Pandora dans les siennes.

— Je n'arrive pas à croire que Harry en soit arrivé à de telles extrémités.

— Son plan a échoué, c'est l'essentiel. En tout cas, nous allons devoir officialiser notre mariage, dit-elle, radieuse.

22

Les dernières formalités accomplies, Ralph Dawson quitta la maison du juge en compagnie du jeune couple.

– Le mieux est encore d'aller au magasin. J'ai demandé à Marshall d'y monter la garde, mais je doute que Prebble y soit retourné.

Pandora s'accrocha au bras de Zachary en souriant. Il posa sur elle un regard anxieux.

– Vous êtes sûre de vous ?

Elle le secoua par le bras, feignant la colère.

– Combien de fois faudra-t-il vous le répéter ? Oui, je suis sûre de vouloir rester votre femme.

Le sourire lumineux qu'il lui adressa le rendit presque beau.

– Vous allez devoir me dire que vous m'aimez tous les jours de votre vie si vous voulez que je vous croie. Je m'engage à faire de même.

Ils s'arrêtèrent et se regardèrent les yeux dans les yeux, seuls au monde. M. Dawson leur rappela sa présence d'un toussotement discret et ils repartirent en direction du magasin.

Ils y trouvèrent Marshall occupé à servir une cliente tandis que les deux employés s'affairaient dans la réserve près de Daniel. Ce dernier, livide, arborait une grosse bosse au front.

– Prebble m'a assommé par-derrière, s'expliqua-t-il.

— Il s'est ensuite rué dans le bureau dont il est ressorti en emportant un objet volumineux dans sa veste, précisa l'un des employés.

— Vous auriez pu l'en empêcher puisque vous étiez deux, réagit Zachary.

— Ils étaient deux aussi avec le commis. Et puis je n'ai jamais su me battre, ajouta-t-il en portant machinalement la main à ses lunettes cerclées d'acier. J'aurais trop peur de les casser.

Zachary tendit le cou en entendant tinter la sonnette de l'entrée.

— Allez donc servir au magasin, mais ne soufflez mot à personne de ce qui s'est passé.

Il se tourna vers Daniel.

— Souhaitez-vous qu'on aille chercher un médecin ?

— Inutile, j'en serai quitte pour une belle bosse. J'ai vu trouble pendant un moment, mais ça va déjà mieux.

M. Dawson se rendit dans le bureau, suivi de Zachary et Pandora.

— Remarquez-vous quelque chose d'anormal ? demanda le clerc.

— Pas à première vue, répondit Zachary.

— Moi oui, intervint Pandora. Il y avait un registre bleu sur cette étagère. Harry a tenté de le cacher en ma présence l'autre jour, je comptais en examiner le contenu.

— Nous devrions également vérifier la caisse, suggéra le jeune homme.

Mais en dépit de leurs efforts, ils ne purent mettre la main dessus.

— Il l'aura emportée, finit par en conclure M. Dawson. Je vous conseille de laisser agir la police et de vous concentrer sur le bon fonctionnement du magasin. Je vais devoir vous laisser, j'enverrai un mot à la police afin de signaler le vol dès mon retour à l'étude.

Pandora se planta devant lui.

— Je veux que la situation soit claire. À compter d'aujourd'hui, il est bien entendu que Zachary reprend la gérance du magasin.

Le clerc haussa les sourcils.

— Évidemment. Qui d'autre ?

Il allait quitter la pièce lorsqu'il se retourna :

— Souhaitez-vous que je passe un avis dans le journal annonçant votre mariage ?

— Oui, je vous en serais reconnaissante.

Zachary attendit d'être seule avec Pandora pour la prendre dans ses bras et l'embrasser.

— M'autorisez-vous à m'installer ici ce soir ?

— J'insiste pour que vous le fassiez. Cela dit, je m'inquiète pour votre mère et votre sœur.

— Nous passerons les voir après la fermeture.

— Que vont-elles penser ?

— Je suis certain qu'elles seront ravies.

— J'espère leur plaire.

— Comment pourrait-il en être autrement ?

Ils se dévisagèrent longuement, puis elle se détacha de son étreinte en soupirant.

— Je vais commencer par tout raconter à Dot avant de venir vous aider au magasin. Vous allez manquer de main-d'œuvre.

*

Alice était de retour lorsque Pandora monta à l'appartement, et elle s'empressa de la mettre au courant, en même temps que Dot.

— Vous savez, mademoiselle… je veux dire, madame Carr. Je savais que vous étiez mariée, je vous ai entendue parler à M. Carr un jour.

— Et vous n'avez rien dit ?

Elle haussa les épaules.

— Cela ne me regardait pas.

— Je loue votre loyauté et votre bon sens, Dot. J'espère que vous continuerez de travailler pour nous.

— Oh oui, avec plaisir, mademoiselle. Je veux dire, madame.

La domestique s'éclipsa et Pandora se tourna vers Alice.

— Sentez-vous libre de rester tant que vous n'aurez pas trouvé un nouvel emploi.

— Je vous remercie, mais je peux très bien aller vivre chez mes cousins. Zachary et vous n'avez pas besoin que je vous tienne la chandelle.

Pandora ne put s'empêcher de rougir.

*

Un policier se présenta à l'étude de maître Featherworth en milieu d'après-midi.

— Avez-vous procédé à l'arrestation de Prebble ? s'inquiéta Dawson.

— Malheureusement non. Il n'était pas chez lui. On le recherche à l'heure actuelle.

— Je ne serais pas surpris qu'il vous échappe, il est roué.

— J'en doute, monsieur. Nous avons placé la gare sous surveillance et barré les routes. La ville est très enclavée du fait des landes, il n'aura guère le choix.

Dawson ne partageait pas la confiance du policier, mais il préféra n'en rien dire. L'agent reparti, il estima que le mieux était d'avertir Zachary. Il arrivait en vue du magasin lorsqu'il vit Alice sortir de la partie privative du bâtiment.

— Comment allez-vous ?

Elle lui adressa un sourire crispé.

— Très bien. Je me réjouis de savoir que Zachary reprend le magasin.

— En effet. Euh… quels sont vos projets à présent ? bredouilla-t-il.

Le sourire d'Alice s'effaça tout à fait.

— Je compte demander l'hospitalité à mes cousins en attendant de retrouver un emploi.

À l'idée qu'elle quitte définitivement Outham, Dawson se lança.

— Non, je ne veux pas que vous partiez.

Elle le regarda d'un air surpris.

— Ma chère Alice, si vous m'autorisez à vous appeler ainsi…

Il avait beau chercher, aucune formule fleurie ne lui vint à l'esprit, et il dut se contenter de mots simples.

— Accepteriez-vous de m'épouser au lieu de trouver un emploi ?

Il retint son souffle, persuadé qu'elle allait refuser au prétexte qu'il était simple clerc de notaire, lorsqu'il vit s'éclairer le visage de son interlocutrice.

— J'accepte avec plaisir !

— Vraiment ? Si vous saviez la joie que vous me faites. Je suis un homme simple, peu versé dans le romantisme, mais…

Elle lui saisit la main.

— Nul besoin de paroles compliquées avec moi, Ralph. Nous sommes devenus de vrais amis. J'ose espérer que Judith continuera de vivre avec nous lorsque nous serons mariés ?

Il hocha la tête et trouva l'audace de lui piquer un baiser sur la joue. Voyant le sourire d'Alice s'élargir, il la prit dans ses bras et l'embrassa comme il se doit.

— Mademoiselle…

Il releva brusquement la tête et découvrit Dot derrière eux, stupéfaite.

– Vous serez la première à nous féliciter, Dot. Mlle Alice vient tout juste d'accepter de devenir ma femme.

*

Hallie se rendait à l'épicerie du quartier lorsqu'elle entendit une voix de femme appeler à l'aide dans une ruelle voisine. Elle se précipita, mais un inconnu émergea d'une porte et la saisit à bras-le-corps en la bâillonnant avec la main avant qu'elle ait pu esquisser un geste. Une complice du ravisseur lui entrava aussitôt les poignets dans le dos.

On lui enfonça un chiffon dans la bouche, puis on l'enveloppa dans un vieux drap afin de l'emporter. Elle envoya des coups de pied à ses ravisseurs, mais ceux-ci la calmèrent d'un coup sur la tête.

– Ne bouge pas, sinon on t'assomme.

Paralysée par la peur, elle sentit qu'on l'allongeait sur une surface dure. Elle comprit bientôt qu'elle se trouvait sur une carriole en se sentant secouée au rythme des cahots, dans un grincement de roues.

*

Le même soir, Pandora et Zachary rendirent visite à la mère de ce dernier.

– Je t'ai amené une visiteuse, maman, annonça-t-il en ouvrant la porte.

Sa mère, assise à la table de la cuisine, releva la tête.

– Je croyais que c'était ta sœur.

– Elle est sortie ?

– Elle est partie en courses il y a une demi-heure, je me demande bien ce qu'elle fabrique. Oh, s'excusa-t-elle soudain. Je ne vous avais pas vue, mademoiselle Blake.

– Maman, nous avons une bonne nouvelle à t'annoncer. Pandora et moi nous sommes mariés en Australie. Maître Featherworth nous avait demandé de ne pas en parler tant qu'il n'avait pas démasqué Harry Prebble. Il a commis des vols au magasin pendant mon absence, mais à présent que c'est terminé, nous n'avons plus aucune raison de garder le secret, et je tenais à te présenter officiellement ma femme.

Il s'était exprimé avec une fierté qui trahissait la sincérité de son amour.

Les explications et les embrassades terminées, Pandora se sentit très vite à l'aise avec sa belle-mère.

– Votre fils est formidable, madame Carr. J'ai beaucoup de chance de l'avoir rencontré.

– Je sais, approuva-t-elle.

Elle lança un regard inquiet en direction de la pendule.

– Cela t'ennuierait-il d'aller voir ce que fait Hallie, mon fils ? Cette absence ne lui ressemble pas.

*

La carriole ne tarda pas à arriver à destination. Son ravisseur souleva Hallie et la chargea sur son épaule.

Ils pénétrèrent dans un bâtiment et la jeune femme sentit l'homme baisser la tête, puis ils descendirent quelques marches et se retrouvèrent dans une pièce qui résonnait de l'écho de ses pas. Une cave, peut-être ?

Elle perçut des voix, puis quelqu'un remonta l'escalier tandis qu'on lui retirait le drap qui l'enveloppait tout en la déposant sans ménagement sur une chaise. On lui retira son bâillon et elle découvrit Harry Prebble face à elle. Elle sentit ses intestins se liquéfier.

– Quel sort lui réserves-tu, Harry ? s'enquit la femme d'une voix inquiète.

– L'échanger contre une rançon de façon à pouvoir m'enfuir.

– Tu ne crois pas que tu ferais mieux de déguerpir tout de suite ? Tu as des économies, tu réussiras bien à te débrouiller.

– Je ne serais pas dans ce pétrin sans cette vermine de Zachary. Il va payer pour ce qu'il m'a fait.

Il sourit d'un air mauvais en dévisageant Hallie.

– En fait, c'est sa sœur qui va payer.

La femme allait rétorquer lorsqu'il la fit taire d'un coup d'œil assassin.

Il sortit une lettre de sa poche.

– Demande à Ossie d'apporter ce mot à Zachary. Il n'aura qu'à le lui fourrer dans la main avant de filer. Maintenant, laisse-moi seul avec elle.

– Harry, je t'en prie…

– Fais ce que je te dis !

La femme quitta la pièce, et Hallie sentit sa peur atteindre son paroxysme en se souvenant de la façon dont Harry l'avait brutalisée par le passé.

*

Zachary arriva à l'épicerie en moins de deux minutes.

– Je n'ai pas vu ta sœur de la journée, Zachary, lui déclara le commerçant.

Au moment où Zachary quittait le magasin, un gamin en haillons lui glissa un billet dans la main. Il allait filer lorsque Zachary le retint par le col de sa chemise. Le vêtement usé se déchira et l'enfant s'empressa de détaler, mais un passant qui avait assisté à la scène l'attrapa au vol par le bras et l'immobilisa.

— Qu'a-t-il fait ? demanda l'homme à Zachary. Il a cherché à vous détrousser ?

— Non, mais pourriez-vous le retenir prisonnier, le temps que je lise ce billet ?

Il déchiffra le petit mot avec effarement.

Apporte 100 livres dans la vieille remise derrière Thorpe's Mill. Pas un mot à la police si tu veux revoir ta sœur vivante.

Le mot n'était pas signé, mais il reconnut sans peine l'écriture de Harry. Il agrippa le bras du gamin.

— Qui t'a donné ce billet ?

— Un type. Je le connais pas.

Il étudia le visage de fouine du garçonnet et reconnut un membre de la famille Prebble.

— Je sais qui tu es et qui t'a donné ce billet. Tu ferais mieux de me dire où je peux le trouver si tu ne veux pas que je t'oblige à parler à coups de poing.

Le gamin, terrorisé, secoua la tête.

Zachary se tourna vers le passant.

— On a enlevé ma sœur et ses ravisseurs exigent une rançon.

— Pas possible ! Si vous avez besoin d'aide, il suffit de demander. Les gens perdent la tête depuis la famine du coton, mais ce n'est pas une excuse.

— Connaissez-vous Marshall Worth ?

— Oui, on travaillait dans la même usine, il habite la rue à côté de chez moi. Je l'ai aperçu il y a deux minutes.

— Pourriez-vous le ramener chez ma mère et lui dire de venir avec deux ou trois copains costauds qui n'ont pas froid aux yeux ?

Il donna l'adresse à son interlocuteur et regagna son domicile en tenant le gamin par la peau du dos, inquiet qu'il soit arrivé malheur à Pandora et à sa mère pendant son absence.

Il fut soulagé de les trouver dans la cuisine. Le sourire de Pandora s'effaça quand elle vit sa mine sombre. Elle remarqua la présence de son petit prisonnier.

Le temps d'expliquer la situation, des pas se firent entendre devant la maison.

— Je vais ouvrir, proposa Pandora.

— Mon fils, tu ne les laisseras pas maltraiter notre petite Hallie ? implora Mme Carr.

— Je ferai de mon mieux, maman. Il nous faut trouver Harry au plus vite, ajouta-t-il à l'intention de Marshall et de ses hommes qui venaient de les rejoindre. Il n'est pas assez idiot pour l'avoir séquestrée chez lui.

— Non, ce n'est pas un imbécile, acquiesça Marshall.

— Le mieux ne serait-il pas d'interroger les gens dans le quartier, au cas où quelqu'un aurait assisté au rapt, ou aperçu Harry ? Pendant ce temps, je vais essayer de tirer les vers du nez de ce gamin.

Pendant que Marshall et ses amis se mettaient en quête d'indices, Zachary rudoya le petit Prebble, mais il n'était pas homme à maltraiter physiquement un enfant et finit par l'enfermer dans la cave à charbon sans lui avoir soutiré la moindre information.

Il tournait comme un lion en cage lorsqu'il se figea, pris d'une inspiration.

— Je me demande si la police aura pensé à fouiller Brewers Court.

— Assurément, lui répondit Pandora. Il s'agit du pire taudis de la ville.

— Sans doute, mais peu de gens connaissent la petite porte qui donne sur une vieille cave. Je me souviens d'avoir poursuivi Harry et son cousin là-bas un jour où ils avaient volé mon ballon.

— Vous ne comptez pas… y aller seul ?

— Je prendrai les autres au passage. Ils se trouvent déjà dans le coin.

— Ils ont promis de revenir ici, pourquoi ne pas les attendre ?

— Le temps presse, répondit-il en prenant dans la sienne la main de Pandora. Accepteriez-vous de rester auprès de ma mère ?

— Bien sûr.

Le temps d'un dernier baiser, et il quitta la maison.

Pandora, inquiète, tentait en vain de rassurer sa belle-mère lorsque Marshall revint, bredouille.

— Je croyais que Zachary devait vous rejoindre, s'étonna-t-elle.

— Je ne l'ai pas vu. Où est-il allé ?

À peine informé de la piste que suivait Zachary, Marshall se proposa de le rejoindre sur place et l'attente reprit au domicile des Carr.

Pandora finit par perdre patience.

— Je vais chercher du renfort, décida-t-elle.

— Zachary nous a recommandé de l'attendre, répliqua sa belle-mère.

— J'en suis consciente, mais je vais finir par devenir folle d'angoisse. Je pars chercher la police.

— Allez-y, ma chérie. Je reste ici en attendant, au cas où il reviendrait.

— Pourquoi ne pas demander à une voisine de vous tenir compagnie ?

— C'est une bonne idée, fit Mme Carr en frappant à trois reprises contre la cloison mitoyenne. Elle sera là dans un instant, mon petit. Vous pouvez y aller.

*

Prebble s'approcha de Hallie, prostrée sur sa chaise. Il lui pinça durement la joue.

— Autant m'amuser un peu en attendant qu'il réunisse l'argent.

Le cœur de la jeune fille fit un bond dans sa poitrine. Son bourreau lui enferma brusquement le cou dans ses deux mains et serra de façon à l'empêcher de respirer, puis il relâcha son étreinte au bout de quelques instants en la laissant suffoquer.

— Tu vois ce qu'on risque, quand on ne m'obéit pas.

Il saisit le col de son chemisier et l'arracha d'un coup sec. Hallie poussa un cri de terreur, provoquant l'hilarité de Harry.

— Tu peux crier tant que tu veux, personne ne viendra à ton secours.

La femme qui avait participé à l'enlèvement apparut au pied de l'escalier. Elle s'adossa contre un mur, les doigts croisés.

— Va-t'en, Nancy.

— Non, je veux voir comment tu t'y prends avec les autres femmes.

Il se rua sur elle, le poing levé, et elle tira de sa manche un couteau de cuisine.

— Pas de ça, Harry ! Je suis capable de me défendre, contrairement à cette pauvre fille. Je ne bougerai pas d'ici tant que tu ne m'auras pas donné ma part du gâteau, précisa-t-elle en agitant son couteau d'un geste parlant. Je quitte la ville avec toi, maintenant qu'elle nous a vus. J'ai pas l'intention de me trouver dans le coin quand elle racontera tout ce qu'elle sait à la police.

Harry retourna près de Hallie sans chercher à dissimuler sa fureur.

*

Zachary se dirigeait vers les taudis de Brewers Court au pas de course lorsqu'il croisa Daniel. Il l'invita à le suivre et s'engagea dans les ruelles du pire quartier de la ville en direction du réservoir qui s'étendait à l'ombre de l'usine principale.

Il ralentit l'allure en examinant les alentours et fit signe à Daniel de se déplacer le plus silencieusement possible. Le conseil était avisé, car ils aperçurent soudain l'un des hommes de Prebble, tapi dans l'ombre d'une remise.

– Je m'en charge, lui glissa Daniel à l'oreille. Attendez une minute et montrez-vous. Je le prendrai à revers et je l'assommerai quand il se portera à votre rencontre.

Il conclut sa phrase en ramassant une brique.

L'homme bondit sur ses pieds en apercevant Zachary, mais Daniel lui assena un coup sur le crâne et il s'effondra sans avoir le temps d'appeler à l'aide.

Zachary s'avança.

– Cela fait des années que je ne suis pas venu dans les environs, mais je sais que l'entrée de la cave se trouve tout près d'ici.

– Nous sommes forcément au bon endroit, sinon Harry n'aurait pas mis quelqu'un en surveillance.

– Ah ! s'écria Zachary. C'est là.

Il se glissa dans un soupirail, plié en deux.

— Je n'aurais jamais pensé qu'on pouvait passer par là, chuchota Daniel.

— Suivez-moi.

Les deux hommes franchirent l'obstacle et s'engagèrent dans un étroit escalier.

La voix de Harry leur parvint avant qu'ils parviennent au bas des marches. Il narguait Hallie en lui promettant mille souffrances une fois qu'il aurait l'argent.

— Ton frère regrettera de s'être mêlé de mes affaires, jubila-t-il.

Zachary arrivait au bas de l'escalier lorsqu'il trébucha bruyamment sur un fragment de brique. Conscient que sa maladresse avait donné l'alerte, il se précipita en avant et s'arrêta net en découvrant un tableau effrayant : Harry tenait sa sœur par les cheveux, un couteau posé sur sa gorge.

— Bas les pattes ou je la tue, hurla-t-il.

Zachary se tétanisa, hypnotisé à la vue de sa sœur, le chemisier déchiré, l'air terrorisé.

— Recule immédiatement, poursuivit Harry. Allez !

Zachary lui obéit en cherchant désespérément la parade. Daniel, voyant que Harry n'avait d'yeux que pour Zachary, voulut saisir sa chance, mais Nancy lui fit un croche-pied et il s'étala par terre, entraînant la femme dans sa chute.

Harry profita de la confusion et tira Hallie jusqu'à l'escalier.

— Pas un geste, ou je la tue.

— Et toi, si tu tiens à ton amie, tu ferais mieux de lâcher Hallie, s'écria Daniel tout en s'efforçant de maîtriser la jeune femme.

— Je me fiche bien d'elle, je te la laisse volontiers, rétorqua Harry. Je tiens ta sœur, Zachary. Tu ferais mieux de nous laisser partir.

– Tu as la police à tes trousses, tu n'arriveras jamais à quitter la ville.

– Je connais le quartier infiniment mieux que les flics. Je ne manque pas de complices pour me cacher et m'aider. Je te rendrai Hallie quand je serai en sécurité et que tu m'auras donné mon fric.

Impuissant, Zachary vit Harry gravir les marches avec son otage.

Il attendit quelques instants avant de monter à son tour. Des cris retentirent aussitôt à l'extérieur du bâtiment. Abandonnant toute prudence, il partit à l'assaut des marches et se rua à travers le soupirail. Il poussa un soupir de soulagement en voyant Harry maintenu à terre par deux hommes. Marshall, à l'écart de la mêlée, serrait Hallie contre sa poitrine en essayant de la réconforter.

– Tu es en sécurité, ma fille. Tout va bien.

Il ramassa le couteau de Prebble et délivra la jeune fille de ses entraves tout en continuant de lui parler doucement.

Daniel franchit à son tour le soupirail avec Nancy qui se débattait furieusement et tentait de le mordre.

Zachary attira doucement sa sœur à lui tandis que Marshall aidait Daniel à maîtriser la furie.

Deux agents de police surgirent au même moment, suivis par Pandora.

Elle se précipita dans les bras de son mari.

Zachary laissa le soin à Marshall et Daniel d'expliquer la situation aux policiers et retira son blouson afin de couvrir le chemiser déchiré de sa sœur.

Harry jura entre ses dents, mais ce n'était plus le problème de Zachary qui passa ses bras autour des épaules de sa femme et de sa sœur, encore tremblante de crainte.

— Vous avez pu intervenir à temps ? s'inquiéta Pandora.

Il opina.

— J'ai évité le pire. Allons, Hallie chérie. Tout va bien, tu n'as plus rien à craindre.

Mais la jeune fille était inconsolable.

Pandora lui tendit un mouchoir.

— Si vous voulez ramener ces dames chez elle, suggéra l'un des agents à Zachary, nous recueillerons votre déposition plus tard. Votre sœur risquait gros si vous n'étiez pas intervenu aussi rapidement.

Il reprit le chemin de son domicile en compagnie des deux femmes sans se soucier des regards des passants. Hallie finit par se calmer tout en continuant à s'accrocher à son frère et sa belle-sœur.

Ils trouvèrent Mme Carr en compagnie de sa voisine. Elle commença par verser quelques larmes avant de se reprendre et de préparer du thé.

— Après toutes ces émotions, vous avez tous besoin d'un bon bain.

Pandora sourit en se regardant dans la glace. Il n'y avait rien de surprenant à ce que tous ceux qu'ils croisaient les aient regardés comme des bêtes curieuses. Elle était rouge d'avoir trop couru et ses cheveux lui tombaient jusqu'au bas du dos. Quant à Hallie, elle était hirsute et portait des vêtements en lambeaux. De son côté, Zachary avait le visage tuméfié et une chemise déchirée.

— Nous avons l'air de clochards, sourit-elle.

*

Ils étaient rentrés depuis quelque temps lorsque l'on frappa à la porte. Hallie se tétanisa et Pandora s'empressa de lui prendre la main tandis que Zachary allait ouvrir.

Il revint quelques instants plus tard.

– Je dois me rendre au poste de police, ils souhaitent recueillir mon témoignage. Toi également, si tu en as la force, précisa-t-il à l'adresse de sa sœur.

– Ce sera un plaisir de contribuer à mettre ce monstre derrière des barreaux.

Pandora se leva à son tour.

– Le mieux est d'y aller tous ensemble.

Lorsqu'ils ressortirent des locaux de la police, une heure plus tard, Zachary leva la tête vers le ciel.

– Quelle soirée magnifique !

– Oui, approuva Pandora en observant les passants qui déambulaient paisiblement. C'est ce Lancashire qui me manquait tant lorsque je vivais en Australie. Zachary, mon amour, reconduisons ta mère et ta sœur avant de rentrer.

Sur le pas de sa porte, Mme Carr embrassa sa bru affectueusement, Hallie la serra dans ses bras, et le jeune couple prit la direction du magasin. Celui-ci avait fermé ses portes plus tôt que d'habitude à cause des événements.

– Dans ma précipitation, j'ai oublié de prendre mes clés, sourit Pandora en frappant à la porte du logement.

Dot leur ouvrit, un grand sourire sur son visage.

– Dieu soit loué, vous êtes tous les deux sains et saufs ! Daniel m'a tout raconté, il est resté un moment afin de ne pas me laisser seule. Je n'arrive pas à croire que ce Harry Prebble se trouve enfin en prison.

– C'est pourtant le cas, et pour longtemps. La femme qui l'accompagnait a tout avoué, furieuse du peu de cas qu'il faisait d'elle.

Il s'arrêta au pied de l'escalier.

— Y aurait-il de quoi manger, Dot ? J'ai une faim de loup.

Pandora ne put retenir un sourire.

— Vous allez pouvoir vous rendre compte que votre nouveau maître a un sérieux appétit, Dot.

— Je m'en occupe tout de suite, monsieur. J'ai un ragoût que je vais mettre à mijoter, proposa-t-elle en rejoignant sa cuisine.

Zachary passa un bras autour de la taille de sa femme et ils montèrent à l'étage côte à côte.

— Bienvenue dans ta nouvelle maison, lui glissa-t-elle.

Il s'immobilisa sur le palier et l'embrassa longuement.

Elle se lova contre lui, jusqu'à ce qu'un bruit en provenance de la cuisine les oblige à se séparer.

— Nous reprendrons cette conversation plus tard, déclara Zachary. En attendant, ma Pandora d'amour, fais-moi donc la visite. Je ne connais que le salon.

Quelques minutes plus tard, Dot les rejoignait, chargée d'un plateau.

— J'ai oublié de vous dire. Mlle Blair est retournée vivre chez ses cousins en attendant son mariage avec M. Dawson.

Ils ouvrirent des yeux étonnés.

— J'ai rarement vu deux êtres aussi heureux, poursuivit la domestique. Elle le mérite bien, c'est une dame si gentille.

Dot, émue, se moucha bruyamment.

— Je suis ravie pour eux.

— Je vous laisse dîner, madame. Vous n'aurez qu'à sonner pour le dessert.

Zachary dévora son dîner avant de se servir de la tarte aux pommes à la crème à deux reprises, au grand plaisir de Pandora.

Il émit un petit rire.

— Je crois avoir retrouvé mon appétit à présent que ceux que j'aime sont en sécurité.

La table débarrassée et Dot montée se coucher, Pandora fit preuve d'une réserve inhabituelle, au point que son mati s'en inquiéta.

— Nous pourrions discuter un peu, lui proposa-t-il avec délicatesse.

Elle prit son courage à deux mains.

— Non, allons nous coucher. J'aime tellement dormir dans tes bras.

— Moi aussi.

Ils se dévêtirent à la lueur douce de la bougie et se glissèrent dans le lit le plus confortable qu'ils aient jamais partagé. Leur timidité naturelle s'évanouit dès les premiers baisers et les premières caresses, si bien que faire enfin l'amour leur parut la chose la plus naturelle au monde.

Serrée contre sa poitrine, elle soupira de plaisir.

— Cassandra m'a expliqué un jour que si j'aimais vraiment mon mari, son corps me plairait autant que son esprit.

Elle caressa le visage de Zachary d'une main douce.

— Elle ne s'était pas trompée. Que de temps perdu, mon amour !

— À l'avenir, plus question d'en perdre une seconde, lui répondit-il en l'embrassant.

Épilogue

En octobre de cette année-là, Cassandra et Reece trouvèrent une lettre qui leur était adressée en se rendant à l'église.

Le visage de la jeune femme s'éclaira lorsqu'elle reconnut l'écriture.

— C'est une lettre de Pandora, et il est épais. Je vais y jeter un œil en attendant le début de l'office.

Elle décacheta l'enveloppe et découvrit une courte missive, accompagnée d'une sorte de journal dans lequel sa sœur lui faisait le récit de tout ce qui lui était arrivé depuis son départ de Westview.

— Elle semble si heureuse ! s'exclama Cassandra en lisant la lettre. Je me ferai moins de souci à présent que je la sais de retour en Angleterre.

Son bébé manifesta son impatience, et la jeune femme dut s'occuper de sa fille.

Elle priait, tête baissée, lorsqu'une larme roula le long de sa joue. Elle était heureuse pour sa sœur, bien sûr, mais celle-ci lui manquait infiniment.

Une main se posa sur son bras. Elle tourna la tête et vit que Maia l'observait d'un air inquiet.

— Tout va bien, chuchota-t-elle. Je pensais à Pandora, c'est tout.

Maia hocha la tête et observa du coin de l'œil Xanthe qui regardait par la fenêtre d'un air songeur. Cassandra suivit le regard de sa cadette et laissa échapper un soupir. Xanthe serait-elle la prochaine à partir ?

Elle chassa cette pensée et serra sa fille dans ses bras, rassurée par la présence de Reece à ses côtés.

Elle prit la décision de lire le journal de Pandora à son mari et à Kevin le soir même, avant de s'endormir dans les bras de Reece. Une semaine chargée les attendait dès le lendemain.

Il serait toujours temps par la suite de s'inquiéter pour les jumelles. En attendant, elle comptait bien profiter des siens.

DU MÊME AUTEUR
AUX ÉDITIONS ARCHIPOCHE

LE DESTIN DE CASSANDRA

1861. Le Lancashire subit une crise sans précédent. Privées de coton, les filatures ferment une à une, plongeant la population anglaise dans la misère.
Cassandra Blake, ses trois sœurs cadettes et leur père Edwin tentent malgré tout de faire face à l'adversité. Mais la mort du patriarche vient tout bouleverser.
Leur oncle Joseph décide de prendre ses nièces sous son aile, malgré l'opposition de son acariâtre épouse, qui commandite en secret l'enlèvement de Cassandra. Elle menace alors ses sœurs de faire subir à la jeune femme les pires sévices si elles ne quittent pas le pays…
Contraintes de dire adieu à leur Lancashire natal, elles embarquent pour l'Australie. Les quatre sœurs parviendront-elles à se réunir à l'autre bout du monde, et à construire une vie nouvelle ?
Une saga au souffle puissant, qui nous entraîne dans une Australie encore sauvage, où tous les rêves sont permis.

« Anna Jacobs a l'art de créer des personnages
de chair et de sang, que l'on quitte à regret. »
Booklist

ISBN 978-2-37735-235-7 / H 1181868 / 432 pages / 8,80 €

Cet ouvrage a été composé
par Soft Office à Eybens (Isère)

Impression réalisée par
CPI France
en décembre 2019
pour le compte des Éditions Archipoche

Imprimé en France
N° d'édition : 603
N° d'impression : 3036050
Dépôt légal : janvier 2020